Henning Moneta
Wirksam sein
Roman

Inhalt
Onno Fissler ist 51 Jahre alt, Single und Sachbearbeiter in einer obskuren Behörde. Alles in allem: jemand in einem stagnierenden Leben.

Der Zufall gibt ihm, der sich sowieso schon im legalen Tierschutz engagiert, einen Fingerzeig, sein Leben sinnvoll(er) zu machen, will sagen, handgreifliche Wirkung zu entfalten.

Und zwar in Form von Jagdsabotage.

Nach einer dieser Aktionen, dem Fällen eines Hochsitzes, trifft er auf Vivien (54).

Durch die Frau in seinem Leben bereichert, aber keineswegs weniger extrem im Denken und Handeln, macht er mit den Sabotagen weiter – nur dass jetzt Vivien mit dabei ist.

Und dann befreit man (mit anderen radikalen Tierschützern) aus einem Labor tatsächlich einige Beagle und drei Meerschweinchen.

Ein Erfolg? Für Vivien sicherlich, aber für Onno immer noch bloß Mückenstiche gegen ein System, dem man doch mindestens Hornissenstiche zufügen müsste. Sodass er sich – ohne Vivien – für eine weitere Aktion einer neuen Gruppe anschließt, um eine Halle in einem so genannten Legebetrieb thermisch zu behandeln.

Autor
Henning Moneta, geboren 1966 in der Nähe von Hannover, lebt seit 2000 in Magdeburg.
henningmoneta@gmail.com

Bibliografische Information der Deutschen Nationalbibliothek:
Die Deutsche Nationalbibliothek verzeichnet diese Publikation
in der Deutschen Nationalbibliografie;
detaillierte bibliografische Daten sind im Internet
über http://dnb.dnb.de abrufbar.
Die automatisierte Analyse des Werkes, um daraus
Informationen insbesondere über Muster, Trends und
Korrelationen gemäß §44b UrhG („Text und Data Mining")
zu gewinnen, ist untersagt.
© 2024 Henning Moneta
Umschlaggestaltung: Ingeborg Helzle www.ihgk.de
Covermotiv: Ingeborg Helzle, freepik.com
Autorenfoto: RK Fotoatelier Klaus
Herstellung und Verlag: BoD – Books on Demand, Norderstedt
ISBN: 978-3-75973-761-8

Alles in diesem Roman ist mehr oder weniger Fiktion. Die dargestellten Handlungen haben so nie stattgefunden.
Alle Rechtschreibfehhler sind bewusst gesetzt, um die Aufmerksamkeit der Leserin zu testen.

Henning Moneta

Wirksam sein

1

Einfach weitergehen, man muss wissen, wann es genug ist, auch im Guten. Sich nicht noch mal umdrehen. Außerdem war er nicht seines Bruders Hüter. Und es war heiß, er sollte sich schleunigst ins Schattige bringen. Aber trotzdem blieb er jetzt stehen, trotzdem. Man muss sich doch vergewissern und so die Sache abschließen.

Natürlich waren das allgemeine Klugheiten, das eine wie das andere, die er, kaum gedacht, schon wieder vergessen hatte, denn hier wie immer, ob man's will oder nicht, was zählt, ist das Gefühl. Das Herz trägt einen durch; der Verstand ist zu vernünftig dafür, zu sehr wenn-und-aber.

Fakt war also: Onno drehte sich um, beschattete sich mit der Hand die Augen und suchte die vom beginnenden Vertrocknen bereits scheckige Grasfläche – zehn Schritte von ihm entfernt – nach dem rötlich-lehmfarbenen Punkt ab. Aber da war nichts zu erkennen.

Mist. Allerdings, richtig betrachtet, war das sogar noch besser, bewies es doch, wie gut die Tarnung des Tieres funktionierte; und was machte es schon, er wusste ja, dass sich das Krötchen dort befand, höchstwahrscheinlich noch starr vom Schrecken. Aber gerettet. Kapierte das natürlich nicht. Da war also kein Dank zu erwarten, und das war ja das Gute an solchen Situationen: dass man den Lohn der guten Tat brutto gleich netto verbuchen konnte.

Wenn man so wollte, was das alles vom Schicksal vorbereitet. Hatte er doch noch gedacht, das dort auf dem Ascheweg, ein Drittel vom Rasen vor den Reihengräbern entfernt, hieß, noch fünf, sechs Meter bis zu den Büschen, die die Bereiche der traditionellen, also großzügiger angelegten Gräber von diesem Weg abtrennten, wäre ein – kleiner – Hundehaufen oder weiß der Teufel was, das Überbleibsel eines dieser Fruchtstände, praktisch wie zerfetzt wirkenden Hüllen, wo die Haselnüsse sich drin verbargen, und die nun, nach Monaten im Freien, von Regen, Frost, Autoreifen, Matsch, Menschenfüßen in eine unförmige Masse verwandelt waren. Hier auf dieser Seite mit den Haselnussbäumen lagen ja jeden Herbst Hunderte davon herum.

Und was für eine Überraschung dann, als es sich als kleine – vielleicht halbwüchsige? – Kröte, im ersten Eindruck eher wie ein sehr stämmiger Frosch, herausstellte mit noch so viel Strecke vor sich bis zum rettenden Buschwerk. So, jetzt stand er da, unter der Sonne, und musste sich entscheiden.

Wie entscheidest du dich, Mensch?

Für ihn keine Frage. Das Tierchen so alleine zu lassen, hieße, es ihm Stich zu lassen. Was konnte nicht alles zustoßen! Vor allem Hunde. Oder ein Auto. Autofahren war hier ja erlaubt. Klar, der Mensch ging über alles, über alles in der Welt, und die Bequemlichkeit des Menschen erst recht. Man stelle sich vor: Achtzig Jahre alt, zehn Dioptrien, rekonstruierte Sehfähigkeit 45 Prozent, Reaktionssekunde eine Minute, aber im dicken Opel, schleichend – ein Knirschen –, würde nicht mal merken, dass er Leben zerstört hat. Keine Frage also: zu helfen. Er war noch näher ans Tier getreten, hatte sich hingehockt, um rauszukriegen, ob es überhaupt noch lebte. Tat es. Und wie: machte kurz nacheinander drei Hopser und brachte sich so insgesamt fünfzehn Zentimeter voran. Und saß dann da, unter der Sonne, die Glupschaugen aufgerissen, eine noch gar nicht so dermaßen warzige Haut, winzige Beine, saß da, nur allzu sichtbar und wehrlos und wäre bestimmt überfahren oder erbeutet worden, hatten Vögel Skrupel?, wenn er sie nicht behutsam zwischen die Spitzen von Zeigefinger und Daumen genommen hätte – wie dermaßen weich das Tier war! – und hochgehoben hätte – so leichtgewichtig – und über den offenen Weg getragen hätte und dicht beim Buschwerk zwischen die Soden strohfarbenen stachligen Grases gesetzt hätte.

Jetzt regte sich was. Kaum zu sehen, eher zu ahnen, aber er wusste, die Kröte war dabei, sich die letzten zehn Zentimeter ins endgültig Sichere zu schieben.

Er würde zuhause recherchieren, was es über Kröten zu wissen gab. Aus prinzipiellem Interesse und weil, wenn man über das, was man rettet, Bescheid weiß, die Rettung noch wichtiger wird, im Nachhinein. Eine Kröte zu retten, ist das eine; aber eine Kröte zu retten, von der man weiß, ob sie Blut oder sonstige Flüssigkeit in den Adern hat, ob sie überhaupt Adern hat, was die hauptsächlichsten Sinne des Tieres sind, ein solches fast schon wissenschaftlich erfasstes Wesen zu retten, ist etwas völlig anderes und verschafft auch noch im Nachhinein Zufriedenheit.

Aber genau in dem Moment, als er dann wohlgemut in einen der von überhängenden Ästen zu einem Hohlweg verwandelten Pfade des Friedhofs einbiegen wollte, veränderte es sich: kam auf vollständig allem ein Schatten zu liegen.

Er sah überrascht hoch. Eine ausgedehnte, im Kern tintenblaue Wolke war vor die Sonne geweht worden, hinter sich wie im Schlepptau eine lockere Formation von Wattigem. Eigentlich ein ganz natürliches Phänomen und vor fünf Jahren noch ein Grund, ärgerlich zu werden. Aber es hatte sich alles auf der Erde geändert – vielleicht die Menschen nicht, aber sonst alles –, und Regen war rar geworden und die Sonne war zu viel Hitze. Gegen jede Erfahrung und die Vorhersagen auf wetterdienst.de glimmte in ihm Hoffnung auf, es möge heute doch noch regnen; aber dann der Blick auf den gesamten Himmel, und da war das glasige Blau außer dieser einzigen potenten Wolke und den paar Anhängseln dermaßen makellos, dass es auch über der Sahara sich hätte erstrecken können. Also heute kein Regen.

Durfte man nicht dran denken. Kein Regen, nur Hitze, in der auch noch das letzte Nass verdunstet. Und da ist sie: die Wut. Und mit der Wut die Gedanken, die schon tausendmal gedacht sind, aber immer wieder aufpoppen, keine Linderung bringen, im Gegenteil, und trotzdem gedacht werden müssen, weil sie aus Wahrheit sind, Wahrheit in diesem Staat der Lüge. Lüge zu behaupten, man könne ›weitermachen‹ und habe die Systeme unter Kontrolle, Lüge zu behaupten, man könne sich ›anpassen‹ und alles, was man verbrochen hat, ›korrigieren‹, und die größte Lüge von allen: dass die Erde diese Menschen ertragen kann. Wer Augen hat, der öffne sie! Die Dürre, das Absterben: alles, weil die natürlichen Verläufe bis zum Kollabieren gestört worden sind. Man weiß das, jeder weiß das, jeder einzelne,

und trotzdem: ›An mir liegt's doch nicht‹

und ›So ist eben der Mensch, da kann man nichts machen‹

und ›Sollen sich doch erst mal die anderen ändern, die haben viel mehr Dreck am Stecken‹

und ›Es ist doch immer gut gegangen, es war immer auf Biegen und Brechen, und es ist immer gut gegangen‹.

Und so wird gearbeitet wie immer, mit dem verbissenen Eifer der Geistesgestörten, die taub und blind und herzlos sind und nur eines wollen: von diesem System Geld kriegen und durch dieses System Geld verdienen. Geld: letzter Wert.

Warum regte er sich darüber auf? So blöd, sich aufzuregen. Er machte ein paar schnelle Schritte. Er merkte, dass er regelrecht marschierte. Er bremste ab, wischte sich den Schweiß von der Stirn.

Dort hinten die Reihen rechteckiger, rötlichbrauner Platten mit eingestanzten Namen und Daten. Urnengräber. Und dort eine mit einem noch ansatzweise erkennbaren Eisenzäunchen eingefriedete Parzelle; hinter dem Türchen – hatte die lange Zeit am relativ besten überstanden – zwei verwitterte, massiv steinerne Urnen und wiederum dahinter: das eigentliche

Familiengrab, bestehend aus einer sich noch gerade so in der Vertikalen haltenden Granitplatte und zwei Säulen, in der linken als erhabenes Relief: ›Die Liebe höret nimmer auf‹, in der rechten in gleicher Manier die Bibelstelle, damit man weiß, dass der Spruch nicht erfunden war, zumindest nicht vom Eigentümer des Grabes. Wer war das überhaupt? Kaum noch zu entziffern. Helmut Willmann ... Herbert Wildmann? Von der Frau Gemahlin war noch weniger übrig geblieben: Ein großes E, ein R. Erna? Nächste Zeile eine 1, eine 8, noch eine 8. Geboren also irgendwann am 18.8.

Wie immer, wenn er hier am Ort etwas für die Ewigkeit Geschaffenem, aber nach kaum einem Menschenleben so gründlich Beschädigtem und dadurch eben als der Vergänglichkeit unterworfen Entlarvtem begegnete, kam in ihm eine tiefe Zufriedenheit auf. Sic transit gloria mundi. Das sei euch ins Herz tätowiert. Denn es verhält sich mit dem Menschen als dem zitternden Gras der Wiese ja wie mit den viel stabileren Bäumen bei einem Waldbrand, ganz genau so.

Das war nun schon sehr ins Abstrakte aufgestiegen, wo es bald gar nichts mehr gab als nur Worte – und wer kann dort leben? –, hatte aber die Wut gelöscht, und also konnte er sich auf sein eigentliches Motiv besinnen, sich hierher an diesen auf ironische Art naturnahen Ort begeben zu haben. Nämlich nicht, um sich die verschiedenen Apokalypsen zu Ende zu denken oder die Wahrheit, die unter anderem im Tod steckt, vor sich auszubreiten – was alles verführerisch war, weil so herrlich logisch –, sondern wegen etwas akut Persönlichem: um das gestrige Rendezvous zu verdauen.

Was für ein langer Abend! Und immer nur zwei Themen: Kind und Arbeit, aber vor allem: Kind. Ilka war Single und Touristikkauffrau bei FTI, aber dieses Emanzipierte – durch das eine Frau doch überhaupt erst ein Mensch wurde – war praktisch nur nebenbei. Denn da gab es ja noch und immer und überall: Yannik. Wohin fuhr man in Urlaub? Das bestimmte Yannik. Was tat man sonntags? Was Yannik wollte. Wer bekam das bessere Smartphone von beiden? Unnötig zu fragen. Einzelheiten über Einzelheiten, die er, Onno, innerlich zuerst fassungslos, dann dem Platzen nahe, hatte über sich ergehen lassen müssen.

Okay, das war schon naturgemäß: dass sich die Mutter um den Nachwuchs kümmerte. Aber während sich in der Natur alles auf ein gesundes Maß einspielte – Homöostase –, war auch hier etwas aus dem Gleichgewicht geraten. Welche Tiermutter würde lächelnd verkünden, ihr Sohn sei »ein verwöhntes Kind, aber warum auch nicht? Ein Einzelkind eben, wie es im Buche steht ... Es kostet so viel Zeit, das Leben des Kleinen zu organisieren, aber das ist ja zu seinem Besten, natürlich.« Beim Gedanken daran, etwas so Unnatürliches natürlich genannt zu bekommen, stieg in ihm prompt wieder Ärger auf. »Und die Privatschule gibt es auch nicht für umsonst ... ist auch in drei Vereinen ... überall der Beste ...« Drei Vereine: Bogenschießen, Bouldern und Freeclimbing. Bouldern – auch so ein Zeitvertreib von unterbeschäftigten Söhnchen! Wie er sich später auf Wikipedia seine Vermutung hatte bestätigen lassen: ›Geklettert wird in Absprunghöhe, sodass ohne Verletzungsrisiko abgesprungen werden kann.‹ Passte ja wie die Faust aufs Auge. Und außerdem: Schießen, klettern, hieß übersetzt, in keiner Mannschaftssportart. Ergo immer nur das machen, was zu nichts anderem diente, als sich selbst zu bespiegeln und darin bestärkt zu werden, ein Ich – I C H ! – zu sein, das der Welt nichts schuldete, im Gegenteil, dem die Welt gefälligst als Lieferant für alles da zu sein hatte. »Aber es ist so belohnend, ich würde es gegen nichts auf der Welt tauschen.« Belohnend! Die Belohnung einer Dienerin. Sich damit zufrieden zu geben, dienstbarer Geist zu sein! Und dabei war die Frau schon sechsundvierzig, da musste sie doch langsam kapiert haben, dass zwischen Menschen Maß und Mitte herrschen sollte, damit's gut ausging. Maß und Mitte. Zumindest unter normalen Bedingungen, wenn also nicht Not am Mann war. Und kam bald in die Menopause, und dann war's sowieso aus mit dem vollen Leben und warten tat nur noch die Omma-Rolle, und glaubte sie wirklich, Yannik würde sich dafür bedanken, dass sich seine Mutter zu einer schattenhafte Existenz reduziert hatte, damit alles Licht auf ihr ewiges Söhnchen fiel?

Die Gedanken verhallten, und mit einemmal war eine Stille in ihm: ein wortloses Entsetzen. Nämlich apropos Alter. Er war einundfünfzig. Statistisch noch fünfundzwanzig Jahre auf der Welt, aber scheiß auf Statistik, mit über fünfzig war es nur noch eine Frage der Zeit, bevor das Testosteron auf null war, identisch mit: Neutrum sein. Und wie sah die Bilanz bisher aus? Nicht schön. Gerade mal dreimal etwas Längeres – sechs Jahre und siebeneinhalb und fünf –, und jedes Mal war es die Frau gewesen, die dem ein Ende gesetzt hatte; aber noch deprimierender war, er konnte es niemandem verübeln, sich nicht für ein Leben mit ihm entscheiden zu wollen, war er doch nie mit sich selbst im Reinen gewesen – so was spürt eine Frau – und hatte zudem immer klar gesagt: »Keine Kinder, okay?«, und logisch hieß es dann früher oder später aus dem Mund, der zum Körper gehörte, der zum Gebären geschaffen war: »Sorry, aber ...«

Okay, mit fünfzig erwartete man vom Leben nicht mehr, es möge ein mehr oder weniger pornografischer Indie-Film sein – wobei die meisten Frauen in diesem Alter in fleischiger Hinsicht ja sowieso ihr Pulver schon verschossen hatten –, aber ohne Frau fehlte was. So war's von der Natur ja angelegt: Männchen plus Weibchen, Mann plus Frau. Und wenn die Natur in allem recht hatte, dann hatte sie auch hier recht. Unter anderem deshalb hatte er dem Alleinsein ein Ende setzen wollen. Und nicht zum ersten Mal in diesem Jahr.

Der erste Versuch hatte Tanja geheißen. Vom Körper her nichts, was unbedingt entzücken müsste. Allerdings lebhafte

Augen und eine wunderbar rauchige Stimme. Aber es wollte zwischen ihnen nicht von der Stelle kommen. Erst Schweigen, dann zähflüssiges Reden über Kochen und Italien und wie Gnocchi ausgesprochen wurde. Er hatte darauf gesetzt, dass sich Frauen oft erst im Gespräch erwärmen; irgendwo hatte er gelesen, die erogenste Zone einer Frau sei ihr Gehörgang. Aber keine Chance, wenn die Chemie nicht stimmte; und obwohl Tanja schon sechsunddreißig, also fast vierzig war, hatte er nie den Eindruck gehabt, dass sie sich bewusst war, in der weiblichen Endzeit – von der Attraktivität her – zu sein und entsprechend sich einladend zeigen zu sollen. Wenigstens hatte es getrennte Rechnungen gegeben.

Hier jetzt dieser sandsteinerne, auf seine Art perfekte Brunnen. Es war zu hören, wie das Wasser plätscherte, wie Vögel zwitscherten, und die Motorengeräusche der weit entfernt vorbeirauschenden Autos ordneten sich wie orchestriert ein. Man hätte sich darin verlieren können ...

Aber von wegen. Denn da war noch Mareike, die bedacht werden musste. Schwarzes, wie dilettantisch abgeschnittenes Haar. Oberkörper dünn, kaum Brust, aber einiges an Hintern. Ihm nur recht. Dazu Stupsnase, ein etwas breites Kinn, ein breiter Mund, egal, dafür mal bissig, dann wieder naiv; und immer intelligent. Eine Frau, die nicht nur lachen konnte, sondern auch selbst Witze machte. Neben so einer, hatte er gedacht, lässt es sich spannend leben. Aber kaum hatte er versucht, ein Kompliment über die Haare anzubringen – von wegen: schön unorthodox, nicht dieses perückenhafte Einerlei –, da kam: »Die habe ich mir erst vorletzte Woche selbst gekürzt, die waren vorher lang bis zum Ellenbogen ... wegen Martin ... Ich wollte eine Veränderung an mir sehen ... hatte mich betrogen ... so demütigend ... alle Liebe zerstört ...« Dann brachen die Dämme, und was vorher eine durchaus reizvolle Frau gewesen war, wurde vor seinen Augen zu einem jammernden Etwas, das ihn selbstmitleidig bis zum

Masochismus mit szenisch ausgebreiteten Einzelheiten überschwemmte von sich und ihrem Verflossenen, hieß, von den Enttäuschungen, die ihr dieser Verflossene, dann bald: diese Verflossenen bereitet hatten inklusive Wundschmerzen. Unfassbar, dass sich manche Frauen kein taub machendes Narbengewebe zulegen konnten.

Und als wär's nicht schon genug: Emilia, die er sich endgültig aus dem Sinn schlagen sollte und an die er doch noch viel zu oft denken musste, obwohl dieses Geschöpf zu jung war, zu sehr am Werden. Heute enge schwarze Lederhose, morgen Laura Ashley, mal eine schnurrende Katze, um plötzlich ein Zitterrochen sein zu müssen mit Giftstachel.

Eine Bewegung: Ein Eichhörnchen, das in ruckartigen Intervallen den Baum heraufhuschte, vom Stamm auf einen Ast, stoppte, reglos war, dann den Ast bis zum äußersten Zweig entlanglief und den halben Meter zum ersten dünnen Zweig des Nachbarbaums mühelos überwand, dann stoppte, guckte, den Zweig zum dickeren Ast langlief, stoppte.

Auch eine Art, zu existieren. Wenn auch eine beschwerliche. Und sowieso untauglich für den Menschen. Der muss mehr sein als ein Geschöpf, das reagiert und immerzu Angst hat. Darin liegt ja sein Sinn: dem Angstmachenden nicht auszuweichen, sondern die Angst zu seiner Angst zu machen und sie zu überwinden. Zur Belohnung wird die Welt größer und die Menschen schrumpfen.

Was für Einsichten, und die Wut aufgegangen in perfekten Formulierungen. Da hatte sich die Zeit unter Tieren und Toten ja mal wieder gelohnt.

Er trat aus dem Friedhofstor und registrierte gleich, dass es links an der Mauer leer war. Nur logisch: Das Angebot passte sich der Nachfragesituation an. Heute war Werktag, aber sonn- und feiertags installierte sich hier ein Blumenstand; und damit nicht genug im Marktsegment, lauerte doch auf der gegenüberliegenden Seite der Halberstädter ein Bestattungsunternehmen, und einen Steinwurf entfernt gab's noch einen Steinmetz, dessen Spezialgebiet, nach dem Open-Air-Showroom zu urteilen, Wehmut, Schmerz, Verlassenheit darstellende Allegorien bildeten, allermeistens weiblicher Gestalt. Und das ganze Gewerbe nur, um die schlichte Tatsache zu kaschieren: Was lebt, muss sterben, und alles Geld hilft nichts, alle Macht, das Unersetzlichsein, nichts hilft. Wie viel besser wäre es für uns, hielten wir uns einfach an die Wahrheit, wie sie uns doch längst verraten ist: ›Vom Staub bist zu genommen, zum Staub wirst du zurückkehren‹, und vom Wind wird der Staub verweht, und dann frag mal den Wind, wie viel du wert bist.

Er war dann gerade auf Höhe Straßenbahnhaltestelle, als die 15 quietschend hielt. Eine Versuchung. Aber er übergab seinem Körper die Kontrolle, seinen Beinen, er war das Gehen, nichts als der nächste Schritt und wieder der nächste, und nach einigen Metern war die Schwäche, es den Kilometer bis nach Hause bequem zu haben, überwunden.

Eine junge Frau in engen, unten weit ausgestellten, grauen Hosen, weißen Sneaker, aber mit kompaktem Kinderwagen. Ein Jammer: Wollte jung sein und war doch nur noch Mutter.

Zwei Alte auf E-Bikes.

Ein Greis im picobello Anzug. Auf dem letzten bisschen der Strecke hängt der Mensch tatsächlich vom Outfit ab.

Ein Mann in hellgrüner Arbeitsmontur mit aufgesetzten dunkelgrünen Taschen. Gib dem Deutschen eine Uniform, und du musst ihm zehn Prozent weniger zahlen.

An der Bushaltestelle herumlungernde Halbwüchsige, die Hälfte rauchend. Wie bescheuert muss man sein, dem Marlboro Cowboy den Stängel zu lutschen!

Eine Werbetafel, auf der ein Alter im Overall mit Walrossschnurrbart für Edeka warb. ›Wir lieben Lebensmittel.‹ Ja, Oppa, und vor allem das Geld der Kunden. Allerdings, es ist ja nicht das Geld, das die Erde und zwangsläufig unsere Kinder totmachen wird. Wenn es kein Geld gäbe, gäbe es was anderes. Der Mensch, wenn er will, kann aus allem etwas Furchtbares machen. Und er will fast immer.

Wahrheiten und Weisheiten, die billig waren, aber wenigstens verging damit die Zeit. Sodass jetzt bereits die Ecke erreicht war mit dem Haus, das kernsaniert wurde und von dem nach zweieinhalb Jahren nur noch die tragenden, von Eisenstreben abgestützten Mauern standen. Zweieinhalb Jahre, weil praktisch alles von Hand gemacht worden war, von moldawischer, bulgarischer Hand, die Hand, die sich bei Penny eine Literflasche Cola und zwei Brötchen kaufte.

Und nun führte der kurvige Weg runter zum Fußgängertunnel am Bahndamm. Die nächsten zwanzig Meter, die diese beklemmend niedrige, pissig stinkende Röhre bildeten, würde er auf Autopilot hinter sich bringen. Anders war das gar nicht auszuhalten. Dabei war er ein Mann; was wurde hier erst einer Frau zugemutet! Aber Frauen sollten sowieso davor gewarnt sein, sich in solche zwischen Eingang und Ausgang fluchtwegfreien Orte zu begeben. Wer so was konstruiert hatte, musste ein Mann sein, einer der büroarbeitenden Zombies, die nie zu Fuß gingen, schon gar nicht nachts. Aber einmal in die Welt hineinbetoniert, hieß es: ›Das kann man nicht mehr rückgängig machen. Ist doch auch bis jetzt nichts passiert, also.‹ Was übrigens als Motto der ganzen Stadt gelten konnte. Eigentlich dieser ganzen Welt.

Es war zehn Grad kühler als draußen unter der Sonne, und irgendwo tropfte was runter, was es echomäßig wie in einer Felsenhöhle klingen ließ, und auf dem Boden, im Abstand von einem halben Meter, befanden sich zwei handtellergroße schwarze Beulen, die wie zerlaufene Stalagmiten wirkten, aber wohl aus Plastik waren. Rätsel des Alltags.

Er hatte die Hälfte der Röhre geschafft, da registrierte er etwas. In Neongelb: *auf das glück warten ist wie auf den tod warten.* Er stoppte. Er las den Satz – alles klein geschrieben und ohne Komma und hinten ohne Punkt – noch mal.

Das Glück und der Tod ... Das Glück im Verrinnen der Zeit, im Vergehen ... Und dann in sich wortlos: dass das Denken ein Ende haben muss. Er hielt den Atem an. Konnte es das sein, was ihm hier so zufällig vor die Augen gesprüht worden war? Aber klar, so ging das. Jetzt atmete er wieder. Das Denken muss ein Ende haben, weil es nämlich verzögert und dadurch dem Tod in die Karten spielt. Gegen den Tod hilft nur Bewegung. Bewegung beweist, dass es einen noch nicht erledigt hat, Bewegung im Sinne von: Heute da sein, wo man gestern noch nicht gewesen ist und morgen auch schon nicht mehr sein wird, aber dazwischen was entscheidend verändert. Das heißt es, zu leben. Was sich im Kontinuum abspielt, natürlich. Man kann ja auch mitten im Existieren etwas tot sein, dann noch ein bisschen mehr, Stück für Stück stirbt man ab, weniger Energie, weniger Ich-mach's-anders, weniger Dann-ist-das-eben-vorbei-mit-uns. Und was hilft dagegen? Helfen und heilen tut nur eine Idee. Und zwar eine, die stark genug ist, einen inmitten der Lügen und der falschen Lösungen bei Vernunft bleiben zu lassen oder zur Vernunft zu führen – und natürlich auch so mächtig, die falschen Lösungen zu beseitigen. Eine einzige Idee. Und die hatte er. Na also. Er eilte aus der Röhre raus und die dramatisch gekurvte Betonrampe hinauf.

Dort oben traf ihn das Sonnenlicht. Er spürte es warm auf der Haut, eine Wärme, die gleich zu Hitze wurde. Der Himmel war wieder ganz wolkenlos. Im Radio würden sich die Mickymausstimmen nicht mehr einkriegen können. »Herrlich«, würden die Mietmäuler denen, die im Reihenhaus mit totem Rasen als Vorgarten lebten und nix dabei fanden, vorquietschen. »... stören von morgens bis zum späten Nachmittag nur einzelne Wolken ... Nachts ist es wolkenlos, also genau richtig für romantische Stunden unter sternenklarem

Himmel.« Wie viel Wahrheit darf im Namen der Unterhaltung verschwiegen werden?

Dann lag auch schon die Abkürzung vor ihm: der mit Betonplatten ausgelegte Weg. Links ein regelrechter Wall aus vertrockneten Brombeersträuchern, auf der anderen Seite eine Halle, groß wie ein Hangar, mit einer Reihe blinder Fenster, bei denen das Glas von Löchern durchsiebt war, als hätte jemand Zielschießen geübt. Davor das vielleicht zweihundert Meter lange Stück Mauer, bedeckt von grellbunten Graffiti; und schon wieder, mitten unter der optischen Belästigung an der Wand: *auf das Glück warten ist wie auf den Tod warten.* Diesmal in Mintgrün und mit korrekter Binnengroßschreibung. Aber was ihm eben noch Wahrheit ins Ohr geflüstert hatte, war jetzt bloß noch wie ein netter Spruch – nur dass daneben ganz flüchtig ein Kreis in eben diesem Grün hingesprüht war, darin: Punkt, Punkt, Komma, Strich. Ein Kommentar? Dieses Mondgesicht mit dem Grinsen?

Zu seinen Füßen – er wäre fast draufgetreten – zwei Feuerwanzen, ineinander verhakt, und der eine abgeplattete rotschwarze Winzling zog und zerrte den anderen mit sich herum. Jetzt müsste man in Biologie firm sein: War's das Weibchen oder war's das Männchen?

Keine Zeit, nachzudenken; immer noch Hitze, es drohte Sonnenbrand, und obendrein war da die steile Lomichel-Straße, hier unten beginnend bei 48.

Die 40er und 30er über war es bereits leise spürbar, dass nun auch der vertikale Vektor relevant wurde, und ziemlich genau bei Nummer 28 ging es richtig auf die Waden und die Oberschenkel. Und kein Auto, kein Bus fuhr vorbei, sodass es auch null Fahrtwind zur passiven Kühlung gab.

Und jetzt musste er sich zusammenreißen, das Keuchen unterdrücken und sich überhaupt um fließende Bewegungen bemühen, denn zwei Fenster links der Haustür zu Nummer 17 hatte sich Morr hingemacht. Mitte sechzig und war für nichts und niemanden im Speziellen da platziert, sondern wie Dreiviertel des Tages im Fenster hängend – auf dem Rahmen ein zusammengelegtes Handtuch, um's noch bequemer zu haben –, stumpf lächelnd und mit einer Zigarette in den Wurstfingern. Von Morr hieß es, er hätte in der DDR gegen ein Denkmal gepisst und dafür zwei Jahre gebrummt und kriegte deshalb heute Monat für Monat eine Ehrenrente überwiesen. Da fragte man sich wirklich: Welches System war im konkreten Fall blöder?

Onno machte mit der Hand eine Geste des Grußes und versuchte dabei, es so aussehen zu lassen, als gucke er in Morrs Richtung. Aber natürlich tat er das nicht. Was für ein verheerter Schädel! Die Adern vom Alkohol geweitet, die Haut mal rot, dann violett oder lederbraun; die Augen – dominiert vom Pissgelb der Gelbsucht – in Fettfalten. Überhaupt dieses Fett. Wie konnte man es in einem Körper aushalten, der doppelt so schwer war wie von der Natur vorgesehen und der damit längst zum Feind geworden war?

Bevor er sich ins Haus verzog, gab es noch was zu tun, nämlich den großen braunen Umschlag, der aus dem Briefkastenschlitz ragte, ans Tageslicht zu bringen. Der Stempel verriet: *Die Tierbefreiung*. Und da war noch ein Umschlag. Um den rauszuholen, musste er dann – unter den Augen des beleidigend lebensuntüchtigen Alkoholikers – die Klappe des Briefkastens umständlich aufschließen. Der Umschlag war flach und weiß. Ein offizielles Schreiben.

Er trat in den kühlen Hausflur, riss den braunen Umschlag auf, und während er dann ins dritte Obergeschoss hochstieg, überflog er den Inhalt des Magazins. ›Tierbefreiungstreffen in Rom.‹ Demos für die Schließung aller Schlachthäuser. Ausbeutung ›... 80 Millionen Lebewesen wurden 2013 ihres Felles wegen ermordet ...‹ Er schloss die Wohnungstür auf. ›Veganismus als Teil des Problems: Konsumwahn und Umweltzerstörung innerhalb der globalisierten Zivilisation.‹

Treffend. Aber die darauf folgenden vier eng beschriebenen Seiten ersparte er sich dann doch. Und einer hatte sich hingesetzt und ›Der Vegan-Hype im Kapitalismus‹ verfasst. Auch sehr richtig, aber, Mann, die Vorgänge in der Welt waren doch schon ins Licht gestellt, und dass das kapitalistische System, vulgo: die Marktwirtschaft, mit tausend Zungen immer nur dasselbe fordert und verspricht – du sollst für mich zerstören, und dafür mache ich dich unter Umständen besserverdienend –, ja, wer weiß das denn noch nicht? Wären da nicht die Meldungen im ›Quartalsreport: Befreiungen und Sabotagen‹ und die Berichte von den Lebenshöfen, hätte er sein Abo längst gekündigt. Er legte *Die Tierbefreiung* auf die Fensterbank im Klo und tat den braunen Umschlag in die Transportbox fürs Altpapier.

Dann schlitzte er die Behördenpost auf. Es war wie erhofft die Sterbeurkunde seiner Mutter. Das Ding hatte er vor zwei Wochen bei der Gemeinde Breckensen angefordert, zehn Euro überwiesen und seitdem drauf gewartet. Nur um jetzt runter in die Erinnerung gezogen zu werden.

Breckensen. Hössensen.

Mit achtzehn weg. Ungewollt, aber weiß Gott nicht unfreiwillig. Panzerbataillon 13. Immerhin Panzer. Besser als Panzergrenadier. Er ist kein Mensch, er ist kein Tier, er ist ein Panzergrenadier. Als Mann sollte man Panzer lieben. Scheiß Zeit, jeder Tag seit dem Tag, als er sich in der Wattenberg-kaserne am Einödstandort eingefunden hatte, die Haare in vorauseilendem Gehorsam raspelkurz geschnitten. Aber immerhin und am wichtigsten, er hatte es überlebt. Und hatte auch was draus gelernt: dass man in Befehl-und-Gehorsam geraten konnte unter solche, die zu dumm waren, ihren eigenen Namen fehlerfrei in den Schnee zu pissen. Zweimal geschlafwandelt, zweimal zum Gespött geworden, weil im Schlaf geredet und man hatte's gehört. Jahresurlaub geopfert, um rauszukommen.

Dann weit weg nach Mannheim. Diesmal ganz gemäß seinem Willen. Mannheim, so gut wie jede andere Stadt mit Uni. Nie wieder Jeder-kennt-jeden, nie wieder Der-Bus-fährt-dreimal-am-Tag-und-sonnabends-und-sonntags-keinmal.

Und Erkenntnisse, Erkenntnisse.

Zuerst mal, dass es verhängnisvoll sein kann, frei zu sein, ohne dass Zwänge Grenzen setzen. Ihm begegneten in der Fakultät Tatsache Studenten, die dreißig-plus-x Jahre alt waren, lebendes Mobiliar mit entsprechender Perspektive.

Dann: Je weniger Zwänge man von außen auferlegt bekommt, desto stärker muss die Selbstdisziplin wirken. Wenn man nur einmal lebt und alles, was vorbeigetrieben kommt, nur genau ein Mal vorbeikommt, wäre man blöd, sein Boot antriebslos, also unsteuerbar treiben zu lassen und womöglich Spielball des Schicksals – in Gestalt der anderen in ihren angetriebenen Booten – zu werden.

Und die Frauen. Ach, die Frauen! Vor allem, dass das keine Mädchen mehr waren, sondern Frauen. Die Frauen! Schüchterten ihn schon ein. Anfangs. Aber das Gehirn lässt sich nicht einschüchtern, und so klärte es sich dann – das ging rapide: crashen und es abheilen lassen und sich's eine Lektion sein lassen, danke Sibylle, danke Anne, danke Saskia –, und er hatte sie alle in der Theorie drin. Die da ging wie folgt. Frauen, auch die ausgeflipptesten Achtzehnjährigen und auch die Pomeranzen, die sich weit weg vom Kuhkaff ins andere Extrem schieben und stoßen lassen, schmachten zwar Brad Pitt an, vorzugsweise in allgemein romantischer oder Schlaf-los-in-Seattle-induzierter Stimmung, und lassen es vielleicht auch mal körperlich werden – wenn man's nicht mitnimmt, wird jede Tasse Kaffee eine Tasse Bedauern sein –, sind aber im Oberstübchen längst auf der Suche nach ihrem Herrn Müller-Lüdenscheid. Denn, und da lass dich mal nicht täuschen, die weißen Zähne, die faltenlose Haut, die tadellos festen Brüste – Brüste, nicht Busen –: das ist alles nicht die

Frau. Die Frau ist die Frau in ihrer Zukunft, heißt, älter, mit Kind und einem Budget, das einem im Konsumspiel mitspielen lässt. Und wer passt in die Leerstelle – denn das Kind braucht einen Vater, das Budget einen Beiträger – besser als Herr Müller? Was soll auch schlecht daran sein, einen Spießer zu ehelichen? Möglichst einen im Beamtenverhältnis, mit nicht besonders viel Fantasie und einem Schmerbauch. Ein Schmerbauch ist Zeichen dafür, dass der Mann frisst – und nicht ficken will. Ficken ist Zumutung, aber das Fressen kann man zu Essen kultivieren. Vor allem aber, ein Herr Müller wird da sein, wenn die Kinder aufwachsen, aber wo ist Brad-Pitt-Peter-Pan, wenn das Söhnchen oder das Töchterchen ihn braucht? Diese Erkenntnisse hätten der Beginn von Dramen und Versöhnungssex sein können. Was man sich als Student eben unter Paradies-auf-Erden vorstellt. Bloß, was ist, wenn man zwar ›die Frau‹ enträtselt hat, man sich selbst aber ein Buch mit sieben Siegeln ist und bleibt?

Dann: Freiheit bedeutet immer, vor einer Wahl zu stehen; und wenn was gewählt ist, hat man es gefälligst mit aller Kraft zu verfolgen. Und natürlich zu erreichen. Kämpfe, wo man nicht siegen kann – entsprechend nicht siegen wird –, sind es nicht wert, begonnen zu werden, wenn man nicht kindisch ist, kindisch oder fanatisch.

Der Haken war, Ziele verändern sich mit wachsender Informiertheit, woraufhin die Vernunft ins Spiel kommt, die wirkende Vernunft, und zur wirkenden Vernunft des Onno Fissler, inzwischen 22, hatte es gehört, sich einzugestehen, dass die grundsätzliche Wahl: Geschichte, bei allem Erfolg – eine 1,1 im Grundstudium zuzüglich Hiwi-Stelle und Aussicht auf Assistentenposten – die falsche Wahl gewesen war. Man ändert sich, und dann kann es eben geschehen, dass es einen nicht mehr interessiert, ob sich im Deutschen Bauernkrieg tatsächlich bloß die bäuerlichen Untertanen gegen die Obrigkeit empörten oder wie es kam, dass die erste

Generation der RAF zum Mythos wurde. Und: Zwar ist die reklamierte Welterkenntnis prickelnd und sind die Sommerabende im Biergarten allerbestens, aber da ist auch die Ahnung, dass man, falls die Dinge nicht perfekt ineinandergreifen, mit seiner Studienwahl zu denen gehören könnte, die das Bier und das Börek servieren müssen.

Daraufhin mehrere Anfälle existenzieller Panik: So viele Möglichkeiten, so viel Zukunft, und gerade dabei zu sein, es sich alles und endgültig zu vermasseln. Pech nun, dass er diese Panikphase während des Praktikums beim Studienkreis Deutscher Widerstand 1933-1945 in Frankfurt erlebte, abgeschnitten von den – sowieso labilen – sozialen Kontakten, und nur auf sich und seine Gedanken hören konnte.

Also das geschichtswissenschaftliche Studium nach sechs Semestern abgebrochen und sich beim Staat beworben. So im Nachhinein und in Ehrlichkeit eingestanden: Es waren die voraussichtlichen Semester an der Verwaltungsfachhochschule, die lockten, und nichts anderes.

Dann kam alles wie geplant. Studium an der Hochschule für öffentliche Verwaltung des Bundes. Eigentlich Brühl, aber der Fachbereich, den er sich ausgesucht hatte, residierte in Mannheim. Immerhin kein Umzug.

Ergebnis: Diplom-Verwaltungswirt (FH).

Und damit war die Schonfrist auch schon abgelaufen, und er war gemäß Dauerschuldverhältnis Regierungsinspektor in einer Behörde, die den entscheidenden Vorteil hatte, nicht in Hannover lokalisiert zu sein, nicht mal in Niedersachsen.

Plan war, die acht-Stunden-fünf-Tage abzusitzen als Körper ohne Ambitionen. Und nach Feierabend aufzuleben. Sowie am Wochenende und im Urlaub. Und irgendwann abzuspringen. Ja, schöner Plan, wunderbar. Im Alltag wurde es dann mit dem Ausführen aber nichts, denn abgesehen von den stressigen Wochen der Einarbeitung war die Bürozeit, waren die achtkommafünf Stunden dermaßen anspruchslos, dass er sich nachmittags stets mit dem Gefühl davonmachte, aus einer tiefen Betäubung aufgewacht zu sein.

Das wäre alles nicht mal so schlimm gewesen, wäre er zu lebendem Arbeitsmaterial geworden und hätte sich generell bei der Gaußschen Normalverteilung in der Mitte befunden. Aber dazu fehlte ihm die Neugierlosigkeit. Während die noch aus der Kindheit herstammende Neugier den meisten abgekauft worden war, also zu einem Faktor im Geldverdienen verwandelt: man ›verhält sich (im Rahmen der Arbeit) neugierig‹, war das bei ihm nicht der Fall. Er hatte seine Neugier nie ausgelebt – immer verstopfte selbstbezügliches Denken die Nervenbahnen, durch die auf die Wirklichkeit hätte zugegriffen werden können –, und so verwandelte sie sich vom offenen Flämmchen zu einem Gluthered.

Und was passierte daraufhin? Nichts. Optionen wurden weniger, das passierte, und waren irgendwann realistischerweise gar nicht mehr vorhanden. Die Tour durch die Wüste von Rajasthan: Ja, und? Zeit des Lebens verging. Eine Psychotherapie. Andere redeten von Familie. Immerhin machte das mit Dorothea allen in der B.I.V.A. klar, dass er nicht schwul war. Dann adios Doro und im Mietwagen von New Orleans nach San Francisco. Andere zeigten Fotos von Neugeborenen. Konfirmation. Jugendweihe. Er nahm an einer Reise nach Patagonien inklusive Antarktika-Ausflug teil.

Seine Mutter hatte er seit der Einberufung nie länger als eine Woche am Stück gesehen und hatte ihren Tod vor drei Wochen – Herzschlag – zur Kenntnis genommen. Zur Kenntnis genommen. Durfte er keinem sagen. Dabei hatte er keine Schuld daran. Wie es sich zwischen Eltern und Kindern verhält, entscheidet sich in den ersten Pi mal Daumen viertausend Tagen, und zwar immer nur am Verhalten der Eltern. Eine Binsenweisheit. Und das Kind ist ein Reflektor, vor dem man steht, zum Beispiel als Mutter, die in den entscheidenden Jahren versagt; steht dann da und kriegt alles zurück. Liebe.

Lieblosigkeit. Alles. Wer nicht reden kann, kriegt eben Schweigen. Da hatten die gelegentlichen Anrufe nix dran geändert, im Gegenteil, die hatten nur immer wieder fühlbar gemacht, wie hoffnungslos verkorkst es war. Okay, man könnte sagen, sie hatte sich bemüht. Aber mal ehrlich: Was zählt im Leben, das Bemühen oder das Gelingen?

Nicht mehr drüber nachdenken. Er legte den Briefumschlag samt Inhalt aufs Flurtischchen. Und verdammt noch mal aufhören, in den Rückspiegel zu starren! Wenn's klopft, einfach nicht aufmachen beziehungsweise nur das Gute annehmen – es gibt immer Gutes, man muss nur die Gedanken abwürgen, kurz bevor das Aber kommt. Und das Gute lag in diesem Fall so nahe: nämlich direkt vor ihm in Form des amtlichen Dokuments, das ihm Zugriff auf die diversen Konten seiner Mutter verschaffen würde.

Wobei es schon eine schöne Überraschung gewesen war, die Zehntausenden von Euro. Aber andererseits, so, wie er seine Mutter erlebt hatte, hatte die gegen jede Vernunft eine höllische Verarmensangst gehabt, was bewirkte, dass sie von einem Euro höchstens neunzig Cent ausgab. Kein Vergnügen, offensichtlich nicht, der Magersucht und den diversen anderen psychischen Warnsignalen nach zu urteilen.

Immerhin hatte er angesichts dessen für sich etwas kapiert. Das Leben ist kein Pfad, dem man folgen könnte oder müsste. Man steht in einer Wüste, unter der Sonne, und vor einem nur zweierlei: oben der maßlose Himmel, darunter eine gigantische Menge Sand, trittfest, aber unbetretbar für alle außer dir selbst.

So, und nun, was machst du jetzt? Du tust einen Schritt, das machst du, und es ist scheinbar nichts getan, dann einen zweiten Schritt, und wieder nichts, aber gehen musst du, ob eine Oase oder ein Sandsturm wartet oder gar nichts, du musst, auch wenn hinter dir die Abdrücke deiner Schuhe schneller verweht sind, als du Blaubeerkuchen sagen kannst.

Nettes Bild. Aber jetzt und hier, ließ sich ohne Bilder leben. Weil nämlich Geld da war – allerdings auf keinen Fall genug, um sich von der B.I.V.A. zu verabschieden. Er hatte das wieder und wieder durchgerechnet, mit immer demselben Ergebnis: Die Dividenden bei sicheren Anlagen – und nur solche kamen in Frage, er war ja kein Hasardeur – würden sich zu einem Viertel Hartz-Niveau addieren. Dann hätte er zwar Zeit im Überfluss, könnte aber nichts bewerkstelligen, weil, selbst zuzüglich Erspartes, das flüssige Kapital fehlte. Und mit der Erbschaftsdividende als zweites Einkommen auf zwanzig Wochenstunden runterzugehen, war aussichtslos, wenn man in einer Bürokratie mit Planstellen und Personalnot gefangen ist. Oder man mimte den Gestörten und schaffte es in die Frührente. Aber erstens konnte das selbstmörderisch schief gehen – wer wusste schon, was die freie Zeit inklusive nicht-mehr-gebraucht-werden mit einem tat? –, und selbst wenn man dahingehend unbeschadet blieb, würde man sich nicht mehr im Spiegel ins Gesicht gucken können. In allem Planen war ja mitgedacht, sauber zu bleiben, und da verbot es sich, sich vom Verbrecher rauskaufen zu lassen und so beim Verbrecher für immer verschuldet zu sein.

Er würde also noch Jahre im Büro überstehen müssen. Jetzt flammte Zorn auf, Zorn über seine letztendliche Feigheit. Denn er wusste es doch besser. Was nützen mir gut gefüllte Konten, wenn ich am Ende sowieso in einem Altersheim hocken muss und jede Stunde ohne Sinn verrinnt, weil ich selbst sinnlos geworden bin? Das Leben muss hier und jetzt gelebt werden, hier und jetzt, denn was danach noch wartet, ist kein Leben und noch viel schlimmer.

2

Er hielt inne. Es war überwältigend. Er fühlte sich selbstgewiss. Ein verdammt ungewohntes Gefühl. Meistens war es ja so, dass er ausführte, was ihm von Heister vorgesetzt wurde und damit angeordnet war oder was die Umstände notwendig machten. Da war er sich selbst so wenig gewiss wie – schätzungsweise – eine Ameise.

Er legte das Gurtband um den Baumstamm und rannte, so schnell es bei der fast vollständigen Dunkelheit möglich war, zurück und prüfte noch ein letztes Mal den Sitz des Gurtes um die Stelze. Dann, wieder am Baum, begann er, den Hebel der Ratsche vor- und zurückzubewegen.

Der Gurt kam in Spannung. Jetzt musste sich zeigen, ob die Kerben, die er an den beiden Stelzen angebracht hatte – mit der Bügelsäge eine Sauarbeit –, wirksam waren.

Offenbar, denn nach zwei, drei weiteren Zügen knirschte es bedenklich beziehungsweise verheißungsvoll.

Er arbeitete wie mechanisch.

Dann ein Splittern.

Er unterbrach kurz, schüttelte die Arme aus. Machte weiter. Sekunden später brach an einer Stelle das Holz. Eine surreale Stille folgte, in der die Kanzel mehr und mehr nach vorne kam. Dann: ein Geräusch wie zweifaches Knallen, als es die beiden anderen Stelzen ultimativ außer Funktion setzte, und zuerst schnell, am Ende durch Unterholz und Gestrüpp zu zeitlupenhafter Langsamkeit verzögert, ging das ganze Ding zu Boden. Und lag da, als wäre das die natürliche Ordnung. Was es ab jetzt ja auch sein würde.

Er ballte die Hände, entspannte sie wieder. Erstaunlich, wie schnell man von einem Staatsbürger zu einem selbst denkenden und fühlenden Menschen werden konnte.

Noch vor einem Jahr war für ihn die verwegenste aller Aktionen, bei diesem Tierschutzstand am Hegel-Platz mit anzupacken. Im Nachhinein Laientheater, für Magdeburger Verhältnisse allerdings machte das schon was her. Man hatte den Stand strategisch günstig zwischen einer Bauminsel und drei Bänken positioniert, war dann ausgeschwärmt und bewegte sich nun im steten Fluss der Passanten. Wobei es ihm anfangs doch unangenehm war, als ›Reh‹ aufzutreten, aber ziemlich schnell hatte er sich an die Tiermaske gewöhnt, sie sogar als Vorteil gesehen; denn immerhin war die Maskerade etwas Außergewöhnliches, und Außergewöhnliches zog die richtigen Menschen an und stieß den Rest ab. Zumal er es noch gut getroffen hatte. Emilia etwa war ›Esel‹. Eselin.

Eine eingeschnappte Eselin, die ihn kühl empfangen hatte und auch keine Chance zuließ für ein wenigstens kurzes Gespräch – und dachte, das würde ihm was ausmachen. Pieksen tat es, okay, aber wehtun tat es nicht. Denn er war ein Mann. Für Frauen kam das vielleicht der Höchststrafe gleich: inkommunikado gesetzt zu werden, aber für Männer gab es Schlimmeres, zum Beispiel, in einem Katz-und-Maus-Spiel zu sein. Das musste enden. Das würde er ihr sagen, und zwar deutlich. Bei Gelegenheit. Und bis dahin sich darauf konzentrieren, die Vorübergehenden auf das Leid von Nutztieren aufmerksam zu machen. Dafür war er ja vor allem hier.

Diese Stadt ist alt im Denken, und so findet der gelinde öffentliche Diskurs im Monopolblättchen statt, bedeutet, den Alten wird Nachricht und Meinung vorgesetzt; aber die ›Freunde der Tiere‹ hatten ja das junge Element im Visier.

Das junge, weibliche Element, ohne das an eine Korrektur des kollektiven Wahnsinns nicht zu denken war. Die junge Frau, so einzeln betrachtet, mochte sich mit Nichtigkeiten beschäftigen, aber zusammen, Stichwort Schwarmintelligenz, Stichwort auch: Verantwortung für das Baby, das ja mal ausgetragen und zu einem ordentlichen Menschen in einer lebenswerten Welt aufgezogen werden sollte, zusammen also entwickelte die Zielgruppe bemerkenswerte Einsicht und, bei allem Wankelmut, strategische Beharrlichkeit.

Vor allem war von den Frauen Mitgefühl zu erwarten, schlicht deshalb, weil die ja von Natur aus so eingerichtet waren, dass sie per Spiegelneuronen ihren Nachwuchs lesen mussten, und deshalb taten sie, die Frauen, mehr oder weniger mit allem mitfühlen, was sich regte, vorzugsweise mit dem, was zwei glänzende, babyhaft übergroße Augen aufwies. Mit Kälbern zum Beispiel.

Tatsächlich war das dann auch oft so – aber mindestens genauso oft waren die Zielpersonen verschreckt, manchmal regelrecht abwehrend. Oder desinteressiert, wie die beiden Mädchen jetzt eben, die zwar die Broschüre ›Reise in den Tod‹ angenommen hatten, aber auf eine Art, dass es so gut wie eine Ablehnung war.

Was man durchaus nachvollziehen konnte. Er sah rüber zum Stand, wo auf dem zentralen Plakat *Tiertransport: Tierqual auf Rädern!* ein Kalb gezeigt wird, das – offensichtlich in einem Transporter – zwischen dreckverschmierten Beinen von anderen Kälbern liegt, die Marke ordnungsgemäß durch das Fleisch des Ohres getrieben, das Fell nass von Pisse und Scheiße, das Gesicht frontal zum Betrachter. Bei dem verreckten Tier sind die toten Augen so weit aufgerissen, dass das Weiß zu sehen ist. Das war die Wahrheit. So ging es zu auf den Transporten. Und es war hier noch sehr milde vor Augen geführt. Wenn man die Todesschreie hören müsste und den Gestank der Angst riechen müsste, der Todesangst, und überhaupt das absolut Böse, was sich in einer solchen Behandlung von Lebewesen ja in seinem faschistischen Wesen entblößte, dreidimensional vorgesetzt kriegte … Aber was war die Wahrheit wert, wenn sie so inszeniert dargereicht zwar immer noch ungeschminkt genug war, das System zu entlarven – es geht hier ja nicht um den, der das Bolzenschussgerät dem Kalb an die Stirn setzt, sondern um die Auftraggeber, nämlich um die, aus denen sich die Nachfrage zusammensetzt –, wenn die Wahrheit aber selbst in zweidimensional reduzierter Form wie die Sonne wurde: unmöglich, sie direkt anzugucken, und in Otto und Anna Fleischfresser, bei denen sich nie auch nur drei Gehirnzellen damit beschäftigt hatten, was mit den Tieren geschah, bevor aus den Kadavern das Fleisch geschnitten wurde, den Reflex auslöste: weggucken und ins Aus-den-Augen-aus-dem-Sinn-Land fliehen ...? Wäre es da nicht geschickter, nach dem probaten Spruch zu verfahren, dass der Köder nicht dem Angler schmecken muss, sondern dem Fisch, und also Rücksicht auf die primitive Abwehrpsychologie zu nehmen, taktisch, eingedenk dessen, was Konrad Adenauer allen Revolutionären ins Stammbuch diktiert hatte: »Nehmen Sie die Menschen, wie sie sind, andere werden Sie nicht kriegen«, und –

Eine große, hagere Frau mit kupferfarbenen Haaren kam auf ihn zu, die großen Augen zusätzlich umrahmt, wodurch die aussahen wie erschrocken starrend.

»Ich danke Ihnen«, sagte die Rothaarige mit einem offenen Lächeln.

Er war schon versucht, die Maske abzusetzen, entschied sich aber dagegen. Es machte ja doch einen Unterschied.

»Es ist eine so gute Sache, Ihre Sache! Dass jemand der Welt mal sagt, was – Also, ich finde die Vorstellung unerträglich, Lebewesen so was anzutun!«

»Ohne Fleisch lebt es sich auch gesünder«, sagte er. Das war bei Frauen erfahrungsgemäß ein starkes Argument. Denn während bei Männern ›gesund zu leben‹ immer bedeutete, etwas zu addieren, lief ›gesundes Leben‹ bei Frauen eher auf kluge Abwahl hinaus, was sich perfekt in pflanzenbasierte Ernährung umsetzen ließ.

»Weil töten böse ist«, flüsterte die Rothaarige. »Jedes Mal, wenn man Fleisch isst, lädt man Schuld auf sich.«

Er wollte so was erwidern wie ›Es geht ja schlicht um leben lassen, was leben will‹, nahm aber wahr, dass sich etwas von der Seite her näherte, und jetzt: die Eselsmaske.

Da hatte sich Emilia auch schon vor ihn geschoben. »Essen Sie Käse?«

»Manchmal.« Die Rothaarige sah verwirrt von einer Maske zur anderen. »Ich meine, selten.«

»Weshalb haben wir das hier hingestellt?« Emilia zeigte rüber zum Plakat. »Warum wohl gerade Kälber?«

»Was wir sagen wollen«, sagte er, «ist, dass die Kälber –«

»Ich kann das schon selbst«, sagte Emilia, drehte den Kopf, die Maske wieder frontal zu der Frau. «Man will Kälber ja nicht wegen Fleisch. Man will Milch, aber ohne Kälber keine Milch. Kälber sind das Abfallprodukt der Milchgewinnung.«

»Kuhmilch trinke ich schon lange nicht mehr«, sagte die Frau, nun wieder etwas sicherer. »Dafür habe ich den Haferdrink. Da ist ja auch eine natürliche Süße drin.«

»Milch tötet. Milch in jeder Form.« Emilia machte einen Schritt vor – woraufhin die Frau die entsprechenden dreißig Zentimeter zurücktrat – und sagte: »Wer Käse kauft, ist mitverantwortlich für das, was im Schlachthof vor sich geht. Und natürlich für das da«, und deutete wieder zum *Tiertransport: Tierqual auf Rädern!*

»Ja, wenn man so nachdenkt«, murmelte die Frau, die es nun schon sichtlich vom Geschehen wegzog.

»Wissen Sie, wie lange Kälber aus Polen, die quer durch Europa nach Spanien gekarrt werden, ohne Wasser bleiben? Selbst im Hochsommer –«

»Ja, man darf gar nicht dran denken«, kam es von der Frau, und: »Und noch einen schönen Tag, ich meine, erfolgreich für die Sache«, und war dann fort und weg.

»Gratuliere«, sagte er.

Emilia: »Und fühlen sich auch noch als Teil der Lösung.«

»Ich hätte mich trotzdem gerne unterhalten.«

»Du sollst dich nicht unterhalten, du sollst überzeugen. Und endlich lernen, wo sich's lohnt.«

»Und das kannst du natürlich sagen, unbeteiligt und im voraus.«

»Es lohnt sich jedenfalls nicht bei solchen Hippies.«

»Hippies?«

»Die lesen nie ein Buch zu Ende, und wenn ein Schmetterling vorbeifliegt, legen die das Buch gleich ganz weg und geraten ins Träumen, wo die Welt von Schmetterlingen bevölkert wird, süß lächelnden Schmetterlingen, die natürlich auch sprechen können und –«

»Ich glaube, da warten welche, agitiert zu werden«, sagte er und wies hin zu dem anschreienden Plakat, wo ein Pärchen – dreißig, fünfunddreißig, new-urban-stylisch – am Tischchen mit den Broschüren stand.

Einen Moment lang war Emilia unschlüssig, aber dann marschierte sie zu den beiden potenziell bekehrungsfähigen Menschen hin.

Er ging zur Bank direkt vor der Pizzeria und setzte sich auf die letzte saubere Ecke der ansonsten taubenbekackten Sitzfläche. Manchmal war Emilia einfach nur anstrengend. Er zog sich die Maske ab, strich sich eine Strähne aus der Stirn, merkte überrascht, dass das Haar schweißnass war.

Aber keine Ruhe. ›Waschbär‹ kam heran und ließ sich ohne um Erlaubnis zu fragen neben ihn nieder. Onno verspannte.

›Freunde der Tiere‹ bestand aus fünf festen und zirka fünfzehn ab-und-zu Engagierten und war, soweit er das in dem halben Jahr mitgekriegt hatte, gar nicht überlebensfähig ohne die Zuschüsse, die ›Waschbär‹ tätigte, finanziell sowieso, aber auch in Form von funktionierenden Ideen für Kampagnen, neuem Equipment, Fahrten zu Treffen von anderen unabhängigen Tierschutzgruppen.

›Waschbär‹ hieß im richtigen Leben Jonas Wenzel und war ein Unsympath wie aus dem Kinderprogramm. Mitte vierzig, eher noch älter, also auf keinen Fall mehr jung, und mimte im schwarzen Rollkragenpullover Steve-Jobs-reloaded. Dass Emilia Wachs in den Händen dieses Typen war und gar nicht aufhören konnte mit »Ganz richtig, Jonas« und »Sag mal, Jonas, was hältst du von …«, war eines der Rätsel der weiblichen Psyche. Zumal Wenzel ganz bieder verheiratet war. Was vor allem ärgerte: Dieses Arschloch hatte kein Problem damit, viel älter zu sein, und Emilia schien die Jahre gar zu nicht registrieren. Taten so, als gäbe es das: Frau und Mann und kein Gedanke an Geschlechtsverkehr.

Aber er, Onno, hatte gegoogelt und wusste also längst, mit wem man es zu tun hatte. Wenzel: Hatte in den Neunzigern, wahrscheinlich, weil's von außen so einfach zu sein schien, einen Bio-Laden eröffnet. War prompt Pleite gegangen. Siehe die Fabel vom Affen, der fischen wollte. Fünf Jahre später: zurück in der Arena und einen Naturkostladen aufgemacht. Zweite Pleite. Und das hätte es dann eigentlich sein müssen, wenn da nicht Manuela Lammert hätte an Land gezogen werden können; sechs Jahre älter, aber was machte das schon bei der einzigen Tochter von Uli Lammert, Inhaber von Gewürzekontor Nord. Und der notorische Pleitier gründete – nichts ist unmöglich mit Schwiegerpapas bürgenden Millionen und nützlichen Verbindungen – eine Destille für Naturdüfte: ShootingStar. Und: Bingo!, dermaßen Bingo!, dass Lavera im folgenden Jahr mit ihm ein Joint Venture aufzog: Sternenstaub. Wenzel ließ sich sechs Jahre später ausbezahlen, war ab dann Multimillionär aus eigener Kraft und eröffnete – wohl um das anfängliche Versagen als unglücklichen Zufall zu relativieren – zwei Bio-Läden. Weil er inzwischen aber gelernt hatte, auf welche Weide es die Kühe zieht, die man melken kann, wurden Mondlicht und Stern des Südens in bester Konsumlage installiert, beide Verkaufsorte in 80er-Retro-Design konzipiert, dazu nur Fairtrade-Produkte, null nichtrecycelbare Verpackung, vorzugsweise vegetarisch, am liebsten vegan. Kurz und gut, kein Teil der Lösung, diese Made im Speck.

Die beziehungsweise der machte nun mit dem Arm eine umfassende Geste und sagte: »Eine nette Aktion, was?«

Er zuckte die Schultern. All das hier war ja auf Wenzels Mist gewachsen. Was gab's da noch zu sagen?

»Ich weiß, das wirkt ein bisschen improvisiert. Aber wir können besser werden. Alles eine Frage der Organisation.«

Eine Frage der Organisation.

Dann senkte der andere Mann die Stimme: »Willst du nicht bei dem in Dresden mitmachen? Emilia ist auch dabei ...«

Und ausgerechnet in diesem Moment hörte er die aufgeregte Stimme Emilias, die Stimme eines Menschen, der sich wirklich noch gegen etwas empören konnte, dazu jung war und eine Frau.

Also fand er sich Wochen später in Dresden auf der Demonstration zur Schließung der Schlachthöfe wieder. Eine wertvolle Erfahrung. Zum einen, weil sich Emilia nur allzu gerne von anderen Typen belegen ließ, und da war nix Premium dabei. Aber noch wichtiger war, dass ihm währenddessen und vor allem danach klar wurde: Der Berg kreiste und hatte eine Fehlgeburt. Denn all die Besprechungen und die ganzen Korrekturen aufgrund neuer Ideen und behördlicher No-ways, die ganze vorgeschaltete und parallel aufgeführte PR, für was? Damit sich die letztlich zweihundert oder dreihundert vor Ort als Avantgarde vorkamen und den zweitausend zuhause am Monitor, oder mochten es zwanzigtausend sein, ein Event geboten wurde. Aber die Bilder zeigten dann Fanatiker mit aufgerissenen Mündern und erhobenen Fäusten und roten und schwarzen Flaggen. Wobei es in der Bubble eher Naivität war; man kam gar nicht auf die Idee, so zu schneiden, dass es einen günstigen Szenenablauf ergab. Im Staatsfunk allerdings war es Berechnung, wie immer übrigens: Niemandem wird die Realität ungefiltert verkauft;

immer haben Hände geändert, Hände, die von Gehirnen gelenkt werden, die sich sehr wohl bewusst sind, wer über ihr Budget entscheidet und über ihre Karriere, und auch, was die, die das Budgetrecht haben und das Besetzungsrecht ausüben, verdammt noch mal erwarten. Und es geht ja auch um was. Wer die Bilder beherrscht, beherrscht die Reaktionen der Millionen, die diesen Bildern glauben.

Im Nachhinein begriff er: Wie du es vor aller Augen tust, so tust du es effektiv falsch. Wer abwägend auftritt, der kriegt seine fünf Minuten Airplay – in denen er allerdings als eine Art Waldorf und Statler inszeniert wird, Kreaturen, die die Show abrunden. Wer aber wütende Energien zeigt, kann sich auf diese Art durchaus bemerkbar machen, trägt fortan aber die Ohrmarke ›Fanatiker‹ und ist in diesem Kampf der schwarze Mann, der die Feinde mehr motiviert, als dass er den Freunden hilft. Stichwort Bärendienst.

Apropos Kampf. Mögen andere die Öffentlichkeit beherrschen, solche, die sich exhibitionieren in Form lärmender und scheiß leicht in ihren Einzelteilen identifizierbarer Mengen; die Wahrheit lautet trotzdem: In einem System, wo jeder hysterisch vor die Kamera drängt, wird der gewinnen, der anonym bleibt. Es gewinnt derjenige, der anonym bleibt und dessen Taten reine Taten sind, die für sich sprechen.

Er sah rüber zum Jagdhochstand – zu dem, was davon übrig war. Tatsache. Er entfaltete echte Wirkung. Und die Ironie dabei war, Jagd und jagen interessierten ihn kein bisschen. Er hätte selbst jetzt, nach vier dieser Aktionen, nicht sagen können, welche Tiere wann gejagt wurden.

Aber solche Details zu wissen, ist auch unwichtig, genau wie es für die Befreier unwichtig gewesen ist, zu wissen, was ein roter oder grüner Winkel auf der Häftlingskleidung im KZ bedeutete.

Im Gegenteil, man muss sich hüten, durch Informationen beziehungsweise Desinformationen und Diskussionen nicht am Ende so gehirngewaschen zu sein, dass man in sich Verständnis für das tägliche, stündliche Töten findet.

Statt sich also das massenhafte Töten zu etwas Notwendigem einreden zu lassen, soll man immer nur die eine Frage stellen: Cui bono? Wem nützt es, dass Leben zerstört wird, dass die Natur als Objekt betrachtet wird, also in letzter Konsequenz als Feind? Was nützt es, in einem immerwährenden Verwertungskampf gegen die Natur zu sein? In einem Kampf, der ja auf Vernichtung hinausläuft. Dafür gibt es keine Rechtfertigung, zumindest keine menschliche, menschlich mal im positiven Sinn, es gibt nur Mechanismen, durch die das Bestialische so perfekt organisiert ist, dass sich niemand gezwungen sieht, sich im Spiegel eigener Taten zu erkennen.

Aber in dieser perversen Perfektion hängt alles Töten, Schlachten, Abschlachten miteinander zusammen, und wenn also bei diesem zur industriellen Ausbeutung Konstruierten alles von allem abhängt, dann muss der Mensch, um dieses System zu Tode zu sabotieren, sich nur irgendeinen Punkt aussuchen, wo er ansetzt, wo er konsequent ist. Und am Ende wird dann ganze Arbeit geleistet worden sein.

Eine Frage der Organisation.

So wirst du siegen, Mensch, denn du hast ein Ziel: Leben retten. Dagegen hat der Feind, das System, nur todbringende Mechanismen.

Und genau das bedeutet es, richtig zu leben: gegen die Tötungen vorzugehen, um zu siegen. Vielleicht nicht heute, aber spätestens übermorgen.

Er machte den Spanngurt vom Baum ab. Klar war so was wie das hier nicht die gefährlichste Ausprägung des Feindes. Und die Welt war auch nicht in den Grundfesten erschüttert worden. Aber, Scheiße noch mal, es war ein Anfang.

Und der Anfang des Anfangs war vor acht Monaten, ein trister Novembersonntag, als er es in der Wohnung nicht mehr ausgehalten hatte. Er war in nordwestlicher Richtung gefahren, dorthin, wo die Altmark am menschenleersten war, hatte am Ende eines schmalen landwirtschaftlichen Weges angehalten und war ausgestiegen. Wie immer beeindruckt von der schieren Fläche um ihn herum. Seit er achtzehn war, hatte er in Städten gelebt, aber richtig atmen ließ es ihn nur in offener Landschaft. Er hatte sich in Bewegung gesetzt, und nach anderthalb Stunden war er am Waldrand auf so eine ähnliche Konstruktion wie die hier gestoßen.

Zwischen all dem Wildwuchs, dem scheinbar chaotischen Wachstum von Bäumen, Sträuchern, von Leben, das sich entwickelte, und Leben, das abstarb, von Gedeihen und Vergehen, inmitten der tausend Gerüche – denn Lebendes riecht, genau, wie Lebendes sich bewegt oder sich zumindest verändert – stand dieses Ding. Aus bearbeitetem Holz. Zusammengeschraubt, die Konstruktion an neuralgischen Stellen mit Eisenbändern verstärkt. Ohne Eigengeruch, bewegungslos für immer. Ein Fremdkörper. Wenn es je etwas Totes gab, dann war es dies hier. Das hatte er sich gemerkt: Der Eingriff des Menschen, um zu stören und vor allem zu töten, greift immer auf Totes zurück. Der Mensch bringt Totes in die Natur, um Tod anzurichten.

Das Schicksal hatte ihn zwei Wochen später zu einem anderen dieser Konstrukte geführt, diesmal allerdings zu einem, das bereits zerstört war, also nicht verrottet oder von einem beim Sturm entwurzelten Baum umgerissen. Sondern offensichtlich beseitigt. Er hatte dagestanden, und es war ihm in Verblüffung und Erkenntnis aufgestiegen: Man kann das machen: so ein Ding erledigen.

Gefolgt von der leisen Mahnung, dass man so was doch nicht tun dürfe.

Völlig korrekt. Man darf nichts kaputt machen, was einem anderen gehört – es sei denn, es besteht eine Notlage. Wenn sich der Unterschied unerträglich fühlbar macht zwischen

Unrecht und ungesetzlich, wenn sich also das Gesetz als das enthüllt, was es immer schon gewesen ist, nämlich die ausformulierte und mittels Gewalt herrschende Antwort auf die Frage: Wie kann auf Besitz basierende Ausbeutung, Abschlachtung, Vernichtung dem Menschen als Normalität aufgedrückt und eingeflüstert werden?

Da hatte er gestanden, ein Staatsbürger mit makellosem polizeilichem Führungszeugnis, und hatte solche Gedanken im Kopf. Und wurde dafür nicht bestraft. Im Gegenteil, er hatte einen jener seltenen Aber-der-Kaiser-hat-ja-gar-keine-Kleider-an-Momente, wo einem also eine Erkenntnis dessen durchfährt, was schon immer da ist, für das man aber blind gewesen ist, in diesem Fall: Das verfilzte Geflecht aus politischer und exekutiver Bürokratie und Konzernen – kurz, das System mitsamt der darin enthaltenen Macht – ist nicht naturgegeben. Alles andere als das. Sondern geschaffen. Und es kriegt seine Macht dadurch, dass die Dritten, die negativ Betroffenen, im Zustand des Objekts gehalten werden. Und zwar durch Formen der Gewalt, und die normalste Form dieser Gewalt sind die tausenden clever konstruierten Gesetze, die zugleich auch Conditio sine qua non aller Bereicherungen sind, Bereicherungen um jeden Preis, warum auch nicht?, denn die im verfilzten Geflecht müssen den Preis ja nicht zahlen.

So ist das. Einfach sehen, dass der Kaiser nackt ist – und dann entsprechend reagieren. Denn wer will schon einem nackten Kaiser gehorchen? Und warum überhaupt? Einem Kaiser, den es doch bloß gibt, um den Fluss des Geldes sicherzustellen und die im Geflecht bei Bedarf zu verteidigen.

Eine objektive Notlage also, mit einem radikal neuen Imperativ. Nämlich dass ein Drittes zur Macht gebracht werden muss: die sich naturgemäß organisierende Einheit allen Lebens. Nur dies, die große Homöostase, garantiert eine Zeit ohne Menschenherrschaft. Denn wenn Menschen herrschen, führt das in der Konsequenz immer zu Massenschlachten und Vernichtung im Kleinen und Großen.

Das war vor nicht einmal einem Jahr gewesen. Unfassbar, wie sich das Leben, wenn es aufs richtige Gleise gesetzt wird, beschleunigen kann.

Sein Kopf war heiß. Sein Herz pochte. Das war Wut. Eine gute Wut.

Wirksam sein. Echtes Leben.

Er ging zu dem Baumstumpf, zog die Sporttasche, die er dahinter verborgen hatte, hervor, öffnete sie und nahm die Kamera heraus. Denn bei aller Anonymität war der Welt doch mitzuteilen, was hier Gutes getan worden war.

Sich durch diesen stockdunklen Wald zielgenau zurück zum Peugeot zu bewegen, war hakliger als gedacht. Ohne Licht, also ohne die Sicht auf konkrete Zielpunkte, waren alle Bewegungen etwas, bei dem man höchst vorsichtig sein sollte. Die Natur verzeiht keinen falschen Schritt und würde die Strafe prompt exekutieren. Dass sich die Sinne geschärft hatten, vor allem das Gehör, ließ es eher noch bedrohlicher werden, mit den unvermittelten Geräuschen und den angedeuteten Formen und Umrissen in den schier tausend Abstufungen von Dunkelheit, die alles verkomplizierten in der reduzierten Dreidimensionalität.

Beim ersten Hochsitz hatte ihm diese überdeutliche und zugleich sich verschleiernde Gegenwart richtig zugesetzt; es war zu einem Horrortrip geworden mit Hinfallen, zerkratzten Händen, alles schmutzig, dann ein Hetzen, gefolgt von Panik, weil er plötzlich nicht mehr genau wusste, wo das Fluchtauto stand.

Und obwohl er sich diesmal Wegmarken eingeprägt hatte – die drei Findlinge, den Trichter, den Abhang mit den beiden umgestürzten und wie ein Kreuz daliegenden Bäumen –, kroch in ihm Nervosität auf, und was eben noch als schützendes Wirrwarr hatte genutzt werden können, war nun daran, sich zur Falle zu verdichten.

Aber gerade noch rechtzeitig ordnete es sich, und er kriegte nach und nach den Weg vor Augen gehalten; dann auch den Wagen; und dort war alles genau, wie und wo es sein sollte.

Er entspannte – um jetzt wieder unzufrieden zu werden. Wie wenig Vertrauen er ins eigene Tun gehabt hatte! Und er wusste auch, woran es lag. Am elenden Zurückgucken. Musste man von vornherein verhindern. Hieß, im Augenblick zu leben und keinen Gedanken mehr dran zu verschwenden. Vergangenes war getan. Wie von einem Fremden.

Er zog das Tarnnetz von Dach und Haube des Wagens, verhedderte sich prompt. Scheißding! Aber Tarnung war nötig bei einem weißen Wagen. Er verstaute das Netz im Kofferraum unter der auf den Millimeter genau zugeschnittenen Pappe. Dann stieg er aus dem schwarzen Overall, riss sich die Sturmhaube vom Kopf, zog sich die Plastikhandschuhe von den Fingern. Alles wurde zu der Kamera und dem Spanngurt in die Sporttasche gestopft, und die kam auf den Boden vor die Rückbank. Und darüber wurde die Wolldecke so drapiert, dass es wie zufällig aussah.

Dann setzte er sich ins Auto. Er überlegte, ob er versuchen sollte, sich ohne Licht den Waldweg vorzutasten, danach noch hundert Meter auf der Landstraße und erst dann ... Er drehte den Zündschlüssel.

Nichts. Im Armaturenbrett keine Reaktion, die Displays wie tot.

Er starrte ungläubig hin. Er versuchte es wieder. Und noch mal. Er sah blicklos durch die Windschutzscheibe ins Dunkel, wo sich Silhouetten von irgendwas jetzt scheiß Irrelevantem abzeichneten. Er hörte sich atmen. Er fühlte sich im Stich gelassen. Dann wieder Hoffnung. Vielleicht war es ja nur ein kleiner, behebbarer Fehler in der Elektrik und würde mit ein bisschen Bewegung behoben werden können ... Er löste die

Handbremse, legte den Leerlauf ein, stieg aus und begann, das Auto unter Aufbietung äußerster Kraft von der Stelle zu schieben: fünf Zentimeter, zehn. Arme und Oberschenkel zitterten. Er brach ab, setzte sich wieder ins Auto.

Aber es tat sich nichts und noch mal nichts.

Scheiße! Er schlug mit den flachen Händen aufs Lenkrad. Das Brennen in den Fingern holte ihn aus der Wut. Er zog das Smartphone aus der Gesäßtasche. 0:55 Uhr. Jörg würde sich freuen.

Aber kein Netzempfang.

Jetzt kam auch alles zusammen! Er stieg aus dem Wagen. Er musste von hier weg, so schnell wie möglich. Die Kamera und den Spanngurt, sollte er die mitnehmen? Und wenn ihm jemand begegnete? Andererseits, die Kamera hatte immerhin über sechshundert Euro gekostet ...

Er nahm die Sporttasche aus dem Fond. Jetzt fiel ihm das Tarnnetz ein. Vielleicht hier irgendwo im Unterholz verstecken? Aber wenn der Peugeot gefunden werden würde, nur ein paar Meter entfernt von einem umgelegten Hochsitz, käme es darauf auch nicht mehr an. Am Ende legte er die Wolldecke so in den Kofferraum, dass damit die Pappe, unter der sich das Netz befand, verborgen war, zumindest vor flüchtigen Blicken.

Er stapfte den Weg runter. Bis zum Waldrand waren es zweihundert Meter. Ein Taxi würde er erst rufen, wenn er Strecke zwischen sich und diesem scheiß Wald gebracht hatte. Würde natürlich ins Geld gehen, das Taxi. Das wäre dann Lehrgeld. Wenn er gefragt werden würde, warum er nachts um halb zwei in der Gegend rumlief, würde er antworten: Anschlussbus verpasst. Als Ziel würde er Hauptbahnhof Magdeburg angeben. Wenn jemand nachts mit einer Tasche unterwegs war, dann doch wohl am ehesten zum nächsten Bahnhof. War Magdeburg überhaupt der – Er stieß Luft aus. Schluss damit!

Er erreichte den Waldrand, trat vom Erdboden über Schotter auf Asphalt. Wo war er überhaupt? Die Landstraße machte hier eine Kurve, aber selbst wenn sie schnurgerade verlaufen wäre, hätte er bei der Dunkelheit keine fünfzig Meter etwas erkannt.

Ein Blick aufs Smartphone. 1:25 Uhr. Theoretisch hätte er schon wieder zuhause sein müssen. Was für ein kack Ende! Das hier würde wirklich eine Lektion –

Licht. Da war Licht. Zwei Lichtkegel. Zeichneten sich in den Bäumen am Waldrand ab, dann auf den gegenüber-liegenden Wiesen und in den Sträuchern dort, und wurden grenzschärfer. Jetzt auch Motorengeräusch.

Bevor er in den Forstweg zurückweichen konnte, hatte ihn das Licht erfasst, und nun war er unfähig, sich zu rühren.

Das Auto bremste, glitt – schon ziemlich langsam – an ihm vorbei, wechselte die Straßenseite und stoppte dann ganz.

Er verharrte mit angehaltenem Atem. Schließlich ging er hin, nahm nebenbei wahr: Das war ein Ford Kombi, dunkel-grün. Etwa ein Förster?

Das Auto stand mit der Fahrerseite so dicht am Straßen-rand, dass er sich vor das Fenster auf der Beifahrerseite stellte.

Die Scheibe senkte sich, das Innenlicht wurde angeschaltet.

Da saß nur eine Person drin.

Eine Frau, registrierte er überrascht.

Die Frau war bestimmt über fünfzig; graues Haar in Pagen-schnitt; und eine große Nase mit knubbeliger Spitze.

Er bemerkte ihren Blick hin zur Sporttasche. Musste er ignorieren; er musste so tun, als wäre alles an ihm ganz und gar normal, also nicht erwähnenswert.

Die Augen sahen ihn neugierig musternd an. »Haben Sie sich verlaufen?«

Nach der Stille der letzten Stunden waren diese Worte etwas so anderes, dass er verwirrt schwieg.

»Ist Ihr Auto kaputt?«

»Kann man wohl sagen.« Er hatte sich wieder gefasst. »Das tut keinen Mucks mehr, und das Handy ist hier draußen auch nicht zu gebrauchen.« Wie unglaubwürdig sich das anhörte ... Hoffentlich würde der Frau das alles nicht ganz geheuer vorkommen und sie würde mit einem ›Na, dann noch viel Glück‹ verschwinden.

»Wo müssen Sie denn hin?«

»Eigentlich Hauptbahnhof ...«

»Magdeburg?«

Himmel, warum ließ es diese Frau nicht einfach gut sein. Er nickte.

»Denken Sie, da geht jetzt noch ein Zug?«

»Eine Straßenbahn«, sagte er, und es klang einfach nur verdächtig. Wie er sprach, was er sagte, wie er sich benahm: verdächtig war überhaupt kein Wort. »Ich hoffe auf eine Straßenbahn. Oder ein Taxi.« Unter dem Blick der Frau wurde er regelrecht hibbelig. »Ich muss ja eigentlich nicht zum Hauptbahnhof«, hörte er sich sagen, »sondern zu einem Platz, wo was ist, mit dem ich weiterfahren kann.« Wer sich verteidigt, klagt sich an. Warum rechtfertigte er sich? »Ich wohne ja in Diesdorf. Magdeburg-Diesdorf.«

»Magdeburg ... Wissen Sie, da fahre ich Sie rasch hin.«

So. Und jetzt? Er sah in die Dunkelheit, die alles – vor allem ihn und natürlich auch irgendwie die Frau – wie dreidimensional umgab.

»Sie sollten sich schon entscheiden.«

Und er öffnete die Beifahrertür, setzte sich auf den Beifahrersitz und wuchtete sich die Sporttasche auf den Schoß.

3

Es war gekommen wie befürchtet. Schon drei Uhr, und trotz
Salus Tee Nr. 22 und vier von den Abtei Baldrian forte – wo
in der Dosierungsanleitung eine, höchstens zwei Tabletten
empfohlen wurden, allerdings eine halbe bis eine Stunde vor
dem Schlafengehen, sodass vier Tabletten neun Gramm
Baldrianwurzel ergaben, mehr als genug, sollte man meinen,
hatten aber nicht gewirkt, logisch nicht, Baldrian war ja nicht
schlaferzwingend, da konnte man noch so viel von fressen –,
also gut mit Phytopharmaka versorgt und auch körperlich am
Ende, war an Schlaf trotzdem nicht zu denken. Okay, da
könnte man sagen: ›Sei froh, hier im Warmen zu sein, heil
und gesund, und schlafen kannst du auch noch morgen.‹ Ja,
wenn sich's mal so einfach wegexistenzialisieren gelassen
hätte! Fakt war aber: Nicht-zu-schlafen-und-nicht-tot-zu-sein,
das ergab noch lange keinen Zustand, in dem er entspannt
dösend der Zeit beim Dahinfließen hätte zusehen können. Im
Gegenteil.

Da hatte ihm diese knollnasige Frau doch tatsächlich die
Adresse abgezwungen und hatte die ganze Zeit nicht locker-
gelassen und ihn nach privaten Details angebohrt, ihn regelrecht verhört, als wären sie schon bekannt miteinander,
kämen jetzt aus dem Kino und sondierten die Lage für
weitere Entscheidungen. Er hatte sich in Lügen geflüchtet –
was kann man anders tun! –, und natürlich war das zu einem
einzigen Rumstottern geworden und dazu noch ausweichend
bis dorthinaus, aber wer hätte auch ahnen können, dass so
was auf einen warten würde.

Halb vier. Ein Glück hatte er Jahresurlaub und konnte aus-
schlafen, wobei, heute natürlich nicht, mit dem scheiß Auto
im Wald. Ob er noch was vom Baldrian einwerfen sollte?

Schlimmste Nacht seit der Nacht, als er beim Manöver in Bergen-Hohne auf der Pritsche eines Lkw schlafen musste. Schon dreißig Jahre her. Im November bei minus fünf Grad. Und obwohl er Panzerfahrer gewesen war. Aber den Panzer, der draußen im Feld ein schnuckliges Zimmer abgegeben hätte, hatte er beim Rangieren schachmatt gesetzt: hatte mit dem Turm die Kanonenspitze eines anderen Leopard gestreift mit der Folge, dass bei einer Batterie vier Wurfbecher abgerissen wurden und die Drähte offen rumhingen. Die Flüche vom Richtschützen und vom Ladeschützen, die dann ja auch raus ins panzergrenadiermäßige Biwakieren mussten, konnte er sich heute noch herbeierinnern.

Bundeswehr. Himmel, so naiv zu sein! Aber wofür er sich wirklich in den Arsch beißen könnte, wirklich: Statt aus diesen verfickten zwölf Monaten zu lernen, wie durch und durch destruktiv und bürokratisch der Staat war – das gehört ja immer zusammen, selbst bei den Nazis damals, wo man's gar nicht erwartet hätte: Bürokratie und Destruktion –, hatte er gedacht, dass so was eben als Epiphänomen in einer Einrichtung vorkommen konnte, die von welchen bevölkert war, die geistig Pflegestufe 3 waren, und hatte noch lange danach geglaubt, dass, abgesehen davon, die eigentliche Maschinerie zwar bürokratisch war, aber wenigstens durch Selbstblockade nicht viel anrichten konnte, außer dass obszön viel Geld verpulvert wurde, aber das war ja Erkennungsmerkmal alles Staatlichen ... Dreißig Jahre wie ein Lobotomierter gewesen. Einfach unfassbar.

Natürlich hatte er es quittiert gekriegt, besser gesagt, hatte es sich selbst quittiert. Das Dasein eines Mitläufers bestraft sich ja automatisch. Beispielsweise ›The last frontier‹-Rundreise durch Alaska, beispielsweise Bungeejumping von der Jauntalbrücke, und nirgends war was passiert. Er hätte mit dem Kon-Tiki den Pazifik überqueren können, und auch danach wäre nix anders gewesen. Logisch, willkommen im

Film, wo sich alle an ein scheiß Drehbuch halten und er auch: Respiration, Verdauung, Alterung hin zur Überflüssigkeit, und jeder, jede wirbelt ein bisschen Staub auf und verkauft das als Sieg, als einen der tausend Siege, die doch nur Pyrrhussiege sind, aber durchgeführt werden müssen, um die eine Niederlage hinauszuzögern, nach der es dann sein würde, als hätte es dieses eine Leben unter den sieben Milliarden –

Jetzt könnte er im Grunde auch schon wieder aufstehen.

Ihm kam Phantomias in den Sinn. Das musste das Lustige Taschenbuch Nummer 42 gewesen sein. Der Urlaub auf Wangerooge, wo er, elf Jahre alt oder zwölf, und seine Mutter drei Wochen genossen hatten.

Zwei Erinnerungen. Der Drachen, der bestimmt hundert Meter hoch stieg, jedenfalls fast unsichtbar wurde, und so sehr an der Schnur zog und zerrte, dass es dem kleinen Menschen am anderen Ende, der beide Fersen in den Sand gerammt hatte, vorkam, als müsse er ein wildgewordenes Gespenst an der Leine halten. Blöd nur, dass diese Stunden am Strand im Kampf mit dem Drachen ihn auf nichts aufmerksam gemacht hatten, vor allem nicht auf sich selbst.

Und eben das erinnerte LTB 42, das er sich für vier Mark in einem Tante-Emma-Laden gekauft hatte. Vier Mark zwanzig. Viel Geld, aber es war Sommer, es war nicht Hössensen und die Story hatte es in sich, so vom Grundsatz her. Donald, der Handlanger, erbt von einem nie gesehenen, nicht gekannten Verwandten eine Villa und stößt im geheimen Kellerversteck auf ein wunderbares Auto, auf ein geheimes Kostüm und – tara! – auf Zauberkraft; und beginnt, ein Doppelleben zu führen.

In was für einer Konsequenz! Wie unbeirrt sich der Umstände angenommen wurde beziehungsweise deren Veränderung! Darum ging es ja, schlicht und einfach: dass jemand, dem das keiner zugetraut hätte, es mittels anarchischer Selbstjustiz schaffte, die Kräfteverhältnisse zu korrigieren. Ein Versprechen. Scheiß auf Realität. Im Herzen der Geschichte lag ein Versprechen. Scheiß auf Realität, die Realität wird von Mitmachern und Aufziehaffen in Ordnung gehalten, Ordnung! Ordnung! – kann aber sehr wohl geändert werden, und zwar radikaler als gedacht.

Natürlich ist mit dem Bild einer Ente im Matrosenanzug in Wirklichkeit nichts anzufangen, so wenig wie mit allem, was auf dem Markt angeboten wird, nicht mit dem Produkt Batman, nicht mit dem Produkt Poison Ivy, mit keiner dieser nachfrageorientiert konstruierten Märchentypen, die in einem realitätsentleerten Kosmos irgendwelche immer skurrileren Schurken außer Gefecht setzen, damit die Nullachtfünfzehner beruhigt ihrer Arbeit, heiligste Pflicht und angenehmste Aufgabe, nachgehen können, was im Kern ja eine tagtägliche Fleischfresserei darstellt.

Es geht nicht darum, besser zu leben im Sinne von ›mehr!‹, nicht darum, mehr zu haben im Sinne von ›noch mehr!‹.

Sondern um eine gründlich andere Welt.

Wir wollen keine größeren Käfige, wir wollen leere Käfige.

4

Er stieg Stufe um Stufe – alle mit abgetretenem Linoleum und gerillter Hartgummileiste – runter, ganz langsam, auch wenn solche Lautlosigkeit hier oben auf halber Treppe zwischen drittem und zweitem Obergeschoss unnötig war, jetzt, um nicht mal fünf Uhr, wo Bienerts – sie bei Edeka, er bei Rasch-Reinigung – unter der Woche erst nach sieben Uhr zur Arbeit aufbrachen; die Wohnung des Studentenpaares, das auf Klingel-, Briefkasten- und Türschild zwischen ihren Namen ein kaufmännisches & gesetzt hatte, verbreitete seit Tagen eine ungewohnte Stille, was auf Praktikum hinwies; bei Tschiboniak brannte hinter dem Türspion Licht, aber er traute es diesem Menschen nicht zu, in Sekundenschnelle die Wohnung zu durchqueren und das Auge an den Spion zu drücken. Und was die Bernwards betraf, da war sowieso nichts zu befürchten.

Kurzum, das Klandestine war praktisch nur wegen Morr. Denn von den vier Wohnungen Erdgeschoss, in denen man unausweichlich das Scheppern der Tür, das Plappern und Gestampfe der Menschen im Hausflur, das Lärmen der Autos – und deren Bässen! – vorne und das der Schrebergärtner mit ihrer saisonal geöffneten Kneipe hinten mitkriegte, waren alle aufgegeben bis auf die des leberzirrhotischen Alkoholikers, der sich selbst egal war und dem auch die Welt und alle davon ausgehenden Störungen am Arsch vorbeigingen, der aber, wie so viele, deren formal himmlische Freiheit sich in nichts weiter realisierte als in einem durch Faulheit determinierten Alltag, unberechenbar war, unberechenbarer als jedes Tier.

Jetzt hatte er es an Morrs Wohnungstür vorbei geschafft, schlüpfte durch die Haustür raus, hatte die letzten Schritte die

Luft angehalten, musste nun tief Atem holen, während er die Hand mit gespreizten Fingern hinter sich hielt, bis er das schwere Türblatt spürte, wie es sich zuschieben wollte – krachend ins Schloss fallen würde –, und übte dagegen eine Kraft aus, sodass die Falle leise ins Schließblech rutschte.

4:53 Uhr. Und er vor den Türflügeln neben den Briefkästen, im Bereich, wo ein guter Meter in der Fassade ausgespart war und es ihm damit ermöglichte, vom Bürgersteig praktisch unsichtbar zu verharren.

Es würde ihm einiges kosten, dieser Gefallen. Jörg war zwar hilfsbereit, zigmal schon bewährt, aber um vier Uhr raustelefoniert zu werden, um jwd den Wagen eines Kumpels abzuschleppen, würde mit einem einfachen Dankeschön nicht vergolten sein. Wären sie in einem Film – musste nicht mal ein Noir sein –, würde Jörg irgendwann auftauchen, um von ihm ein falsches Alibi zu fordern für einen Seitensprung mit der blonden Sekretärin. Aber in echt würde man bei Jörg, Hauptabteilungsleiter und Modelleisenbahner, nie und nimmer so was erleben.

Er strengte sich an, am Ausschnitt des Himmels, wie der sich zwischen den beiden Häuserfronten zeigte, etwas abzulesen. Aber dort oben waren bloß Grau- und Dunkelblautöne. Wolken? War zu hoffen; wäre es dann doch noch eine Weile schön dämmerig.

Er unterdrückte ein Gähnen. Um sich zu bewegen, machte er einen Schritt vor und spähte die Straße runter. Noch nicht viel auszumachen; aber hier waren sowieso nichts als durchgehende Fassaden von dreistöckigen Mietshäusern, die zusammen mit der Asphaltdecke der Straße etwas bildeten, das, umgeben von so genannter Natur – der Schrebergartenkolonie und den beiden Flächen, auf denen, Stichwort erntemaximierende Fruchtfolge, mal dies und mal das angebaut wurde –, eine Art schnurgerade Wunde bildete, die stets sauber gehalten werden musste, sauber von allem, seien es auch nur vereinzelte angewehte Blätter oder der Sand, der sich nach starkem Regen, selten genug!, als Sediment in der Gosse absetzte; gereinigt werden musste von den Grashalmen zwischen den Betonformsteinen, von den Spatzennestern zwischen Dachrinnen und Flachdächern, gereinigt, immerzu, um sauber zu sein, sauber.

Tatsache war: Die Straße mit den einsperrenden Gebäuden, und nicht nur diese Straße, alle Straßen, wo das Lebende mit Beton – Beton überall – und Asphalt und Stahl und Plastik totgemacht ist, und auch das verzweckte Land, wo nichts mehr von selbst wachsen darf, wo gebaut, angebaut, aufgeschüttet wird, planiert wird, wo das Anonyme – unbedingt anonym, denn auf wen durfte man schon zeigen können und sagen: ›Du bist für die ganze Scheiße verantwortlich‹? – einen Komplex aus Künstlichem errichtet hat, ganz nach dem Motto vom Obi: ›Alles machbar‹, in so was lebt Lebendes niemals gerne.

Alles machbar. Und alles wird gemacht, und weil alles in letzter Konsequenz nur getan wird fürs Geld, endet alles Tun darin, Käfige zu errichten und sauber zu halten.

4:57 Uhr. In einer der Mietwohnungen gegenüber waren zwei Zimmer beleuchtet, beide mit Rollos blickdicht gemacht. Die Straße fing also an, aufzuwachen. Hoffentlich würde er von hier weg sein, bevor der gegenüber mit seinem nervösen Yorkshireterrier auftauchte. Jetzt drang ihm vereinzeltes Vogelgepiepse ins Bewusstsein. Und konzentriert gelauscht, waren da noch jede Menge andere Geräusche aufzufangen. Dieser ununterbrochene, leise Ton, wohl vom Bahnhof her, von Gleisen, auf denen immer mal wieder ein Zug fuhr oder rangiert wurde. Dann etwas wie ein Gespräch, was aber von einem Fernseher hinter offenem Fenster herstammte. Von weit entfernt das Surren eines Motors. Und ein anderer Motor: Ein Bus, wohl aus dem nahen Depot. Es hatte Zeiten gegeben, da war die nächtliche Luft erfüllt von hydraulischen

Geräuschen, vom Stampfen großkalibriger Dieselmotoren und ab und an vom Zischen der Luftdruckbremse eines Spezialtransporters: Als es nämlich die FAM Magdeburger Förderanlagen und Baumaschinen GmbH in der Substanz noch gab, mit den Hallen im typischen Blau und dem sich drehenden 3-D-Buchstaben-Block FAM ... Heute, nach soundsoviel Insolvenzen, hockten nur noch Verwaltungsfachangestellte im – für seine Architektur vielmals prämierten – Verwaltungsgebäude und tätigten Verwaltungsarbeiten für eine gewisse Beumer Group aus Beckum, NRW. Die realen Maschinen wurden längst woanders gebaut. Und woanders waren auch die Manager, die den Untergang zu verantworten hatten, woanders und bestens versorgt, das ist ja immer das Wichtigste.

Und apropos woanders, Stichwort Enercon. War mal eine große Nummer gewesen. Und der Stolz der Stadt. ›Guck mal, Westen, wir Ostdeutschen können nicht nur Hoyerswerda, wir können auch Windkraft.‹ Aber Magdeburg war trotz allem ja nur Filiale, und weil der Kapitalismus ununterbrochen Krisen erzeugt, im Grunde eine einzige Krise darstellt, kam irgendwann mal der Tag, dass Enercon dem so genannten schwierigen Marktumfeld – oder hatte die Konkurrenz einen noch einflussreicheren Politiker gefunden, den man sich verpflichtet machen konnte? – Tribut zollen musste, und dann hieß es: ›So long, und noch vielen Dank für die Subventionen, Ossistadt, Ossiland – und, ach ja, die zweihundertfünfzig Arbeitsplätze nehmen wir mit nach Ostfriesland, wo wir ja herkommen und wo es uns gutgeht.‹

Ein Bus fuhr vorbei, *Dienstfahrt* im Display. Das Hupsignal einer Zentralverriegelung. Eine Kirchenglocke schlug.

Der Golf bog ein. Auf die Minute pünktlich und erkennbar mit korrekten 30 km/h.

Er machte – überflüssigerweise – mit dem Arm ein Zeichen.

Der Golf blinkte und hielt direkt vor ihm am Bordstein.

Er stieg ins Auto. Es roch nach Kaffee. Im Getränkehalter ein gedeckelter Pappbecher. »Morgen.«

Darauf kam ein Brummen.

Jörg war noch nicht in Form. Aber egal. Und die große Quasselei würde es auch später, wenn das Koffein zu wirken begonnen hatte, nicht werden. Männer sind keine Frauen. Wenn unter Männern was gesagt wird, ist das kurz und relevant. Dagegen die Frauen! Beispielsweise die Knubbelnase heute Nacht: geredet, geredet, und plötzlich eine Frage gestellt, und da war Stille, und er saß auf dem Stuhl im Verhörraum, das Licht der Verhörlampe direkt ins Gesicht gekriegt, so, und nun lass dir mal eine gute Antwort einfallen, Mann!

Er gurtete sich an und teilte den Zielpunkt mit und gleich auch den kürzesten Weg, der praktisch identisch war mit der Strecke, die die Frau im grünen Kombi genommen hatte; was allerdings auch wieder keine große Leistung war, denn es führten nur wenige Wege nach der Altmark, logisch, wer wollte schon dorthin außer Bauern und Jägern und Menschen, die den Jägern ihr Handwerk legten. Dass Jörg nun mit seinen schmalen Fingern – erstaunlich für einen Brocken von einsfünfundneunzig und hundertzwanzig Kilo – noch umständlich das Navi einstellte, nahm er stillschweigend hin. In Jörgs Wagen bestimmte Jörg die Regeln.

Im Radio lief Fade to Grey. Es war also, wie fast immer, A-plus-Oldies eingestellt.

Fade to Grey. Das musste '80 oder '81 gewesen sein. 1981, meine Güte, da warst du siebzehn gewesen, und mal so ausgedrückt: Es gibt wenig, was einem das Vergehen der Zeit deutlicher vor Augen hält, als dass eine von einem selbst entdeckte Mucke plötzlich im Oldie-Sender läuft und es dir ins Hirn gedrückt wird, dass du aus dem Paradies raus bist, wo die Sonne am nächsten Morgen nicht nur aufgehen würde, sondern, immer allem Scheiß zum Trotz, speziell für dich aufgehen würde, sei gewiss, und dann heller, wärmer, lebensspendender sein würde als das Sternchen, wie es heute am Himmel gehangen hat. So, jetzt stehst du also östlich beziehungsweise nordöstlich von Eden, und wie es so geht: Visage eben oder Rainbirds – »I sneak around the corner with a blueprint of my lover« – oder BAP – »dat du wirklich zaubre kanns« – oder Springsteen – »he travels the fastest who travels alone« – tauchen auf, und im Gepäck so vieles, das dich, zack!, nach Mannheim von vor dreißig Jahren befördert, aber es ist nicht das Paradies von damals, für dich jetzt nur das, was als Kulisse dient, Kulisse ›Mannheim‹ oder ›Uni‹ oder ›Culture Beat‹, und da siehst du dich: erstes, zweites Semester, und musst die verpassten Chancen nachfühlen und auch nachfühlen, wie es sich in einem Körper leben ließ, der so entscheidend jünger war, als du heute bist und erst recht, als du's morgen sein wirst. Das tut weh, was?

Der Brauseweg. Schon einiges an Verkehr. Dort weit hinten die mittelgebirgige Mülldeponie.

Jörg verzögerte und kurvte im Trümper-Kreisel.

Dann gerade noch die gelbe Ampel erwischt, und schon war man wieder aus Ottersleben raus.

Thriller. Michael Jackson. King of Pop: King of Garnichts.

Die Wolken hatten sich großteils aufgelöst oder waren weitergezogen, hieß, das, was von der Nacht lichtmangelmäßig noch übrig war, würde sich auch bald verabschieden, tat das im Grunde jetzt schon, denn ein Blick ins relativ freie Land zeigte: Noch fehlte die kräftige Farblichkeit und wirkte alles mehr oder weniger dunstig bläulich, aber der halbe Himmel war definitiv am Aufhellen. Konnte man nur hoffen, dass es lange genug genügend dunkel blieb.

»Ziel in zweihundert Metern«, versuchte er, das Navi zu imitieren.

Das Waldgebiet, mit schon klaren Grenzen, aber ohne Binnenformen, wirkte wie ausgeschnitten und in die Landschaft eingefügt. Irgendwie zu simpel, um echte Natur zu sein. Allerdings war deutscher Wald ja sowieso bloß noch bewirtschafteter Produktionsfaktor. Wieder so was, was die Hand zur Faust werden lässt.

»Der gemütliche Teil ist vorbei.« Jörg stellte das Radio ab.

Womit das Intro von Brothers in Arms abrupt ein Ende hatte. Schade. Aber alle Musik ist Kunst und insofern künstlich. Letztlich muss man da also raus. Richtiges Leben ist Leben ohne Hintergrundmusik.

Er versuchte, die Umgebung zu scannen, möglichst unauffällig, um nicht Jörgs Argwohn zu erregen. Aber nirgends ein parkendes Auto auszumachen und auch keine Gestalten. Wobei es sich natürlich fragte, ob Kriminalpolizisten, also Profis, sich von einem wie ihm aufspüren ließen ... Musste man sich eben aufs Glück verlassen und auf den gesunden Menschenverstand, der einem sagte, dass das hier kein Film war, sondern Realität und also alles viel weniger verdichtet als gedacht und entsprechend viel seltener eskalierend als befürchtet, hieß im Umkehrschluss, ungestörtes Tun zulassend, worauf man sich dann im Zweifel verlassen sollte. Er deutete auf die Abzweigung. »Da hinten. Aber langsam.«

»Einsamer geht's kaum«, brummte Jörg.

»Am Tag ist das hier die reinste Idylle. Halt dann neben dem Waldweg. Der Wagen ist direkt da drin.«

»Ich will gar nicht wissen, wie der hier hinkommt.«

»Ich habe einen Waldspaziergang unternommen, habe ich doch vorhin gesagt.« Er bemühte sich, es unsicher wie eine schlecht durchdachte Lüge klingen zu lassen. »Und zwischendurch muss irgendwas mit der Batterie passiert sein.«

Jörg hob kurz die Augenbrauen.

»Was denn? Nachts erwacht die Natur. Solltest du auch mal probieren.«

»Und wie ist die Frau nach Hause gekommen?«

»Welche Frau?«

»Musste die auch kilometerweit laufen?«

Sehr schön. Jörg glaubte ihm kein Wort und vermutete hinter der Lüge ein misslungenes Date. Als Begründung war das perfekt, jedenfalls unter Männern. Bei Frauen sähe es wahrscheinlich anders aus, bei Frauen und bei der Polizei. Frauen hatten von Natur aus Antennen für die kleinen Lügen, leider, und Polizisten wurde das antrainiert. Er stieg aus. »Ich werde nachgucken, ob der Wagen noch da ist.«

»Ich habe eine bessere Idee.« Jörg holte ein klobiges Ding aus dem Fond, das aussah wie ein etwas in die Breite gebauter Handscanner an der Supermarktkasse; daran waren zwei unterarmlange Kabel befestigt mit je einer Krokodilklemme.

»Ist das dein neues Handy?«, fragte er.

»Das ist ein Autobatterie-Tester. So was besitzen vernünftige Menschen. Kein Wunder, dass du das nicht kennst.«

»Der wird dir auch nichts Neues sagen. Aber bitte.« Er begann, den Waldweg hochzugehen, eine Schneise inmitten einer Undurchdringlichkeit, und weil man es hier fast nur mit Fichten zu tun hatte, die zudem dicht an dicht gesetzt waren – im Prozess der Produktion: Holz wird ›produziert‹, wie Fleisch ›produziert‹ wird –, war das hier bestimmt der letzte Ort, wo das Licht hinkommen würde. So hatte selbst das grundsätzlich Beschissene mal eine gute Seite.

»Das ist ja wie im Urwald«, sagte Jörg.

»Siehst du, wärst du mal lieber am Waldrand geblieben.«

»Wir hätten die Taschenlampe mitnehmen sollen.«

Ja, ein Glück keine Taschenlampe! Jedes Aufsehen war zu vermeiden. »Echte Waldläufer haben Katzenaugen«, sagte er.

Allerdings erzwang das Fehlen jeglichen anständigen Lichts nun, sich aufs Tun zu konzentrieren, vor allem darauf, sich rechtzeitig zu ducken, um unbeschadet an den Ästen vorbeizukommen, die in den Weg hineinragten. War ihm bei seinem Abgang heute Nacht gar nicht aufgefallen: wie hier alles am Zuwachsen war. Aber da war er ja auch wütend gewesen, und Wut konnte schon mal blind machen für die guten Dinge des Lebens.

»Scheiße!«, hörte er Jörg ausrufen. »Fast wäre ich ausgerutscht. Wenn ich hinfalle und breche mir ein Bein ... Ich hätte gute Lust, umzukehren und dich hier zurückzulassen. Ich frage mich, was mich daran hindert.«

»Das Abenteuer«, antwortete er. »Von diesem Morgen im deutschen Urwald wirst du noch deinen Enkeln erzählen, wenn die dich im Pflegeheim besuchen, wo du im Rollstuhl in der Ecke abgestellt bist.«

»So lange du nicht auch in diesem Heim bist, wird's mir da gold gehen.«

Der Peugeot befand sich noch am alten Platz. Offensichtlich unberührt. Auch sonst war wohl nichts verändert. Sein Herz pochte vor Erleichterung. Und ein Glück hatte er den Wagen in der Nacht rückwärts reingefahren; was die Bergung wesentlich vereinfachen würde.

Jörg legte den Batterietester auf das Autodach. »Gib mal den Zündschlüssel.«

»Denkst du, ich bin zu blöd, zu merken, ob ein Wagen –«

»Her mit dem Schlüssel und Klappe halten.«

Während Jörg dann probierte, ob das Auto nicht doch zum Leben gebracht werden konnte, hoffte er, Onno, es möge nicht gelingen; aber andererseits: Wenn Jörg Erfolg hätte, würde die Sache hier auch schon wieder beendet sein – allerdings mit der Folge, dass Jörg stinksauer sein würde ...

Jetzt hievte sich Jörg wieder aus dem Auto.

Er rieb sich innerlich die Hände. Okay, die Probe war legitim gewesen, hätte er, wenn's andersrum gewesen wäre, vielleicht auch unternommen, aber Fakt war nun: Er hatte recht gehabt, und Jörg hatte danebengelegen.

»Mach die Haube auf.«

»Hat dir das noch nicht gereicht?« Er entriegelte die Kühlerhaube.

Jörg nahm den Tester vom Autodach, beugte sich über den Motor. »Mann, das ist ja völlig verdreckt hier! Du solltest dringend mal die Batteriekontakte säubern.«

»Ja, ja.«

»Kollege, wir reden von einem Innenwiderstand von ein paar Milliohm. Da braucht's bloß verdreckte Batteriepole, wie die hier wahrscheinlich, und die Übergangswiderstände zeigen irgendwelche Fahrkarten an.«

»Es wird überhaupt nix angezeigt werden«, sagte er, »es wird sich nur lächerlich gemacht werden«, und beobachtete dann, wie Jörg mit zeremonieller Sorgfalt die Klemmen an den Polen befestigte und sich konzentriert durch das Menü tippte, das auf dem winzigen Display angezeigt wurde.

Er wandte sich ab. Es drängte ihn, sich noch mal anzugucken, wo er auf dem Rückzug gestern hier hergekommen war. Aber er konnte nicht mal die genaue Richtung bestimmen, und als er an die Stelle trat, von der er annahm, es müsse ungefähr der Punkt sein, wo er sich durchs Gestrüpp geschlagen hatte, war nichts Auffälliges da. Schade, er hätte gerne irgendwas gesehen, was er verursacht hatte, und sei's auch nur ein abgebrochener Ast.

»Bedank dich beim Schicksal.« Jörg war dabei, die Klemmen zu entfernen. »Wenn da auch nur ein Prozent Ladung drauf gewesen wäre, hätte ich dir den Kopf abgerissen und mit dem Blut den Wald gedüngt.« Und wickelte die Kabel auf und stapfte den Weg runter ins Halbdunkel.

Er folgte. Er genoss die profunde Stille.

Am Waldrand dann verlor Jörg keine Zeit: setzte den Golf rückwärts in den Forstweg, stieg aus dem Auto und reichte ihm, Onno, eine Stabtaschenlampe. »Du stellst dich mittig auf den Weg, zehn Meter hinter mir, und richtest den Strahl vor dir auf den Boden, und das Licht stellst du so ein, dass der Weg auf ganzer Breite ausgeleuchtet ist, klar? Ich will sehen, wohin ich fahre.«

Wohin ich fahre. Ihm wurde beklommen zumute. Denn es war ja so: Einen Hochsitz umzusägen war eine Straftat – eine geringe, aber immerhin eine Straftat –, und es fragte sich, ob das hier für Jörg schon als Mittäterschaft gewertet werden würde. Aber um Mittäter zu sein, musste man erst einmal Mitwissen haben, und Jörg war arglos ...

»Du hältst die Taschenlampe mit beiden Händen und gehst im selben Tempo rückwärts, wie ich fahre. Und sobald du merkst, dass irgendwas im Weg ist, schaltest du das Licht aus.«

Es ging alles gut. Das Auto folgte ihm wie an einer Leine.

Und dann war dieser Teil geschafft.

Er knipste die Taschenlampe aus.

Der Golf kam langsam heran und hielt ungefähr fünf Meter vor dem Peugeot. Jörg begann, sich an den Autos zu schaffen zu machen.

»Soll ich helfen?«, fragte er, bekam aber keine Antwort.

Erst als der Stahlhaken vom Gurt an dem Haltepunkt befestigt war, hieß es ungeduldig: »Steig ein.«

Tatsache, keine Zeit zu vergeuden. Er platzierte sich auf den Platz hinter dem Lenkrad. »Nun sieh zu, dass das Seil –«

»Das ist ein Abschleppgurt. Und du fängst jetzt an, zu beten, und zwar, dass wir der Polizei nicht begegnen. Abschleppen ohne Warnblinklicht ist nämlich verboten. Ach ja, das Bußgeld bezahlst dann du, ist klar, oder?«

Hoffentlich war das Glück noch nicht überstrapaziert.

»Zündschlüssel auf erste Stelle, und dann nicht mehr dran rumspielen, klar? Und noch was: Der Bremskraftverstärker arbeitet nicht. Richte dich danach.«

»Ja, ja, und nun mal los!«

»Kollege, erstens geht's nicht so schnell, wie du das willst«, sagte Jörg, »und zweitens geht's noch viel langsamer.«

Fakt war dann, er hätte, als der Peugeot den Waldweg runtergezogen wurde, bequem zu Fuß nebenher gehen können; und diese Slow Motion hatte neben dem Ärger, sich viel zu lange am Ort des Geschehens – oder zumindest in verdächtiger Nähe – aufzuhalten, auch die Folge, dass er, weil auf den zweihundert Metern kein einziges Mal hatte relevant gelenkt oder gebremst werden müssen, in dem Moment, als der Waldrand erreicht war und der Golf auf die Straße einbog, übel überrascht wurde: nämlich beim ersten Bremsen feststellte, dass das Pedal wie einbetoniert war und er, um Wirkung zu erzielen, richtig Kraft aufwenden musste; und dann ohne Servounterstützung lenken musste, was auch nicht mit einem lässigen Zeigefinger hinzukriegen war.

Dazu schlug die Freude, nun wenigstens mal vom Tatort wegzukommen, rasch in Frustration um, weil Jörg Kilometer um Kilometer bei 50 km/h blieb, selbst auf der Landstraße, die gut ausgebaut war mit Leitplanken und Fahrbahnbegrenzungsstreifen und aufgrund radikal beseitigter Baumreihen auch insofern doppelt und dreifach gesichert war.

Zu der Angst vor der Polizei kam bald eine zweite, noch stressigere hinzu, wurden sie doch immer mal wieder überholt, und bestimmt kannte sich einer der Überholenden mit der StVO gut genug aus, um die Ordnungswidrigkeit, die da in aller Öffentlichkeit begangen wurde, zu erkennen, und als guter Untertan sah man sich dann quasi genötigt, per Handy die Ordnungsmacht zu verständigen ...

Aber wie es so ist, wenn der Mensch etwas machen muss, obwohl er es nicht will: Irgendwann ist die Wut darauf und darüber verbraucht – wenn man sich nicht immer von neuem wütend denkt, wird bald auch keine Wut mehr da sein – und hatte sich auch der angstinduzierte Stress erschöpft und war sich ins Unvermeidliche gefügt, womit dann auch ein Stadium der relativen Vernunft erreicht war, die ja, man will's in der Hitze der Wut, der Angst, der Ungeduld nicht wahrhaben, eine sehr funktionale Art darstellt, sich im Dasein zurechtzufinden, und zudem eine befreiende Wirkung hat.

Hier jetzt befreiend auch insofern, als die Egozentrik aufgebrochen war und er seine Umwelt wahrnehmen konnte. So fiel ihm tatsächlich erst jetzt die Sonne auf – die ja eigentlich schwer zu übersehen war im flachen, bis zum Horizont hin offenen Land. Die Sonne also als obere Hälfte, oberes Viertel einer etwas abgeplatteten, rötlichen Scheibe, die den Himmel um sie herum farbig machte. Ihm kamen die Zeilen ›Ewig jung ist nur die Sonne, sie allein ist ewig schön‹ in den Sinn. Und nicht nur schön, sondern auch unberührbar. Tröstlich, dass selbst der massenhafte Mensch, sich zusammenrottend zu irgendwas, was sich Menschheit nennt und doch nur die gefährlichste Form der organisierten Kriminalität ist, am Wesen dieser Sonne nichts ändern kann, am Wesen des Ablaufs der Zeit, an der Strafe, die vollstreckt werden würde, an gar nichts.

So hatte er also, je mehr man sich ungeschoren der Stadt näherte, desto ausgeprägter, einen Gleichmut den aktuellen Widrigkeiten gegenüber erreicht. Aber pass mal auf, das Schicksal kann die Schraube im Gewinde noch mal drehen. Und tat das auch. Nachdem das Gespann nämlich am Ortseingangsschild von Ottersleben vorbeigerollt war und also sozusagen der Endspurt hätte beginnen können, war der letzte Kilometer ein Kilometer durch bebautes Gebiet, und überdies durch Alt-Ottersleben, und was waren das für beschissen enge, kurvige Straßen, ach was, Gassen!, die zwar zu Einbahnstraßen reguliert waren, aber aufgrund dessen eben auch rechts und links zugeparkt wurden, was die nutzbare Breite der Fahrbahn dermaßen reduzierte, dass er bereits den Seitenspiegel auf der Fahrerseite eingeklappt hatte – aber es konnte ja jederzeit den anderen Spiegel treffen. Obendrein musste vor jedem Abbiegen so sehr gebremst werden, dass sich ihm im rechten Bein die Wadenmuskeln verhärteten und er versucht war, mit beiden Füßen aufs Pedal zu treten, was sich dann, einmal probiert, als große und fast folgenschwere Dummheit herausstellte. Und natürlich war kein Zentimeter hier durch guten neuen Asphalt angenehm befahrbar gemacht, sondern mitunter waren noch die DDR-Betonplatten vorhanden, aber meistens hatte man es mit Kopfsteinpflaster zu tun, wohl 1990 angebracht in dem grotesk rückwärtsgewandten – und richtig teuren – Anfall, eine dörfliche Ursprünglichkeit wiederauferstehen zu lassen, was bewirkte, dass ihm durch das fortwährende Geruckel und Vibrieren die Finger am Lenkrad schon taub waren.

Endlich, endlich die Ströterstraße, und zwischen tahiri market und Café Cactus endlich auch Bernds Werkstatt, die aber keines dieser modernen Kfz-Hospitäler war, wo man sich einen Parkplatz unter zehn aussuchen konnte und im Eingangsbereich von einer schneiderkostümtragenden Schönheit begrüßt wurde, sondern fast wortwörtlich eine Hinterhofwerkstatt, sodass sie sich ihr nur durch ein mit einem Bogen übermauertes Tor nähern konnten – hätten nähern können, wenn das Tor offen gewesen wäre, was es aber nicht war, sondern es war, wie immer über Nacht, durch ein zweiflügliges Stahltor verriegelt.

Jörg kam ans Fahrerfenster.»Ich manövriere dich da hinten an die Ecke, und dann schieben wir den Wagen zurück.«

Gesagt, getan, und in nicht einmal einer halben Minute war der Peugeot dort, wo die Ströter in die Blaukreuz überging, am Bordstein platziert. Jörg entkoppelte die Autos. Er stieg währenddessen aus. Dann fuhr Jörg den Golf aus dem Weg und kam zurück an den Peugeot. Glücklicherweise ging das Schieben, sobald beim Wagen die Massenträgheit überwunden war, erstaunlich leicht vonstatten, jedenfalls im Vergleich zu dem qualvollen Versuch in der Nacht im Wald, und am Ende kam der Peugeot wie gewollt auf dem ersten Parkplatz neben dem geschlossenen Tor zum Stehen.

Er setzte sich rein, zog die Handbremse an und legte den Rückwärtsgang ein, stieg wieder aus und drückte den

Funksender im Schlüssel; woraufhin ihm am Objekt deutlich gemacht wurde, dass unter den Dutzenden winziger Elektromotoren, die im 408 ihre Arbeit verrichteten, sich auch die vier beziehungsweise – Kofferraum – fünf beziehungsweise – Tankklappe – sechs befanden, die fürs Verriegeln und Entriegeln der Schlösser zuständig waren und nun keinen Mucks mehr taten. Sodass die Sache wie in den guten alten Zeiten manuell erledigt werden musste.

»Nur zur Information.« Jörgs Stimmung hatte sich hörbar verbessert. »Dein Wrack steht im Parkverbot.« Er wies auf ein Straßenschild. »Sollte also zeitnah reingeholt werden. Ist was? Irgendwie siehst du wie hingeschissen aus, ich meine, du bist ja sowieso nicht gerade Adonis, aber jetzt …«

»Kein Wunder, bei diesem ewigen Bremsen in diesem scheiß Ort hier, und ich wette, du hast extra –«

»Stell dir einfach vor, du hättest keinen guten Freund, der sich für dich aufopfert, und hättest das Auto aus eigener Kraft herschieben müssen.« Jörg lächelte krokodilsmäßig.

»Was gibt's da zu grinsen?«

»Es steht mir plastisch vor Augen, wie du stundenlang versuchst, den Wagen von der Stelle zu bewegen, dann einen Nervenzusammenbruch erleidest und dann schluchzend in den Büschen kauerst. Spätestens –«

»Echt erstaunlich, wie ein fantasieloser Idiot so viel morbide Ideen entwickelt.«

»Spätestens dann wirst du merken, dass es doch besser ist, von Menschen umgehen zu sein als von Tieren.«

Auf der Halberstädter Chaussee – die zurecht ›Chaussee‹ hieß und also wohl noch und noch Glück gehabt hatte, dass die Bäume nie ins Visier der Stadtplaner geraten waren, deren gehirnimitierende Substanz überhaupt nur dann arbeitete, wenn es galt, die sowieso schon reduzierte Natur zum Nutzen der autogerechten Stadt mit einem Federstrich, einem

Stempel und dem Abnicken durch den servilen Stadtrat noch weiter zu verkrüppeln –, auf dieser zum Ende hin doch erstaunlich steilen Straße war schon ordentlich was los, und die Kennzeichen begannen nahezu immer mit MD. Offensichtlich waren Benzin und Diesel noch nicht teuer genug.

Jedenfalls nun Auto hinter Auto, und das erste Mal stockte es bereits bei dem inzwischen fast das ganze Jahr über vom Austrocknen bedrohten Teich, dessen Inhalt wie Brackwasser wirkte, grünlich und trübe, und wo man sich fragte, wie die Fische – denn auch ein Tümpel, in Reichweite des Menschen und also der menschlichen Gier, darf nicht einfach da sein, sondern muss genutzt, verwertet, ausgebeutet werden – dort leben konnten. Blieb denen wohl nichts anderes übrig. Das ist das Schicksal der nicht-menschlichen Tiere: Sie sind die, die bezahlen müssen.

Nächster unfreiwilliger Halt dann fünfzig Meter weiter am Zebrastreifen Goethesiedlung.

Er blickte zwischen den mächtigen Stämmen der Bäume hin zum Feld, auf dem Erdbeeren zum Selbstpflücken angebaut wurden; rechts, fast spiegelbildlich, erstreckte sich ein anderes Feld, das oft – jetzt allerdings nicht – mit kleinen Erdwällen und Folien für den Spargelanbau hergerichtet war.

Der Spargel und die Deutschen. Wo gab's das ein zweites Mal, dass für einen fasrigen Quatsch absurde Preise bezahlt werden?

Zu viel Geld, zu wenig Orientierung, zu wenig Geschmack. Deutschland in drei mal drei Worten.

Jetzt setzte sich der erste Wagen und folgend der Wagen vor ihnen in Bewegung, und das tat dann Jörg auch.

Zwischen Erdbeerfeld und Beginn der Bebauung Sudenburg mussten irgendwo die Gerätschaften der Wetterstation Magdeburg aufgestellt sein. Man maß den Wind, die Sonne, das Wasser und konnte dann streng wissenschaftlich durch Zahlen mit drei, vier Stellen hinterm Komma belegen, was jedem geistig normalen Menschen schon längst aufgegangen war und was ja auch gar nicht das Problem war, denn das Problem war doch, dass man nichts draus lernen wollte und allergisch reagierte auf jeden Versuch, die Vernunft mal etwas über den Horizont von ›Ich‹ – höchstens: ›Ich und meine Familie‹ – zu heben. Das Problem ist, für Otto und Editha Normalstumpfkopf besitzt die Nachricht, Boris Beckers zweite Frau hätte eine hartnäckige Genitalwarze, viel mehr Informationswert als die Tatsache, dass der Golfstrom am Zusammenbrechen ist; und was soll man grundsätzlich von Menschen halten, die zwar bei den Bildern, auf denen eine Moderne Fünfkämpferin auf ein Pferd einschlägt, sich in ein Entsetzen hineinsteigern, denen die Information, in Alt Tellin, Vorpommern-Greifswald, seien in einer Schweinezuchtanlage der LFD Holding fünfzigtausend Schweine jämmerlich ver-brannt, erstickt, vergiftet, aber am Hakle-feucht-gereinigten Arsch vorbeigeht?

Okay, okay, nicht aufregen. Immer dran denken: Es gibt einen Mechanismus, der Gutes belohnt und Böses bestraft, und wenn man sich umguckt, vollzieht sich die Bestrafung ja bereits an den Fleischfressmaschinen beiderlei Geschlechts.

Twist in My Sobriety. Ms. Tikarams unaufgeregtes Lied im Hintergrund absorbierte sozusagen einen Teil – den größeren Teil – der Aggression und ließ ihn freier denken, und so dachte er: dass die Aktion im Wald jetzt ihren Abschluss gefunden hatte, zumindest, was das Aktive anging. Und er war nicht zu Schaden gekommen. Ein Sieg also? Früher, in der Zeit der Sinnlosigkeit – wenn es in diesen verlorenen Jahren überhaupt zu einer solchen Tat gereicht hätte –, wäre er selbst jetzt unzufrieden gewesen. Leben will sinnvoll sein, und wo kein Sinn ist, ahnst du das, und das treibt zur Selbst-destruktion, und wenn du noch nicht verzweifelt genug bist, es an dir selbst auszulassen, dann wird eben alles, was du tust, klein und kaputt gedacht, und zwar von dir höchstselbst.

Inzwischen konnte er sich mehr durchgehen lassen, und hier, jetzt war das Wesentliche ja erreicht, da durften Details schon mal misslingen. Also kein Triumph, aber ein ordentlich herausgearbeiteter Sieg, das schon. Auf diese Art in gute Laune versetzt, sagte er: »Wie wär's, Kumpel, mal wieder einen Zug um die Häuser zu unternehmen? Samstag?«

»Wochenende ist schon belegt.«

Brenneckestraße: rote Ampel mit Rückstau.

»Und das ist wichtiger, als die Schlacken rauszuspülen?«

»Ich bin kein freier Mann, Kollege, schon vergessen?«

»So?«

»Ja, so. Sonnabend feiert Maritas Arbeitskollegin Hauseinweihung, da ist Anwesenheit Pflicht, und Sonntag muss ich raus nach Wanzleben, die Laube bei den Schwiegereltern entrümpeln.«

»Können die das nicht selber?«

»Erstens: schwerlich. Und zweitens geht's um die Geste.«

Und dann waren die beschissenen Schranken beim Übergang Buckauer Bahnhof unten, und obwohl sie, auf der Modersohn-Becker-Straße unter den riesigen Linden, die die Bürgersteige im Frühjahr regelmäßig zu einer klebrigen Angelegenheit machten, kommend, die vier roten Signallampen sahen

– und das konnte dauern, sein trauriger Rekord waren mal fünf Züge, zwischen denen die Schranken nicht aufgemacht worden waren, und er stand da, unter der Sonne, und hatte nur das Fahrrad bei sich, das Giant 80, das solide fünf Kilo mehr wog als das Kalkhoff, und hätte die Fußgängerunterführung nehmen können, war aber ein kompletter Idiot und sagte sich als Idiot, der nächste Zug käme gleich und wenn er jetzt das Rad die Stufen runterschleppen würde und unten halbe Strecke wäre, würde er hören, wie der Zug über seinem Kopf munter vorbeirauschen würde, vielleicht ein IC, fünf Sekunden, und er da unten müsste dann das Rad die Stufen

wieder hochschleppen beziehungsweise in der Rille hoch-
schieben, und alle, die noch diesen einen Fünf-Sekunden-Zug
abgewartet hätten, wären schon am FAM-Gelände vorbei und
an der Ampel, hätten da bestimmt Grün, und er, sich
mühsam wieder aufs Rad bringend und keuchend die fünfzig
Meter in die Pedale tretend, kriegte todsicher Rot gezeigt;
stand also da und wartete und ärgerte sich, wie sich Idioten
eben ärgern, wenn sie nix taten, wo jeder vernünftige Mensch
längst was getan hätte –,

obwohl also die faktische Sackgasse klar zu sehen war und
es noch Zeit gewesen wäre, sich links einzuordnen, machte
Jörg keine Anstalten, auf die Abbiegespur zu wechseln.

Sodass sie nun vor den geschlossenen Schranken standen.

Dieses Mal weigerte er sich allerdings, sich aufzuregen, um
nicht am Schluss noch einen Missklang reinzubringen, und
knüpfte ans Gespräch an: »Und wenn ich dich anrufe und
einen Notfall fingiere ...?«

»Denkst du, Marita ist blöd, dass die das nicht spannt? Und
dann ist drei Tage schlechtes Wetter, und zwar so richtig
schlechtes.«

»Das ist der Nachteil, wenn man nicht mehr sein eigener
Herr ist.«

»Es ist auszuhalten, aber danke der Nachfrage.«

»Und währenddessen vergeht die Zeit«, sagte Onno.

»Das tut sie sowieso«, sagte Jörg.

»Ein Grund mehr, sich anzustrengen, das Maximale rauszuholen.«

»Kommt drauf an, was man unter ›maximal‹ versteht.«

»›Maximal‹ heißt, sich zu strecken, um den Himmel zu
erreichen.«

»So spricht die Poesie.«

»So spricht das Leben.«

»Du weißt genau, was ich meine. Das fängt schon damit an,
dass man für mehr als nur für sich selbst verantwortlich ist.«

»Ich nicht.«

»Womit wir beim Kern des Problems wären.«

»Kein Problem. Was redest du da für ein Mist zusammen!«

»Dass du das als Verdienst ansiehst, das ist das Problem.«

»Tue ich ja gar nicht. Es ist kein Verdienst, aber auch nicht das Gegenteil. Weil es nämlich egal ist.«

»Irrtum.«

»Ich bin mit leichtem Gepäck unterwegs«, sagte Onno, »und ich fühle mich vitaler, als ich mich je gefühlt habe.«

»Du machst dir was vor.«

»Na klar! Mein Körper macht meinem Geist was vor, und zugleich macht mein Geist meinem Körper was vor, oder?«

»Komm mal aus deinem Körper-und-Geist raus und mach die Augen auf. Und was siehst du? Paare. Eins-und-eins. Das ist der Beweis.«

»Der Beweis wofür?«

»Man ist nicht geboren, um allein zu sein. Habe ich dir übrigens schon hundertmal gesagt. Und das weißt du auch genau. Und schon gar nicht im Alter.«

Da war es wieder: das Alter. Aber was käme dabei raus, sich zu streiten? Also versuchte er, es spaßig umzubiegen, und sagte: »Okay, dann werde ich mir aus dem Katalog mal eine einundzwanzigjährige Polin bestellen.«

»Einundzwanzig muss ja nicht gerade sein, aber vierzig, warum nicht?«

Eine feuerrote E-Lok fuhr ins Bild, dahinter erst mal einige Flachwagen mit durch Rungen gesichertem Stammholz.

»Und kaufen musst du die auch nicht. Sei einfach anständig, dann kommen die Frauen freiwillig näher.«

Zwei Tankwagen von TVG. Folgend ein Kühlwagen mit stilisierter Banane drauf. Und zwei grüne, wo in Gelb *Golden Dawn* zu lesen war; wahrscheinlich aus China. Nachschub für die Welt, bei der alles, wenn man nur genau genug hinguckt, ›Made in China‹ war.

»Frauen wollen anständig behandelt werden«, sagte Jörg, »und dass der Mann zuhören kann und zurückstecken kann.«

»Ganz schön viel verlangt«, versuchte er es nun ironisch.

Eine Reihe leerer Flachwagen – eine lange Reihe.

»Irgendwas muss bei dir jedenfalls passieren«, sagte Jörg.

»Das ist schon passiert«, sagte er.

Jörg sah ihn an. »Eine Frau, die du in der Nacht im Wald alleine lässt ...? Habe ich dir nicht eben verraten, dass Frauen anständig behandelt werden wollen?«

»Was für eine Frau? Es gibt keine Frau.«

»Gilt übrigens auch für jede beliebige Polin.«

Der letzte leere Flachwagen war durch, und dann öffneten sich endlich die Schranken, endlich.

5

Er blinzelte zum digitalen Wecker. 16:09 Uhr. Hieß: sieben Stunden, siebeneinviertel sogar. Perfekt. Im richtigen Leben war ausreichender Schlaf unverzichtbar. Als Büroangestellter konnte man sich mit schleppendem Gang durchs Geschehen bringen, interessierte sowieso keinen, aber wenn man lebendig war, ging das natürlich nicht mehr.

Er warf den Bettbezug weg, der im Sommer als Oberbett diente, spannte an allen Extremitäten die Muskeln an; dann vollzog er mit den Beinen Radfahrbewegungen in der Luft. Nach dieser Morgenroutine – okay, diesmal am Nachmittag – sprang er aus dem Bett, stellte die Füße schulterbreit auf, Zehenspitzen nach vorne ausgerichtet, und vollzog fünf Kniebeugen, und weil hier niemand zu beeindrucken war, was ja immer darauf hinauslief, zu bescheißen, führte er die Exercises maximal präzise aus.

Eigentlich wartete jetzt der halbe Liter Wasser; aber heute sollte es mal ohne gehen, der Körper würde schon nicht dehydrieren oder verstopfen. Er nahm also die Flasche Ahrenburger vom Boden vor dem Bettgestell hoch und brachte sie in die Küche. Auch so ein Beispiel, wo das System die Menschen ficken will, wo man aber den Output nehmen kann, um das System ins Leere laufen zu lassen. Die Flasche Ahrenburger war zwar aus Plastik und drinnen war vom Werk aus stilles Mineralwasser gewesen, und beides ist grundsätzlich scheiße: Plastik sowieso und stilles Wasser, weil das ja nichts anderes ist als Leitungswasser, das einem, aufwendig verpackt und von der Werbung eine neue Identität fabriziert gekriegt, zweihundertmal so teuer wie das ursprüngliche, praktisch identische Produkt angedreht wird. Aber erstens war die Flasche als Bewässerung bei der Blutspende in seine Hände gelangt, also in aller Unschuld – hier stand's ja: *Klinik-Mineralwasser. Abgabe im Handel nicht möglich* –, und zweitens war da schon x-mal neues Leitungswasser eingefüllt worden. Wer natürlich lebt, lebt billig.

Er duschte, wie immer: warm, wärmer, kalt; als er später den Kopf der Oral B über die gefletschten Zähne bewegte, waren die Gedanken bereits dabei, sich mit den letzten vierundzwanzig Stunden zu beschäftigen. Konnte man zufrieden mit sein. Vor allem war die Aktion ein weiterer Beweis, dass in diesem Land, wo so vieles als hochkomplex deklariert war – also allenfalls millimeterweise veränderbar, aber du solltest es besser überhaupt nicht anrühren und es deinen politischen Führern und den Managern überlassen, werter Staatsbürger, hast du das kapiert? –, eine sehr reale Wirkung erzielt werden konnte.

Sich einfach mal trauen, Mensch!

Kreative Zerstörung, das konnte die Natur schon gar, daraus bestand sie ja zu großen Teilen, aber man sollte ihr dabei, wenn sich die Gelegenheit bot, zur Hand gehen.

Als verspätetes Mittagessen briet er sich zwei Spiegeleier, legte darauf vier Scheiben Schmelzkäse und spritzte reichlich Maggi über alles. Ohne schlechtes Gewissen. Denn hin und wieder schadete es nichts, sich ins Vegetarische zurückfallen zu lassen, war im Gegenteil sogar angebracht, um nämlich zu überprüfen, ob und wie stark die Souveränität vorhanden war: das Nicht-so-Gute zu tun, ohne davon berührt zu werden oder gar den Ansatz einer Sucht zu spüren. Über die Stränge zu schlagen, war außerdem ein probates Mittel, den latenten Zug zur Zwanghaftigkeit zu schwächen. Er hatte schon bei so vielen Veganern erlebt, wie die Sache mit den Inhaltsstoffen zu einer Frage von Erlösung oder Verdammnis gemacht wurde, wie Stunden darauf verwendet wurden, rauszukriegen, ob Erdal Protect original Lederfett farblos womöglich Verbotenes enthält und ob Spülmaschinen-Tabs etwas Schlimmes beinhalten. Aber darin erschöpfte es sich auch, hieß, es wurde ignoriert – oder verdrängt, das Tun und das Lassen ist ja im Grunde immer eine Sache der Psyche –, dass im Kern kein Ernährungsegoismus stehen darf, sondern die Erkenntnis, dass das Lebendige ein Kontinuum bildet, angefangen bei Insekten, hin zu Amphibien, Reptilien, hin zu Hund, hin zu Schwein und Rind und Bonobo und Mensch, und wer Kalbfleisch isst, kann genauso gut Hundefleisch essen oder Menschenfleisch, und genau, wie aus moralischen – und eben nicht ernährungsphysiologischen – Gründen verhütet wird, dass Menschen Menschen fressen, muss man die Tiere, alle Tiere, vor dem Zugriff bewahren.

Zugegeben, falls man bloß gesund im reduktionistischen Sinne sein will, ist es relativ unwichtig, ob man sich vegan ernährt oder nicht. Wer wenig Fleisch, dafür viel Fisch frisst, kann, so nichts Schicksalhaftes für ihn bereitet ist und er nicht raucht oder säuft, viele öde Jahre aneinanderreihen.

Aber ebenso wahr ist: Vegan leben heißt, moralisch gesund zu sein. Und umgekehrt. Wer sich Stücke von toten Tieren ins Maul stopft und sich Milch von gequälten Kühen in den aufgesperrten Rachen schüttet, ist moralisch krank und frisst sich und säuft sich zum eigenen Verderben, weil moralische Verrohung und Verrottung über kurz oder lang immer auf die gesamte Psyche übergreift. Was du den Tieren antust, wirst du auch irgendwann den Menschen antun können.

Vegan sein, bedeutet, die einzige wirklich lebensfördernde Idee zu leben und dadurch aktiviert zu werden; denn das ist es, was wahrhaft gute Moral bewirkt: dass man den Dingen nicht ihren Lauf lässt.

Er beendete den nun doch störenden inneren Monolog, indem er zwei Weißbrotscheiben in den Toaster schob und aus dem Hahn lauwarmes Wasser in den Becher mit dem gehäuften Esslöffel Cafet Mild laufen ließ. Und im Radio MDR 1 anstellte.

Im Moment durfte dort irgendjemand seine Tipps und Tricks ventilieren bezüglich dieser hartnäckigen Trockenheit, die vielleicht – vielleicht, weil: wer wusste schon, wie die Zukunft aussah; wir sollten besorgt, aber nicht angsterstarrt sein und stets den schwarz-rot-goldenen Politikern vertrauen – unsere mitteldeutsche Heimat in eine jugoslawische Karstlandschaft verwandelte. Experte: Aber das Leben müsse ja weitergehen. Das Staatsfunkmaul ergänzte, dass »wir im Osten« gute Chancen hätten, im Geschehen zu bestehen, man sei ja gewohnt, zu improvisieren. Korrekt, du Lakai der Mächtigen. Wenn der Deutsche-der-14-Bezirke was kann, dann, sich durchzuwurschteln; was vom Staat ja auch wohlwollend registriert wird, logisch, denn wer sich an den kleinen Problemen abarbeitet, überlässt die Antworten auf die wichtigen Fragen bereitwillig denen in den Büros und denen, deren grinsenden Visagen mal für drei Wochen auf Wahlplakaten zur Schau gestellt worden sind.

Er verschlang aus der Pfanne sein mit Schlieren ziehendem Käse verfeinertes Spiegelei und war bereits ordentlich dabei, sich zu ärgern. ›In Ihrer Region gibt es seit fünf Jahren nur noch vierzig Prozent des früher üblichen Regens? Problem erkannt, Problem gebannt! Pflanzen Sie einfach Ungarische Eichen an. Und wenn's noch einen Tick wärmer wird, sind Korkeichen die Empfehlung des Hauses. Halt, am besten gleich konsequent sein. Palmen! Genauer: Dattelpalmen, das gibt dann auch schmackhafte Südfrüchte. Zwei Fliegen mit einer Klappe.‹ Ja, immer clever, wir Cleveren.

Jetzt war der Kaffee vollends kalt, aber egal, ihm kam es sowieso nur aufs Koffein an. Er stellte das Radio ab. Keinen Nerv mehr. Der MDR erinnerte immer wieder aufs Neue daran, wie nötig es in der Homöostase sein würde, echte Journalisten zu haben und keine bewährten Arschkriecher und Arschkriecherinnen, mutige Stimmen und keine stichwortgebenden Mietmäuler. Traurig, aber wahr und so typisch: Der

Journalist in Deutschland versteht sich als Rechtfertiger und letztlich Propagandist politischer Entscheidungen. Wie schon im Sozialismus und übrigens auch schon im System davor. Und im Gegenzug: Was ist ein Politiker ohne Kamera, ohne Mikrofon? Eine Ratte, bei deren Furzen es zwar stinkt, die Verpestung sich räumlich aber eben nur sehr beschränkt ausbreitet. Richtig kann der Gestank übers ganze Land nur gelegt werden mittels de facto staatsabhängiger Medien. Und deshalb immer wieder und aus vollstem Herzen: Danke fürs Internet.

Er setzte sich ans Notebook. Er gab die Keywords ein. Es war wie vor der Bescherung. Er drückte die Enter-Taste.

djz.de: … *zwischen dem 31. März und 12. April haben bislang unbekannte Täter* –

az-online.de: *Person bei Klötze von brennendem Hochsitz gerettet*

forum.wildundhund.de: *Neue Hochsitze braucht das Revier*

hallelife.de: *Ein Jäger stürzte am Samstagmorgen im Bereich Grillenberg von einem Hochsitz* –

Dieses letzte Snippet hätte ihn zu anderer Zeit schmunzeln gemacht, so was kam ja gleich nach so was wie: ›Jäger erschießt sich beim Abstieg vom Hochsitz‹, oder: ›Jäger vom Waidkameraden als Wildschwein erschossen worden‹. Aber jetzt war ihm eher danach zumute, das Notebook in die Ecke zu pfeffern. Er stieß den zurückgehaltenen Atem aus.

Okay, ganz ruhig. Fakt war: Kein Echo im Internet. Schlecht. Allerdings musste bei allem die Zeit einkalkuliert werden. Und das hieß in diesem Fall: Es war schlicht noch zu früh. Genau. Geduld. Er klickte den Browser weg und fuhr das Notebook runter und stellte es an den angestammten Platz zwischen die beiden Zamien.

Er nahm die Tasse mit dem Rest Kaffee. Spätestens morgen sollte sich alles – Aber jetzt frontal der Gedanke: Und wenn es über die Aktion nie eine Meldung geben würde? Er ließ die

Tasse sinken. Vielleicht war die Stelle zu abgelegen? Vorsicht gehörte zur Vernunft, klar, aber was, wenn er es damit übertrieben hatte und das Ding womöglich erst in Jahren gefunden werden würde, wenn überhaupt ... Stopp! Erstens war's nicht sicher, dass da nichts mehr kam, und selbst wenn, scheiß drauf. Er hatte das doch nicht getan, um Inhalte für Zeitungsartikel zu liefern. Er hatte eine Aufgabe erledigt. Da lag der Sinn drin und nirgendwo sonst und schon gar nicht im Applaus der anderen oder dass Fressen zornig wurden.

Er schritt durch den Raum zur Balkontür, trat raus, machte zwei tiefe Atemzüge. Alles wird gut, okay? Okay. Vor ihm – sozusagen ihm zu Füßen, hinter dem Grün mit den drei Wäschespinnen, dem beschissenen Kirschlorbeer, den Containern für Papier, Wertstoffe, Restmüll, der ramponierten Biotonne – breitete sich der Gartenverein e.V. Fuchsberg aus: Die Hecken dermaßen fehlerfrei und in rechten Winkeln, dass es wirkte, als wäre da lauter Beton hingegossen und grün angestrichen worden, und die viereckige, rechteckige Aufteilung der Kolonie setzte sich fraktalmäßig in den Parzellen fort: exakt vermessen, exakt reglementiert und dass sich ja nichts rührt außer dem Herrn der Ordnung, und siehe da, in der Entfernung: eine Blumen gießende Gestalt; vor der Parzelle schwatzende Gestalten; und dort eine einen Karren hinter sich her ziehende Gestalt. Entzückend, nicht wahr?, das alles, irgendwie. Und wenn man nur weit genug davon entfernt ist – wobei eine mittlere Distanz genügt –, lässt es sich leicht ignorieren, dass diese Fleckchen Erde das Resultat eines unausgesetzten chemischen Kleinkriegs gegen alles unkontrolliert Lebendige sind, und die Stiefmütterchen, Rosen, Geranien sind steril, weil ohne Nektar, und diese Parzelle dort besteht aus kaum mehr als aus kunstrasenähnlich gemachtem Gras plus Schwimmbassin, und apropos Bassin, das tausende Liter Wasser zweckentfremdet und kostbaren Lebensraum versiegelt, ohne –

Ein nahes Brummen. Er zog das Smartphone aus der Hosentasche. Telegram hatte Meldung gemacht. Eine gute Gelegenheit, sich auf was anderes zu bringen.

Er öffnete den abonnierten Kanal ›Animal Liberation‹.

Das erste Material war ein unbetiteltes, 57 Sekunden langes Video, und gezeigt wurde – dermaßen wacklig, dass er sich beim Zuschauen fühlte, als würde er besoffen rumtorkeln und hätte jede Kraft, den Blick zu fixieren, verloren –, wie jemand, unterlegt mit aggressiven Gitarren-Riffs, eine am Baumstamm gelehnte Leiter, die in einem kleinen Plateau mit einer Eisenbandumfassung endete, zu Boden riss und dann Leiter und Kanzel kaputttrampelte. Er, Onno, zuerst verblüfft, dann irritiert, sah es sich noch mal an. Aber es erinnerte immer noch an eine schlechte Parodie.

Das zweite, das ihm aufs Smartphone geschickt worden war, lief unter dem Titel *Italien-ALF rettet zwei Hunde und ein Huhn*. Drei Schnappschüsse, schwarzweiß, dermaßen körnig, als wären das x-fach vergrößerte, auf höchst lichtempfindlichen Filmen gebannte Fotos. Das eine zeigte einen Hund hinter Gittern, auf den beiden anderen waren vier vermummte Gestalten zu sehen, drei davon mit Tieren im Arm.

Ja, und? Aber er sah nicht weg. Und hatte dann das letzte Foto so lange betrachtet, dass es nun war, als hätte er bloße, neutrale Dinge vor sich. Dann scrollte er durch einige der vielen anderen digitalen Belege tierbefreierischer Aktivität.

18 Rattenfallen unbrauchbar gemacht

Belgien: Kaninchen von einer Farm befreit

37 Enten aus Jägerkäfigen befreit

Da läutet das Glücksglöckchen, nicht wahr?

Luxemburg-ALF befreit 13 Hühner

Das Glücksglöckchen.

Vier Truthähne in Großbritannien befreit

Man könnte zum Klang des Glöckchens tanzen – wenn das, was in der Wirklichkeit passiert, nicht jeden Gedanken an

Glück zunichte machen würde, denn in Wahrheit müssen zum Beispiel im Mastbetrieb eines Wiesenhof-Zulieferers bei Königs Wusterhausen, versteckt in einem Waldgebiet, über eine Million Masthühner in drei Dutzend Hallen ihre Existenz dahinbringen, und das

bedeutet: Hühner, die in ihren eigenen Exkrementen leben müssen, weil eine Reinigung der Ställe unrentabel wäre

bedeutet: verzweifelte Tiere, die nicht ans Wasser kommen und verdursten

bedeutet: lauter fiebrige, zitternde Hühner

bedeutet: schwache Tiere, denen das Genick gebrochen wird

bedeutet: Kadaver, die in den Boden getrampelt sind

bedeutet: Kadaver, die an Türklinken gehängt werden

Das sei dir gesagt, Mensch.

Wirklichkeit und Wahrheit ist, dass im August in einer Mastanlage im Landkreis Börde, Sachsen-Anhalt, nach einem Stromausfall einhundertsiebzehntausend Hühner ersticken, weil die Lüftung durch eine Störung im Umspannwerk Haldensleben ausgefallen ist.

So, und nun frag dich: Was bedeutet mir das?

Ein Hündchen? Ach wie süß! Zwei Kätzchen? Allerliebst! Knopfäugige Eichhörnchen? So was von niedlich! Hühner? Das sind doch nur Hühner, sagt der Fleischfresser, die Fleischfresserin, sagen solche wie Rothkötter, Tönnies, wie die Nazis sagten: Das sind doch nur Juden.

Aber Rothkötter, Tönnies und die anderen Auftraggeber des Tötens bringen ja die Hühner – erinnert werden soll auch an die Rinder, an die Schweine, an die Puten – nicht eigenhändig um. Obwohl sie das wohl auch täten, wenn's der Rendite dienen würde. Aber wie es der Kapitalismus ihnen nun erlaubt, müssen sie das nicht eigenhändig tun: unschuldiges Leben abschlachten, sondern können dieses Abschlachten delegieren. Du sollst dich fragen: Was sind das für welche, die das Töten auf Geheiß vollziehen? Und dies ist die Antwort: Das sind welche, die Geld brauchen, um Dinge zu kaufen.

Du musst erkennen, dass mit Geld zum Beispiel denen, die im Bereich Eintrieb, Betäubung, Tötung sind, die Menschlichkeit abgekauft werden kann, kein Problem, und Töten zum Üblichen wird, auch überhaupt kein Problem in einem System, das ohne Ausbeuten und Vernichten sowieso nicht denkbar ist. Weil's aber klaren Kopfes dann doch nicht auszuhalten ist, das buchstäblich Böse zu tun und also Teil des Bösen zu sein, flüchten dort, wo massengetötet wird, die Täter und Täterinnen in die Betäubung: Es wird gesoffen und es wird – sicherheitshalber – allem Leben drum herum die Existenz abgesprochen, also: Tiere: beweglicher Werkstoff: ein Produkt im Verwertungszusammenhang. Und dann bringen Wesen, die ansonsten doch Menschen sind beziehungsweise sein wollen, im Rahmen ihrer arbeitsvertraglich geforderten Pflichterfüllung es auch fertig, die Elektrozange oder das Bolzenschussgerät anzusetzen oder dem Tier den Hals aufzuschlitzen zur›Endblutung‹, und das hunderte Male am Tag.

Was tun die, die sich aufgerufen fühlen, etwas, sagen wir, gegen das Töten in Wietze zu tun? Man protestiert. Plakate werden hochgehalten. Parolen werden durch Mikrofone skandiert. Es wird sich – grundsätzlich symbolisch – angekettet im Vertrauen darauf, von der uniformierten Exekutive der Ketten wieder entledigt zu werden. Alles selbstverständlich vor laufender Kamera. Und man bezahlt das Bußgeld für die Nötigung mit dem Stolz dessen, der eine ach so wirkungsvolle Tat des Widerstands getan hat.

Er wollte Telegram wegdrücken – was brachte ihn eigentlich immer wieder dazu, sich das anzutun? –, betrachtete dann die zwei italienischen Fotos mit den Menschen und den Tieren aber doch noch länger. Keine Wut mehr in ihm. Aus diesen Fotos ließ sich das ablesen, was aus so vielen Fotos abzulesen war, und sich auch aus den Berichten ergab: Was gemacht wird, wird von mehreren gemacht. Nie postet ein Einzelner – mal abgesehen von dem aufgedrehten Schwachkopf mit seinem Pipifaxhochsitz, und selbst da hat ja ein Zweiter das Handy gehalten –, nie ist von einem Solokämpfer die Rede.

Er loggte sich bei Facebook ein. ›Animal Liberation – Night Fighters‹. Das Aktuellste war ein Update über die Fabrikbesetzung in Wales. Auf dem dominierenden – und ziemlich professionell wirkenden – Foto war ein lagerhallenähnliches Gebäude zu erkennen. Man hatte zwei breite Plakate an den Brüstungen angebracht. Eine Flagge – rot und schwarz – hing im Wind, wobei es offensichtlich windstill war, der Qualm der Rauchfackel, der den Himmel hinter und über der Fahne vernebelte, war nicht verquirlt oder verweht, sondern verteilte sich wohl allein durch die Hitze und den Druck der in der Patrone stattfindenden Verbrennung. Es sah aus wie im Krieg nach einer siegreichen Attacke. Hinter dem Plakat *shut down Liverton Science!* standen drei maskierte Menschen, etwas entfernt beim anderen Plakat – *Stop cruelty to animals* – noch zwei, wobei der eine Mensch die Rauchfackel gen Himmel hielt.

Er zog mit Daumen und Zeigefinger den Ausschnitt mit den drei Maskierten größer. Die Körper, die Körpersprache, schon die simple Tatsache, dass sie es geschafft hatten, sagten ihm: Das waren junge Menschen oder jedenfalls Jahre jünger als er. Zudem eine verschworene Gruppe.

Niemand befreit allein. Er fühlte sich elend.

Höchste Zeit, Gutes zu tun.

6

Im Klinikum der OVGU Magdeburg wurde nicht nur genesen, gelitten, möglichst lautlos gestorben, nicht nur gearbeitet und verwaltet, sondern auch abgeholt, geliefert, entsorgt und so weiter, was zu einem regen Kommen und Gehen führte, und das wiederum machte sich unter anderem an den beiden Hauptzufahrtsstraßen: der Leipziger und der Fermersleber, bemerkbar, an der Fermersleber allerdings deutlicher, weil die Leipziger nun wahrlich eine der dicksten Adern unter den Blutgefäßen der Stadt war und fahrbahnmäßig nicht vernachlässigt werden durfte, aber die Fermersleber sehr wohl, und wie!, stellte er wieder mal fest, als er an der Auffahrt zum Ring vorbeigeradelt war und nun das zu sehen, teilweise auch zu spüren kriegte, was immer ein Zeichen von Fehlallokation städtischer Mittel war, nämlich Schlaglöcher.

Und zwar solche, die sich schon mindestens drei Jahre im Asphalt befinden mussten – die letzten zwei Winter waren eher milde gewesen –, und von denen manche inzwischen bestimmt fünfzehn Zentimeter tief waren und auch glatt durch die geologische Formation ›Kopfstein‹ aus dem geschichtlichen Zeitraum namens DDR gewachsen waren bis runter auf jene Erde, die jene Epoche noch als Straßenbelag mitgemacht hatte, als Magdeburg eine minderwertigkeitskomplexlose Stadt der Bürger gewesen war mit einigen, nun gut, vielen Dienstboten, Handlungsgehilfen und Arbeitern, die eben, wie der Name schon sagt, arbeiteten und eigentlich überhaupt nur dafür leben sollten, die roten Blutkörperchen der Stadt zu erzeugen, und wenn das Geld erst mal akkumuliert war, verschleierte es sich nur zu gründlich, dass es eben nicht von Gott diesem und jenem zugeteilt worden war;

sondern irgendwie musste der Reiche zum Geld gekommen sein in dieser Welt der ausbeutungsfähigen Arbeit und der Ungerechtigkeit.

Aber trotz aller historischen Herrlichkeit – denn seien wir ehrlich: Was kümmern in der Draufsicht aufs große Ganze die Arbeiter, Mägde, Handlungsgehilfen? – heutzutage: Schlaglöcher, die einem Schritttempo aufzwangen.

Sich im reduzierten Tempo dahinzubewegen, hatte allerdings den Vorteil, mal zu sehen, was da überhaupt war. Nämlich zum Beispiel diese Backsteinmauer mit dem Tor dort. Er verlangsamte noch weiter. Die Mauer war teils geweißelt, und im geweißelten Teil in einer zentimeterdicken Betonplatte von etwa DIN-A-3-Größe, auch geweißelt, der Davidstern geritzt und ›Israelitischer Friedhof‹. Die beiden Tore aus Vierkanteisenstäben, in einem Kreis das Hexagramm. Durch die Eisenstäbe war ein weiß-hellblaues Dixie-Klo zu erkennen.

Wo es von der Fermersleber zur medizinischen-universitären Stadt-in-der-Stadt abging, stand die Ampel mal wieder auf Rot; der relativ Unbeteiligte hatte also zu warten und Johanniter, Caritas, Taxis et cetera rausfahren zu lassen: raus, rein, in guter Ordnung, um es ›der Medizin‹ zu ermöglichen, maladem Leben noch paar Zeiteinheiten hinzuzufügen, wobei der professionelle Ehrgeiz in den Versuch gelegt wurde, den Körper angesichts der Tatsache, dass der Tod letztlich keinen vergisst, mittels ausgeklügelter Methoden und modernster Apparate noch nicht zur Ruhe kommen zu lassen, zumindest nicht zur ewigen, denn jeder Tod ist eine Niederlage der einsfünfzig bis einsneunundneunzig großen Assistenten der Machbarkeit gegen die Natur und also kollektivpsychologisch eine Kränkung des Homo sapiens sapiens.

Der Friedhof von eben kam ihm in den Sinn. Dort war das Ende von leiden und Leid verursachen, von betrügen und betrogen werden, von angreifen und verteidigen, und nicht zuletzt das Ende davon, notwendig ein Parasit zu sein auf Erden – wobei einen solch totalen Frieden dann doch niemand für sich als überlebensgetriebene Kreatur wollen konnte. Aber blind dagegen zu sein, war schwer, man war in dieser Stadt ja buchstäblich von Toten umgeben beziehungsweise von deren Überresten oder zumindest den gemauerten oder in Stein gehauenen Informationen, zu denen ein Mensch sich reduziert, wenn der Körper autolysiert, verfault, verwest ist, und die Toten werden immer mehr und alle Friedhöfe sind eingepasst in Wohngebieten. Friedhof wie Supermarkt: gleich um die Ecke.

Das Haus 29 – Institut für Transfusionsmedizin und Immohämatologie mit Blutbank – aufzusuchen, gab immer wieder ein schönes Gefühl, konnte hier doch Gutes getan werden in seiner besten Form: sich selbst und zugleich anderen gegenüber. Die überdachte Treppe hoch, Tür aufziehen, die Hände mit dem Zeug aus dem ausgeleierten Spender links vom Eingang desinfizieren, gewohnheitsmäßig dem kindchenhaft niedlichen, rotschopfigen Vampir an der Wand, der einem *bis zum nächsten Ma(h)l* wünschte, zunicken; beim Anmeldetresen den Personalausweis rüberschieben, Ausweis zurückerhalten, dazu den Fragebogen und das Getränk.

Und noch rasch ins Nebenzimmer, das Labor hinter sich bringen. Stirnthermometer. 34,2° – was heute hörbar mal von einer Osteuropäerin festgestellt wurde.

Wer von einem ethnisch homogenen deutschen Volk träumt und für dieses geschichtsvergessene Ziel auch bereit ist, auf indische Restaurants und Onkel-Ahmed-Läden und einiges mehr zu verzichten und auf viele der Paketausfahrer und vielleicht sogar auf die Samiras und Aydins bei Polizei, Bundespolizei und Zoll, der – oder die – sollte mal ins Uniklinikum kommen und durchzählen: Akzent, kein Akzent, helle Haut, dunklere Haut, und sich mal überlegen, wie es wäre, nur noch die Hälfte der Schwestern und die Hälfte der Ärzte zur Rettung da sein zu wissen. Ärztinnen auch. Ja, man kann mit Fug und Recht sagen, ein Besuch der Blutbank – oder noch eindringlicher: ein Aufenthalt in einem der vielen anderen Häuser auf dem Gelände – muss einen schon zwangsläufig zum Internationalisten werden lassen, wenn man noch alle und vor allem die egoistischen Gehirnzellen am arbeiten hat.

Das Ohrläppchen wurde desinfiziert und mit der aus der Stechhilfe hervorschnellenden, dünn geschliffenen Stahlklinge schmerzlos angestochen und das so gewonnene Blut auf eine Art Mikroskop-Träger gedrückt. Er wechselte vom Behandlungsstuhl zum Wartestuhl; eine symbolische Handlung, es lauerte ja niemand vor der Tür des Labors, seinen Platz einzunehmen; hinter sich an der Wand das Janosch-Poster mit dem grünblauen, breit grinsenden Frosch, darüber lakonisch *Lach doch mal*. Es dauerte eine halbe Minute, bis der kleine Plastikkasten, in dessen Schlitz der Glasträger geschoben worden war, das Blut analysiert hatte. Hb 9,5 Millimol/Liter. Und »Danke« und »Auf Wiedersehen«.

Mit 9,5 lag er im grünen Bereich. Das war nicht immer so gewesen. Der Mensch ist eine psychosomatische Einheit, und jedes psychische Leiden macht sich über kurz oder lang auch bemerkbar im und am Körper, und also hatte es Jahre gegeben, wo er regelrecht gezittert hatte, ob er die 8 mmol/l, die hier als unterste Grenze gesetzt waren, erreichen würde. Zweimal war es zu wenig gewesen, und es wurde jeweils mit Bedauern und einer Packung Ferro Sanol Duodenal drei Monate Sperre verhängt. Aber die Zeiten waren vorbei, und auch insofern ist die Natur von einer schon karmischen Gerechtigkeit, und das heißt: auch das Gute hat Folgen. Einmal aus der Destruktion raus, hatte er gemerkt, dass es viel einfacher war, gesund zu leben; denn Gesundheit ist ja das, was die Natur für den Menschen vorgesehen hat. Mit dem Kranksein – überdies selbst zugefügt – verhält es sich wie mit dem Bösen: Es kostet Kraft und trägt am Ende nichts aus. Morr zum Beispiel: Eine verfettete, größtenteils bereits lethargische und wahrscheinlich von Stress und Krankheitsangst zermürbte Laborratte, die im perversen Selbstversuch ›Was kann ich mir noch zufügen, um mich möglichst nahe ans qualvolle Sterben zu bringen?‹ sich ans qualvolle Sterben brachte.

Er schritt den Gang runter, in den Raum mit den Spinden, wo er die Jacke einschloss, und schließlich ins Wartezimmer. Dann kam der Fragebogen – ein beidseitig mit insgesamt dreißig Fragen bedrucktes Blatt Papier – an die Reihe. Nein. Ja. Ja ... Ach Mensch, wie waren angesichts der Komplexität des Lebens, wo's fast immer Jein hieß oder manchmal nicht mal irgendeine Antwort gefunden werden konnte, solche konkreten und geschlossenen Fragen wohltuend ...

Er war gerade dabei, die Spitze des Plastikhalms vorsichtig in den Tetrapak mit der Flüssigkeit, die angeblich Apfelsaft war und die jeder zusammen mit dem Fragebogen ausgehändigt bekam – so er zu dumm war, Wasser zu erbitten, wie zum Beispiel er, Onno, diesmal, Scheiße –, zu drehen, als eine Frau, zirka achtzehn, neunzehn, ins Wartezimmer trat.

Und was für eine. Die Hälfte der rabenschwarz gefärbten Haare auf Zentimeterlänge gestutzt. Panda-Make-up. Ein übergroßes, alle Körperkonturen wie ein Nonnenhabit verbergendes Batman-T-Shirt. Untenrum eine schwarze Kunstfaserhose, auf der seitlich zwei Reihen roter Pailletten angebracht waren.

All das registrierte er natürlich, man hat ja Augen im Kopf, aber ohne echtes Interesse. Er sog am Halm, schluckte stoisch die süßliche Flüssigkeit und beendete dann den bürokratischen Teil der Sache, indem er auf dem seltsam formatigen Zettelchen bezüglich AIDS die Antwort ›Mein Blut kann für Patienten verwendet werden‹ ankreuzte und nicht ›Mein Blut darf für Patienten nicht verwendet werden (Ihre Spende wird vernichtet)‹. Wobei man sich dann doch schon fragte, ob in den Jahrzehnten, wo es den vertraulichen Spende-Selbstausschluss nun schon gab, diese separate Frage je irgendeinen Erkenntnisgewinn gebracht hatte im Sinn von ›Um Gottes willen, jetzt fällt's mir wieder ein, ich bin ja aidskrank!‹

Die personifizierte Auffälligkeit war Linkshänderin, und wie alle Linkshänder war beim Schreiben die Hand im Gelenk abgeknickt, als wären da die Sehnen gerissen, und der Unterarm komisch angewinkelt.

So oft schon gesehen, wie solche sich darin überboten, äußerlich unverwechselbar zu werden – meistens ohne überhaupt zu ahnen, dass es gar nicht darum ging, anders zu sein; es ging nicht um Individualität, sondern um Chronologie. Eine solche Kostümierung sollte ja zu verstehen geben: ›Ich kann es mir leisten, als Vogelscheuche aufzutreten, denn ich bin jung.‹ Das war's: jung sein inmitten einer Welt, die alt – oder zumindest älter – war und ausgereizt. Man konnte sich so was leisten, weil man eben etwas hatte, das gerade nicht auf dem Spiel stand: Jugend. Keine geistig normale Frau mit fünfzig oder sechzig, also in einer Zeit des Lebens, wo einem die Biologie bereits gehörig in die Suppe gespuckt hatte, würde auf den Gedanken verfallen, sich – und sei's auch nur textil – zu verhässlichen.

Natürlich währt jung sein nur so und so lange. Ewig jung ist nur die Sonne, sie allein ist ewig schön. Dann war man's nicht mehr – aber immerhin war man's mal gewesen.

Und prompt: Wieder war Hössensen da, gegen seinen Willen, natürlich, denn alles in und an Hössensen war trostlos, und Trostloses, zumal festgefroren in der Erinnerung, hat eine Art zu schmerzen, dass der Schmerz nie aufhört.

Aus der Jugend praktisch nix gemacht. Das war's. Ja, verdammt!, wenn man in einem Kaff aufwachsen musste, wo man, um überhaupt mal unter Gleichaltrige zu kommen, erst mit dem Bus ins Nachbarkaff fahren musste. Und irgendwann noch schlimmer: auch keine Mädchen in Sichtweite, nur Pomeranzen, und denen war das üble Walten der Hormone erst recht anzusehen. Okay, vielleicht war er auch zu passiv gewesen, genauer gesagt, falsch zusammengesetzt: körperlich passiv und geistig das genaue Gegenteil. Umgekehrt wäre er wohl auf seine Kosten gekommen. Aber so war's ein Leben, in dem die entscheidenden Stunden mit Lesen und Fernsehgucken gefüllt wurden, logisch, irgendwo musste das Hirn ja sein Futter herkriegen, und was sich ihm in Buch und Glotze darbot, war ja auch unvergleichlich: zweihundert Seiten, vierhundert Seiten, fünfundvierzig Minuten, neunzig Minuten: jede Seite, jede Minute Spannung, Abenteuer, Spaß oder Sex. Fantasie, was willst du mehr?

Ein Bimm!, dann aus dem Lautsprecher: »Herr Fissler, bitte in Zimmer 2.«

Als er das Wartezimmer verließ, warf er einen verstohlenen Blick hin zum Mädchen. Es wäre mal spannend, dem Geschöpf in zehn Jahren wieder zu begegnen. Versicherungsfachangestellte? Oder zweifache Sozialhilfemutter?

Später lag er auf der Liege, und die schwarzkirschfarbene Flüssigkeit floss in den Plastikbeutel, der träge auf der Tellerwaage hin- und herbewegt wurde.

Eine kurze Unterhaltung über das Wetter: zu warm, viel zu trocken, alles sehr traurig.

Einmal legte er die Hand auf den schon ziemlich prallen Beutel und fühlte eine Wärme und war erstaunt – und überrascht darüber, darüber überrascht zu sein, dass etwas aus dem Körper die Temperatur des Körpers hatte. Man war sich dessen gar nicht bewusst; genauso wenig, wie man sich des permanenten Drucks der Luft bewusst war, an den zur Perfektion angepasst man sein Dasein hinbrachte, wie jedes Lebewesen übrigens. Nimmt man als selbstverständlich. Dass die Haare wachsen. Dass wir ein Körpergefühl haben, was uns, Stichwort Kellner, auch unbesehen Dingen ausweichen lässt. Wie voraussetzungsvoll das schlichte Gehen auf zwei Beinen ist. Alles als selbstverständlich genommen. Für nichts dankbar sein. Selbstverständlich: nicht als Straßenkind in Nairobi geboren zu sein, selbstverständlich: nicht im zwölften Jahrhundert zu leben, wo einen fünfunddreißig harte Jahre in Schmutz und dauernder Lebensgefahr erwarteten. Den Respekt vor dem eigenen Leben in aller Selbstverständlichkeit vergessen und den Respekt vor dem Leben der Tiere ganz verloren. Oder auch nie besessen. Dass man Tieren faktisch das Daseinsrecht abspricht, ist ja auch Resultat der Erziehung, genau wie es die Pädagogik des Antisemitismus war, die es schlussendlich selbstverständlich machte, die Lebewesen in drei Klassen zu unterteilen: Menschen, Tiere, Juden, und jede soll mit der anderen nichts zu tun haben. So, und wo bist du jetzt, Mensch, der du, seit dir Gott abhanden gekommen ist, vor nichts mehr Respekt hast, zu nichts mehr ehrlich Danke sagen kannst und auch nicht mehr willst? Sag mal, was verbindet dich mit dem Leben? Sei ehrlich und sag: Was mich morgens aufstehen lässt und ins Rennen einsteigen lässt, ist die Gier nach mehr, nach immer mehr, die Unersättlichkeit, angestachelt vom System, das den Hamster im technisch perfekten Rad laufen lässt, weil der Hamster das doch schließlich selbst will, nicht wahr?, sonst würde er doch nicht jeden Tag aufstehen und sich pünktlich im Rad einfinden.

Aber zurück zum wunderbaren Blut hier. Man sollte den Körper kennen, denn der Körper ist der Mensch. Man sollte wissen – so, wie er das wusste, seit ihm Bernd die Information aufgenötigt hatte –, dass im roten Knochenmark in jeder Minute 160.000.000 Erythrozyten gebildet werden, also pro Sekunde so viele, wie München und Köln zusammen Einwohner haben, und entsprechend genauso viele abgebaut werden. Noch interessanter wird es, wenn man sich fragt, woher die Zellen eigentlich wissen, welche Gestalt sie annehmen müssen. Und woher wissen Zellen, wo sie hingehören? Antwort: Zellen wissen gar nichts, nicht mal Gehirnzellen, die ja gewissermaßen die Quelle darstellen. Auch das ist Natur: dass es möglich ist, dass alle Intelligenz auf vollkommener Dummheit basiert. Und die Lebenszeit eines roten Blutkörperchens beträgt hundertzwanzig Tage. In den Zellen ist eine Apoptose eingebaut, ein Programm, das die Zellen sterben lässt, wahrscheinlich, um die Gefahr zu minimieren, dass Entartungen wirksam werden: Bei einer Zelle, die nur gerade vier Monate arbeitet, sind Fehler unwahrscheinlicher als bei einer Zelle, die auf zwölf Jahre angelegt ist. Sieht man ja auch im politischen Leben: Kreaturen, die Jahrzehnte schalten und walten dürfen, entarten irgendwann, sind aber durch maligne Symbiose – jeder hat über jeden anderen was in der Hand – resistent gegen den notwendigen funktionellen Tod. Mit verheerenden Konsequenzen, denn merke: Die Gesellschaft mit ihren ›zivilisatorischen Errungenschaften‹ ist nie intelligenter als die Natur. Allerdings wäre im vorliegenden Fall durchaus eine Lösung denkbar. Indem nämlich beispielsweise jedem Bürgermeister am Tag seiner Wahl eine Nexus-6-Hirneinheit eingepflanzt wird, und die Hirneinheit würde genau sieben Jahre funktionieren und dann –

Und jetzt ein unangenehmes Piepsen. Die Bewegung des Maschinchens hörte auf. Ein Wattepad wurde dort, wo die Nadel teilweise im Körper war, auf die Haut gedrückt, und die Nadel wurde unter dem Pad rausgezogen. Dann wurde er mit einer selbstklebenden Binde versorgt. Dann die Spendenbescheinigung. Fünfzehn Euro. Na ja. Aber er war ja auch nicht hier, um zu verkaufen.

Danach, in der kleinen Kantine am Büfett, wandte er sich dem veganen Bereich zu. Ein erst jüngstens installiertes Angebot, auf das mit einem Schildchen im Flowerpower-Stil hingewiesen wurde; als wäre veganes Essen nur was für Jefferson-Airplane-Fans und solche, die auf Homöopathie und Eigenurin-Therapie schwören. Er wählte die zwei Brötchenhälften mit veganer Wurst und veganem Käse, auf beidem je ein Salatblättchen und eine achtel Tomate. Den Allesfressern standen Brötchen mit Aufschnitt, Brötchen mit Käse oder, wenn sie Glück beziehungsweise objektiv natürlich Pech hatten, eine Masse aus im Fleischwolf zerkleinerten und anschließend gekutterten Fleisch in Schweinedünndarm zur Auswahl. Was für eine Geistesgestörtheit: Da hatte man Gutes getan, und dann fraß man Fleisch und radierte das Gute gleich wieder aus. Und dass in der Wurstpelle stinkende Schweinescheiße gewesen ist: wird restlos verdrängt. Logisch, das gehört ja integral dazu, Verdrängung, wenn man es fertigbringt, Fleisch zu fressen.

7

Der Unterschied zum Minimalleben war: Er konnte am hell-lichten Werktag durch die Natur spazieren – oder durch das, was man sich eben als Natur schönredet – und war also unterwegs von Diesdorf nach Ottersleben. Gegen die vom Himmel runterbrennende Sonne hatte er sich mit seinem breitkrempigen Normani Hut mit Nackenschutz gewappnet; womit er einen ungewöhnlichen Anblick bot, und hin und wieder spürte er Blicke, aber hier wie immer galt: Wenn du's richtig machen willst, mach's anders als die anderen. Wann hatte ein ganzes Volk verabredet, dass eine Obdachlosen-bräune – inklusive Faltenbildung und Hautkrebsrisiko – als begehrenswert gelten soll?

Auf der gegenüberliegenden Seite der Straße hatte man binnen eines Dreivierteljahres durch das Neubaugebiet Mariendistel die Landschaft nach Menschenart verwertet. Das NBG war ausgestaltet als vier Reihen zu je sechs EFHs, und ausnahmslos jedes vom Grundriss quadratisch, unbedingt quadratisch, denn ein quadratischer Hausgrundriss hat die geringste Außenwandlänge im Verhältnis zur Wohnfläche und somit geringere Heizkosten als längere, dafür schmalere Gebäude, und außerdem ist eine optimale Raumorganisation möglich. Da lacht das Herz des Optimierers, denn der Opti-mierer weiß: Es wohnt sich billig, wenn alles funktional ist, und auf die neidisch auf die prächtige Fassade eines individu-ellen Gebäudes gerichteten Blicke von Passanten kann man verzichten, neidische Blicke bezahlen nicht die Hypotheken-raten; und überhaupt passt Funktionales zum Menschen als funktionalem Wesen wie Arsch auf Eimer. Das quadratische Haus wird gedeckt durch ein Zeltdach mit Zapfen für die wirkungsgradoptimierte Gasheizung. Alles zusammen, also eine Gasheizung in einem quadratischen Haus mit einem baldachinähnlichen Vordach inkl. zweier praktisch sinnloser Betonsäulen vor dem Eingang, wobei die Grundstücksflächen im NBG 400, 500, in raren Fällen bis 700 m² betragen – wovon abgesehen vom Haus-zzgl.-Garage-Komplex regelmäßig alles toter grüner Rasen ist –, diese Miniaturisierung inklusive Abtötung von potenziell unkontrollierbarer Lebendigkeit also war nicht erzwungen, sondern ein höchst kalkuliertes Ergebnis von Logik und Emotion: Man wollte wohnen und es sollte nicht zu hohe Kosten generieren und vom Grundstück her so groß sein, dass es sich wie Eigentum anfühlte, ohne Ansprüche an Pflege und Unterhalt zu stellen und ohne dass es im Alter zu groß wird für die beiden dann arthrose- und fettsuchtgeplagten Greise.

Aber danach und übergangslos: der schönste Abschnitt der Strecke. Nämlich links das schmale, rechteckige Feld, daneben eine jener kleinen Schrebergartenkolonien, bei denen man sich wunderte, was die Menschen so improvisiert, organisiert, zusammengeschustert hatten, damals, vor dem Zeitenbruch; was aber, von heute aus betrachtet, immerhin noch sympathischer war als das Perfekte, das ja immer perfekt ausbeutend bedeutet. Die Natur kennt nichts Perfektes. Perfektion im Sinne von primitiv-äußerer Optimierung – und was anderes kennt der Homo sapiens ja offenbar nicht – entspringt Hirnen, die es geschafft hatten, ihre Beschränktheit der Welt aufzuzwingen.

Rechter Hand nun ausgedehnte Feldmark. Er blieb stehen, lüftete den doch sehr eng sitzenden Normani. Oben am Himmel kreiste ein Vogel. Jetzt wurde die bis dato von dezenten Geräuschen getragene Stille durch einen rasch alles erfüllenden Lärm zerstört, und schon dröhnte ein grüner Traktor mit roten Felgen auf den grobstolligen Riesenrädern und mit Betongewichten an der blanken Schnauze vorbei. Der Vogel, immer noch Kreise ziehend, war von den wandernden

Aufwinden inzwischen schon weit in die Feldmark getragen worden. So ist das: Zu schweben – so energiesparend! –, hat den Nachteil alles Passiven: Man muss dahin wollen, wo einen die Winde hinwehen.

Hier jetzt an der Einmündung der Straße von der Müllkippe auf den Brauseweg durfte der Kreisel zu Ehren von Lutz ›Die Lösung heißt immer Beton und Asphalt‹ Trümper bewundert werden. Der Kreisel war in der Ausformung garantiert tadellos: perfekt rund und perfekt an die entsprechenden europäischen Richtlinien angepasst bezüglich Durchmesser und Beschaffenheit der Kreisfahrbahn, bezüglich Besatz an Schildern, bezüglich der sichthindernden Höhe der Mittelinsel, der Höhe der Begrenzungssteine. Ein Glück für die in den städtischen Büros, denn das ist ja immer zentral wichtig: dass man Verwaltungshandeln sehen und reibungslos nutzen kann, denn der Untertan erwartet und verlangt vom Staat vor allem reibungslose Administration. Aber, meine Güte, welchen Idioten hatte man es zu verdanken, hier so etwas so Überflüssiges installiert gekriegt zu haben? So fragt sich der Staatsbürger und kriegt keine Antwort, erwartet ja eigentlich auch keine, aber fragen wird man ja wohl noch dürfen!

Der Peugeot stand vor dem Rolltor der Werkstatt, was bedeutete, dass der Wagen schon dran gewesen war, wie gehofft oder besser gesagt erwartet, hatte er es doch dringend gemacht und Bernd das Versprechen abgenötigt, den 408 bevorzugt zu verarzten.

Er nahm den Normani ab und machte die Tür neben dem Rolltor auf.

In dem großen und glücklicherweise relativ kühlen Raum war es fast genauso hell wie unter der Sonne, nur eben durch bläulicheres Licht bewirkt. Ein Auto schien in der Luft zu schweben, darunter stand der Geselle, die Arme erhoben, klein wirkend gegenüber dem Konstrukt aus Stahl und Aluminium und potenziell auch gefährdet, wenn im Auto ein antagonistischer Willen geherrscht hätte. Aber so war alles friedlich. Und bestmöglich sauber: Keine Ölflecken – vom mit Epoxidharz überzogenen Bodenbeton hätte man bei nicht allzu hohen Ansprüchen essen können –, keine Eisenspäne und an rumliegenden Werkzeugen höchstens die beiden Stableuchten, die in einem Eimer steckten, und der an der Wand lehnende Drehmomentschlüssel. In einer anderen Ecke war ein Mann damit beschäftigt, die vitalen Funktionen des Motors eines BMW abzuhorchen, dazu ein Diagnosegerät wie im Krankenhaus benutzend.

Bernd, wie immer im Blaumann, hatte ihn bemerkt und kam zu ihm rüber und teilte ihm kurz und knapp »Ich habe nichts gefunden« mit. Bernds grau meliertes Haar stand ihm vom Kopf ab – was der übliche Zustand war –, aber die Ringe unter den Augen waren dunkel, und die Schultern hingen kraftlos am schmächtigen Körper runter. »Ich habe bei der Batterie gemessen, die Anlasser-Stromkreise überprüft, das ganze Programm, Lichtmaschine, aber da ist nichts …Kurzschluss, würde ich sagen, wie aus dem Lehrbuch.«

»Das heißt, die Batterie ist kaputt?«

»Reanimieren kann ich die nicht mehr.«

Sie gingen aus der Werkhalle raus und traten an den im guten tiefen Schatten stehenden Peugeot.

»Hattest du damit schon mal Probleme?«, fragte Bernd.

»Vor Jahren. Aber da hat es sich quasi von selbst behoben.«

»Hättest du mal ernst nehmen sollen, die Symptome.«

»Seitdem war aber nichts.«

»Weil du Glück gehabt hast.« Das klang vorwurfsvoll.

»Na ja, jetzt habe ich dafür jedenfalls Pech gehabt«, verteidigte er sich. Er betrachtete seinen Wagen. Den 1.6 HDi hatte er vor vier Jahren gebraucht gekauft. Da hatte er gerade seinen Citroen C1 substanziell beschädigt. Auch völliges Pech gewesen: dass der Wagen auf einer Eisplatte ins Schlittern geraten und auf der Beifahrerseite gegen einen Baum gerutscht war, was außer einer eingedellten Tür keine sehenswerten Schäden verursacht hatte – nur dass der Rahmen verzogen war. Das hatte er als Wink des Schicksals genommen und entschieden, sich von Autos, die in die Kategorie Zweitwagen fielen, zu emanzipieren.

»Ich hab dir jedenfalls eine Novo AGM eingebaut«, sagte Bernd. »Achtzig Amperestunden, ganz solide.«

Er nickte. Was Bernd gesagt hatte, klang hoffnungsvoll. Wenn auch als Eingeständnis, die eigentliche Ursache bloß an ihren Symptomen bekämpfen zu können. Um von diesem leidigen Thema wegzukommen – und obwohl er wusste, dass es nun hieß, sich die Leiden eines Vaters anzuhören –, fragte er: »Wie geht's zuhause? Was macht die Juniorin?«

Und Bernds Miene wurde betrübt.

Sophia – zehn Zentimeter größer als ihr Papa, sehr dünn, blass, 6,5 Dioptrien – hatte sich nach einem spektakulär guten Abitur für Humanmedizin entschieden, bewohnte jetzt das ausgebaute Dachgeschoss des Knoopschen Haus in Barleben und hatte die Vorklinik hinter sich gebracht. Nun stand das Physikum an, und folgerichtig war die Studentin – deren zweiter Vorname Ehrgeiz lautete – seit Monaten praktisch nur noch damit beschäftigt, sich das, was vom menschlichen Körper bis zur letzten Zelle und entlegensten Funktion abgefragt werden konnte, einzutrichtern.

»Es wird nicht weniger mit dem Auswendiglernen«, sagte Bernd, »im Gegenteil. Und natürlich immer Latein.«

»Ja, die Medizin und die katholische Kirche halten die tote Sprache im Spiel.«

»Und bei jedem Punkt drei Unterpunkte mit jeweils zehn lateinischen Begriffen.«

»Das ist der Fluch der Komplexität. Wäre der Mensch vor allem beim Gehirn so simpel wie eine Fruchtfliege, wäre die

Medizin leichter und es gäbe auch keine Kriege mehr und auch keine Schlachthöfe.«

»Und dann muss immer alles parat sein! Aber was nützt es dem Augenarzt, den vielschichtigen Aufbau des Intestinum tenue zu kennen?«

Allerdings war Bernds Mitleiden an Sophias Lernlast nur die eine Seite der Medaille. Gleichzeitig, und da bekam das Ganze einen tragikomischen Anstrich, hatte sich Bernd – zwar Absolvent der Berufsschule und des Meisterkurses, aber eben nicht fürs strikt prüfungsrelevante Lernen geboren – zum Zweck, seine Tochter zu unterstützen, den 800-seitigen Faller/Schünke: ›Der Körper des Menschen – Einführung in Bau und Funktion‹ besorgt und ließ sich seitdem von Sophia berichten, wo in ihrem hochtourigen Lernplan sie sich gerade befand, und lernte dann sozusagen parallel zu ihr den menschlichen Körper konkret, aber doch auf akademische Weise kennen und opferte fürs Lernen – und auch für die ergänzenden Internet-Recherchen – seine Freizeit und wohl auch einiges an seelischer Ruhe. Was dann eigentlich darauf hätte hinauslaufen müssen, dass der Vater, sich hinreichend klug gemacht, seine Tochter abfragt und abhört und ihr generell eine semi-fachkundige Hilfe ist. Nun war aber Sophia ein Digital Native, hieß, sie lernte schwerpunktmäßig online, hatte diverse Apps geladen, und daneben gab's die Freundinnen und Kommilitonen, Stichwort dann eben auch: Ingwertee und allgemeines Lamentieren.

Also stellte es sich nun so dar, dass Bernd unverdrossen im Medizinischen recherchierte und sich auch erstaunlich viel davon einprägte, ohne aber seiner Tochter je wirklich nützlich sein zu können; jedoch, fasziniert von einem Metier, das so ganz anders war als seine tägliche Arbeit, vom selbstreferenziell Wissenschaftlichen längst hinüber – hinab – ins Populärwissenschaftliche geglitten war. Sodass es Tatsache passieren konnte, dass man unvermittelt gefragt wurde: »Was ist der

Rabenschnabelfortsatz? Erläutern Sie Lage und Funktion«, und wenn man lachend den Kopf schüttelte, setzte Bernd die Miene des Repetitoren auf und deutete bei sich auf das seitliche Ende des Schulterblattes und referierte über den Processus coracoideus.

Und immer, wenn im Faller/Schünke ein neues Kapitel aufgeschlagen wurde, änderten sich die Fragen, und als es dann hieß: »Welche drei Teile des vegetativen Nervensystems unterscheiden wir?«, war die sogleich mitgelieferte Antwort »Sympathisches, parasympathisches und Darmwand-Nervensystem« an sich nur mäßig interessant, aber das änderte sich, als Bernd aus seinem Faller/Schünke mehr oder weniger wortgetreu zitierte, das vegetative Nervensystem stimuliere und kontrolliere Organfunktionen, die unwillkürlich und unbewusst seien, als da wären: Herz-Kreislauf, Atmung, Verdauung, Stoffwechsel, Wärme- und Energiehaushalt. All das unterliege einem ständigen Abgleich.

»Ja, meine Güte«, hatte er, Onno, gesagt, »was bleibt denn da übrig fürs Bewusste?«

»Wenig, mein Freund, sehr wenig«, hatte Bernd gesagt und wissend genickt. »Je mehr ich mich mit Medizin befasse, desto klarer wird mir, dass das meiste in uns hinter unserem Rücken vonstatten geht.«

»Sind wir also dem Schicksal unterworfen«, hatte er gesagt – was allerdings viel abgeklärter geklungen hatte als gemeint. Denn dass die Natur machte, was sie wollte, dort draußen, schön und gut, aber dass im eigenen Körper, in wichtigsten Dingen einem nicht mal die Chance gelassen wurde, regulierend einzugreifen, dass man also festgelegt war auf die Rolle des säuglingshaft Ausgelieferten, war dann doch ein starkes Stück.

Die Rechnung war auf hundertzehn Euro ausgestellt. Schon der runde Betrag wies darauf hin: Dies war ein Freundschaftspreis. Bedeutete, dass er bei einem weiteren Kumpel moralisch verschuldet war. Okay, das würde er irgendwann ausgleichen können; was ihm aber zusetzte, war die Vorstellung, immer noch nicht den letzten Grund des Defekts zu wissen, hieß: dass es möglicherweise wieder zu so was kommen würde. Besser nicht dran denken. Was würde das auch nutzen? Wie ging das noch mal, dieses Gelassensheitsgebet?: Gib mir die Gelassenheit, Dinge hinzunehmen, die ich nicht ändern kann ... Und wo weiter.

Er stieg in den 408. Als er die Zündung betätigte und registrierte, dass die Elektrik gehorchte, war es dann alles schon wieder sehr viel heller. Er ließ das Fahrerfenster runter. Er umfasste mit beiden Händen das Lenkrad, das warm war, als würde es durchblutet sein, kuppelte aus, legte den Gang ein, ließ die Kupplung kommen.

Und schon hatte er sich in den fließenden Verkehr gebracht. Er war voller Energie. Kein Wunder. Kaum etwas macht so fundamental zufrieden wie die sich nun mit jedem Meter mehr beweisende Gewissheit, sich in fast jeder beliebigen Richtung bewegen zu können, ohne abhängig zu sein vom Tun und Willen anderer. Oder fast wenigstens. Mal diese blöden Nervensysteme vergessen.

Der Himmel war dermaßen transparent, dass das dort oben wirklich schon grenzenlos wirkte, schlicht, weil's das ja auch eigentlich war: vielleicht nicht unendlich, aber grenzenlos. Eine beklemmende Tatsache. Und sich vorzustellen, dass die Erdkugel durchs praktische Vakuum raste, wo es fast überall nahe -270° C kalt war, dabei nur durch irgendwelche zentrifugal, zentral und zentripetal wirkenden, absolut indifferenten Kräfte auf der Bahn gehalten, und von nichts, weder von der Todeskälte, noch von der Leere, noch von der irren Geschwindigkeit bekam man hier unten was mit ... Dabei könnte diese Konstellation Anlass einer großen Demut sein, wenn's bloß handgreiflich wäre und das Menschgeschaffene durch die galaktischen Vorgänge mal was abkriegen würde, also hin und wieder eine Naturkatastrophe über uns käme, nur um den schon viel zu hohen Turm von Babel zu zerstören, zum strategisch Besten für uns alle, aber nein ...

Drei Windräder durchstachen die Horizontlinie, bei keinem bewegten sich die Rotoren. Am Rande eines Feldes stand ein dunkelgrauer Traktor, daneben eine Egge, am Gerät durchhängende Eisenketten. Ihm geriet ein Geruch in die Nase. Er fuhr langsamer. Tatsache. Es roch nach Verbranntem. Die furchtbare Vorstellung eines Waldbrandes. Aber nirgends Rauch zu sehen. Nur wieder Windanlagen, ein Dutzend, die Flügel überall wie arretiert.

Er beschleunigte etwas, schaltete einen Gang hoch, ohne dann das Tempo zu erhöhen. Wieso auch?

Jetzt war dort rechts hinten der weiße Berg von Zielitz und schien im Nachmittagslicht regelrecht zu erstrahlen – und war doch nichts anderes als ein gemachtes Scheißding, das praktisch nur aus Salz bestand und nach jedem Regenschauer die Umgebung verseuchte.

Links breiteten sich die ersten Flächen der Heide aus. Und auch dagegen gäbe es verdammt viel zu sagen, gegen diese ökologisch verarmte Künstlichkeit, die aus sich selbst heraus gar nicht lebensfähig war.

Nichts, wirklich nichts, was der ach so clevere Mensch der Natur aufzwingt, ist nachhaltig.

Wütend trat er nun doch stärker aufs Gas – was sich sogar als notwendig herausstellte, denn keine hundert Meter später ging es ziemlich steil aufwärts, allerdings nur, um nach einer Kuppe eine lange Strecke fast unmerklich abwärts zu führen.

Dann hinderte ein Ort namens Mockleben am raschen Fortkommen, und zwar ziemlich konsequent: durchgehend Tempo 30. Wahrscheinlich aus Prinzip. Eine Notwendigkeit dazu bestand jedenfalls nicht bei diesem Örtchen, das nicht viel mehr war als eine sich beiderseits der Straße hinziehende

Bebauung. Die Hälfte der Häuser grindiger Rauputz. Satellitenschüsseln. Die Vorgärten sichtlich vernachlässigt. Eine Ampel, die abgeschaltet war. Eine leere Kreuzung. Aber immer schön 30. Jetzt – abrupt – zwei, drei, vier Häuschen mit sorgfältig bemalten Fensterläden und bepflanzten Krippen auf toten Rasenflächen.

Hier ein blendend weißer Zebrastreifen. Ein bilderbuchmäßiges Fachwerkhaus mit Reetdach, davor ein silbermetallic Mercedes, an dessen Kotflügel ein in allen Regenbogenfarben angestrichenes Kinderfahrrad lehnte. Wer es sich leisten kann, für den ist die Welt ein angenehmer Ort, und wenn man dann auch noch gut darin ist, auszublenden, was für hohe Kosten da auflaufen und dass dem Töchterchen oder dem Söhnchen die Quittung inklusive Zahlungsbefehl präsentiert werden wird, gibt's nichts Passenderes als das Sonnendeck der Titanic.

Direkt hinter dem Ortsausgangsschild eine längst aufgegebene Tankstelle, von der nur das kleine eingestürzte Gebäude und vier viereckige Säulen, die einst wohl eine Überdachung trugen, nun aber sinnlos ins Leere ragten, übrig geblieben waren, und überall schilferte Putz ab und schienen die Ziegel durch. Dazu Gestrüpp und zum Schluss ein Zäunchen, das nach einigen Metern abbrach.

Das war's dann auch schon gewesen mit dem Versuch, eine Wagenburg zu bilden und alles ganz nett zu gestalten. Aber vergebliche Mühe, lieber Ordnungsanbeter und Besitzstandswahrer, liebe Ordnungsanbeterin und Besitzstandswahrerin, alles umsonst, denn wir befinden uns in genau dem Krieg, den ihr angezettelt habt, und es wird siegen, was den längeren Atem hat, und das ist nie das Gemachte, sondern stets das sich selbst Schaffende und Korrigierende und Anpassende. Und du, Mensch, der du immer nur begrenzt, immer nur tötest und immer nur kontrollieren willst, bist das nicht, und auch nichts, was mittels deiner ach so fleißigen

Hände als Fremdkörper in die Welt gesetzt wird. Und morgen schon wieder weg sein wird, spätestens übermorgen. Genau wie du selbst, übrigens.

Es tat gut, auf siebzig, fünfundsiebzig zu beschleunigen. Scheißkaff. Auf fünfundachtzig, neunzig zu beschleunigen.

Es sollte auf der Welt nur Städte geben, je größer, desto besser, und in diesen Megamolochen könnten sich die Massen der Menschen gegenseitig einsperren und einsperren lassen, und das Gesunde draußen jenseits der Felder, die fürs Aufrechterhalten des misslungen Versuchs der Evolution nun mal nötig waren, würde in Ruhe gelassen werden. Warum konnte der Mensch das nicht?: die Natur, die Tiere ganz einfach in Ruhe lassen. Dann wäre doch alles gut. Konnte man aber nicht. Und deshalb: Willst du nicht hören, musst du fühlen, und das wird über dich und vor allem über deine Kinder kommen, und wie!

Hundertzehn. Er ging vom Gaspedal, bremste bis auf neunzig ab, was sich auch deshalb als sinnvoll herausstellte, weil die Straße bald darauf zu einer kurvigen Allee wurde, also erhöhte Aufmerksamkeit forderte.

Danach, auf der monotonen Landstraße dahinfahrend, erinnerte ihn ein Blick aufs Display daran, dass es nun Zeit war, sich der ersten der zwei Aufgaben zu widmen, deretwegen er diesen Trip ja eigentlich nur unternommen hatte.

Er stoppte. Er nahm eine der beiden Bananen vom Beifahrersitz und stieg aus; wollte sich zum Imbiss ins Gras setzen, ließ es dann aber sein, wegen der möglichen Grasflecke und weil man nie wusste, was im Gras außer Gras noch war.

Er biss von der Banane ab, und während er kaute, betrachtete er dieses Feld dort schräg vor ihm mit den gelb blühenden Gewächsen. Erinnerte an Raps, konnte aber nichts dergleichen sein, denn sonst wäre er hier längst in der Wolke des penetranten Geruchs eingehüllt. Außerdem war Raps bereits verblüht. Er hatte schon das Smartphone im Sinn, das neben der zweiten – jetzt einzigen – Banane auf dem Beifahrersitz lag und wie dafür gemacht war, ihn darüber zu informieren, was hier im Frühsommer ein gelbes Blütenmeer erzeugte. Aber er ließ es sein. Schlau machen konnte man sich auch noch zuhause. Jetzt hier sollte er die Chance nützen und die herrliche Weite der Natur auf sich einwirken lassen, und was würde es dabei nützen, zu wissen, wie der landläufige oder wissenschaftlich korrekte Name der Pflanzen lautete? Womöglich wäre dann im Gegenteil alles Unmittelbare zerstört, das Überwältigtsein, das ja immer naiv sein muss. Er betrachtete die hohen, gerade noch grünen Getreidefelder. Dazwischen Raine. Ein schmaler Weg. Duft von Gras, Duft von beginnender Reife. Die Wiesen würden im Herbst bestimmt voller Champignons sein. Dort die gewundene Hecke: wahrscheinlich dieses kurze Stück einem Bach folgend oder umgekehrt.

Kleinigkeiten, die ihm auffielen, Details im großen Bild, genau, wie er es noch von Hössensen her präsent hatte.

Inzwischen störte es ihn nicht mehr: dass sich diese Folie ›wie Hössensen‹ über jede Feldmark legte. Weil er gelernt hatte, zu unterscheiden. Das eine war Landschaft und Felder und frische Luft und der Geruch reifen Getreides und gemähten Grases, war offener Himmel und ein Tümpel mit Rohrkolben und Fröschen, waren wilde Orchideen am Rand des Feldweges und waren im Morgendunst schemenhafte Rehe – aber das andere war der Bungalow und waren die eintausendfünfhundert anderen mit ihren dreitausend Augen und eintausendfünfhundert Mündern, die in die dreitausend Ohren flüsterten.

Natürlich wäre es zu simpel gewesen, zu behaupten, der Mensch, die Menschen würden, was das Gute und Gesunde – gehörte ja immer zusammen – betraf, das tun, was sie mit allem in der Welt taten, was sich nicht töten oder einsperren ließ, nämlich: aushöhlen und nur noch Fassaden stehen lassen und hintenrum zum eigenen Zweck missbrauchen, und zwar, weil sie das tun wollten. Zu simpel, denn: Im System gefangen und dem System, das Gier, Neid, Gewissenlosigkeit anstachelt und alle Todsünden geradezu zu Imperativen macht, angepasst bis zur Verknechtung, kann beim so genannten Homo sapiens nicht mehr die Rede sein von ›Willen‹, schon gar nicht von ›freiem Willen‹, und, logisch, von ›Selbstbeherrschung‹ auch nicht.

Die Menschen als emotionsgeladene, sich um sich selbst drehende Rädchen im Getriebe, das ihr objektives Gefängnis darstellt, sind unfähig, sich zu beherrschen, und noch unfähiger, der richtigen Art von Vernunft zu folgen; und so wird der ganz einfache Mechanismus: Wenn das Lebewesen sich bedroht fühlt, flieht es oder es geht zum Angriff über, von einem gehirnmäßig hochgerüsteten, naturfremden Wesen pervertiert zu:

Wenn ich nicht kriege, was ich will, ist das ein Angriff auf mein Leben, denn ich habe so sehr ein Recht auf die Dinge, dass sie mir nicht gehören, sondern dass sie ich sind. Ich bin die Dinge, die ich will, und die Dinge, die ich besitze. Wenn mir mein Besitzstand geschmälert werden soll, ist das so, als würde mir eine Hand abgehackt werden sollen. Ich bin das Zentrum meiner Welt, ich bin das Zentrum überhaupt der Welt, über mir nur noch der Himmel, und selbst dort finde ich nichts, was nicht ich ist.

So in etwa geht das Glaubensbekenntnis von funktional Angepassten, aber geistig grundsätzlich Gestörten, die ihr Treiben vollziehen. Was dann das Schicksal einer durch und durch misslungenen Kreatur besiegelt: gar nicht anders zu können, als im Effekt alles früher oder später zu versauen.

Er nahm die Landschaft neu in den Blick, vor allem genauer. Wer dumm genug war, im ersten Eindruck zu bleiben, der könnte das hier als friedlich und wohlgeordnet sehen, ungefähr als das real gewordene Äquivalent von Bilderbüchern – ›und hier hat der Bauer seinen Traktor ... und hier leben die fünf Hühner und hier streut die Tochter des Bauern den Hühnern ihre Körner hin ... dort lacht die Sonne, liebe Kinder, seht ihr?, und dort zieht ein Adler seine Kreise ...‹ – oder von modernen, animierten Märchen: Ein fescher junger Bauer und eine knackige junge Bäuerin stehen in wunderbarer grüner Landschaft vor einem offenen Kuhstall, wo jede Kuh zwei Meter Platz hat und noch Hörner, und der Stall mit so frischem Heu ausgelegt ist, dass einem schier der Duft in die Nase schleicht, und am Stall lehnt die allerurtümlichste Forke, und der Bauer hat eine Milchkanne in der Hand, und die Bäuerin hält einen runden edelschimmeligen Käse in die Kamera, genauer, vor die Linse des Fotoapparats, der vom Profi ausgelöst wird, nachdem die beiden Schauspieler bekleidet worden waren und geschminkt worden waren und die Sonnenstrahlen an der Location durch große, im Bild nicht sichtbare Spiegel auf die Gesichter – niemand will verschattete Gesichter sehen! – und vor allem auf das direkt vom Fooddesigner angelieferte Stück Käse gelenkt worden waren, und ›lächeln!‹.

Lügen.

Das sind die Lügen, die denen tagtäglich ins Gehirn geschmeichelt werden, die sie nur zu gerne glauben, weil sie selbst in Lüge leben, in einem Leben, wo die Worte ›gut‹, ›gesund‹ und ›natürlich‹ so viel weniger Gewicht haben als der Satz ›Es lohnt sich‹.

Ja, unsere Lügen, unser Selbstbetrug lohnt sich schon – bis es dann eben mit dem Sich-Lohnen aus ist und wir den Weg aller Parasiten gehen, deren Wirt ein Gegenmittel gegen den Parasitenbefall gefunden hat.

Ein Vogel schrie. Und erst zwei, dann drei, schließlich vier Krähen erhoben sich vom Rand eines Feldweges.

Das Krächzen war tatsächlich das erste Geräusch, das er gehört hatte, seitdem er hier saß. Wie irre still es war. Man stelle sich vor: Dieses fast perfekte Schachbrett musste früher einmal ein lebendiges Durcheinander von Bäumen, Sträuchern, Wasser und Erde gewesen sein, wobei sozusagen in Klammern Lebewesen mitzudenken waren, eine Überfülle davon. Und dann jetzt das hier: ein durchkalkuliertes totes Produkt. Aber nur logisch, denn Tiere verringern den Ertrag. Spatzen, die sich die Körner aus den Ähren picken: Todfeinde der Agrarkapitalisten. Rehe, die über Wiesen, durch Getreidefelder ziehen: Todfeinde. Käfer, die fressen, Pilze, die verderben: Todfeinde. Muss man tot machen, alles!

Nicht dran denken, Mann. Er atmete durch. Wie viel angenehmer wäre das Leben, wenn man ein kompletter Trottel wäre, einer, der zu denen da oben sagt: ›Ihr habt recht, ihr wisst es besser als ich, ich vertraue euch lächelnden Gesichtern, ich vertraue und verbringe die Zeit meines Lebens damit, TV zu glotzen und mich anweisen zu lassen, diesen Edelschimmelkäse zu kaufen.‹

Er vernahm eine gewissermaßen wortlose Anweisung: ›Zum Wichtigen, bitte!‹ Prioritäten, genau. Er steckte sich den Rest der Banane in den Mund, dann schleuderte er die Schale weg. Es war neun Minuten vor fünf. Vielleicht noch zu früh? Aber er wollte ja sowieso nicht tätig werden, nicht sofort wenigstens. Er lud beim Smartphone die einzige Nummer, die, nachdem er auch Emilias gelöscht hatte, einer Frau zugeordnet war, nämlich Marion.

Marion Kros. Kollegin in der Agentur. Allerdings Finanzen und Interne Dienste und nicht Facility Management. Man aß gemeinsam in der Kantine und hatte auch schon auf einigen Feiern in der Agentur in alkoholseliger Stimmung albern gelacht, was allerdings in vergangener Zeit gewesen war, als er noch Alkohol in reichlichen Mengen zu sich genommen hatte. Alles in allem waren Marion und er also schon so was wie Bekannte, bei denen es sich – für ihn und hoffentlich auch für sie – wesentlich mehr privat als dienstlich anfühlte. Und angenehm unverbindlich. Bis heute, genauer, bis heute Morgen. Da war er nämlich in irgendeinem Artikel auf irgendeine Marion gestoßen, Marion Soundso. Nun war Marion natürlich kein richtig seltener Name, aber das Gehirn arbeitet immerzu und tut das mitunter auf eine Art, dass es neue Gefühle entstehen lässt beziehungsweise vorhandene korrigiert, und die Fantasie ergänzt, was noch fehlt, und statt ihn unbeeindruckt weiterlesen zu lassen, hatte es, das Hirn, die andere, reale Marion anklopfen lassen, und die stand dann da, als Name, als Frau, und mit ihr die Frage, was ihn eigentlich davon abhielt, einen Schritt zu tun.

Marion war Single und, soweit er das mitbekommen hatte, ganz ungebunden und irgendwo in den Vierzigern. Vom Alter her also kein Problem, im Gegenteil. Vierzig, zweiundvierzig, selbst neunundvierzig: kein Problem. Es sollte sich immer gleich und gleich gesellen, am Tisch, im Bett, überall, gleich und gleich plus minus fünf Jahre. Passte also, Marion und er. Und die ebenso plötzliche wie todsichere Ahnung, es lebenslänglich zu bereuen, wenn jetzt nichts unternommen wurde, hatte keine Ruhe gelassen, sodass er sich mit sich geeinigt hatte, die Entscheidung dem Schicksal zu überlassen, und weil es sich an irgendwas Konkretem hatte festmachen müssen, war er drauf gekommen, das mit der Batterie als Entscheidungshilfe zu setzen: Sollte die Sache halbwegs billig ausgehen, würde er es riskieren.

Er hielt das Smartphone in der Hand, hätte also nur noch auf das grüne Telefonsymbol zu drücken brauchen. Aber nun war alles nicht mehr so einfach. Er hatte sich als Taktik zurechtgelegt, sich in spaßigem Tonfall zu erkundigen, wie die Schose in der B.I.V.A. so ohne ihn liefe. Hoffentlich begriff die Frau, dass der Anruf nicht für Smalltalk unternommen worden war, und hoffentlich reagierte sie deutlich genug.

Nicht dass er es nicht mitkriegte und der Anruf kurz und oberflächlich bleiben würde und mehr geschadet hätte als genützt, denn wie stände er dann da? Aber selbst wenn ihm der Vorschlag, sich zu treffen, angemessen über die Lippen käme, würde womöglich die schlichte Tatsache seines Anrufs alles verderben. Frauen waren sensibel. Um nicht zu sagen, heikel. Es war ja eine dünne Linie zwischen einer ernst gemeinten, aber keinesfalls hungrig klingenden Einladung und einer nassforschen Überrumplung. Er saß da und war blockiert. Telefonieren ging jetzt nicht mehr. Sein Gehirn, voller spiralender Gedanken, würde es ihm vermasseln.

Okay, blieb immer noch WhatsApp. Neben Reden und Schweigen war WhatsApp die dritte beste Wahl. Er rief den Messenger auf. Er spürte, wie sich angesichts dieses so leicht zu öffnenden und kontrolliert offen zu haltenden Türchens die Verspannung legte. Er gab Marions Telefonnummer ein und dazu einen Text des Inhalts, dass er sie gerne ins Kino einladen würde. Er habe freie Zeit und es sei doch Summertime. Auf das ›Summertime‹ war er besonders stolz, was ja Sonne und weite Landschaft herbeizauberte. Alles zusammen vier Sätze. Kurz und knapp. Hoffentlich kam das Ganze nicht so rüber, als wäre es eine flüchtig angedachte Kleinigkeit ... Er las die Nachricht noch mal durch. Und fügte noch einen Satz ein. Na also. Er wollte die Anfrage losschicken – bemerkte aber, dass es erst eine Minute vor fünf war. Also immer noch in der Dienstzeit. Das kam natürlich nicht in Frage. Er drückte WhatsApp in die Warteschleife, dabei tief erleichtert, noch etwas Aufschub gekriegt zu haben.

Er guckte bei n-tv.de vorbei. Dann war es eine Minute nach fünf. Wenn Marion die Nachricht jetzt erhalten würde, sähe es bestimmt so aus, als habe er nur darauf gewartet, mit dem Blick starr auf die Uhr, wie einer, der es nötig hatte.

Er öffnete wetter.com und ließ sich über die nächsten drei Tage informieren. Niederschlagswahrscheinlichkeit 0 %, 0 %,

15 %. Die nächsten zwei Wochen ... Sonne. Mit gleichbleibend hohen Temperaturen. Wenigstens würden am Ende alle Frösche totgekocht werden, hoffentlich!, also auch die mit dem Goldstaub und auch die, die bis zum Schluss den fetteren und den lauten Fröschen geglaubt hatten.

Nun, Schicksal – er drückte das Versendesymbol –, nimm deinen Lauf. Ein Häkchen. Zwei graue Häkchen. Die zu zwei blauen Häkchen wurden. Er wartete mit klopfendem Herzen. Nach einer langen halben Minute erlöste er sich, indem er das Handy ausschaltete.

Er atmete durch. Dann stellte er das Navi an und tippte als Ziel die nächste größere Stadt ein, die ihm in den Kopf kam und die geografisch insofern passte, als ihn die Fahrt dorthin mehr oder weniger durchs Menschenleere führen würde, wo er dann zu gegebener Zeit von der Route abbiegen würde.

Er würde sich umgucken. Bloß erst mal umgucken. Das war nichts als ein harmloses Tun. Und selbst wenn man sich für ein Ziel entschieden hatte, würde es erst ganz zuletzt zur Verpflichtung werden.

Verpflichtung. Prompt sprang es ihm wieder in den Kopf: dass im Internet nichts zu lesen war über seine Aktion von vor inzwischen vier Tagen. Und gleichzeitig durchfloss ihn die Energie der Rechtfertigung: Wenn die Aktion praktisch nicht zählte, war es jetzt sein gutes Recht, noch mal aktiv zu werden, mehr noch, es war geradezu seine Pflicht.

8

Bis auf einige wenige Punkte irgendwelcher Lichtquellen und natürlich die Sterne und die schmale Mondsichel war es einladend dunkel. Nur logisch. Eigentlich. Aber vorhin in der Stadt mit all dem künstlichen Licht war ihm das gar nicht bewusst gewesen: dass es Nacht war.

Es war Nacht und er war auf dem Weg.

Vorgestern hatte er den gesamten Nachmittag damit verbracht, geeignete, also nicht zu nahe am alten Ort, aber schon noch in derselben Region liegende Waldstücke zu ermitteln; und dazu gestern den Abend bis in die Nacht hinein, um die fünf in die engere Wahl gefassten Orte zu bewerten.

Einmal war ihm in den Sinn gekommen, dass man die Aktion letzte Woche durchaus entdeckt haben könnte, diese Information aber geheim hielt und nun angestrengt auf seine nächste Tat lauerte. Aber er hatte den Gedanken verworfen. So viel strategische Vernunft war bei Jägern und Polizisten und Presseleuten nicht zu finden. Die taten das, was sie taten, ja für Geld, und waren entsprechend wenig engagiert. Es gewinnt der, der keinen Dienstschluss kennt.

Links jetzt der Neberitzer Forst. Den hatte er zuerst im Visier gehabt, aber dann waren noch um neun Uhr kurz hintereinander zwei Gruppen Fahrradfahrer vorbeigeradelt; außerdem hatte er beobachtet, wie ein Auto in den Wald eingebogen war und während der ganzen Observation nicht wieder aufgetaucht war. Die Gegend war definitiv zu bevölkert. Er brauchte einen Ort, in dessen Umgebung sich ab acht Uhr abends keine Seele mehr rumtrieb.

Er überholte einen am Straßenrand stehenden, dunklen Kombi, nahm en passant wahr, dass eine Person drin saß, vielleicht auch zwei. Er musste durch das von den Scheinwerfern erhellte Stück Welt fahren. Hatte er es jetzt einem möglichen Zeugen sehr einfach gemacht? Höchstwahrscheinlich nicht, denn man konnte schon darauf vertrauen, dass ein Nullachtfünfzehner nie achtsam genug war, um das, was um ihn herum vor sich ging, mehr als flüchtig wahrzunehmen. Die meisten Menschen leben ja nicht, sondern bringen ihre Zeit rum, und dafür ist Aufmerksamkeit gar nicht nötig, schadet oft sogar dem geistlosen Funktionieren.

Vor Lowigsrain wurde die Straße so kurvig, dass er auf sechzig runterging. Die Abzweigung zeigte sich. Er bog ein, schaltete bei nochmals gedrosseltem Tempo probehalber auf Standlicht, machte es gleich wieder rückgängig: zu gefährlich. Wenn's scheitert, dann scheitert's an Kleinigkeiten, wofür man sich hinterher in den Arsch beißt.

Dann hatte er den Wald, der sich von der Farbe her nicht von den Wiesen und auch kaum vom inzwischen bewölkten, entsprechend lichtlosen Himmel unterschied, im Licht seiner Scheinwerfer. Er bremste, bugsierte den Wagen von der Straße auf den Weg, der am Waldrand entlangführte. Links Brombeerbüsche, dahinter ein Graben, dahinter die Feldmark. Zwischen zwei Büschen eine Bank mit einem Papierkorb. Aus dem Dunkel tauchten die Umrisse des Bauwagens auf; dieses Ding – die Reifen platt, alle Eisenteile verrostet, die Tür verriegelt – stand wahrscheinlich schon Jahre am gleichen Platz.

Und hier nun die Stelle, wo der so leicht zu übersehende Waldweg abging.

Er hielt an. Schon jetzt, mit den Scheinwerfern eingeschaltet, sah das hier nicht mehr so aus, wie es ausgesehen hatte, als er als Spaziergänger das Gelände durchstreift hatte und auch, aus verschiedenen Richtungen sich nähernd, dem Objekt einen zweiten und schließlich einen dritten Besuch abgestattet hatte. Er machte das Licht aus. Das änderte erst recht alles. Licht: Vertraute Welt. Kein Licht: Nun mach was aus dem bisschen, was du siehst, und dem ein-bisschen-mehr, an das du dich erinnerst!

Fakt war, das Stück Welt lag so sehr im Dunkeln und war dermaßen still, dass man hätte meinen können, es würde nach ›Auf die Plätze!‹, ›Fertig!‹ nun auf den ›Los!‹-Befehl warten, um im gleichen Moment –

Angst sitzt immer im eigenen Kopf, ist im Grunde eine Leerstelle: Dort, wo der Wille zum Tun die Neuronen hätte ordnen sollen, können sich, wenn der Wille zu schwach ist, die Nervenzellen durch ungewollte, dysfunktionale Selbstorganisation – Okay, das wäre geklärt. Du musst keine Angst haben, im Gegenteil. Die Dunkelheit, an der selbst Taschenlampenlicht nicht wesentlich was ändern kann, wird dein bester Verbündeter sein.

Er ließ das Fenster runtergleiten, auch das auf der Beifahrerseite, und lauschte nach möglichen Geräuschen von der Landstraße her. Aber da tat sich nirgendwo irgendwas. Er verriegelte die Fenster wieder. Er überlegte einen Moment und beschloss dann, an diesem einen Punkt den Ablaufplan zu ändern; also hier nicht fünf Minuten abzuwarten, um sich zu vergewissern, auch wirklich allein auf weitester Flur zu sein. Fünf Minuten waren scheiß lang, und Zeit war ein Faktor. Zeit war für alles, was atmete, aber todgeweiht war, ein Faktor, und Zeit zu gewinnen, war deshalb schon ein Risiko wert. Apropos Risiko. Ob er den 408 nicht lieber hier draußen stehen lassen sollte? Die Vorstellung war verlockend: insofern kein Risiko einzugehen. Oder fast keines. Aber das würde letztlich nur dazu führen, sich nie auf den Wagen verlassen zu können. Der 408 musste wie üblich eingesetzt werden, nur so konnte sich Vertrauen entwickeln.

Er legte den Rückwärtsgang ein und rangierte vorsichtig in den Forstweg – der allerdings, wie befürchtet, ziemlich ungeeignet für Autos war, und so hob und senkte sich der Peugeot dermaßen, dass er, Onno, schon damit rechnete, im nächsten Augenblick mit dem Unterboden aufzusetzen. Ein Horror, sich vorzustellen, wieder durch einen Schaden am Auto bewegungsunfähig zu sein. Einige Meter weiter stoppte er dann. Es war ja auch weit genug. Von der Landstraße aus war die Stelle nicht mehr einzusehen, außerdem war rückwärtsfahren sowieso die Seuche, hier in der Wildnis, und ohne Licht erst recht.

Als er die Wagentür langsam ins Schloss drückte, kam er sich vor wie von unzähligen Augen beobachtet. Manchmal – jetzt zum Beispiel – konnte man dankbar sein, dass die großen Beutegreifer quasi ausgerottet waren. Aber beobachtet fühlte er sich doch. Beziehungsweise registriert. Die Natur verfügt über viele Methoden, zu – Und wenn er nicht bald aus diesem Gedankenkarussell rauskam, konnte er sich die Aktion sonst wohin stecken.

Er ging um den Wagen herum, öffnete die Heckklappe, nahm den schwarzen Overall heraus und zog ihn sich an. Dabei jede Bewegung unter Kontrolle. Tatsache war er sich seines Körpers nie so sehr bewusst wie in den Augenblicken vor einer Aktion, wenn das eigentliche Tun ihn noch nicht völlig besetzt hatte. Hier war er, und es gab nur das Jetzt und den Körper. Er griff das Tarnnetz und die Sporttasche, worin sich der Gurt, die Langhebelratsche und die in Seidentuch eingewickelte Kamera befanden.

Er lauschte einige Momente. Aber außer ein, zwei leisen Geräuschen – die er sich vielleicht auch nur eingebildet hatte – war da nichts. Nur eine umfassende Stille. Er war registriert und also die Ursache dieser unnatürlichen Stille. Obwohl, unnatürlich? Diese Lautlosigkeit entsprach exakt der Logik des nächtlichen Waldes. Selbst die Lebewesen, die nachtaktiv waren, konnten wenig sehen, im Zweifel zu wenig, also mussten sie umso schärfer hören, was im Umkehrschluss hieß, selbst möglichst lautlos zu sein, um nicht gehört zu werden. Nur einer macht Geräusche: Der Mensch, der überall fremd ist und nirgends was zu suchen hat. Aber hier jetzt musste es sein. Ungefähr, wie ein Zahnarzt beim Bohren weh tun musste, um den Grund der Schädigung zu beseitigen.

Er holte die Säge aus dem Kofferraum. Dann warf er das Tarnnetz über den Wagen. Aber nicht sorgfältig. Wurde er nachlässig? Die Wurzel aller Fehler: es nicht mehr genau zu nehmen. Zur Strafe zwang er sich, das Netz an jeder erreichbaren Stelle zurechtzuziehen, bis es maximal sauber an der Karosserie anlag. Danach streifte er sich die Balaklava über.

Ein passender Baum war schnell gefunden, der Spanngurt umgelegt, und die Stelzen waren, dank der neuen japanischen Astsäge, in Nullkommanichts mit tauglichen Kerben versehen. Die eigentliche Aktion ging dann auch fast mühelos über die Bühne. Und so war das Übel beseitigt. Oder so gut wie. Den Rest würden Regen und Sonne, Käfer und Würmer und Pilze übernehmen, natürlich gemäß ihrer je eigenen Geschwindigkeit. Meistens hat es die Natur ja nicht eilig. Da, und nicht nur da, ist sie ungefähr wie Gott.

Er trat an die Sporttasche. Um besser sehen zu können, zog er sich die Sturmhaube vom Kopf. Dann holte er die Kamera aus der Tasche. So durch den Sucher betrachtet, sah das neue Futter für die Waldbodenbewohner allerdings alles andere als beeindruckend aus. Seine eben noch gefühlte Zufriedenheit erlosch. Natürlich könnte man mit geschickt eingesetzter Beleuchtung noch einiges rausholen, aber das hier war kein Film-Set und das Scheißding war keine ins Rampenlicht zu setzende Requisite. Es sollte intuitiv klar werden: was und entsprechend wie viel hier funktionsunfähig gemacht worden war. Aber das wurde es nicht. Jetzt stieg ihm die üble Vorstellung hoch, dass, wer auch immer über dies hier stolpern würde, es bloß für ein Resultat des natürlichen Verfalls hielte oder für etwas, das durch Halbstarke verursacht war.

Er stand da; hörte sein eigenes Atmen; fühlte sich mehr allein denn je. Dann blitzte eine Idee auf. Das nächste Mal würde er auf die umgelegte Kanzel mit Leuchtfarbe *Jagd ist Mord* schreiben. Dazu klar und deutlich das Symbol der ALF malen. Das wäre legitim, denn alle, die aktiv für die Tiere kämpfen, gehören zur Animal Liberation Front, die ja eine Gemeinschaft im Geist ist.

Aber an der Situation hier änderte das natürlich nichts. Es ließ sich auch nichts mehr korrigieren, kaputter als kaputt konnte er das Ding ja nicht machen; und selbst wenn, dann würde es erst recht wie eine banale Ansammlung von Latten und Rundhölzern rüberkommen. Wut wallte auf: über die letztlich doch verfehlte Auswahl. Und die Wut ließ ihn wie gelähmt dastehen – bis er ein Knacken von Zweigen hörte. Er hielt den Atem an.

Wieder so ein Geräusch. Eindeutig.

Und jetzt noch mal.

Und dann einige Male schnell hintereinander, aber immer leiser werdend.

Wie von einem aufgeschreckten, nun fliehenden Tier. Konnte das sein? Er konzentrierte sich aufs Akustische.

Als dann wirklich nichts mehr irgendwie Verdächtiges zu hören war, gab sein Hirn Entwarnung. Woraufhin sich der Körper in Bewegung setzte, und nun ging es ganz schnell: die Sturmhaube in die Seitentasche des Overalls gestopft, drei Fotos gemacht, alle Sachen eingepackt.

Dann stapfte er, die Sporttasche in der einen, die Säge in der anderen Hand, durch den Wald in Richtung des Peugeots. Bald hatte er sich schon wieder in gute Stimmung gedacht, schlicht dadurch, dass er das Getane bilanzierte. Das, was er vorgehabt hatte, war erledigt. Nächstes Mal hätte er auch Farbe bei sich – besser noch, eine Spraydose –, da würde er sich keine Gedanken mehr machen müssen, dass so was wie das hier womöglich verkannt wurde.

Er zog das Tarnnetz vom Auto, tat alle Utensilien in Kofferraum und Fond und stieg aus dem schwarzen Overall.

Jetzt ein sehr nahes Geräusch.

Er fuhr herum.

Eine Gestalt trat hinter einem Baum hervor, machte einen Schritt auf ihn zu, zwei Schritte.

Es schoss ihm durch den Kopf: Er hatte die Sturmhaube nicht mehr übergezogen!

Was nun? Nix. Er war erkannt worden, sein Auto auch. Da war nichts mehr zu machen.

Jetzt erkannte er – traute seinen Augen nicht –, dass der Mensch ihm gegenüber die knollennasige Frau war, die ihn vor einigen Tagen gegen seinen Willen nach Hause gebracht hatte.

Und sie sagte: »Ist das hier so was wie Breaking Bad?«

Und ihm fiel nichts anderes ein als: »Lieben Sie Tiere?«

9

Wie fühlte er sich? Wie fühlst du dich, Mann, wenn eine Frau auf dich wartet? Er machte das Autoradio an. Und gleich wieder aus. Musik würde ihn bloß noch nervöser machen, und über Nachrichten würde er nur ins Ärgern geraten, und ärgerlich zu sein, wirkt abschreckend, schon vom Äußerlichen her; das, zu dem er unterwegs war, war ja keine Demo.

Jetzt führte die Straße zwischen langen Aufschüttungen hindurch, die wie neu angelegte Deiche wirkten, verbreiterte sich, wurde vierspurig, links zwei weiße Hochhäuser.

Er hatte den ganzen Tag darauf ausgerichtet, auf ein Ziel, wie man das in solchen Fällen macht: Das Alltägliche tun, aber mit einem Hintergedanken. Und vor allem war er eine Stunde vor der Abfahrt zum Wagen gegangen und hatte die Batterie zur Probe abgefragt. Ein toter Motor wäre die Katastrophe gewesen.

Er ordnete sich auf die Abbiegespur ein.

Das Mittagessen zusammenzustellen, war in eine komplizierte Übung ausgeartet. Er wollte nicht hungrig ankommen – nichts im Leben wird durch einen leeren Magen besser, höchstens die Blutwerte beim Gesundheitscheck, und auch die wurden nicht besser, sondern bloß aussagekräftiger –, aber vollgefressen auch nicht und unter Gasdruck schon gar nicht. Also gab's nur Haferbrei, Möhren und zwei Esslöffel Leinöl. Und vor einer Stunde noch zwei Bananen. Und ein trockenes Mohnbrötchen. Wenn die Frau wüsste, wie viel Mühe er aufgewendet hatte! Apropos. Unfassbar, wie lange er über der Kleidung gegrübelt hatte. Aber sich einfach irgendwas greifen, ging nicht, denn über allem schwebte ja die Frage: Wie will ich rüberkommen? Selbst die Schuhe waren da wichtig. Und Rasieren. Die letzte Rasur war vorgestern.

Man sah die Stoppeln, aber welche Rückschlüsse wurden gezogen? Eine Rose ist eine Rose ist eine Rose, aber hier war man ja nicht in unschuldiger Natürlichkeit. Nie vergessen: Richard Nixon hatte auch deshalb gegen John F. Kennedy verloren, weil er im TV-Duell unrasiert –

Schon wieder Stop-and-go! Kaum zu glauben, dass an einem Samstagnachmittag in diesem popeligen Städtchen so viel Verkehr sein konnte.

Immerhin veränderte sich die Gegend zum Vorteil: Keine als solche noch deutlich erkennbare Platte mehr, sondern dreigeschossige Wohnblöcke mit Sprossenfenstern, über den Eingängen Steinreliefs von Arbeitertypen. Aber schneller ging es trotzdem nicht. Da hatte er sich ein Mal aufs Digitale verlassen und war treudoof der angezeigten kürzesten Strecke gefolgt ...! Scheiß Navi. Er musste bis Möringsallee 215 – auf dem Display eine sichere Sache: einfach dem Straßenverlauf folgen –, hatte es inzwischen aber gerade mal bis Nummer 37 geschafft.

Schwitzige Hände. Hoffentlich verstärkte sich das nicht, das Schwitzen. Horror: Schweißflecke unter den Achseln.

Und wieder Stau. Eine Bushaltestelle, wo ein Bus mit einge-schaltetem Warnblinklicht stand, um Ladung aufzunehmen, und der im Auto dahinter, das hieß, direkt vor dem 408, wusste offenbar nicht, ob er überholen durfte oder nicht.

Jetzt war er schon wieder dabei, sich aufzuregen. Das sollte er lassen. Frauen mögen ausgeglichene, Jörg-mäßige Typen. Andererseits: Ja und? Er war ja nicht auf Brautschau.

Und gleich drängte sich ihm zum wiederholten Male die Szene vor zwei Tagen auf, wie er und diese Frau im Wald neben dem Peugeot gestanden hatten, und nach dem »Lieben Sie Tiere?« dann die Überraschung. Anstatt nämlich mit der Polizei zu drohen oder den belehrenden Zeigefinger rauszuholen, sagte die Frau bloß: »Ganz schön mutig, so mitten in der Nacht.«

Es dauerte ewig, bis er vom Politischen aufs Persönliche umgeschaltet hatte, und dann reichte es auch nur zu einem »Vor Tieren muss man keine Angst haben«.

»Das nicht. Aber ich hätte ein Förster sein können.« Sie lachte auf. »Eine Försterin.« Und lachte wieder.

Komische Reaktion.

»Haben Sie auch im Beruf was mit Tieren zu tun?«

»Ich bin im öffentlichen Dienst.« Und um abzulenken und weil ihm das sowieso zu denken gab, sagte er: »Ich habe Sie gar nicht bemerkt.«

»Man muss nur genügend Abstand halten, Herr Beamter.«

»Ich bin kein Beamter, ich werde nach TVöD bezahlt«, sagte er und kriegte ein Grinsen zu sehen. Überhaupt schien die Frau über die Angelegenheit eher amüsiert zu sein.

»Der Verlauf der Straße kam mir beim Verbergen entgegen«, sagte sie. »Aber ich habe Sie jederzeit gesehen.«

Hieß auf gut Deutsch: Er hätte sie auch sehen müssen. Aber er war nicht aufmerksam genug gewesen. Um die peinliche Stille zu vertreiben, sagte er: »So spät noch unterwegs …«

»Von der Spätschicht gekommen«, sagte sie. »Dann hat das Handy geklingelt, und Leonie – Leonie ist Studentin, da sind die Tage anders eingeteilt, und da kann man die Mutter auch schon mal um Mitternacht anrufen … Ich habe angehalten, ganz gesetzestreu.« Sie zwinkerte ihm zu. »Und in dem Moment, als wir fertig waren, hat mich dieses weiße Auto überholt. Und dem bin ich dann gefolgt.«

»Einfach so?«

»Nicht einfach so. Ich musste ja sowieso in die Richtung. Außerdem hatte ich den dringenden Verdacht, den zu kennen, der hinter dem Lenkrad saß.«

»Ich nicht. Ich meine, umgekehrt.«

»Ich kann Ihnen sagen, es macht richtig Spaß. Ich hab mich gefragt: Was hat denn der Gute schon wieder mitten in der Nacht im abgelegensten Teil der Republik zu suchen? Und es ging ja ungefähr in meine Richtung, wie gesagt. Ich heiße übrigens Vivien. Vivien Mattai, hinten mit -ai. Und Sie?«

Mal abgesehen vom objektiven Irrsinn war es gewesen, als wäre man sich nachmittags im Stadtpark über den Weg gelaufen. Was hatte er gesagt beziehungsweise verraten? Nicht viel. Und sie hatte, wie's schien, auch gar nichts anderes erwartet, sondern hatte dem Gespräch dann gleich ein Ende gemacht, allerdings nicht ohne ihn vorher noch einzuladen, plus Wegweisung, und hatte gelacht und war lachend weg.

Nummer 89. Es wollte kein Ende nehmen. Er rollte an einer modernen Kirche vorbei – überhaupt nur noch erkennbar am Kreuz –, an einer Trinkhalle, und nun ging es parallel zu Straßenbahnschienen.

Genau betrachtet, war er nicht gezwungen, zu erscheinen. Die Frau hatte ja nichts Konkretes, da stände Aussage gegen Aussage, und in dubio pro reo. Allerdings überall Spuren ... Konnten die zu ihm zurückverfolgt werden?

Zwischen den Straßenbahnschienen zwei langgestreckte Warteinseln. Dann eine breite Kreuzung, wo er die Grünphase gerade eben verpasst hatte.

Ob ihm diese Frau – so seltsam zu reagieren! – womöglich helfen konnte? Dazu müsste sie willens sein, Schulter an Schulter mit ihm aktiv zu werden: einen Kampf zu führen mit allem Risiko. Vielleicht hätte er sich gewagter anziehen sollen, abenteuerlicher, mit Funktionshose und Trekkingschuhen, um die Reaktion zu testen.

Endlich ging es weiter. Das Nächste, was auffiel, war ein Gelände, dessen wellenförmiger Grund mit roten Steinen bedeckt war und auf dem schwarze und weiße Betonfragmente so aus dem Boden ragten, dass sie wie Trümmer von Gebäuden nach einer Explosion wirkten.

Aber wahrscheinlich war die Frau sowieso typisch Frau, also voller Bedenken und Harmoniesucht, und die größten Abenteuer vollzogen sich im Kopf.

Die Hausnummern wurden dreistellig. Die Möringsallee machte einen Knick. Ein Einkaufswagen stand im Unkraut neben einem kleinen Trafo.

Sie waren für halb vier verabredet. Noch eine gute Viertelstunde, achtzehn Minuten. Ob die Frau jemand war, der auf Pünktlichkeit Wert legte?

Einfamilienhäuser. Die Grundstücke größer. Ein Schild: ›Parken nur mit Parkausweis‹. Ein älterer Mann in grauschwarzer Arbeitskleidung beseitigte mit einer Motorsense Grashalme. Was hatte das Gras dem Menschen getan?

200. 201. Also fast geschafft. Auch höchste Zeit. Es war sieben Minuten vor halb. 210. Fünf Minuten vor halb. Um nicht pennälerhaft pünktlich zu sein, würde er eine Minute nach halb klingeln. Also noch sechs Minuten.

Er entdeckte die 215. Und musste zweimal hingucken. Da war die schulterhohe Natursteinmauer – sauber wie gemalt –, aber verblüffen tat ihn das Gebäude dahinter. Eine regelrechte Stadtvilla, aus den Zwanzigern oder früher und offensichtlich frisch renoviert, aber gravierend unsymmetrisch: Rechts der turmähnliche, mit roten Ziegeln wie im Rohbau belassene Aufbau war kantig und biss sich mit dem runden, makellos glatt verputzten Turm an der anderen Hausseite; dazwischen, auf einem Vorbau, thronte, mit allem anderen unverbunden, ein Wintergarten; und überall schwarze Regenrinnen und Fallrohre.

War die Frau etwa reich? Das wäre schlecht. Wer Geld hat, ist Teil der Problems. Andererseits aber auch wieder gut, denn umso besser war es, dass er ja eigentlich nur gekommen war, um gleich wieder zu gehen.

Weil ein eisernes Schiebetor die Zufahrt versperrte und in Sichtweite kein Parkplatz frei war, stellte er das Auto auf dem Bürgersteig ab. Frechheit siegt, und wahrscheinlich dachte jeder, der vorbeikam: ›Das hat schon seine Ordnung.‹ Klar, Deutschland. Er stieg aus, suchte nach einem Durchgang, wurde nervös. Aber dort, in der Mauer neben dem Tor, war die Aussparung, verwinkelt zwar, aber narrensicher.

Das Haus – die Villa – war zwanzig Meter zurückgesetzt. Davor Rasen. Er folgte dem mit grauweißem Quarzgranulat ausgelegten Weg an einem Palisadenzaun entlang. In einem Gestrüpp kreischten und piepsten Spatzen; waren jetzt, als er dicht daran vorbeikam, abrupt still. Überlebensstrategie der Schwachen. Er lächelte. 15:31 Uhr. Er schnupperte. Irgendwo wurde wohl gegrillt. Hoffentlich hatte Vivien nichts damit zu tun. Andererseits, bei einer Fleischfresserin hätte er erst recht keine Bedenken, sich umgehend zu verabschieden.

Er stieg die vier Stufen zum Hauseingang hoch, hörte, dass die Spatzen prompt wieder zu lärmen anfingen. Das Leben geht immer weiter; im Grunde ist genau das das Leben: Das Verlöschen des Augenblicks, um dem nächsten Augenblick Platz zu machen. Mal wird's dann besser, mal schlechter, aber weitergehen tut's immer. Das Leben ist eine Abfolge.

Genau in dem Moment, als er beim summenden Geräusch die Tür aufdrückte, überkam es ihn siedend heiß: dass er einen Blumenstrauß hätte mitbringen sollen. Und sei's auch nur schnell am Hauptbahnhof gekauft. Frauen lieben Blumen. Aber gleich die innere Stimme: ›Blumen bringt man mit, wenn man auf mehr spekuliert.‹ Und das galt ja nicht für ihn. So gesehen sogar ein Glück, dass er nichts dabei hatte.

»Pünktlich wie ein guter Deutscher.«

»Zwei Minuten zu spät«, sagte er, und es kam atemlos raus, als hätte er den letzten Kilometer in eiligem Trab zurückgelegt. »Aber der Verkehr und die vielen –«

»Ja, so wird's uns erzählt: Der Prinz muss sich durch die Dornenhecke schlagen und alle Stacheln überwinden.«

Es verschlug ihm die Sprache. Immerhin vermisste die Frau, wie es schien, weder Blumen noch überhaupt was.

Jetzt winkte sie ihn in die Wohnung.

»Soll ich die Schuhe ausziehen?«

»Tja, was machen wir da, Herr Beamter?«

»Ich habe doch schon mal gesagt –«

Sie lachte auf.

Was sollte das heißen? Schuhe ausziehen oder nicht?

»Übrigens ein schöner Name: Onno«, sagte sie. »Hört man selten.«

»Vivien auch«, sagte er, was allerdings nicht schmeichelnd klang, und so ergänzte er rasch: »Schöner Name, meine ich«, was nun wiederum forciert rüberkam, zudem unoriginell.

»Ich bin nach Vivienne Westwood benannt«, sagte sie. »Der berühmten britischen Modedesignerin.«

»Aha.«

»Haha, reingefallen«, sagte sie. »In echt habe ich meinen Vornamen nach der nigerianischen Politikerin Vivien Chukwuemeka, die meine Mutter auf einer euro-afrikanischen Umweltschutzkonferenz in Kinshasa kennen gelernt hat. Meine Mutter war damals schon hochschwanger, und kurz vor dem Abschlussmeeting ist die Fruchtblase geplatzt und sie musste mit Blaulicht und Sirene ins Krankenhaus gefahren werden, und diese nigerianische Politikerin hat ihr die Hand gehalten, und als Dankeschön hat meine Mutter – Meine Güte, Sie glauben das wirklich!«

»Ist ja auch eine gute Geschichte«, verteidigte er sich.

»Drum kriegt die jeder zu hören. Menschen lieben Geschichten.«

»Davon leben Schriftsteller.«

»Und Schriftstellerinnen.«

»Die leben vom Einkommen ihrer Männer.«

Vivien stutzte. »Ist das jetzt ernst gemeint?«

War das ernst gemeint? »Ein Scherz.«

Sie grinste. »Sind Sie so einer?«

»Was für einer?«

»Der das erklären muss.«

Sie standen sich gegenüber. Und sie erwartete wohl eine Entgegnung. Aber er hatte jetzt – zum ersten Mal ohne Ablenkung – ihr Gesicht vor sich und musste denken: geschminkt, aber dezent, sehr gut. Die meisten Frauen bekamen es ja nicht hin: dezent und zugleich wirksam. Genau wie das Thema Haare. Nicht jede Frau war so mutig wie Vivien und ließ die Natur natürlich sein.

»Kommen Sie?«

Er tauchte aus seinen Überlegungen auf und musste sich dann beeilen, hinter ihr durch die mit Parkett ausgelegte Diele zu gehen.

Straßenschuhe lagen herum, zwei Paar Hausschuhe in Löwen- und Tigerdesign; ein Regenschirm lehnte in der Ecke; ein leerer Weidenkorb. Beweise von Belebtheit.

Er wollte ansetzen, die Geräumigkeit und den innenarchitektonischen Geschmack zu loben, überlegte dann und kam drauf, lieber – in aller Unverfänglichkeit natürlich – zu fragen, ob sie in der Wohnung allein wohnte.

Aber da blieb sie mit einemmal stehen und fragte, auf ein kleines Bild an der Wand deutend: »Wie gefällt Ihnen das?«

Obacht, was du jetzt sagst! Wenn das hier wenigstens etwas nach Art von Spitzweg gewesen wäre ... Aber alles andere als Biedermeier. Nämlich die Konturen eines weiblichen Torsos mit silikonhaft prallen Brüsten, bei denen statt Brustwarzen nur je eine Operationsnarbe da ist, und das auch noch fotorealistisch dargestellt, sodass man die Stiche zählen konnte.

»Schätzen Sie mal, habe ich dafür Modell gestanden?«

Der Sprung ins Intime war so jäh, dass er, nachdem er den unwillkürlichen Blick auf ihren Busen zwar nicht vermeiden, aber nahezu sofort wieder abwenden konnte, nur ein »Ööh« rauskriegte, die Frau dabei nicht ansehen konnte, dazu rot wurde, aber dann endlich doch was Vernünftiges sagte, nämlich: »Ich glaube nicht ...«

»Keine Frau mag es naturalistisch«, sagte sie. »Solche Bilder sind nur für Männer.«

»Für mich nicht.«

»Ich möchte nicht wissen, an was Sie eben gedacht haben.«

»An gar nichts.«

»Man kann nicht an nichts denken, jedenfalls nicht, wenn das Nichts klein geschrieben wird, nichts, meine ich jetzt. Und schon gar nicht als Mann, der eine nackte weibliche Brust sieht.«

Und keine Gelegenheit, irgendwas klarzustellen, überhaupt was zu erwidern, denn nun führte die Frau ihn mit einem »Mal sehen, ob Ihnen das besser gefällt« in einen großen, mit einem schwarzen Teppich ausgelegten Raum, der leer war bis auf einen breiten Spiegel, einen Kerzenständer ohne Kerzen und einem Zafu, und auch hier vor Exemplare bildender Kunst, genauer, vor zwei Aquarelle, von denen das eine, das linke, ein Paar in den Konturen verwischter Körper zeigt, die in weißen Ballkleidern auf einer wie ein Bergmassiv wirkenden Welle miteinander klassisch zu tanzen scheinen.

»Träumende Frauen«, sagte sie. »Das ist der Titel.«

»So träumen Frauen?«

»Frauen lieben Kitsch. Lass dir nichts anderes einreden. Es kann gar nicht genug schmelzen.«

Jetzt waren sie also schon beim Du. Aber warum auch nicht? Wer den Vornamen des anderen kannte, der konnte nicht beim steifen Sie bleiben.

»Aber dies hier«, sie wies auf Aquarell Nummer zwei, »gehört natürlich dazu. Nach dem Tod. So heißt das.«

Ein aschroter Strand mit Wasser wie Quecksilber, und dahinter erstrecken sich ins Nebelhafte hinein Dünen, und zwischen den Dünen sitzen – oder sind hingesetzt – Skelette in Anzügen und Bleistiftkleidern.

Endlich fiel ihm was ein, nämlich: »Memento mori.«

Sie sagte nichts.

Hatte er was Falsches gesagt? »Ich meine, das soll zu denken geben.«

Sie blieb immer noch still – um dann zu sagen: »Die Bilder hat ein Freund meiner Tochter gemalt, meiner einen Tochter, ich habe ja zwei, Jasmin und Leonie. Leonie ist die jüngere. Und Leonies Bekannter ist der Schöpfer all dieser schönen Werke.«

Zwei Töchter. Das änderte natürlich was. Obwohl es kein Minuspunkt sein musste, in diesem Alter. Wenn die Frau über fünfzig war – Hals und Hände ließen darauf schließen –, dürfte der Nachwuchs schon erwachsen sein, was hieß, er hing ihr nicht mehr am Hals. Und eigentlich war es sogar besser, zwei Kinder, denn so würde der Instinkt der Frau, zu hegen und zu pflegen, zumindest nicht mit voller Wucht bei ihm wirken wollen. Das Leben hatte ihn gelehrt: Bei allem, was mit Frauen und Gefühlen zu tun hatte, war es gut, die zweite Geige zu spielen, hieß das doch, Luft zum Atem zu behalten.

»Ich muss zugeben«, sagte sie, ihn damit zurück in die Wirklichkeit holend, »ich hatte die Bilder zuerst nur hingehängt, um Leonie einen Gefallen zu tun.«

»So? Und warum hängen die da immer noch?«

»Eine klare Frage, sehr gut. Ich mag Menschen, die sagen, was sie denken, auch wenn es manchmal unhöflich klingt.«

»Ich bin nur neugierig.«

»Dann will ich dich mal befriedigen.«

In der Stille nach dem letzten, irgendwie betont ausgesprochenen Wort wurde er schon wieder rot.

»Die Bilder reizen zum Denken an, ohne sich aufzudrängen«, sagte sie. »Was ganz schwer hinzukriegen ist.«

»Ist dieser Freund Maler?«, fragte er das Offensichtliche ab.

»Theo ist Kunststudent. Deshalb habe ich die Werke auch günstig gekriegt. Vielleicht bin ich in fünf Jahren steinreich.«

Also war sie das derzeit nicht: reich. Sehr gut.

»Aber immer nur die Wertsteigerung im Blick, dafür hätte ich sie nicht hängen lassen, das ist mir zu kapitalistisch.«

»Kapitalismus ist Scheiße. Scheiße groß geschrieben und scheiße klein geschrieben.«

Sie sah ihn an. »Solche Entschiedenheit findet man heute eigentlich nur noch bei sehr jungen Menschen.«

»Das bin ich ja auch: jung. Das sollte jeder sein.«

Und was tat Vivien? Die lächelte. Allerdings schon im Weggehen, ihm dabei hinter sich herwinkend.

Im Wohnzimmer – einem Raum, dessen Größe durch die sparsame Möblierung in hellem Holz noch unterstrichen wurde – hingen zwei Drucke, expressive Striche, einmal rot, einmal gelb; als Lichtquelle diente eine Menge kleiner Birnen, die an Aluminiumstäben unter der Decke angebracht waren; eine Armee daumengroßer Kakteen auf der Fensterbank; eine helle L-förmiges Couch, deren kurzer Schenkel, auf den er, Onno, platziert worden war und erst mal sich selbst überlassen war, gegen die Wand geschoben war, und der lange Schenkel trennte eine Ecke vom Raum ab, wo schwarze Regale standen mit einigen Büchern drin.

Das wollte er nicht beachten. Nicht dass er womöglich ein Gespräch über Literatur heraufbeschwor.

Als die Gastgeberin nun zurückkam, schweigend und lächelnd, trug sie ein Tablett, worauf sich eine Flasche Wein und zwei Gläser befanden; das stellte sie auf den niedrigen Tisch direkt vor ihnen, bequem in Reichweite; beim Wein war der Korken nur gerade noch Millimeter im Flaschenhals.

»Diesmal habe ich die Flasche geöffnet«, sagte sie. »Das nächste Mal machst du das.«

Das nächste Mal? Wie hörte sich das an?

»Grauburgunder«, sagte sie.

»Habe ich mir schon gedacht.«

»Du sollst nicht lügen.«

»Habe ich ja gar nicht.«

»Und jetzt schon wieder. So, genug der Worte, walten Sie Ihres Amtes, Mundschenk.«

Wenigstens das klappte, und danach stießen sie an.

Er war tief unzufrieden. Was für eine Vorstellung er bis jetzt geliefert hatte! Keine Blumen mitgebracht, vor den Bildern peinlich geschwiegen, den Wein auch nicht erkannt, und bei all dem von Souveränität – man muss seine Grenzen kennen und auch eingestehen – keine Spur, sondern rumgelogen und sich das auch noch ansehen lassen. Jetzt elegant zu Smalltalk überzuleiten, hätte bestimmt einiges wettmachen können, aber ihm wollte partout nichts Passendes einfallen; klar, er hätte schon was zu sagen gehabt, aber eben keine Nichtigkeiten, und einfach von Tierqual und direkten Aktionen anzufangen, da käme er sich vor wie einer, der nur ein einziges Lied singen konnte.

»Da sitze ich also einem Ökoterroristen gegenüber …«

Ein Steilpass! Energie durchfuhr ihn. Jetzt bloß die Sache nicht durch ödes Politisieren abwürgen. »Das ist kein Terrorismus«, sagte er. »Wir verbreiten keine Angst.« Wir. Hörte sich gut an: Wir. »Wir stören bloß die Prozesse.«

»Aber warum gleich so radikal? Ich meine, du könntest dich doch auch bei den Grünen engagieren?«

»Ja, danke! Bei den Fröschen, die den Sumpf zu höchstens zehn Prozent trockenlegen wollen.«

»Hmh«, machte sie und nippte vom Wein.

Und auch er nahm einen Schluck vom Grauburgunder.

»Wenn die Welt ein Sumpf ist«, sagte sie, »dann sind wir ja alle die Frösche?«

»Es gibt solche und solche Frösche.« Obwohl ihm nicht gefiel, welchen Gang das Gespräch nahm, blieb er ruhig. Zum ersten Mal, seit er den Klingelknopf gedrückt hatte, konnte er entspannen. Hing natürlich auch damit zusammen, wie Vivien war: Selbst wenn sie ihm widersprach – und wann tat sie das eigentlich mal nicht? –, war dahinter keine Falle zu vermuten. »Um noch mal zu den Grünen zu kommen ...«

»Damit habe ich alles losgetreten.«

»Als politische Partei müssen die auf genau die Menschen Rücksicht nehmen, denen nur die Brutalität nicht gefällt, mit der die Natur vergewaltigt wird, die sich aber mit der eigentlichen Vergewaltigung abgefunden haben.« Er machte eine Pause, um der Frau Zeit zur Gegenrede zu geben; als aber nichts kam, sagte er: »Das Geschäft der Grünen besteht darin, zu reparieren und im Mikroskopischen zu korrigieren.«

»Na ja, immerhin tut's mal wer. Ich meine, im praktischen Leben, wenn man da was verändern will, in der Politik, gibt es ja immer welche, die anderer Meinung sind, und weil jede Stimme gleich viel zählt ...«

Und er fragte in allem Ernst: »Sollte sie das denn?«

»Das ist doch die Grundlage ...?«

»Stellen wir uns mal vor, wir sind auf der Titanic. Und das Schiff ist nur noch zehn Kilometer vom Eisberg entfernt. Zählt dann die Stimme des Kapitäns genauso viel wie die des Passagiers, der die ganze Zeit auf dem Sonnendeck vor sich hingeduselt hat?«

»Bist du der Kapitän?«

»Ich bin unter denen, die sehen, dass das vor uns keine Zuckerwatte ist, sondern massives Eis.« Dann, und ohne zu wissen, warum er das tat, beugte er sich zu ihr hin. »Das Entscheidende ist Konzentration. Natürlich kann man das Leben auch unkonzentriert absolvieren, taumelnd wie ein Schmetterling. Aber konzentriert macht es mehr Sinn, besser gesagt, macht es so überhaupt erst Sinn.«

»Ich finde das Bild vom Schmetterling schon schön.«

»Weil du ihn von außen siehst. Von außen hat alles Ziellose einen gewissen Charme. Aber wer will so leben? Schließlich ist da was in uns, das hin zu einem sinnvollen Leben drängt.« Und weil die Frau nichts sagte, sondern ihn nur ansah –

auffordernd, hoffte er –, trank er noch vom Grauburgunder, lehnte sich zurück und erzählte, wie er sich das Gilgamesch-Epos in der Hörspielfassung von Raoul Schrott angehört hatte, aus Langeweile, weil er sich schon alle erträglichen Hörbücher der Fahrbibliothek ausgeliehen hatte.

»Was sind denn die unerträglichen Hörbücher?«, fragte sie. »Sag mal. Aber denk dran, Frauen durchschauen jede Lüge.«

Die Wahrheit und nichts als die Wahrheit ... Heikel. Dann lügen? Lieber nicht. »Also, wo als Thema ›Frauen‹ oder ›Beziehung‹ draufsteht.«

»Gut, das wäre dann geklärt.«

»Ich bin nur ehrlich.«

»Nun, ehrlicher Mann, was hat es mit dem Epos auf sich?«

»Gilgamesch«, sagte er. »In der Fassung von Raoul Schrott gar nichts. Aber ich habe es mir dann noch in einer anderen Fassung durchgelesen. Also, Gilgamesch wird nach dem Tod seines Kumpels Enkidu durch die Angst vor dem eigenen Tod getrieben und hetzt bis an den äußersten Rand der Welt zu den beiden einzigen Menschen, die unsterblich sind. Kriegt aber auf sein Flehen, ihm doch das Geheimnis zu verraten, nicht sterben zu müssen, gesagt: ›Die Götter gewähren niemandem mehr Unsterblichkeit.‹ So. Aus. Und Gilgamesch, der Mensch, schreit: ›Aber ich will nicht sterben!‹ Und was ist die Antwort?« Er machte eine dramatische Pause, dabei Vivien ansehend. »Die Antwort lautet: ›Wenn du die Angst vor dem Tode verlieren willst, dann hilf anderen.‹«

»Das gefällt mir«, rief sie. »Nächstenliebe ist der Schlüssel.«

»Anderen Geschöpfen zu helfen, ist der Schlüssel. Vor allem solchen, die sich nicht bedanken können.«

Vivien ließ sich Zeit, um schließlich zu fragen: »Muss man denn gleich einen dermaßen tiefen Grund haben, um gut zu sein?«

»Es hilft«, sagte er. »Weil es dann nämlich nicht von meiner augenblicklichen Laune abhängt.«

»Dann bist du also hin und wieder ein böses Geschöpf?«

»Und nicht nur ich. Das nennt man Egoismus.«

»Selbsterhaltungstrieb.« Sie lächelte. »Ich kann dich beruhigen, das ist was ganz Natürliches.«

»Egoismus nicht. Das ist immer ein Zeichen, dass man sich der Staatsideologie ausgeliefert hat.«

»Ach du meine Güte! Ideologie. Wann habe ich dieses Wort zum letzten Mal gehört.«

»Ja, das ist unmodern geworden: zu behaupten, dass es anders gehen kann, weil es anders gehen muss, und dass man mal von sich selbst absehen muss.«

»Puuh, so viel ›müssen‹ in einem einzigen Satz.«

Eine zweite Flasche Weißwein kam auf den Tisch, und Vivien machte sich – gegen die Ankündigung vorhin – daran, sie zu entkorken.

Er registrierte das sehr wohl, sagte aber nichts.

»Schenk ein«, sagte sie.

Tat er. Und bald darauf waren die je halb vollen Gläser ausgetrunken.

Er spürte Ohren und Wangen warm werden.

»Und nun erzähl mal frisch von der Leber«, sagte sie.

Es kam vom Alkohol, zweifellos, aber wahrscheinlich auch daher, dass sich in ihm bereits eine Wehrlosigkeit breitgemacht hatte als Folge einer Sympathie der Frau gegenüber: Jedenfalls wurden die stillen Warnungen – nachher noch wie einer rüberzukommen, der beichtet und Absolution nötig hat – leiser und leiser, und er wurde regelrecht redselig, glitt von der Gegenwart in die Vergangenheit, berichtete erst ziemlich sachlich, dann aber bitter von Hössensen, also wie es ist, wenn man sich fremd und wie bestraft fühlt. Dann über die irgendwie doch auch lehrreiche Zeit beim Bund. Dann Mannheim als Oase. All das ging ihm leicht über die Lippen – vielleicht etwas zugespitzt, aber so was entwickelt beim Erzählen ja immer eine eigene Dynamik. Und weil er natürlich ahnte, was die Frau als solche interessierte, informierte er in einem Nebensatz, dass er nie geheiratet habe; wahrscheinlich wäre er in der Phase, wo man höchst anschlussbereit sei, zu sehr mit sich selbst beschäftigt gewesen, und später hätten ihm die Erfahrungen davon abgeraten.

»Welche Erfahrungen?«

Hätte er schon sagen können. Aber wer wusste, wie die Frau bei einer solch essenziellen Sache reagierte? Da half nur eins: die Frage ignorieren und weiterreden. Und zwar über etwas, wo es keine zwei Meinungen gab. Also ließ er sich über die B.I.V.A. aus, über seinen Job, seine Kollegen – oder manche Kollegen –, insgesamt über Sinn und Zweck des Arbeitens in so was wie einer kafkaesken Verwaltung.

»So, das bin ich«, sagte er, als er damit durch war, einen Schlusspunkt setzend und gespannt auf ihre Reaktion.

Vivien trank einen Schluck. Dann sagte sie: »Nimm's mir nicht übel, aber das hört sich an, als wären für dich alle anderen die Bösen. Wo immer dir Menschen begegnen, führen die Böses im Schilde.«

Zu sehr Psychologie. Psychotherapie. Er spürte den Impuls, das alles hier irgendwie – durch Wut als Vornewegverteidigung oder den Rückzug ins Schneckenhaus – abzubrechen und scheiß drauf, ob er sich's leisten konnte oder nicht.

»Ich denke«, sagte sie, »also ich meine, wir sind ja nicht in einem Film mit, na ja, Typen. Sondern mit Menschen. Und da ist alles nicht immer so einfach und logisch.«

Er zuckte die Achseln. Er fühlte sich in seinem Verdacht bestätigt, dass die Frauen die Welt nicht grenzscharf sehen.

»Nur die wenigsten Menschen folgen systematisch irgendeiner Sache. Sondern man spürt Zwänge und –«

»Genau das ist das System!« Er war froh, wieder sicheren Boden unter den Füßen zu haben. »Das ist das System.«

»Ja, gut, wie auch immer«, sagte sie, »aber wir werden da ja nicht mit Waffengewalt zu gezwungen. Ich meine, jubelnd macht keiner seine Arbeit – oder nur sehr wenige –, aber, na ja, es gibt Schlimmeres, als in Lohn und Brot zu sein.«

»Weil man was zu verlieren hat! Das ist doch der Trick des Systems!« Seine Stimme hatte jetzt, quasi gegen seinen Willen, etwas Eindringliches, wie die von einem Prediger oder einem Gesinnungspolitiker. »Es macht uns zu Profiteuren. Und Geld ist für die meisten so wichtig, dass sie jede Kröte schlucken.«

»Und wie ist es mit dir?«

Er wusste natürlich: Die Frau wollte keine eindeutige Antwort, sondern so was wie sowohl-als-auch-und-irgendwie-und-sowieso. Hatte er aber keine Lust zu: sich zu verbiegen, und sei's auch nur verbal. »Ich bräuchte jetzt erst mal einen starken Kaffee«, sagte er. »Kann auch gerne Löslicher sein.«

»Aha.« Und schon hatte Vivien die Überraschung überwunden. »Ich hätte Nescafé ... Wegen Leonie, bei der muss alles schnell, schnell gehen.«

»Meine Mutter hat immer Nescafé Gold gekauft. Die hat bei jeder Gelegenheit Kaffee getrunken, wegen Blutdruck 100 oder so. Statt dass sie mal ordentlich gegessen hätte und sich mal bewegt hätte, also den Herzmuskel trainiert, ...«

Es dauerte nicht lange, da wurden ihm ein Becher Kaffee und ein Döschen Zucker vorgesetzt, und dazu sagte ein lächelnder Mund: »Auf die Milch musst du verzichten.«

»Das nächste Mal bringe ich Mandelmilch mit«, sagte er. »Für alles gibt es eine saubere Lösung.«

10

Er kam pünktlich vor dem Cinemaxx an, pünktlich und auch etwas nervös, aber noch viel mehr: unfröhlich, hieß, nicht direkt im Negativen verfangen, auch nicht gründlich frustriert, er hätte also, wäre er auf dem Weg hierher – er war die zwei Kilometer zu Fuß gegangen, um sich zu zerstreuen – auf einen provozierend daliegenden Kiesel gestoßen, ihn nicht wegkicken müssen; aber eben: unfröhlich.

Der Bereich vor dem Eingang war gut bevölkert. Zwei Pärchen lungerten herum, und ein paar Einzelwesen schienen sich die Zeit zu vertreiben.

Auf keinen von denen warteten so verlorene Stunden wie auf ihn.

Dabei hätte er sich das alles ersparen können. Einfach bei Marion anrufen und die Verabredung canceln, zur Not irgendeinen kleinen Unfall vorschieben, Fuß umgeknickt oder so. Aber er hatte nicht gleich begriffen, wie sehr das mit Vivien nachwirken würde, selbst dann noch nicht, als sich weder am Abend noch am nächsten Tag die Gedanken davon abhalten ließen, sie, die Frau, in sein Leben hineinzurufen, wobei sich mit ›ihr‹ nicht als ›Frau‹ beschäftigt wurde, also als Objekt der Begierde, sondern sie wurde gewissermaßen als das Du in ich-und-du modelliert, also nicht nur bezüglich des Bettes, sondern überhaupt aller möglichen Orte in allen denkbaren Situationen, sodass nirgends ein Ort war, wo es sich nicht ihre beiden Körper, also sie beide, bequem machen wollten.

Er hatte sich, typisch er, analysiert und hatte die Erklärung gefunden beziehungsweise und ehrlich gesagt hatte sich darin in Sicherheit gebracht: dass die Stunden nur deshalb dermaßen nachwirkten, weil er ausgehungert gewesen war.

Und dann war's eben passiert. Nur logisch, braucht doch jeder Mann beizeiten den weiblichen Einfluss – Stichwort Yin und Yang –, zumal die Frau ja auch tatsächlich eindrucksvoll gewesen war, als Frau und als Person, weibliche Person. Aber es war ein einziges Mal gewesen, nur gerade mal ein paar wenige Stunden, und die Gefühle dahingehend waren nicht gewachsen, erprobt und gefestigt, sondern reingetan von außerhalb der Szene, und würden verlöschen, sobald der stete Zufluss an – gegenüber dem dreidimensionalen Leben natürlich steriler – Fantasie ausblieb.

Und genau dazu wäre es dann wohl auch gekommen, wenn gestern Abend nicht das Telefon geklingelt hätte und Vivien mit einem »Ich hab auf deinen Anruf gewartet« sein fein ausgedachtes, zukünftiges Desinteresse zunichtemachte. »Was soll denn das, nicht anzurufen?« Ob es ihm gar nicht bewusst wäre, dass die Regel lautete: Spätestens am dritten Tag nach dem Date ruft der Mann bei der Frau an, bedankt sich für die schönen Stunden und schlägt vor, sich mal wieder zu treffen, und die Frau überlegt lange, aber nicht zu lange, denn überlegt hat sie schon vom Augenblick an, als der Mann aus der Wohnung gegangen ist, und sagt entweder Ja oder erbittet sich Bedenkzeit, also Nein. »So, und nun, Onno, warum muss ich die Sache selbst in die Hand nehmen? Bist du so einer, der nie kapiert, wenn ihm eine Frau Signale sendet?«

Er hätte längst auflegen sollen. »Welche Signale?«

»Na hör mal! Denkst du, ich trinke mit jedem Beliebigen eine Flasche Wein? Hat dir das nichts gesagt?«

Im Kampf, den er nicht gewinnen konnte, verfangen, versuchte er es trotzdem irgendwie. »Nur dass ich die zweite Flasche nicht öffnen durfte, das hat's mir gesagt!«

»Und daran soll's scheitern? Das ist ja kindisch.«

»Es soll daran scheitern, dass du – Also am Versprechen.«

»Welches Versprechen?«

»Dass ich die Flasche aufmachen darf.«

»Du suchst einen Grund zum Scheitern. Und zwar aus Angst. Aus jedem deiner Worte spricht die Angst.«

»Vor was sollte ich Angst haben?«

»Da weißt du ganz genau.«

»Weiß ich nicht.«

»Doch.«

»Nein.«

»Ich habe dich angerufen, und jetzt unterhalte ich mich sogar noch mit dir. Finde mal eine andere Frau, die das tut, wenn ein Mann sich so benimmt.«

»Unterhalten? Du machst mir Vorwürfe, mit dem ersten Wort schon! Ich fühle mich wie –«

»Wird von einer Frau angerufen und benimmt sich wie –«

»Ich höre wohl nicht recht! Es klingelt, ich gehe ans Telefon, und was passiert? Ich muss mir Vorwürfe anhören!«

»Statt dankbar zu sein und die Chance zu ergreifen ...!«

Er besah sich die Filmplakate. Wie nicht anders zu erwarten im Überbietungswettbewerb der Oberflächlichkeit, war das Angebot durchweg eine Zumutung. Wobei es allerdings schon frappierend war, dass selbst bei den fabriziertesten Streifen die Plakate mitunter regelrechte kleine Kunstwerke darstellten.

Wie auch immer, der Abend musste durchgestanden werden. Und zwar ohne weitere Konsequenzen.

Er sah rüber zum Hauptbahnhof, wo immer mal wieder Menschen durch die eine noch funktionierende gläserne Schiebetür heraus- oder hineindrängten. Eine Bettlerin – Türkin oder so – saß zehn Meter direkt den Herauskommenden im Weg. Was für ein Betrug: zu tun, als müsste man in Deutschland fürs Überleben betteln. Das Gegenteil war der Fall. Selbst solche praktischen Missgeburten wie Morr wurden nicht nur durchgefüttert, sondern konnten sich ein Leben leisten, das die meisten Menschen auf der Welt als luxuriös bezeichnen würden. Was die Alte dort hinten betraf, die absichtlich zusammengekrümmt dahockte, da konnte er es sich gut vorstellen: Großfamilie, die sich hier festgesaugt hatte, illegal, aber scheiß drauf, kümmert im Merkel-Staat eh keinen mehr, und dann munter –

Marion kam um die Ecke, besser gesagt: Auftritt Frau in flammend rotem, schenkelkurzem Kleid über schwarzen Leggings, dazu zierliche rote Schuhe, die vorne pfeilspitz zuliefen.

Auch das noch! Wenn Kleider Leute machen, war das hier jetzt ein ganz anderes Exemplar Mensch als die Marion in der B.I.V.A. So hübsch gemacht, weil sie Hoffnungen hegte? Hoffentlich nicht. Natürlich nicht. Aber angesichts dessen wurde ihm doch sehr bewusst, dass er selbst nur Alltagsklamotten trug. Ja und? Er war ein Mann, und das hieß, er hatte noch nicht vergessen, dass Kleidung vor allem bekleiden sollte. Eben durch Hemd, Jacke, Jeans. Alles darüber hinaus ist Verkleidung, und verkleiden tut man sich nur, wenn man andere blenden will oder wenn man was zu verbergen hat. Abgesehen davon war das Hemd frisch aus dem Schrank und das Leinensakko trug er auch nicht jeden Tag.

»Ist das gut für die Zehen?«, fragte er.

»Die sind anderthalb Nummern zu groß.« Marion sah runter, wo sich in den Schuhspitzen jetzt etwas bewegte. »Es fühlt sich ganz bequem an. Die Zeiten sind vorbei, wo man für die Schönheit leiden muss.«

»Der Rest gefällt mir«, sagte er.

»O danke, der Herr, ich hatte schon befürchtet ...«

Das war leicht danebengegangen. Was natürlich daran lag, dass er die Sprache falsch einsetzte. Das Schicksal der Männer – zumindest der meisten. Weil nämlich Frauen in der Sprache leben, in ihrem Verständnis von Sprache, und wer mit Frauen als Frauen klarkommen will, muss seine Sprache benutzen gemäß dem, wie die Frauen das Gesprochene verstehen. Vor dem nächsten Date mit Vivien würde er sich im Internet darüber schlau machen. Und wie man richtig flirtete: Mit Worten über die Haut der Frau zu streichen, ohne Taten folgen lassen zu wollen oder gar einen lüsternen Eindruck zu erwecken.

Inzwischen hatte Marion begonnen, sich die Plakate anzusehen, und als sie jetzt beim letzten Plakat angekommen war, begann er ungefragt, zu jedem der Filme im ganzen Satz oder nur durch ein Geräusch seine Meinung kundzutun.

Und auch Marion konnte sich für nichts erwärmen; wobei ihre Urteile nicht so hart klangen wie seine, aber ein Satz wie »Würde ich nicht als besonders interessant sehen« bedeutete natürlich: ›wahrscheinlich scheißlangweilig‹, und dieses »Das ist eher etwas für die Jüngeren« meinte schlicht ›infantiles Rumgehopse von Abziehbildern‹, und »Splatter, das ist immer so eine Sache« hieß in klarer Sprache: ›Wie geistig defekt muss man sein, um Gefallen daran zu finden, ein möglichst qualvolles Sterben mitanzusehen?‹.

Aber als er dann vorschlagen wollte, es für diesmal bei einem Imbiss zu belassen, sagte sie: »Weißt du was, wir versuchen es noch schnell im ProKi. Es wäre ja schade, den Abend in die Tonne zu treten.«

Das ProKi. Mist. Aber nach einer Schrecksekunde: womöglich zu Arthaus gezwungen zu werden, beruhigte er sich, war er sich doch sicher, auch dort unten im Programmkino nichts geboten zu kriegen, was für normale, also sich nach Entspannung sehnende Menschen genießbar war.

Aber bevor irgendein Film in die Tonne getreten werden konnte, musste er, Onno, ihr, Marion, in die Tiefgarage folgen. Eine Sekunde überlegte er, Klaustrophobie vorzuschützen, aber da war sie bereits schnellen Schritts auf die eiserne Eingangstür zugegangen – »Wir müssen uns beeilen« – , und dann war alles nahezu wie befürchtet. Schon im engen, aus kantigem, weiß gestrichenem Beton bestehenden und mit den strahlenden Neonröhren labormäßig wirkenden Treppenhaus beschleunigte sein Puls, und dann: Tür auf, und: furcht-erregend massive Eisenträger, erdrückend niedrig angebracht – er hätte sie bei ausgestreckten Armen mit den Fingerspitzen bestimmt berühren können –, die ihn sich unwillkürlich ducken ließen, obwohl das natürlich im Ernstfall nichts nützen würde, und jetzt musste er sich vorstellen, hier tief unter der Erdoberfläche praktisch auf allen Seiten umgeben zu sein von meterdickem Beton und tonnenschwerem Eisen beziehungsweise wohl Stahl; einen krasseren Unterschied zur belebten Natur gab es gar nicht als diese Katakomben; und jeder ihrer Schritte hallte und war unüberhörbar für jeden, der sie überfallen und ausrauben wollte, und diese komischen gelben eckigen Klammern auf dem Boden, denen Marion nun folgte mit einer Selbstverständlichkeit, als würden sie über den Parkplatz vom Florapark gehen ... Jetzt bezahlte sie am Parkscheinautomaten und zog das Ticket. Währenddessen registrierte er, dass die Luft hier unten praktisch nur aus Abgasen bestand, und ihm kam lebhaft vor Augen, dass, falls die Luftfilter ausfielen und dazu womöglich auch die Leucht-stoffröhren und man nicht mehr wüsste, wo vorne und hinten war, man hier rumirren würde, in den giftigen Abgasen, die zwar fast kein Kohlenmonoxid mehr enthielten, aber sehr wohl – und nicht zu knapp – Kohlendioxid, und das war genau betrachtet umso furchtbarer, war die Todesursache bei CO_2 doch ein sowieso schon qualvolles und sich dann auch noch qualvoll lange hinziehendes Ersticken, während man bei Kohlenmonoxid sanft einschlummerte ... Marion hatte eine – wie's ihm vorkam: die dunkelste – Ecke angesteuert und schloss nun ihren Fiat 500 auf, und er fragte sich, ob es hier keine gut ausgeleuchteten, nahe am Ausgang gelegenen und also mit relativer Frischluft versorgten Frauenparkplätze gab. Er stieg ein und dankte dem Schicksal, dass der Fiat ein Klein-wagen war, denn sich vorzustellen, mit einem Kombi in dieser verschachtelten Betonlandschaft zu rangieren; sich vorzustellen, der Fiat, wie sein 408 im Wald, streikte und die Leuchtstoffröhren fielen aus und eine Rotte, mit Messern und Pfefferspray ausgerüstet, käme aus der Dunkelheit, und sie hier praktisch in der Falle! Die Scheinwerfer leuchteten auf, der Motor sprang an, er hörte Marion sagen: »Anschnallen.«

Sie setzte zurück, dann lenkte sie ein, beschleunigte und kurvte souverän die sich schlängelnde Betonstraße entlang, dann unter der sich gehorsam öffnenden Schranke hindurch und die Rampe hinauf hinaus ins Freie.

»Ich möchte nicht wissen«, sagte er, »wie viele Unfälle in Tiefgaragen passieren.«

»Wenige, denke ich«, sagte sie. »Und wenn, nur harmlose.«

Dieser Optimismus! Aber so was war den Frauen wohl einprogrammiert, denn ohne Optimismus setzt man ja keine Kinder in die Welt, und dafür ist alles ja letztlich nur da.

Die Reuterallee runter, über Strombrücke, Ebert-Brücke, weiter auf der Berliner Chaussee und an dem vorbei, das dort seit 1973 aus massiver, schon angewitterter Bronze stand, unübersehbare zehn Meter hoch, und eine schwangere Frau darstellen sollte; deren Körper ist bis zum Bauchnabel entblößt; mächtige, der Schwerkraft trotzende Ballonbrüste, Muskeln wie eine gedopte Kugelstoßerin; die Schwangere – die Beine gespreizt – umgreift ihren Bauch und hat den Kopf in den Nacken gelegt und den Mund aufgerissen. Der Artefakt hieß ›Mutter! Mutter!‹ und war von einem Russen erschaffen worden und erinnerte an die völkerfreundschaftliche Vergangenheit, wo das, woran man sich gerne erinnerte, besser war als das, was heute in und mit unserem geliebten Ostdeutschland – Nichtwestdeutschland – passierte.

Hier jetzt die ziemlich enge Seitenstraße mit dem lustigen Namen Dreitreppchen.

»Ich habe mal im Fernsehen gesehen«, sagte er, »dass in Südafrika die parkenden Autos mit Lenkradkrallen gesichert werden müssen.«

Marion nickte. »Wären wir in Berlin oder Frankfurt, hätte ich auch keine Skrupel. Aber Magdeburg ist harmlos.«

»Wie wahr«, bestätigte er. Und es stimmte ja auch. Zwar nicht in dem Sinne, wie zum Beispiel Hannover als ›harmlos‹ deklariert wurde, aber sehr wohl im Steintorviertel ein Schwerstkriminalitätszentrum hatte, sondern im Sinne von: tatsächlich friedlich. Allerdings im Ruch stehend, Fremdvölkische zu verprügeln – und dabei war der einzige Vorfall, an den er sich erinnerte: wie ein Syrer in der Straßenbahn eine Studentin und einen jungen Mann grundlos schwer verletzt hatte. So ist es. Eigentlich. Aber es gibt eine wirklichere Wirklichkeit: die fiktive Realität einer 80-Millionen-Gesellschaft, wo die Politik – und auch die Herrschaft über die Meinung – im 70-Millionen-Westen-plus-Berlin ausgehandelt wird und Magdeburg das Pech hat, im 10-Millionen-Osten-minus-Berlin zu liegen, und so blieben die Ausländer die Opfer, und Magdeburg war bevölkert von Kleinbürgern, die sich bei passendem Anlass als eine neue S.A. entpuppen würden. Unter anderem deshalb hatte der Osten bei allem, was für die 80 Millionen ausgeheckt wird, die Schnauze zu halten. Dafür gab's Brosamen.

Das ProKi war in den beiden unteren Stockwerken hinter einer Backsteinfassade angesiedelt. Rundbögen über Rundbögen, der Eingang – zwei Stufen zwischen fünf Säulen hindurch – allerdings zurückgelegt. Er kam sich vor, als ginge es in eine ins Ensemble eingepasste Kirche. Das Auffälligste war die gelbliche Leuchtstoffröhre im Fenster über dem Eingang, die in Schreibschrift das Wort ›Kino‹ ergab. Und hier nun, im Eingangsbereich des Eingangsbereichs, ein Plakat mit dem Motto: *andere filme anders sehen.*

Na ja. Aber immerhin, seine Hoffnungen bezüglich der Ungenießbarkeit der Filme erfüllten sich voll und ganz.

Da war erst einmal eine Semi-Dok aus dem Rotlichtmilieu von Rotterdam.

Dann: ›1988-1989-1990‹, das Bio-Pic eines Bezirksfunktionärs der SED in den Eruptionen jener Jahre.

Dann: ›Ananas gegen Gringos‹: eine Frauen-Kooperative auf Kuba.

Dann: ›und in der Handtasche die Nylonstrümpfe‹: Frauenleben in der hessischen Provinz in den sechziger Jahren.

Aber dann: »Hier, das hier.« Da stand Marion und deutete mit dem Kopf seitlich hinter sich.

›Iuliu Jefunescu‹ war in weißer Schreibmaschinenschrift auf ein ansonsten düster bläulich gehaltenes Plakat gedruckt, auf dem in endzeitmäßigen Nebel- oder Smogschwaden umso bedrohlichere Schemen von Fabriken und Ahnungen von – viel kleineren und flüchtigen – menschlichen, teilweise sich in Rauch auflösenden Wesen zu entdecken waren.

»Ich glaube, das verspricht was«, sagte Marion.

»Momentchen.« Er zog das Smartphone raus und googelte.

›Iuliu Jefunescu‹ lief laut mindfuck.wordpress.de unter ›rumänischer Experimentalfilm‹ und war eine Filmadaption von Tote Seelen. ›... besticht durch eindringliche Bilder von rauer Schönheit ... erzählt von einem jungen Mann, der allein ... Caspar Hauser ... beeindruckend ... Kameraführung bleibt so nahe an den Charakteren, dass man Wodka, Meerrettich und Schweiß zu riechen ... Durch abwechslungsreiche Einstellungen wird die Schönheit der rumänisch-moldawischen Grenzregion und des Donaudeltas ... Winterlandschaft ... überzeugen in ihren Rollen ... verkörpert den stumpf-aggressiven I.J., der sich im Verlauf seiner Winterreise immer verletzlicher ... stereotype hartgesottene Menschen ... zeigt sich Laura ... eine ganz eigene emotionale Komplexität ... halbkriminelle Arbeiter, unter deren harter Schale ein weicher Kern zu erahnen ... Eine Odyssee, die die Grenze zwischen Fiktion und Realität ...‹

»Informier dich mal.« Er hielt ihr das Smartphone hin.

»Wieso? Ich lasse mich überraschen.«

»Also, große Unterhaltung scheint mir das nicht zu sein.«

»Na perfekt«, sagte sie und zog ihn am Arm in Richtung Kasse. »Ich bin eingeladen, nicht wahr?«

Der Kinosaal: modern und klein; dem Eindruck, in einem Schuhkarton zu sitzen, war entgegengewirkt durch geschickt installierte, bläulich strahlende Leuchtstoffröhren, die alle zwei Meter an der Wand angebracht waren und auch an der Decke. Ansonsten ein einziges Dunkelblau. Vor der Leinwand eine Art Bühne mit vier neonblauen Stufen. Das Licht ging aus; dann – ein Werbeblock; aber dann fing es wirklich an.

In Schwarzweiß und immer wieder Handkamera à la Blair Witch Project mit entsprechend mieser Ton- und Bildqualität und siebenundneunzig Minuten lang, was vor allem durch die Kameraschwenks über Kohlekraftwerke und mangroven-ähnliche Uferwälder verursacht war und von quälend statischen Einstellungen auf saufende Männer und apathische Frauen und trällernde Mädchen in Unterhemd und Schlüpfer, und alle paar Minuten kam dieselbe Einstellung der in Zeit-raffer unter- und aufgehenden Sonne.

Schon bald wünschte er sich, dass auch jetzt hier die Zeit so schnell vergehen möge. Das Einzige, was tröstete, war, sich vorzustellen, dass Marion, die ihn ja zu dem hier genötigt hatte, dieselben Qualen aushalten musste.

Aber die Wirklichkeit ist konstruiert, und jeder konstruiert sie anders.

Marion fragte: »Hat er dir nicht gefallen?«

»So was sehe ich mir nicht noch mal an«, sagte er. »Jetzt sag du mir mal, dass da irgendwas Gutes dran war.«

»Ich fand den Film an einigen Stellen unpassend witzig, aber fordernd und die Sehgewohnheiten enttäuschend.«

»Witzig?«

»Ironisch. Also nicht so Schenkelklopfhumor, aber – Als der Mann versucht, die Tauben freizulassen und die einfach nicht aus dem Käfig rausfliegen wollen. So was eben.«

»Na ja, aber insgesamt ... Also, ich habe den Eindruck gehabt, dem Regisseur ist es scheißegal, ob man den Film anguckt oder nicht.«

»Genau das meinte ich mit fordernd.«

»Aber man muss doch nicht gleich das Kind mit dem Bade ausschütten.«

»Kommt drauf an, wie es gemacht ist, das Ausschütten.«

»Mal so gefragt, hat dich dieser Jefunescu interessiert? Oder irgendeine von den Figuren?«

»Mich hat der Film interessiert. Onno, du sollst nicht die Wirklichkeit gegen die filmische Realität ausspielen.«

»Und die Zuschauer werden vergessen.«

»Ich bin auch Zuschauer gewesen. Zuschauerin. Ihr Männer seid nur einfach faul, wenn's um neue Sichtweisen geht.«

Sie waren, im Gespräch vertieft, in den Raum geraten, der wohl das Foyer darstellte. Das war ein saalähnlicher Raum mit altbauhohen Decken, altbauhohen Fenstern mit, natürlich, Rundbögen; und leer bis auf ein Dutzend runder schwarzer Plastiktische, um die herum kleine lehnenlose Sessel mit schwarzen, offensichtlich harten Sitzflächen gruppiert waren. Alles sah improvisiert aus und sollte das wohl auch. An der Wand Kinoplakate, wie Bilder unter Glas.

»Wie wär's noch mit einem Absacker?«, fragte Marion.

Immer mehr Menschen trudelten ein.

»Warum nicht«, sagte er. Der Abend war ja überstanden, dafür konnte man sich schon belohnen.

Am Tresen musste er ewig warten, bis er bedient wurde. Offensichtlich war er also nicht der Einzige, der sich nach überstandener Qual was Gutes tun wollte. Der Rotwein war teuer und bestimmt seinen Preis nicht wert.

Wieder was gelernt: Dass man auch als öffentliche, nicht-gewinnorientierte Unternehmung bei genügend gutem Wissen über die Kunden mittels Kleinigkeiten die Einnahmenseite optimieren konnte.

Als er sich mit den beiden vollen Gläsern – immerhin war gut eingeschenkt worden – den Weg zwischen den Leibern bahnte, stellte er fest, dass sich Marion einer Handvoll Kinogängern angeschlossen hatte, die sich um einen kleingewachsenen Mann mit pottwalhafter Stirn, Ziegenbart und Backen in hypertonischem Rot scharten. Er reichte Marion das Glas, die es mit nichts als einem beiläufigen Nicken nahm.

»Die Sequenz mit dem Auto und den beiden Strichern«, stellte der Kleingewachsene mit dem Ziegenbart gerade fest, »das ist natürlich ein Fingerzeig auf Pasolini.«

»Genau!«, rief Marion. »Und als das Mädchen an der Autobahn mit der Trompete diese Melodie spielt, also, das war doch Gelsomina in La Strada ...?«

Der kleine Ziegenbärtige, nun auf sie aufmerksam geworden, starrte sie an, dabei die Unterlippe vorschiebend und wieder zurückschiebend. »Allerdings war das bei Fellini keine Trompete«, sagte er, »sondern eine Posaune.«

»Wer wird die Lupe rausholen, Manfred«, sagte einer. »Wir einigen uns auf ein Blechblasinstrument.«

Und die Umstehenden lachten erleichtert auf und Manfred auch ein bisschen und Marion auch.

Es konnte also weitergehen. Es ging weiter.

»Wir können dankbar sein«, sagte einer. »Wir haben den robusten Realismus in seiner modernisierten Form miterlebt.«

»Wir sollten von poetischem Realismus sprechen«, sagte Manfred. Er schien dem nachzulauschen, was er in die Welt fahren gelassen hatte, um sich dann mit der flachen Hand an die gewölbte Stirn zu schlagen und zu verkünden: »Synthetischer Realismus. Oder genauer: Poetischer Realismus in seiner synthetischen Form.«

»Poetischer Neorealismus ...?«

»Jetzt fang bitte nicht an, De Santis ins Spiel –«

»Und grotesk!«, sagte einer. »Ich hab mich die ganze Zeit gefragt: Soll ich lachen oder verbietet sich das?«

»Ich habe eine Selbstermächtigung gesehen«, sagte einer. »Dieses Grobkörnige und alles, der Zoom, die wacklige Kamera, und wie der Alte mit der Speckschwarte in der Hand aus dem Bild rutscht –«

»Und die abgeschnittenen Köpfe der Sänger«, rief einer.

»Das gäbe an der Filmhochschule ein Ungenügend.«

»Genau das meine ich doch! Was für eine Selbstermächtigung! Genau das meine ich!«

Onno überlegte, wie er sich verabschieden könnte, ohne dass Marion, die von alldem offensichtlich fasziniert war, sich gezwungen sah, ebenfalls den Abend abzubrechen.

Aber jetzt bewegte sich Marion schon wie selbstverständlich mit der Gruppe hin zu dem neuen Attraktiven und ließ ihn, Onno, unbeachtet zurück.

Der neue Attraktive war ein Mann mit langen Haaren, einer Goldrandbrille und zur Jeans braune, gelochte Lederschuhe, die bei jedem Schritt einen harten Ton machten, als wären die Absätze mit Eisen beschlagen.

Und weil es im Foyer außerhalb der Gruppe nun still war, konnte er, Onno, das Pingpong der informierten Sätzchen verfolgen, ohne sich anstrengen zu müssen oder es ausblenden zu können.

Der Langhaarige hatte in einer Szene diverse Parallelen zu Nosferatu entdeckt. »Und es geht ja noch weiter. Gerade diese Szene ist in Elias Merhiges Shadow of the Vampire wunderbar entzippt worden, wunderbar, kann ich euch sagen.«

»Wohl dem Regisseur, der Subtext einarbeiten kann.«

»Und dem Schauspieler, der das auch darstellen kann, ohne die Szene auszuerzählen.«

»Ja, John Malkovich«, sagte einer. »Die amerikanische Art, Murnau zu sein.«

»Und Willem Dafoe als Max Schreck«, sagte einer.

»Und Greta Schröder, die geopfert wird«, sagte einer. »Herrlich. Besser gesagt, Catherine McCormack.«

»Warum Catherine McCormack?«, fragte einer.

»Also, du hast doch gerade eben – Er hat doch eben von Malkovichs Adaption geredet. Und da hat bestimmt nicht Greta Schröder mitgemacht.«

»Nosferatu, oho«, rief Manfred, sich Gehör verschaffend. »Da heißt es, vorsichtig zu sein. Die Ratten können ja als Metapher für die Juden interpretiert werden.«

»Immer die Juden.«

»Ich kann's auch nicht mehr hören.«

»Aber solange wir in Levi's Jeans rumlaufen, dürfen wir uns nicht beklagen, hat Marlene gesagt.«

»Juden hin oder her, ich finde Nosferatu sowieso etwas überschätzt. Künstlerisch.«

»Ich auch.«

»Überschätzt. Künstlerisch. Wir sind nicht mehr 1921.«

»Ich auch.«

»1922. Nosferatu kam 1922 raus.«

»Wurde aber Sommer 1921 gedreht. Drehbuch 1919.«

»Kann nicht sein. Galeen hat ja erst 1920 das Buch zu …«

Er steuerte den Ausgang an, versuchte dabei, nicht eilig, aber entschlossen zu wirken. Er hörte noch »… und die Erlösung?«, und »Was stellt man sich denn vor?«, und »Unter der Erlösung?«, und Lachen. Und hier war die Tür. Und dann war endlich nichts mehr zu hören.

Er verlangsamte seine Schritte, stieg die Stufen zur Straße runter in die Dunkelheit, blieb dann stehen. Er war erleichtert, sich abgesetzt zu haben – andererseits: So glatt überflüssig gemacht worden zu sein!

Drei Frauen schlenderten vorbei, junge Frauen.

Er blieb im Schatten.

Die eine Frau sagte was und lachte auf; die beiden anderen fielen ins Lachen ein; dann gingen die Frauen weiter, redend, natürlich, redend.

Er überlegte, die Straßenbahn zu nehmen oder ein Taxi. Das kam davon, wenn die Frau das Auto hatte. Würde ihm nie wieder passieren. Er sah sich wütend zum ProKi um.

Dort war jetzt ein weißer Fünf-Liter-Plastikeimer, auf dem in blau ›Salzheringe‹ stand.

Sollte man lachen oder verbot sich das? Man kann über alles lachen, solange man keine Levi's trägt. Und prompt hatte er die in Ewigkeit redenden Männer vor sich. Himmel, was für Plappermaschinen! Der Ausdruck gefiel ihm. Rotwein trinkende Plappermaschinen, in absolut passendem Habitat: dem Foyer vom Programmkino.

Er hätte gerne mal gesehen, wie auch nur einer von denen unter Risiko zurechtkäme, im Wald vor einem Jagdhochstand. Postrealismus! Schafft's erst mal, die Daumen aus dem Arsch zu ziehen, und dann raus in den richtigen Realismus!

Salzheringe, meine Fresse!

11

Er hatte traumlos geschlafen, war jetzt aufgewacht und fragte sich: ›Wie lange ist's gewesen?‹, und kriegte die Uhrzeit angezeigt. Gerade mal fünfeinhalb Stunden. Vielleicht sollte er versuchen, die zwei fehlenden Stunden noch zusammenzukriegen? Aber der Körper hatte – natürlich – gleich schon Adrenalin ausgeschüttet, und jetzt pochte das Herz. Also los und raus in den Tag!

Bettdecke weggeworfen, Dehnung der Arme, Beine; Radfahren in der Luft. Im Grunde war's vorherzusehen gewesen: dass er keinen Schlaf finden würde oder zumindest nicht genug davon. Nach dem Erlebnis im ProKi hatte sein Hirn noch richtig was aufzuarbeiten gehabt. Plappermaschinen. Er konnte froh sein, ohne Alptraum davongekommen zu sein.

Er sprang aus dem Bett – aber auf einmal: Kopfschmerzen.

Er vollzog mit dem Kopf kreisende Bewegungen, dann nickte er übertrieben. Aber der Schmerz in Form eines ziemlich genau zu lokalisierenden Drucks links kurz überhalb des Schläfenbeins blieb.

Er nahm die Plastikflasche mit dem Ahrenburger und trank in langen Zügen den halben Liter. Aber auch das tat nichts ändern.

Er legte die Spitze des Zeigefingers an die Stelle, hinter der er tief im Hirn die Störung vermutete, und schob die Haut mit kleinen Bewegungen mit variierendem Druck über diesen Punkt; was aber alles nichts brachte und ihn diese spontane Akupressur schließlich abbrechen ließ.

Er machte das Fenster im Schlafzimmer auf. Kopfschmerz. Er sog Luft ein. Kopfschmerz. Und Wut. Statt sich bereit zu machen, den zerstörerischen Abläufen Sand ins Getriebe zu streuen, musste er sich mit sich selbst beschäftigen, genauer, mit einem Gehirn, das nun wirklich immer alles Gute von ihm bekam und auch erst einundfünfzig Jahre alt war und nicht schon nach popeligen zwei Stunden Schlafdefizit Störungen zeigen sollte.

Er hatte keinen Appetit, zwang sich aber, ein Schälchen mit Sojaisolat vermischte und mit O-Saft durchwässerte Haferflocken zu essen. Die zwei Becher Kaffee, die dann eigentlich immer folgten, strich er. Wer wusste schon, vielleicht würde es sich als fatal erweisen, den Blutdruck zu erhöhen, und er würde einen Schlaganfall haben, halbseitig gelähmt, ein Gemüse, wie sein Vater, den er gefürchtet und gehasst hatte und der zur falschen Zeit gestorben war und mit dem er sich deshalb nicht mehr hatte aussprechen können, weshalb er seit über dreißig Jahren das klärende Gespräch fiktiv führen musste, was natürlich nicht funktionierte und ein endloser Monolog ins Leere war mit immer denselben Sätzen, immer den gleichen Pausen, wo die zweite Person etwas hätte sagen sollen, mit immer demselben Urteil seinerseits, dem zwar nie widersprochen wurde, logisch nicht, das aber nie angenommen wurde, was es alles natürlich völlig wertlos machte, sodass bei nächster Gelegenheit dieses interpunktierte Monologisieren wieder anfangen musste und immer wieder.

Er schüttelte den Kopf, ließ es aber gleich sein, weil es war, als würde das Hirn buchstäblich gegen die Knochen des Schädels geschleudert werden.

Ihm fiel ein, dass Emotionen sich auflösten, sobald man sie ins Zentrum der Achtsamkeit nahm, wie Schatten im Licht. Vielleicht galt das ja auch für Schmerzen. Er setzte sich auf einen Stuhl, bequem – so weit das mit übervollem Magen möglich war –, den Rücken durchgedrückt, und konzentrierte sich auf den Bereich des Schädels, wo es nicht aufhören wollte, zu drücken und zu stechen.

Aber statt wegbeobachtet zu werden, wurden die Schmerzen nur noch präsenter.

Er löste die Konzentration auf, blieb allerdings sitzen, nun in normaler Spannung. Und wieder mit Wut. Er war einundfünfzig, er konnte es sich nicht – Einundfünfzig. Hörte sich übel an. Wann hatte der Alte eigentlich seinen ersten Schlaganfall gehabt? Da war er doch auch nicht wesentlich älter gewesen als er, Onno, heute. Vielleicht war eine genetische Disposition vorhanden? Quatsch. Sein Vater war dick gewesen, mit Blutdruck 220 und hatte Kette geraucht und den Stress regelrecht gesucht. Er, Onno, der Sohn, war der Gegenentwurf zu alldem.

Aber natürlich war das nur zur Hälfte befreiend, denn mit Mensch und Schicksal verhält es sich ja so, dass es zwei Abläufe gibt. Bei dem einen geht der Mensch hin zu seinem Fatum, rennt regelrecht, um dann rein- und runterzuspringen wie ein Lemming in den Abgrund; beim anderen allerdings kommt das Schicksal zu dir, und auf die Frage ›Warum denn ausgerechnet ich?‹ lacht das Schicksal gegenfragend: ›Ja, warum denn ausgerechnet ein anderer?‹ Kein Körper ist unzerstörbar, und irgendwann muss es ja mal beginnen, die Zerstörung hin zum Tod. Es war also nicht ausgeschlossen, dass in ihm, in seinem Schädel, etwas schon lange krankhaft am wachsen war; es reichte ja eine degenerierte Zelle, eine einzige, um am Ende ein ganzes Leben auszulöschen. Dass man gesund war, war so gesehen ein unwahrscheinliches Glück. Aber kein Glück dauert für immer. Vielleicht war in der vorigen Nacht die Schwelle zum akuten Stadium überschritten worden.

Er musste sich ablenken. Was konnte getan werden, das zum einen keine großen geistigen Anstrengungen erforderte, zum anderen aber nicht bloß eine Zerstreuung war, mit der sich sein Hirn bestimmt nicht betrügen ließe? Das ProKi fiel ihm ein. Er stand auf, holte das Smartphone und schrieb eine Mail an Marion, in der er sich nach dem Fortgang des Abends erkundigte. Eine schöne kleine sinnvolle Arbeit.

Danach stellte er sich unter die Dusche. Fünf Minuten, zuerst lauwarm, schließlich – sozusagen kurz vor dem Wegspringen – eiskalt. Dann stand er da, im Morgenlicht, völlig reglos, und fühlte die Kühle der Fliesen unter seinen nackten Füßen und fühlte auch, wie es überall am Körper auf der Haut wieder wärmer wurde – hin zur Betriebstemperatur, die man dann nicht mehr spüren würde, so wie man das, was normal lief, nicht spürte. Apropos. Die Kopfschmerzen hatten nachgelassen. Oder vielleicht nur Einbildung ...? Um das zu überprüfen, hielt er den Kopf eine lange Viertelminute unter das kalte Wasser, das er aus der Handbrause auf Schläfe und Nacken pladdern ließ. Und, Tatsache, danach war bloß noch ein Ziehen, so verschwindend dezent, dass es schon nicht mehr genau zu orten war.

Na also! Wahrscheinlich war es nix weiter als ein simpler Verspannungsschmerz gewesen. Oder Migräne. Irgend so was. Jedenfalls nichts wirklich Ernstes. Es machte krank, immer vom Schlimmsten auszugehen. Er sollte aufhören, sich Gedanken zu machen. Denken nützte nichts, im Gegenteil, das ließ einen sich nur immer weiter verfangen. Schweigen, inneres Schweigen, ist das Einzige, was die Angst nicht noch weiter anfacht. Leicht gesagt, denn es ist doch so: Wenn es da ist, macht es Angst. Angst, dem ausgeliefert zu sein, Angst, wenn man sich an Bilder erinnert von Menschen auf Intensivstationen, Menschen in Hospizen, Menschen, die nur noch eine furchtbar schlechte Kopie ihrer selbst sind. Horror, wenn man sich Nächte ohne Schlaf und voller Schmerzen vorstellt. Wie ist es, das eigene Verrecken erleiden zu müssen? Wenn man sich vorstellt, dass das Ende nicht gnädigerweise binnen einer Sekunde geschieht und dann ist alles überstanden, sondern sich qualvoll hinzieht, qualvoll, jede Nacht, und wenn die Sonne aufgeht, beginnt erst der wirklich schlimme Teil der vierundzwanzig Stunden, nämlich der Tag. Wenn die Angst zum wahren Horror wird: zum

Wissen, dass da nichts nachkommt. Überhaupt nichts. Und alles wird umsonst gewesen sein. Eine ganz normale beschissene Geschichte: Die Ameise, die sich anstrengt, die Ameise, die stirbt, die Ameise, die nie gewesen ist.

Ihm kamen die Tränen. Warum soll man überhaupt noch was tun, wenn es einem sowieso alles weggenommen wird? Er hielt sich die Hände vors Gesicht. Man muss essen, obwohl man wieder hungrig werden wird, man muss leben, obwohl man sterben wird. Scheiß Sätze! Scheiße! Er schluchzte. Du hast gesagt, Mensch, die Natur ist Entstehen und Vergehen, und dass die Zerstörung dazugehört – und jetzt kommt mal wieder raus, dass du das Vergehen nur bei anderen sehen willst, das Zerstörtwerden. Du denkst, du könntest die Natur verstehen, ohne zu akzeptieren, ein Teil dessen zu sein, was zerstört werden wird, weil es zerstört werden muss.

Aber plötzlich war alles – Angst, Wut, Verzweiflung – erloschen. Er dachte an nichts mehr. In ihm machte sich eine Müdigkeit breit. Weil sich nämlich ungefähr einen Meter südlich des Gehirns, im Magen, Speisebrei befand, und der wollte verdaut werden, wozu es Blut brauchte, was dann im Schädel fehlte. Umso besser. Er schleppte sich ins Schlafzimmer, zog die Rollos runter, legte sich aufs Bett und wurde des Glücks zuteil, fast prompt wegzuduseln.

War dann wieder wach. Anderthalb Stunden vergangen. Und das Beste war: Das in seinem Kopf blieb still. Er erhob sich vorsichtig. Er wartete, ob sich nicht doch was meldete. Er begann, auf der Stelle zu laufen. Und auch das: folgenlos. Zur Sicherheit machte er fünfmal den Hampelmann. Dann war er außer Atem. Aber schmerzlos. Wurde man hypochondrisch, wenn man allein lebte mit zu viel Zeit, sich selbst unters Mikroskop zu legen? Solche Angstattacken hatte es jedenfalls nie gegeben, als er mit Vanessa oder Svenja zusammen gewesen war. Wobei er da ja auch noch jünger gewesen war

... Und überhaupt. Mannheim, Bonn, und er: immer in Hochform. War er damals überhaupt mal krank gewesen? Höchstens dieser Hexenschuss, verursacht durch übermäßiges Krafttraining im Gym der Uni, ohne Anleitung, entsprechend ohne Stoppschilder. Zwei Tage ABC-Pflaster, und danach war es zur Anekdote geworden. Und heute war er dabei, das zu werden, auf das sie damals herabgesehen hatten: Ein immobiles Wesen, anfällig für Wehwehchen und das Herbeidenken von Wehwehchen.

Ein Geräusch: ein kurzes unangenehmes Rasseln. Jemand hatte bei ihm geklingelt. Bevor er nachgedacht hatte, hatte er den Hörer der Telefonanlage in der Hand: »Ja, bitte?«

»Du nimmst ein Paket an?«

Mist. DHL. Der Mensch aus Polen – oder von sonst wo zwischen hier und Sibirien – hatte mal wieder irgendwen nicht angetroffen. Er brummte in den Hörer hinein und drückte auf den Summer. Er konnte schlecht Nein sagen. Der Pole – oder Russe – hatte ihn schon zweimal den Weg zur Postfiliale erspart.

Das Paket – Anschrift: E. Bernward – war 20 x 20 x 20 cm und wog mindestens fünf Kilo. Er inspizierte es. Aber kein aussagekräftiger Absender. Zu schwer für Bücher. Wahrscheinlich was Massives drin. Irgendwas für die Gesundheit beziehungsweise gegen Krankheit. Vielleicht was für die Füße. Letzten Monat hatte er eine korpulente Frau in einem entsprechend engen weißen Kittel im Haus gesehen, und draußen stand der Seat einer podologischen Praxis. Das Fleisch weg von den eingewachsenen Zehennägeln gespreizt zu kriegen, widerlicher ging's nicht. Aber selbst schuld. Alles, wirklich alles im Körper rächt sich für schlechte Behandlung. Praktisch jeden Tag stand vor der Wohnungstür von ihrer Tochter Rebekka ein halbtransparenter Plastiksack mit Verpackungen, die von fettigem, salzigem Fertigfraß übrig geblieben waren. Man konnte nur den Kopf schütteln. Ob er

Vivien davon erzählen sollte? Frauen mochten es, wenn Leben geteilt wurden. Allerdings würde er ehrlich sein müssen, denn wenn's irgendwann ernst werden sollte, musste es erst einmal Freundschaft geworden sein, und das hieße dann, auch seine ehrlichen Urteile auszusprechen ...

Apropos Vivien. Hieß für den Augenblick: keine Vivien. Und plötzlich war die Wohnung zu groß und vor allem viel zu still. Nicht auszuhalten. Er griff sich Brieftasche, Jacke und Smartphone.

War jetzt unten auf der Straße. Und nun? Er wollte unter Menschen, allerdings nicht um jeden Preis. Er entschied, den Slowenenweg zu nehmen und sich dann Richtung Olvenstedter zu orientieren. Die Olv war eine der wenigen Straßen außerhalb der Innenstadt, wo noch nicht jeder dritte Laden leer stand und ansonsten nix als Nagelstudios, Alkoholikertankstellen, Asienfraß überlebt hatte.

Nudelpalast. Uhren Pfeffert. Haidstraße. Sushi Friends. AOK-Geschäftsstelle.

Tierbestattung Rosenblatt. Neues Geschäftsfeld: den Leuten einzureden, Tiere – hieß in diesem Denken: Haustiere – wären wie Menschen; und man wäre ja ein Unmensch, würde man die Überreste seines Isser-nich-süß!-Isser-nich-Süß! der Tierkörperbeseitigungsanstalt überlassen – was gemäß TierNebG zu geschehen hat mit ›Nutztieren‹, die ›verendet‹ sind –, wo aus dem teuer geliebten Körper des Soo-lieb-soo-Lieb bei 133 Grad und unter 3 bar Druck ein sterilisierter Fleischbrei erzeugt wird, aus dem sich astreines Tiermehl und Tierfett ›gewinnen‹ lassen, letzteres unter anderem einsetzbar als Schmieröl in Industrieanlagen. Oh nein! Und deshalb hin zu Tierbestattung Rosenblatt, ein Beerdigungsritual gebucht und Friede sei allen beteiligten Seelen.

Halberstädter Straße. Önur Döner. Laden 175 An- und Verkauf. Hundekacke. Zigarettenstummel. Firefly Burger. Plastikbecher. Plastikbeutel. Kaugummipapier.

Nur folgerichtig, diese Umwelt, die der Mensch zu seinem Spiegelbild gemacht hat. Ein Köter, gegen die Hauswand pissend. Am Trafo ein altes Wahlplakat der MLPD. Im Kleinstgrün um einen Baum die braunen Scherben einer Bierpulle.

Jetzt: Deusterstraße. Also Reihenhäuser mit überversorgten Vorgärtchen. Er bog dort ein, wo an die Straße eine kurze Sackgasse angebaut war mit dem Wendehammer, gesäumt von einem Matratzengeschäft, einem für Computer, irgendwas, was sich ›Kassensysteme‹ nannte. Hier vorne allerdings hatte sich das Café Burggraben eingerichtet.

Und zwar dergestalt, dass es neben Indoor-Gastronomie – vier Tische in einem geräumigen, nur mit zwei Fenstern versehenen und also von schmeichelhaftem Halbschatten erfüllten Raum – ein kleines Terrain gab, genannt Außenbereich, und das war zu zwei Seiten mit an Spalieren hochrankenden und alles dezent begrenzenden Pflanzen versehen; die dritte Seite wurde von der rötlichen Klinkerwand des Hauses gebildet, und die vierte waren wieder das freundliche Grün der Pflanzen sowie der schmale Eingang. Aber bestellt werden musste indoor.

Es war inzwischen halb zwölf, und im Burggraben befanden sich eine korpulente Rentnerin, der Mund ein Strich mit grellroter Farbe, vor sich einen Maxibecher Kakao und ein Stück Donauwelle; und ein Rentnerpärchen, er: Woody-Allen-Brille im bleichen zerknitterten Gesicht, obendrauf weiße, mit Gel nach hinten gekämmte Haarsträhnen, sie: eine Masse fliederfarbener, fest ondulierter Haare über einem an sich bleichen, durch Rouge allerdings clownesk verschlimmbesserten Teint; beide vor sich Kaffee und Süßes mit Sahne.

Die Verkäuferin, jung und dick – Adipositas, das Schicksal anscheinend aller Bäckereifachverkäuferinnen –, hatte Augen in makellosem Dunkelgrün, ein Detail, das in seiner Schönheit von nichts zunichte gemacht werden konnte.

Er nahm zwei Heidesand Schwarzweiß – unter all dem sahne-, butter-, milchhaltigen Zeug praktisch alternativlos für einen genügend disziplinierten Veganer – und einen Mokka, bezahlte und begab sich mit Tasse und Teller nach draußen und dort an einen der drei Tischchen.

Die Stühle waren so dünn gepolstert, dass auf das Polstern eigentlich auch hätte verzichtet werden können, und die Tische wackelten. Was aber alles von Vorteil war, wirkte es doch abschreckend auf die, die es auf jeden Fall bequem haben wollten und nicht begriffen, dass die Sucht nach Bequemlichkeit zur psychosomatischen Verfettung führt, während der, der sich was zumuten lässt, geistig rank und schlank bleibt; wussten zum Beispiel schon die Japaner, und deshalb keine Latexmatratzen in Tokio, Federkernmatratzen auch nicht, sondern harte Tatamis.

Er schob die Tasse beiseite, um nicht vom aufsteigenden Duft verführt zu werden, und zog den Teller ein bisschen zu sich heran. Er wollte sich Zeit lassen, die Süßigkeit zu genießen, wurde aber nach dem ersten Biss überwältigt, verlor sich, hieß, musste das erste Plätzchen zur Hälfte verputzen, dabei das trocken Körnige mit einem Schluck Kaffee geschmeidig machend. Aber so schnell, wie's aufgewallt war, legte sich das Verlangen wieder – einen zuckrigen Geschmack hinterlassend, der ihm widerlich war und den er mit Mokka wegspülte. Dann atmete er durch. Er spürte den Zucker in ihm einen Willen zur Aktivität erzeugen. Er fragte sich pochenden Herzens, was mit dem Tag noch angefangen werden konnte. Wobei es natürlich am schönsten wäre, zu zweit tätig zu sein. Aber es war Mittag und es war Werktag, da konnte er sich bei Vivien noch nicht –

Sein Handy vibrierte.

Marion? Bestimmt. Bestimmt hatte die Frau seine Mail gelesen und wollte sie nun, typisch Frau!, als Vorwand für ein Gespräch nutzen. Aber er war nicht in der Stimmung dazu.

Das Vibrieren hörte auf.

Na also. Er futterte die andere Hälfte des Plätzchens. In seinem Kopf war kein Schmerz mehr zu spüren. Tatsache. Kam wahrscheinlich vom Koffein und von der frischen Luft. Müsste er zuhause mal googeln, ob dahingehend wissenschaftlich was erwiesen war. Jedenfalls schien Kaffee nicht zu schaden.

Wieder Gedanken an Vivien, hieß jetzt: an ihr Lächeln, den lächelnden Mund. Viviens Lippen – wie es wohl wäre, von ihnen geküsst zu werden? Ihren Duft einzusaugen, den Duft der Frau, die Brüste, den Hintern, überhaupt das Fleisch zu berühren ...? Er grinste zufrieden. Immerhin hatte er noch Interesse an so was. Apropos. Was war das jetzt, das zwischen ihnen? Eine Liebe? Er nippte am Mokka. Wenn, dann eine ohne Verliebtheit. Denn wie es sich anfühlte, verliebt zu sein, daran konnte er sich noch schmerzhaft gut erinnern: Von der Energie erfüllt zu sein, für die Frau die Welt aus der Umlaufbahn schieben zu können, und so verrückt zu sein, Gedichte zu schreiben und rote Rosen zu kaufen und sich dabei vollkommen im Recht zu fühlen. Und was war nun? Die ewige Frage – die sich in diesem Fall leider auch beanworten ließ. Die Konstellation war ja klassisch: Hier die Frau, hier der Mann. Aber natürlich beide schon über fünfzig. Und sich mit fünfzig zu begegnen, hieß, nicht mehr echt überwältigt werden zu können. Wie auch? Alles ist schon mal gefühlt worden und durchlebt worden. Du weißt, wie es abläuft und dass es nie hält, was es verspricht. Du hast Verrat und Lüge überlebt und hast auch selbst belogen und betrogen, und das Geben und Nehmen ist jedes Mal kalkulierter geworden, und am Ende ist es nichts als –

Ein Terrier, hauptsächlich weiß, kam angelaufen, ein quirliges Etwas, schnüffelte am Stuhlbein, am Tischbein, an seiner Hose. Jetzt rief eine weibliche Stimme: »Charlito! Bei Fuß!« Aber was kümmerte es das Tier? Es hatte den einen

Pflanzkübel entdeckt und hob das Bein, während Nase und Augen weiter am Arbeiten waren.

»Charles! Sofort kommst du her!« Eine Frau tauchte auf, und der Hund raste in ihre Richtung – um dann knapp an ihr vorbeizulaufen, immer der Nase nach. Das gute Tier.

»Er gehorcht gar nicht«, klagte die Futterbereitstellerin- und-Türöffnerin. »Ich weiß nicht, was ich noch machen soll.«

»Das gibt sich mit den Jahren«, sagte er.

»Schön wär's.« Die Frau seufzte. »Er ist ja schon fünf.«

»Dann kommt bald die Altersweisheit.«

»Ihr Wort in Gottes –« Die Frau stutzte, hatte wohl das Risiko, das der sich selbst überlassene Rüde darstellte – wo in der Stadt doch Leinenzwang herrschte und die Hundehalter-haftpflicht sich im Schadensfall querlegen konnte – realisiert und hastete, sich dabei hastig verabschiedend, dem hübsch ordnungswidrigen, weil frei laufenden Tier hinterher.

Und in einem Faktum kurioser Koinzidenz blähte sich ihm der Bauch, und irgendwo dort im Vorverdauungsorgan fing es an zu stechen. Sein Mund jetzt voller Speichel. Es stach wieder. Sodbrennen. Und es würde sich nicht von alleine legen. Er brachte eilig die Tasse und den Teller nach drinnen.

Wäre er zwanzig Jahre jünger, hätte das ›schnell‹ im Satz ›die Strecke zurück zur Lomichel hinter sich zu bringen, und zwar schnell‹ tatsächlich ›schnell‹ bedeutet; aber so wurde es eine furchtbare Quälerei: diesen Körper vorwärts zu bringen. Zu viel Fett: Wie schwer er war! Zu wenig Muskeln: So scheiß untrainiert! Und immer die Vorstellung, in der Magenwand wäre irgendwas gerade dabei, Salzsäure zu erzeugen.

Als er dann keuchend die Treppe hochstapfte, hatte es sich vom Magen her einigermaßen beruhigt – was aber natürlich kein verlässliches Zeichen war, da mach dir mal keine Hoffnung, denn der Körper, momentan damit beschäftigt, sich unnatürlich schnell fortzubewegen, würde sich schon wieder melden und dann in doppelter –

Das Handy meldete sich wieder. Er achtete nicht drauf. Er schloss die Tür auf. Und dieses blöde Paket da konnte auch noch warten, Bernwards würden nicht dran sterben, es mal zwei Stunden später zu kriegen. Er eilte in die Küche, öffnete die Kaffeedose, löffelte zwei Teelöffel vom $NaHCO_3$ in die stets bereite Jumbotasse und ließ sie halbvoll mit Wasser laufen. Was für ein Unsinn, sich über das Paket Gedanken zu machen. Das Wichtigste war die Gesundheit.

Er rührte das nun stark basische Wasser um, und ohne abzuwarten, bis sich der kleine Strudel in der Tasse gelegt hatte, nahm er einen tiefen Schluck; und merkte regelrecht, wie das lindernde Mittel auf den durchsäuerten Brei traf und ihn durchdrang. Es blubberte ein bisschen, dann drückte das Kohlendioxid hoch, und er konnte mit einem Rülpsen Abhilfe schaffen. Na bitte.

Wer hatte mal geschrieben: ›Neun Zehntel des Glücks macht die Gesundheit aus‹? Wie wahr. Ohne Gesundheit ist alles nix. Was wohl das restliche Zehntel sein könnte?

Er rührte das Wasser wieder um und trank noch mal. Er stieß ein zweites und – wesentlich dezenter – ein drittes Mal auf. Geschafft. Und die Tasse war noch zu einem Viertel voll. Gut zu wissen.

Der Schmerz war weg, und jetzt waren Gedanken da. Aber die trösteten nicht, sondern meinten: Von außen gesehen und unbeteiligt bewertet, bist du jetzt genau da, wo du vor einer Stunde gewesen bist. Tatsache, er hatte das körperliche Leid, das er sich selbst zugefügt hatte, durch doppeltkohlensaures Natron beseitigt; bestenfalls war es nun also, als wäre ein Minus durch ein gleich starkes Plus neutralisiert.

Bestenfalls. Blieb also nur, zu hoffen und draus zu lernen. Nie wieder, wirklich nie wieder Kaffee plus Heidesand – oder nach jedem Schluck Kaffee zwei Schluck stilles Wasser.

Er stellte das Notebook an und öffnete www.peta.de. Als Genesener fühlte er sich stark genug, Schicksale zu ertragen, mehr noch, war geradezu begierig darauf, sich wieder in positive Wut bringen zu lassen.

›Affentransporte für Tierversuche. Ein tödliches Geschäft.‹ Der vorige Feldzug gegen die Pelzindustrie war mit Siegen an allen Fronten beendet worden. Und nun das. Er musste an den Tierschutzstand denken, bei dem sie die Leute auf das Leid von Kälbern hatten aufmerksam machen wollen, unter anderem auf das Leid während des Transports; aber an sich war es um alle Tiere gegangen, deren Fleisch für den Schlund der Fleischfresser und Fleischfresserinnen bestimmt war. Auch die Anti-Pelz-Kampagne hatte im Effekt unzähligen Nerzen und Füchsen eine qualvolle Existenz erspart. Aber Tierversuche ...? Das war doch ein Nebenkriegsschauplatz. Einer Organisation wie PeTA hätte er mehr Mut zugetraut.

Aber wahrscheinlich meinen die Funktionäre, sich mit dem System arrangieren zu müssen, und schlimmer noch: haben den Todfeind aller Tiere und aller fühlenden Menschen zum Gesprächspartner erhoben und wollen ›ändern‹ und ›verbessern‹, anstatt zu stören und zu sabotieren, und benehmen sich ›politisch‹, heißt, verhandeln mit dem Feind und geben ihm dadurch Zeit, sein Handwerk fortzusetzen. Als ob die Befreier 1945 mit der Totenkopf-SS über die schrittweise Schließung der KZ verhandelt hätten! Als ob die Befreier ›bessere Haltungsbedingungen‹ in Auschwitz gefordert hätten.

Die Wahrheit war doch: Wer verhandeln und reformieren will und auf die belastbare Menschlichkeit des Einzelnen und die Lernfähigkeit des Systems setzt, vergisst – besser gesagt, will vergessen –, dass alle Existenz sich in der Zeit abspielt: Alle Prozesse im Lebendigen sind dem Verändern und Vergehen unterworfen, und wer verhandelt und sich zum Reformieren einspannen lässt, nimmt in Kauf, dass währenddessen Lebewesen qualvoll krepieren, bis man echte Korrekturen – hieß: revolutionäre Reformen – durchgesetzt hätte. Er atmete durch.

Und atmete noch mal durch. Was den Zorn verglühen ließ. Vernunft wagte sich aus der Deckung und ließ ihn sich besinnen. Erstens: Die Tiere konnten alle Hilfe brauchen. Deshalb musste es auch Leute geben, die um der guten Sache willen politisch wurden, sich also dreckig machten durch den Umgang mit Dreck. Risiko war, dass die so leichtgängige Kollaboration einen infizierte und man sich am Ende dem System verantwortlich fühlte und nicht mehr jedem einzelnen Tier. Und wer ist schon immun dagegen? Welcher Mensch ist zu jedem Zeitpunkt übermenschlich?

›Job mit Sinn gesucht?‹ PeTAs Stellenangebote. Schweren Herzens scrollte er weiter. Fehler seines Lebens gewesen: Sicherheit, im Grunde Verantwortungslosigkeit gesucht zu haben, und die Tragik: das auch gefunden zu haben, genau das und nichts anderes.

›Hunger, Durst, Erschöpfung. Tiere in Rumänien brauchen uns.‹ Er machte sich eine Notiz, zwanzig Euro zu spenden. Natürlich war auch Direktüberweisung möglich, per Bankeinzug, Paypal, Visa, Amex. Was dann mit allem Pipapo zwei Minuten gedauert hätte. Aber er wollte es sich ja gerade umständlich machen. Er wollte was tun und das sollte auch gefälligst zu merken sein.

Er trank den Rest des basischen Wassers. Dann surfte er auf allen möglichen Tierschutzsites, Umweltschutzsites, klickte gedankenlos auf die Website der Bundesregierung und überlegte, wie viel proteinhaltiges Mehl und Schmieröl wohl aus den Leibern von Merkel und Konsorten gewonnen werden könnte, oder, Stichwort Fight Club, wie viel durchs abgesaugte Fett nachhaltig gewonnene Seife an dankbare Konsumentinnen verkauft werden könnte.

Irgendwann am Nachmittag waren die Schmerzen im Nacken und im Rücken so stark, dass er aufhören musste. Er stellte den Computer aus. Seine Augen tränten, und es brauchte eine Minute Palming, um sie zu entspannen.

Was blieb? Das sichere Gefühl, berührt worden zu sein vom Leid, und der Gedanke, zu den Rettern gezählt werden zu können, und der Auftrag, an drei Organisationen zu spenden. Denn was nützt die Liebe in Gedanken.

Jetzt hörte er es von unten auf der Straße her hupen. Ein Taxi hatte gehalten. Taxen hielten vor Nummer 17 meistens, um einen der üblichen Verdächtigen ins Krankenhaus oder zum Arzt zu befördern, also entweder Morr oder Tschiboniak – oder manchmal eben auch schon einen der beiden alten Bernwards. Aber in jedem Fall stände das Objekt unübersehbar auf dem Bürgersteig. Weil da aber nichts zu sehen war, würde es wahrscheinlich Rebekka Bernward sein. Die hatte keinen Führerschein und schaffte die Familiengroßeinkäufe bei Kaufland dann eben so ran. Für ihn die Gelegenheit, dieses nervige Paket loszuwerden.

Rebekka Bernward war ungefähr sein Alter, rauchte Kette, was zu der Gesichtshaut einer Siebzigjährigen geführt hatte, und war Krankenpflegerin und also sozusagen die Lebensversicherung der alten Bernwards. Denn ohne Tochter – und Enkelin – wären die Alten längst abgeholt worden, sie ins Altersheim, er Pflegeheim. Für die alte Bernward wäre es im Altersheim wahrscheinlich sogar bequemer; und irgendeine reale Freiheit hatte sie ja nicht mehr zu verlieren, die Grenzen der Wohnung waren sowieso schon die Grenzen ihrer Welt. Problem war nur eben der alte Bernward, auf den ja das Pflegeheim warten würde, also ein ganz hoffnungsloser Ort, dazu noch eklig und entwürdigend.

Er war halbe Treppe, da sah er die Bescherung. Bernward. Aber er konnte ja schlecht noch umkehren. Bernward stand auf dem Absatz vor den Wohnungen: über der Wampe ein Feinrippunterhemd – graubehaarte Oberarme –, Frotteehose, Hüttenschuhe. Und hatte einen Geruch an sich, also wirklich. Und wenn sich die Striche, die mal Lippen gewesen waren, öffnen würden, würde bloß ein Gefistel hervordringen. Aber wirklich unerträglich war der aufgeschnittene Brustbeutel, im Sichtfenster unübersehbar: 'Ich heiße Arnold Bernward. Ich bin dement. Wenn Sie mich orientierungslos vorfinden, benachrichtigen Sie bitte folgende –'

Ein Geräusch. Schritte. Gott sei Dank.

Aber statt Rebekka Bernward mühte sich ächzend die übergewichtige, alte Bernward die Treppe hoch, eine Transportbox bei sich. Sie sei beim Tierarzt gewesen, Mietzi habe sich beim Sprung vom Schrank das eine Bein weh getan.

Er nickte. Es war ja klar: Die Katze gehörte seines Wissens nach Clara, der Enkelin, und da konnte man, nicht wahr, Frau Bernward, als Abhängige nicht vorsichtig genug mit sein.

Und jetzt war ihm zum Kotzen. Glücklicherweise konnte er sich zurückziehen, ohne aufzufallen. Die Alten hatten genug mit sich selbst zu tun. Diese Episode würde er Vivien nicht erzählen. Auch das Reden hatte seine Grenzen.

Er wartete noch die Heute-Sendung ab – die er nach allem, was er an diesem Tag durchgemacht hatte und nicht dran gestorben war, auch noch aushielt –, danach tippte er Viviens Nummer bei WhatsApp an. Er meldete sich mit einem »Guten Abend. Darf ich Ihnen –« und kriegte umgehend zu hören: »Ich habe schon dreimal versucht, dich zu erreichen!«

Shit. Er hätte auf die angezeigte Nummer gucken sollen ... »Zweimal«, sagte er leise.

»Was soll das heißen? Das reicht doch wohl!«

»Warum regst du dich so auf?«

»Ja, warum wohl! Weil ich mir Sorgen gemacht habe.«

»So? Na, da kann ich dir sagen, ich bin heil und gesund.«

»Warst du nicht gesund? Bist du krank? Soll ich kommen?«

»Ich bin durch und durch okay, hab ich doch –«

»Ich komme trotzdem. Ich traue deiner guten Laune nicht.«

»Dann werde ich einfach nicht aufmachen«, sagte er.

»Dann werde ich Sturm klingeln.«

»Dann mache ich erst recht nicht auf. Ich weiß ja, wer's ist.«

»Dann rufe ich die Polizei. Und wenn sich rausstellt, dass du sehr wohl da bist und quietschfidel und der ganze Einsatz überflüssig war, kriegst du zur Strafe ein paar Schläge mit dem Polizeiknüppel. Dass du's dir merkst.«

»Zuerst wird die Polizei mal dich traktieren, denn du hast die angerufen, also einen Fehlalarm ausgelöst. Ich kann die Wut der Polizisten gut verstehen.«

»Ich bin eine Frau, da wäre schon die geringste Berührung schwere Körperverletzung.«

»Ja, und bei mir?«

»Du bist ein Mann. Bei Männern laufen Prügel unter normalem Lebensrisiko.«

Ihm fiel nichts mehr ein. Warum war er so einer Frau nicht früher begegnet? »Wir könnten ins Kino gehen«, sagte er. »Irgendwas richtig Seichtes.«

»Höre, lieber Mann«, sagte sie. »Wir zwei werden uns den neuesten Film mit Anne Hathaway anschauen. Und um den Schrecken, den du mir eben eingejagt hast, wettzumachen, wirst du mich einladen, und zwar zum vollen Programm. Ich freue mich schon.«

»Anne Hathaway? Ist das nicht die, die vegan gewesen ist, aber sich jetzt wieder munter Tierleichen reinstopft?«

»Onno«, sagte Vivien, »ich werde dir auf dem Weg ins Kino mal erklären, welche Bedeutung es für eine Frau hat, zwei Stunden im Dunkeln mit einem Mann zu –«

»Ich weiß nicht, ob ich das genießen kann: Zwei Stunden Hathaway, die gar nichts dabei findet, totes Fleisch und –«

»Nur Geduld. Der Genuss wird sich in meiner Gegenwart von selbst einstellen.«

»Und dass die ihrer Vorbildfunktion null gerecht ... Hallo?«

12

Es war still. Das Licht gedämpft. Zwischen ihnen der Tisch. Die Stumpenkerze, etwas aus dem Weg geschoben. So still. Und er hatte sich über den Tisch gebeugt, genau wie sie, und ihre Gesichter waren sich nahe wie nie. Er sah ihr in die Augen. Aber aus seinem Mund nun keine Worte der Liebe, sondern: »Ich wäre keine gute Wahl.«

»Danke für die Warnung«, sagte sie und lehnte sich zurück. »Bist du hoch verschuldet und wolltest mich hörig machen, dass ich dann Bürgschaften unterschreibe, aber hast in letzter Sekunde Skrupel bekommen?«

Damit war erst einmal das Tragische, das sich im Moment sowieso nur irgendwie pathetisch angefühlt hatte, neutralisiert. »Ich meine nur«, sagte er, »hier vor dir sitzt etwas, das schon einundfünfzig Jahre gelebt hat.« Er nickte. »Und das waren einundfünfzig Jahre ohne dich.« Was sich nun wieder kalt anhörte; er hoffte, dass es das in ihren Ohren nicht täte, dass sie verstände, wie es gemeint war. »Und da hat sich so einiges angesammelt.«

»Geht mir genauso«, sagte sie. »Aber das ist das Risiko, wenn man sich nicht schon im Sandkasten das Jawort gegeben hat.«

Grundsätzlicher werden? Also sagen, dass die Vorstellung, sich gemeinsam in ein Schicksal zu begeben, für ihn immer klang wie: Zwei Vollständigkeiten summiert ergibt irgendwas mit Spannungen und letztendlichen Brüchen.

»Aber was nicht passt, wird passend gemacht«, sagte sie.

Sollte das jetzt wieder was zum Lachen sein? Er entschied, es zu ignorieren. Was er sagen wollte, war: Man sollte sich nicht aus Mangel aneinander binden, vor allem nicht, weil man das Alleinsein nicht aushielt. So was wie eine Bindung sollte man nicht brauchen, sondern nur wollen. Er räusperte sich. »Wir sind ja keine Kinder mehr, die ihre Zeit im Spiel verbringen, weil sie lernen müssen und überhaupt eine Ewigkeit vor sich haben, weil sie gar keine Zeit kennen, logisch, weil sie die ja noch nicht kennen gelernt haben, und wer die Zeit nicht kennt, lebt in der Ewigkeit ... Ich meine, das hieße ja, Lebenszeit zu verschwenden ... Verstehst du?«

»Ich verstehe nur, dass du tausend Worte machst, und zwar, weil du es selbst nicht genau weißt.«

»Natürlich weiß ich das.«

»Na dann raus damit.«

»Also, ich will sagen, das Ganze muss mehr sein als die Summe seiner Teile.«

»Hört sich irgendwie physikalisch an.«

»Das ist rein menschlich. Nämlich dass wir zusammen etwas erreichen, was wir einzeln nicht schaffen.«

»Das gefällt mir.«

»Ja?«

»Jetzt tu nicht so, als ob ich dir immer widersprechen würde. Das Gegenteil ist der Fall: Ich bin viel zu milde mit dir und deinen Ideen.«

»Ja?«

»Ja.«

Nie bemerkt. »Wie auch immer«, sagte er. »Das muss von vornherein die Orientierung sein, dieses Synergetische.«

»Ich hätte da schon was.« Sie beugte sich wieder über den Tisch, auf eine Art, dass er sich auch vorbeugen musste, und flüsterte: »Ich suche seit Jahren einen Mann, der mir sensibel die verspannten Schultern weichmassieren kann. Wärst du dieser Mann, Onno?«

»Ich weiß nicht«, sagte er reflexhaft, den Körper ebenso schnell wieder zurückziehend. »Wir sollten uns erst mal klar werden ... Ich muss nachdenken.«

»Aber halt dich nicht zu lange damit auf.«

»Außerdem muss ich mir jetzt die Beine vertreten.«

»Dann kannst du aber allein gehen.«

»So war's ja auch gemeint. Ich muss nachdenken, wirklich.«

Natürlich ging er keinen Schritt weiter als bis zum Durchgang in der Natursteinmauer und stellte sich dort in eine Nische.

Die diffuse, überdies milde gelbliche Helligkeit um die Straßenlaternen verlieh der Dunkelheit etwas, was sich, wenn gewollt, durchaus als romantisch bezeichnen ließ. War aber das Letzte, was er wollte, hier, jetzt, so im Willen, nachzudenken. Denk nach, Mann. War dazu gewillt, kam aber nicht dazu: das Erlebte im Labor, das die funktional organisierten Neuronencluster seines Hirns ausmachten, reflexiv zu sezieren, denn nun kriegte er aus unbestimmter Richtung her das auf- und abschwellende Horn eines Krankenwagens zu hören, immer lauter, dann leiser; gleich die Erinnerung: in Mannheim bei solcher Gelegenheit zu seinen Kumpels gesagt zu haben: »Wieder eine Wohnung frei.« So kann man witzeln, und tatsächlich auch denken, wenn man von dem, was der Tod ausstreut: das einem vor Augen gehaltene Sterben überall und das gelegentlich auf-flackernde Wissen um das letztliche Getötetwerden, nicht beeindruckt ist, noch nicht.

Es war wieder relativ still. Wie warm die Luft war. Wenn man's nicht besser wüsste, hätte man meinen können, in Südfrankreich zu sein. Oder in Norditalien. Oder wo auch immer im Süden. Im verstädterten Süden.

Auf der gegenüberliegenden Seite der Straße leuchteten in einem großen Garten Lichter; das waren, wie er wusste, auf Stäbe gesetzte Lampen. Das dazugehörige Haus war viel schmaler als Nummer 215, aber dreistöckig und ohne jede Verzierung, und sah aus wie ein hochkant gestellter, heller Karton, allerdings einer mit überreichlich Fenstern. Hinter einer der Fensterfronten dieser nahezu gläsernen Immobilie schimmerte Licht durch die ziemlich dichte Gardine. Vielleicht saßen dort Menschen, beide lesend oder fernsehend oder hatten einen Streit gehabt. Vielleicht aber auch nur einer: ein Mensch am Ende des Tages. War so ein Mensch zufrieden oder war er einsam? Oder einfach nur erschöpft? Das Haus war für einen allein eindeutig zu groß, und dass es mit dem vielen Glas keinen sichtbar einsperrenden Effekt hatte, änderte an dieser Tatsache nichts. Allerdings dürfte es auch keinen beschützenden Effekt haben, fiel ihm jetzt ein.

Keinen beschützenden Effekt.

Braucht man überhaupt Schutz? Auch so eine Frage, die ihm in Mannheim nicht mal im Traum eingefallen wäre oder höchstens nach einem Albtraum.

Okay, Schutz ist gut.

Er drehte sich zum Haus Nummer 215 um.

Aber reicht es, Schutz zu finden?

Dann mag da Schutz sein, wie auch immer begriffen – und was bezahlt man dafür? Denn bezahlen muss man.

Er ging wieder aufs Grundstück, sah zum Peugeot, der bei dem grünen Kombi vor dem Carport stand.

Wärst du dieser Mann, Onno?

etwas erreichen, was man einzeln nicht schafft

Wärst du dieser Mann?

etwas erreichen

Wärst du das?

etwas erreichen

13

Jetzt waren sie also irgendwo unterwegs. Sie beide. Gut. Aber viel zu schnell: permanent hundert – als wäre die Polizei hinter ihnen her! –, und draußen eine beruhigende Dunkelheit, logisch, es war ja bewölkt, der Mond kaum mehr als ein Schimmer, man brauchte also Licht, auch nur logisch, aber das Fernlicht, das sie, Vivien, gleich, als sie vom städtisch verdichteten Bebauten ins Menschenleere hineingefahren waren, eingeschaltet hatte, war das denn nötig? Bei Gelegenheit würde er ihr begreiflich machen: doch möglichst unauffällig zu sein. Auch wenn's hier jetzt nicht dringlich war; aber wer wusste schon ums Drehbuch? »Lass dich überraschen und vertrau mir.« Ja, gut gesprochen und ihn in die moralische Pflicht genommen, Vertrauen zu zeigen.

Dies war kein Film, aber wenn es ein Film wäre und er wäre der Regisseur, hätte er darauf bestanden, die Aktion hier im 408 zu unternehmen, obwohl, okay, ein weißes Auto war auffällig, wohingegen ein dunkelgrünes mit der Nacht verschmolz, da hatte Vivien schon recht, aber es fühlte sich schizophren an, in einem Kombi, also einer Familienkutsche par excellence, zu einer ja immerhin illegalen Aktion zu fahren.

Er hätte noch mehr zu sagen gehabt. Zum Beispiel, dass er für seinen Teil im schwarzen Overall so war, wie es sein sollte: Form und Funktion bilden eine Einheit; dass an Vivien aber die schwarze Kleidung eher wirkte, als hätte sich eine Existenzialistin für irgendeine Vernissage ausstaffiert; und hatte sich geweigert, eine Sturmhaube mitzunehmen. Da hatte er dann um des lieben Friedens willen ebenfalls drauf verzichtet. Aber das würde er auch erwähnen, wenn das hier nachbesprochen werden würde.

Gut, mal so gesehen, immerhin tat man was zu zweit, oder in der Sprache der Frauen: Man war gemeinsam unterwegs. Und mehr noch, Vivien hatte es selbst vorgeschlagen, und als er skeptisch gewesen war, hatte sie nicht weiter drauf gedrungen, und er hatte schon gedacht, es wäre eine leere Idee gewesen, irgendeiner Laune entsprungen, aber zwei Tage später war sie in der Lomichel erschienen, unangekündigt, mit einem fertig ausgearbeiteten Plan.

Was ihn ziemlich verblüfft hatte – und nebenbei hatte er sich auch gefragt, wo sie jetzt standen, von der Beziehung her. Denn eigentlich vollzog sich so was ja umgekehrt: zuerst ins Bett, und erst dann nach draußen in die abenteuerliche Welt, so ungefähr jedenfalls.

»Gib mir mal einen Tipp, wohin es geht«, sagte er.

»Das würde die Spannung verderben.«

Spannung? Als ob's darauf ankäme. »Und du solltest langsamer fahren.«

»Ja, ja.«

Die schnurgerade Straße führte durch einsame Gegend, wo ihm die wenigen Ortsnamen schon längst nichts mehr sagten. Im Scheinwerferlicht wischten Baumgruppen vorbei; rechts hier jetzt der gleitende Ausschnitt eines Getreidefelds.

»Nun machen wir uns erst mal schön«, sagte sie, trat auf die Bremse und ließ den Wagen am Straßenrand ausrollen. Dann löschte sie das Licht, knipste die Innenbeleuchtung an und holte zwei Tiegel raus, einen schwarzen, einen weißen.

Auf dem schwarzen las er: *Eulenspiegel*™, und am Rande entlang: *Professional Make-up für Face & Body Painting. Movie. Theatre. Foto.*

»Mit dem hier etwas vorsichtig sein ...« Sie schraubte den weißen Tiegel auf. »Da ist Wasser drin. Am besten, du guckst erst mal zu.« Sie machte die Fingerspitze nass, bewegte sie dann etwas in der schwarze Schminke, bis sich eine pastöse Substanz gebildet hatte.

Sie holte mit Zeigefinger und Mittelfinger ein wenig vom Schwarz aus dem Tiegel und verteilte es auf den Wangen.

»Bedienen Sie sich«, sagte sie.

Jedes Wort würde die Situation nur verkomplizieren. Er schmierte sich also von der Farbe auf Stirn, Wange, Kinn.

»Ist aus meinem Vorrat«, sagte sie. »Halloween bin ich als Panzerknackerine gegangen. Maske und Nase sahen wie echt aus, die Bartstoppeln habe ich mit der Spitze des Pinselstiels angebracht. Danach hat sich jeder vor Angst totgelacht.« Sie wandte ihm das Gesicht zu. »Wie sehe ich aus?«

Ehrlich? Die Farbe war dermaßen gleichmäßig verteilt, dass es wie skurriles Make-up aussah. Aber im Notfall würde es sich sowieso an anderem entscheiden, an Geistesgegenwart zum Beispiel. »Fast Nato-tauglich«, sagte er.

»Na also.« Sie verstaute die Utensilien und reinigte sich die Hände mit einem nach Zitrone riechenden Erfrischungstuch. Er kriegte auch eins gereicht.

Und dann wieder: geradeaus. In pechschwarzer Nacht. Es war monoton – bis dann Vivien mit einemmal scharf nach links lenkte. Der Straßenbelag endete, und jetzt: festgefahrene Erde mit kleingemahlenen Ziegelsteinen.

»Du kennst dich hier aus?«, fragte er.

»So ungefähr.« Sie schaltete auf Standlicht runter.

Obwohl nun wieder mit Asphalt belegt, war der Weg derart holprig, dass er, Onno, sich wie in einer Schiffskabine bei rauer See fühlte und darauf konzentriert war, sich unauffällig festzuhalten. Und deshalb erst im letzten Moment wahrnahm, dass sich vor ihnen eine Art Erdwall erhob. Ihm entfuhr ein »He!«.

Aber nichts geschah. Nur dass Vivien die Geschwindigkeit noch ein bisschen reduzierte.

Nun erfasste er es einigermaßen konkret: dieses wohl fünf, sechs Meter hohe, an der Basis dicht mit Sträuchern überwucherte, nach oben hin nur noch spärlich bewachsene Ding.

Im Licht zeichnete sich eine Lücke in dem monumentalen Hindernis ab, und jetzt lenkte Vivien den Wagen ins Dunkle und schaltete wieder das Fernlicht an.

Das hier war eine Art natürliche Garage, geschaffen durch an drei Seiten aufragende Wände aus nacktem, teilweise schon von Gras und kleinen Büschen erobertem Fels.

Vivien hatte das Auto dicht vor eine dieser Wände rangiert und stoppte nun, stellte Motor und Zündung aus, zog die Handbremse an und sagte: »Das wäre erst mal das«, und löste den Sicherheitsgurt und stieg aus.

Und er dann, natürlich, schnell hinterher. Im blassen Schein des Mondes waren die Konturen der meisten Dinge zwar immer noch verschwommen, aber einiges ließ sich erkennen. Es handelte sich hier wohl um einen kleinen Steinbruch oder so was. Jedenfalls seit langem aufgegeben. Und entsprechend hatte sich die unvermeidliche Efeu-Pest breitgemacht. Aber da waren auch andere Ranken. Und Birken, natürlich. Und eine ganze Menge langstängliger Blumen mit hellen, wohl gelben Blüten. Sein Blick fiel auf etwas, das aussah wie verkohlte Holzscheite und um das herum halbierte, auf die flache Seite gelegte Stämme lagen. Eine Feuerstelle vermutlich. Man konnte das hier also partout nicht in Ruhe lassen!

Er bekam mit, wie Vivien aus dem Fond des Autos ihren Rucksack und die Tasche mit der Kamera nahm – schon genommen hatte –, auch eine Taschenlampe in der Hand hielt und nun dabei war, auf die Ecke zuzueilen, bei der die Felswände am steilsten waren. Er trat an den Wagen und riss die Beifahrertür auf, griff die Plastiktüte, die unter dem Sitz gestopft war, und packte sich den Seesack von der Rückbank und machte, dass er der Frau hinterherkam.

Vivien hatte nun die Steinwände erreicht, die hier drei, vier Meter hoch waren, und im Licht ihrer Taschenlampe war eine Art Durchstieg zu erkennen, eine natürliche Spalte, und ohne ein Wort schlüpfte sie hinein und hindurch.

Er folgte. An einer Stelle wurde es zwischen den beiden kantigen Felsen so eng, dass er den Seesack von der Schulter nehmen und sich mühsam seitlich durchschieben musste, den Sack wie einen renitenten Hund hinter sich herziehend.

Dahinter gab es nun zu sehen: flaches Land, genauer, ein im Dunkel unübersehbar weites Feld.

Statt ihm, der ja etwas anderes erwartet hatte, nämlich Wald in irgendeiner Form, die Lage zu erklären, war Vivien schon wieder in Bewegung, sich scheinbar in dieser nur gerade so aufgehellten Dunkelheit problemlos zurechtfindend. Er dagegen musste sich anstrengen, das bisschen, was er im tanzenden Lichtstrahl jeweils kurz zu sehen kriegte – einen gewöhnlichen Wirtschaftsweg, also festgetretene, festgefahrene Erde, hin und wieder kleinere Steine, und alles inmitten von Feldern –, zu irgendwas zusammenzusetzen, woran er sich orientieren konnte. Es roch nach Erde und auch nach Gras. Er hätte gerne gefragt, wohin dieser Gewaltmarsch – denn Vivien legte ein bei ihr nie vermutetes Tempo vor – führen sollte, verbot sich aber jedes Wort, es sollte ja nur im Notfall geredet werden, und noch war's das nicht.

Jetzt wurde Vivien langsamer, und als sie einige Meter später ganz anhielt, holte er sie ein, stellte sich neben sie und setzte den Seesack ab.

Vor ihnen eine zweispurige Straße, und auf der anderen Seite, hinter einer Leitplanke, im Taschenlampenlicht: Wald.

Na endlich. Allerdings, wenn hier eine öffentliche Straße direkt hinführte, warum dann die ganze Strecke durch die Feldmark?

»Jetzt wird's ein bisschen unbequem, aber da muss man durch.« Vivien machte die Taschenlampe aus. »Und dann beginnt die Arbeit.«

›Die Arbeit hat schon längst begonnen‹, hätte er ihr fast geantwortet, beherrschte sich aber und hatte jetzt sowieso anderes zu tun, denn Vivien, ohne Licht praktisch nur noch ein Schatten im Dunkel, überquerte die Straße, und er, um nicht abgehängt zu werden, machte es ihr nach, schritt durch Gras, darum bemüht, nicht auf dem Kies, der sich in einem Streifen dahinter anschloss, auszurutschen, und stieg über die Leitplanke – und merkte, dass er Vivien verloren hatte.

Scheiße. Und keine eigene Taschenlampe mitgebracht.

Er bewegte sich vorsichtig den Waldrand entlang, konnte ein paar Meter weit was erkennen, alles dahinter war nichts als dunkel. Umkehren? Also zum Wagen zurückgehen und das hier als Pleite abbuchen? Frage war: Würde er den Wagen überhaupt noch finden? Was für eine Scheiße, wirklich! Er bemerkte rechts einen Weg, der in den Wald hineinführte, und dass da, vielleicht zwei Meter weiter drin, etwas war; was er nun mit einiger Mühe als einen rot-weißen Schlagbaum identifizierte, an dem eine ausgetretene Umgehung vorbeiführte.

Jetzt die lauter werdenden Geräusche eines Autos.

Er beeilte sich, um den Schlagbaum herumzukommen, lief dann einige Meter auf den Forstweg – schnurgerade, aufgeschüttet, zwei tiefe Spurrillen, links ein Graben oder auch nur eine Vertiefung, rechts auf jeden Fall dichtes Gestrüpp – und machte einen langen Schritt nach rechts; er presste sich den Seesack gegen den Bauch, schob Zweige zur Seite und drängte sich gegen Äste, deren Bruchkanten sich ihm dann durch die Kleidung in die Haut drückten. Auf diese Weise verborgen, sah er die Bäume und die Sträucher im Scheinwerferlicht des vorbeifahrenden Autos bizarre, wie fliehend rennende, jäh abstürzende Schatten werfen.

Dann war es schlagartig wieder dunkel. Und still.

Er befreite sich aus dem Gewirr der Äste und Zweige und trat zurück auf den Forstweg. Er strich sich über die Hose, die Jacke, klopfte auch den Seesack ab. Er guckte sich ratlos um. Ihm kam es hier jetzt viel düsterer vor als eben noch. Er überwand sich und rief halb laut: »Vivien?« Er hörte das Knacken von Zweigen, nahm etwas im Dunkel wahr und jetzt: einen huschenden Schemen, er rief erschrocken »Was denn!« aus.

»Keine Angst«, sagte sie.

Sein Herz pochte. Aber bevor er ihr noch sagen konnte, die Aktion nicht zu einem Versteckspiel zu machen, war sie wieder weg und ergo praktisch unsichtbar, schien sich diesmal aber keine Mühe zu geben, lautlos zu bleiben, sondern trat auf Äste und Zweige und brachte Laub zum Rascheln.

Dieser Krach! Aber wenigstens konnte er ihr so auf der Spur bleiben. Tat das auch – und war schon ziemlich bald in eine Unwegsamkeit geraten, wo alles am Boden von Efeu bedeckt war, auch die Senken und Löcher, und überall herabhängende Zweige, die er zur Seite schieben musste, mit einem Arm und der Faust, die die Plastiktüte umgriff – die andere Hand hielt ja den Seesack fest; auch Schwachsinn: nicht einen Rucksack genommen zu haben –, und das alles im Halbdunkel, oft in annähernder Finsternis, und jetzt hingen hier überall scheiß Spinnweben rum, er konnte sich das Zeug gar nicht so schnell aus dem Gesicht wischen, wie sich neues drauflegte. Sollte er Vivien zurufen, die Taschenlampe anzumachen? Quatsch. Die Frau kam hier ohne Licht zurecht, da sollte er das auch schaffen. Er blieb stehen, stopfte die Plastiktüte in den Seesack – hätte er schon längst tun sollen! – und hetzte wieder los. Ihm war, als würde er im Laub versinken; dazu dieser Geruch: mal wie nach Stinkmorcheln, dann wieder dumpf und abgestanden. Der Seesack verfing sich. Er musste ihn regelrecht losreißen. Er trat auf einen Stamm, wollte drübersteigen, aber das Ding war morsch und gab unter seinem Fuß nach wie Styropor.

Ein reines Wunder, dass er noch eine Ahnung hatte, wo sich Vivien befand – oder auch wieder kein Wunder, denn wer in Angst ist, zurückgelassen zu werden, hat gute Ohren und sieht auch genug, und so bekam er nun mit, wie sie in ein Feld hüfthoher Farne stieg.

Immerhin war es zum Himmel hin offen, wodurch die Umgebung etwas besser auszumachen war. Die einzelnen Pflanzen beiseite biegend, sagte er sich, dass es eigentlich Mist war, so viel Schaden anzurichten. Eine Aktion wie die hier sollte ja möglichst minimalinvasiv –

»So, da wären wir.« Viviens Stimme.

Er trat aus dem Farnfeld und atmete erst mal durch. Die Muskeln in den Oberschenkeln zitterten. Er hätte sich gerne hingesetzt. Was natürlich nicht in Frage kam. Er ging zu Vivien, die still dastand, fast ununterscheidbar von den umgebenden Bäumen. Er ließ den Seesack fallen. Dieses Scheißding würde er nie wieder mitnehmen.

Vivien knipste die Taschenlampe an.

Sie standen am Rande einer Lichtung. Vor ihnen eine zehn mal zehn Meter große, besser: kleine Lichtung, hieß, dichtes, breitblättriges Gras und zwei Büsche, und das alles, als wäre es zufällig durch die Rodung von ein paar großen Bäumen entstanden. Er hörte Vivien sagen: »Jetzt bist du an der Reihe«, und registrierte, dass das Licht von ihrer Taschenlampe schon die ganze Zeit auf etwas Bestimmtes gerichtet war. Er brauchte einen langen Moment, um zu erfassen, was das war. Und dann dachte er: ›Das darf doch nicht wahr sein!‹

Aber es war Fakt und Wahrheit, dieses mickrige, von Baumschösslingen hüfthoch umgebene, wie provisorisch zusammengenagelte Ding; obendrauf eine Kanzel ohne Dach, zu der man über eine klobige Treppe gelangte, deren Stufen aussahen wie zurechtgesägte Regalböden.

Ihm schoss das peinliche Video auf Telegram in den Sinn, wo dieser aufgedrehte Idiot sich an einem hoffnungslos lächerlichen Hochsitz abreagierte. Er sah sich noch mal um. Das hier war, abgesehen von der Seite, wo sich das Farnfeld anschloss, so dicht von schlanken, hohen Bäumen umgeben, dass es wie hermetisch abgeriegelt wirkte. Und vor allem sah es aus, als wäre seit Jahren keiner mehr hier gewesen.

»Wir sollten aktiv werden«, sagte Vivien. »Soll ich helfen?«

»Soweit kommt's noch!«, rief er. »Du bleibst schön, wo du bist!« Er öffnete den Seesack, holte die Plastiktüte heraus, legte sie auf eines der Moospolster, die sich an einer Seite der Lichtung ausgebreitet hatten. Denn trotz allem, die Arbeit musste getan werden. Auch ein Ding wie das hier durfte am Ende der Nacht nicht unzerstört bleiben.

Er zwang sich, die zornige Energie in Handlung umzusetzen. Er schlug mit dem Handbeil eine tiefe Kerbe in eine der Stelzen. Auf die Säge hatte er verzichtet, weil er dabei keine gute Figur abgab, mit dem ewigen Verkanten des Sägeblatts und dem umständlichen Neuansetzen.

Allerdings widersetzte sich das Ding.

Er musste noch mal und noch mal zuschlagen, um passable Kerben zu schaffen. Immerhin: Im Vollzug konzentrierte sich das Leben auf genau den Quadratmeter, wo er die Wut in die Tat umsetzte, und das Lieber-doch-etwas-weniger und das Hoffentlich-ist-das-nicht-zu-viel, all dieses Zurückzucken gab es nicht. Er war hier und jetzt der eine, dessen Arbeit der Welt eine Veränderung beibrachte. Er holte aus, machte das, was er tat, mit viel mehr Bewegung als eigentlich nötig, keuchte laut, und sobald er nachlassen wollte, erinnerte er sich: im Blick der Frau zu sein. Und was tat man dann nicht alles.

Plötzlich hatte er Angst, die Theaterschminke würde im Schweiß verlaufen. Aber als er in der Arbeit innehielt und sich über die Stirn fuhr, stellte er fest, dass er kein bisschen schwitzte. Warum auch? Das hier war nicht anstrengender, als würde man eine Sandburg einebnen.

Er befestigte den Spanngurt um einen beistehenden Baum. Dann brachte er mit langsamem, also kräfteschonendem, aber doch auch – und vor allem – souverän wirkendem Pumpen das Gerüst unter Spannung.

Und schneller als gedacht, wurde das Ding praktisch vom eigenen Gewicht in seine Bestandteile zerlegt.

Er besah sich das Resultat. So dermaßen zerstört und zur Hälfte im Buschwerk begraben, hatte es schon fast die Tragik alles Toten. Aber scheiß drauf, es war nichts als der Überrest eines Instrumentes des Feindes, und tot war es schon von vornherein gewesen, bloß jetzt auch ganz offensichtlich.

»Wir machen das noch, und dann weg.« Er zeigte auf die Plastiktüte mit der Kamera – und bereute es im selben Moment. Das Fotografierte würde exakt das wiedergeben, was diese ganze Aktion gewesen war: eine Banalität. Obendrein auch noch nutzlos. Bilder der Taten sollten ja vor allem dabei helfen, zu motivieren, und das Einzige, was hierdurch motiviert werden würde, wäre Kopfschütteln und hämisches Lachen. Was das betraf, sollte man sich keinen Illusionen hingeben. Auch in der Szene gab es welche, die sich fortschrittlich und tierrechtlich gaben und im Kern doch von Geltungssucht und Konkurrenzdenken getrieben waren. Man wurde ja nicht zu einem Heiligen, nur weil man an etwas Gutem und Großem mitarbeitete.

Also keine Fotos ins Netz stellen. Er folgte mit dem Blick Vivien, wie die das Zeug behände aus drei Positionen knipste. Es war scheiße, sie sich so anstrengen und alles hier so ernst nehmen zu sehen; aber es half ja nichts, er würde dafür sorgen, dass die Dateien gelöscht wurden. Und weil das eine nicht ohne das andere lief, würde es auch kein Wörtchen auf Telegram geben, keine Bekenner-Mail an *Die Tierbefreiung*.

Und dann, gerade, als er noch mal – sozusagen als der neben Vivien einzige Mensch auf Erden, der es zu sehen kriegte – die Überreste des Mickerdings betrachtete, sprang ihm die Frage ins Hirn, die rhetorische Frage: ›Was ist das denn, das hier?‹, und ihm wurde schlagartig und sozusagen gegen seinen Willen klar: Diese Art, einigen wenigen Tieren den Tod zu ersparen, war im Effekt nichts als ein Streich, verübt im hintersten Winkel und ohne jede Chance, Schockwellen durchs System zu senden.

Er wollte Tiere retten, okay, aber wo waren denn hier die Tiere? Man sollte doch hingehen, wo die Tiere waren.

Das hier würde jedenfalls das letzte Mal gewesen sein. Fünf Hochsitze reichten. Fünf Hochsitze zu Kleinholz zu machen, hatte genau dieselbe Wirkung, wie fünfhundert zu Kleinholz zu machen, nämlich nahezu null. Harte Gedanken. Natürlich harte Gedanken. Manches verliert man, auch Illusionen, und man darf nicht den Fehler machen, stehen zu bleiben, sich umzudrehen und Gefühle zuzulassen, und vor allem nicht: Gefühle zu hegen und zu pflegen, die nach hinten greifen ins Vergangene, zum Toten, und es dann nicht mehr loslassen wollen, weil sie's nicht mehr loslassen können.

»Soll ich die Fotos ins Netz stellen?«, fragte Vivien.

»Das erledige ich schon.«

»Warum bist du denn plötzlich so anders, Onno?«

»Bin ich das?«

»Ich merke das doch. Bis eben habe ich noch gedacht, du wärst wütend, weil das hier nicht alles so ist, wie du dir das vorgestellt hast. Und jetzt lächelst du sogar.«

»Weil es anders ist, als ich's mir vorgestellt habe.«

»Und das macht dich glücklich? Komischer Mann.«

»Alles andere als das.«

14

Dass er auf Viviens Geheiß hin duschen musste – »vor allem dieses scheußliche Schwarz aus dem Gesicht« –, war ihm ganz recht, konnte er doch so ihr Badezimmer in Augenschein nehmen; denn wie oft hatte er gelesen, dass Badezimmer die besten Hinweise darauf lieferten, wie's um das Wesen der Besitzerin und Benutzerin steht. Okay, und wie sah's aus?

Zuerst mal war das hier kein Ensemble von dezenten, aber sichtbar teuren Teilen; und auch keine Hinweise auf Schizophrenie, von wegen: Aldi-Deo und Lidl-Seifenspender, aber edelstes Shampoo und dreiunddrölfzig Duftwässer, eins teurer als das andere.

Sondern eher, dass da jemand bei Ikea eingekauft hatte mit dem klaren Wissen, was sie wollte, und vor allem jemand, die Kontraste zu mögen schien. Die Wände waren hellgrün gefliest und der Boden staubgrau, und überall war es schwarz punktiert: eine pechschwarze WC-Bürste im gleichfarbigen Halter, allerdings, wie eine kurze Griffprobe ergab, normaler Kunststoff, kein gefärbtes Metall; rechts und links neben dem Spiegelschrank über dem Waschbecken faustgroße LED, die wie mattgelbe Früchte an schwarzen Halterungen hingen; ein schwarzer Hochschrank mit Vitrinentür; ein schwarzer Kosmetikeimer; und hier: schwarze Saugnäpfe an den Fliesen für die diversen Handtücher und auch für etwas, was aussah wie eine Blume aus dünnstem Plastik, sich aber als Duschhaube entpuppte, und an einem weiteren Saugnapf beziehungsweise dessen Haken hing, mit einer Kordel befestigt, ein ovales Stück grünlicher Seife.

Die Aqua Schminke überstand keine halbe Minute Wassereinwirkung. Das war das eine. Nun zur Rundumreinigung. Die Seife, bestimmt teuer, wollte er nicht benutzen, und weil sonst nichts anderes zur Hand war, nahm er das Nivea Care Shower Hawaii Flower & Oil, und zwar reichlich davon, denn womöglich war das saponine Element in einem solchen an die Frauenhaut angepassten Mittelchen unterdosiert.

Das Handtuch – schwarz – war herrlich flauschig; wobei sich gleich sein schlechtes Gewissen meldete, war solche Weichheit doch stets das Resultat von Weichwäschern, und die waren umweltschädigend; außerdem waren kratzige Handtücher besser für die Haut, Stichwort Mikropeeling und Durchblutung. Aber solange dieses weiche Luxuriöse noch Gewissensbisse auslöste, war noch alles gut.

Er zog sich an, drapierte das Handtuch korrekt über den Halter, kippte das Fenster, und dann trat er auf Flur. »Ich rieche, als wäre ich gerade –« Er hatte sagen wollen: ›im Puff gewesen‹, konnte es aber verhindern und sagte: »... durch eine Parfümerie gegangen.«

»So?« Vivien, inzwischen komplett umgezogen, kam an ihn heran, stellte sich auf die Zehenspitzen und sog an seiner Halsbeuge Luft ein.

Sein Herz schlug. Es pumpte regelrecht, kräftiger als bei der Arbeit vorhin draußen in der Nacht.

»Hmh«, machte sie lächelnd. »Dass ihr Männer nie begreift, wie schön es ist, zu duften und nicht nur zu riechen.«

Er wollte sich auf den Geruch konzentrieren, der von seiner Haut aufstieg, hatte jetzt aber praktisch nur den Duft der Frau in der Nase – so intensiv, dass es ihn verschreckte. »Und du?«, stieß er aus, um es zu verscheuchen. »Die Dusche ist jetzt frei.«

»Ich habe ja nicht gearbeitet. Du bist der, der geschwitzt hat.«

»Du wirst nicht drumrumkommen. Der Mensch schwitzt, wo er geht und steht, selbst wenn du in der Küche werkelst.«

»Halleluja, endlich mal ein Mann, der begriffen hat, dass Kochen Arbeit ist.«

Er verbiss sich den Hinweis, dass ›Werkeln‹ ja gerade nicht ›Arbeit‹ meinte. Warum einen günstigen Eindruck verderben?

Wohl in der ganzen Wohnung hatte sich inzwischen ein Geruch ausgebreitet, der auf Essenszubereitung hinwies und der, je näher man dem Ort des Entstehens kam, desto bestimmender wurde.

Er betrat die Küche mit dem festen Vorsatz, alles, was hier war und getan wurde, deutlich anzuerkennen, denn ein sicherer Weg ins Herz einer Frau bestand ja darin, ihre Küche zu loben, die Küche und natürlich das Gekochte.

Von der Decke hingen drei kugelrunde Leuchtelemente herab, die Kabel und die Einfassung im gleichen dunklen Grün wie die Fußleisten und die eine Wand, vor der ein kleiner schwarzer Kühlschrank stand sowie eine alte, offenbar als Dekor dienende Küchenwaage. Das große Fenster war mit einer Bistrogardine gemütlicher gemacht. An der längeren Wand hingen zwei Pfannen – Kupfer – und daneben drei Büschel getrocknete Gewürze. Daher auch das Mediterrane im Geruch.

Aber mitten im Raum, wie ein schmuckloser, zwei Meter breiter, einsfünfzig tiefer, einen Meter hoher Altar einer profanen Kirche: die Kücheninsel; die Front hochglanzweiß, der Korpus mattweiß, die Arbeitsplatte dunkelgrau, Stangengriffe aus Metall; unter der seitlich überstehenden Arbeitsplatte war an einem Abrollbügel eine Küchenrolle angebracht, wo er dachte: ›Sieht aus wie auf dem Klo‹.

»Das Ding habe ich vom Vormieter übernommen«, sagte Vivien. »Das ist am Boden festgemacht, sonst hätte ich es schon längst gegen was weniger Dominantes ausgetauscht.«

Er spürte, dass das für die Frau ein heikles Thema war, und sagte also aufgesetzt aufgeräumt: »Es wird hier noch traditionell gekocht«, dabei hin zur eigentlichen Kochzeile deutend, wo unter einer – allerdings nicht in Betrieb befindlichen – Dunstabzugshaube einiges in kleinen Töpfen schon am bearbeitetwerden war und sich gleich neben dem Kochfeld ein kompaktes schwarzes Gerät befand, das wie ein etwas in die Höhe geschossener Cyberlux 600 aussah.

»Das ist mein Reiskocher«, sagte sie.

»Sieh an.« Jetzt bloß nicht sagen, dass er das Teil zuerst für einen tragbaren CD-Player plus Radio gehalten hatte.

Vivien war am Gerät. »Der Star der Küche.« Sie strich über das Gehäuse. »Egal, wie viele Portionen man reingibt, das Schätzchen liefert immer perfekt gegarten Reis.«

Was sollte man dazu sagen? Er flüchtete sich ins Abstrakte: »Reis ist die absolute Gesundheitskost.«

»Und so leicht zu reinigen. Das wird ja oft nicht beachtet: dass es nach dem Vergnügen auch Rückstände gibt.«

»Und wird heute auch Reis serviert?«

»Nein. Ich habe mich an etwas anderes gewagt.«

»Du denkst daran, dass ich –«

»Selbstverständlich. Das wirst du alles essen können.«

»Wollen, nicht können«, sagte er. »Können täte ich schon alles essen, aber wollen tue ich nicht.« Das klang irgendwie nach Karl Valentin. Aber warum auch nicht? Schön lustig wenigstens. Er ging mit einem »Und hier essen wir also« in das kleine Zimmer, das sich anschloss.

»Ja, mach's dir gemütlich.«

Er besah sich das Stillleben, arrangiert aus zwei Stühlen und einem Tisch, auf dem zwei Teller und zwei Weingläser standen; neben den Tellern lagen hellbraune Stoffservietten; abgerundet wurde das Bild des Friedens durch ein hellbraun ausgelegtes Weidenkörbchen mit Baguettescheiben sowie eine dünne, honiggelbe Kerze – ähnlich einer Opferkerze in einer Kirche, wäre da nicht die kleine Schleife gewesen, die aus demselben braunen Stoff war wie die Servietten. Ein Glück hatte es sich die Frau nicht einfallen lassen, diesen Teil des Abends in der Küche zu veranstalten. Dabei zusehen zu müssen, wie das, was später als Menü auf dem Teller lag, ganz profan und unter teilweise absurdem Energieaufwand erzeugt wurde, wäre ungefähr so gewesen, als sähe man als Zuschauer eines Theaterstücks den Schauspielern dabei zu, wie die sich in der Garderobe schminken, umziehen, heimlich eine Zigarette rauchen. »Du rufst, wenn du Hilfe brauchst«, sagte er laut zu Vivien hin, die sich noch in der Küche zu schaffen machte.

»Schon fertig.« Sie erschien mit einem Tablett, auf dem sich eine Reihe von Töpfen und Schälchen befanden. Sofort roch der Raum nach Sesam und Gebratenem. »Ich habe hier was Leichtes für uns. Es ist ja auch schon spät.«

»Am Mittelmeer essen die auch erst um Mitternacht.«

»Das imitieren wir jetzt mal.« Sie stellte das Tablett ab und setzte sich. »Stell dir vor, du und ich auf Kreta, und wir sitzen draußen vor dem weißgetünchten Haus, umgeben von duftenden Kräutern, und am Horizont das Mittelmeer. Wir hören die Wellen leise murmeln und sehen –«

»Alexis Sorbas am Strand einen Sirtaki tanzen.«

Sie runzelte die Stirn.

»Ich meine nur, zu Griechenland gehören Griechen.«

»Aber keine Klischees, bitte.«

»Griechenland lebt von Klischees, touristisch wenigstens. Und ansonsten von Subventionsbetrug, was die EU betrifft.«

»Wie auch immer.« Sie deutete der Reihe nach auf die Behältnisse. »Es gibt in Sesamöl gebratenen Tofu mit grünem Pesto und Mozzarella. Mozzarella aus Tapiokastärke.« Sie sah ihn lächelnd an. »Damit du das auch essen darfst.« Und bevor er ihr diesmal aber wirklich den himmelweiten Unterschied zwischen ›wollen‹ und ›dürfen‹ auslegen konnte, sagte sie: »Dazu fein gehackte Tomaten. Und als besondere Zutat: zwei Plättchen Nori-Algen, eins für dich und eins für mich. Wer's findet, darf's behalten.«

Er besah es sich, begleitet von Geräuschen, die Interesse anzeigen sollten. Das da vor ihm machte ja auch wirklich

Appetit. Wobei sich allerdings in seine vorauseilende Zufriedenheit doch schon Ungeduld mischte. Von Worten wurde schließlich kein Mann satt. Aber bei Frauen schien das Reden über das Zubereitete tatsächlich das Essen überhaupt erst essbar zu machen, sozusagen als zweiter Kochgang.

»Vor allem auf die Algen bin ich gespannt«, sagte sie. »Wie die sich im Geschmack einfügen.«

»Da wird auch gleich Jod mitgeliefert«, sagte er. »Jeden Tag so ein Plättchen, und die Schilddrüse dankt es dir.«

»Dafür habe ich Jodsalz.«

»Nur um Jod zu kriegen, sich mit Salz zu vergiften? Da macht man den Bock zum Gärtner. Es sei denn, man nimmt Kaliumchlorid. Was aber viel teurer ist, zweihundert Gramm fast zehn Euro, und oft einen metallischen –«

»Wir lassen jetzt mal das Jod zufrieden, Onno, nicht wahr? Und damit du hinterher behaupten kannst, auch einen Teil der Arbeit getan zu haben, wirst du den Wein aufmachen.«

Hätte er ja sowieso. Aber er lächelte zurück, sagte: »Danke, dass du an mich denkst«, pulte die Stanniolkappe ab und drehte den Öffner in den Korken – was aber prompt so schief geriet, dass er sich richtig anstrengen musste, die Flasche aufzukriegen.

»Ein ganz leichter Weißer«, sagte sie. »Vielleicht sogar aus Kreta.«

Er besah sich das Etikett. »Nur, wenn in Kreta italienisch gesprochen wird.«

»Weißwein passt zu Fisch«, sagte sie, jetzt wieder etwas kühler. »Und vegetarische Küche ist ja auch –«

»Vegane Küche«, sagte er. »In Kreta essen sie Fisch, aber das haben wir nicht nötig. Und trinken auch Rotwein. Aber wir wollen es ja nicht gleich machen wie Alexis Sorbas, also Anthony Quinn, der als Alkoholiker geendet ist.«

Sie sah ihn an. »Onno, manchmal weiß ich nicht: bist du so oder tust du nur so?«

»Ich bin immer so«, sagte er. »Menschen wie Alexis Sorbas und ich sind eben schwierig.«

»Und, lohnt es sich?«

»Was? Und für wen? Ist das jetzt existenziell oder erotisch gemeint? Also für mich oder für dich?«

Vivien dachte kurz nach. »Das Wörtchen ›also‹ stört mich ehrlich gesagt ein bisschen. Und dieses ›oder‹ auch.«

»Wir sollten das Essen nicht kalt werden lassen«, sagte er.

»Ganz genau. Aber vorher, Maître …« Sie hielt ihm das Weinglas hin.

»Ja, natürlich«, sagte er und goss ihr das Glas zum Viertel voll, dann auch seins, und man stieß an, und nachdem der bezaubernde Klang verklungen war, nippten beide an ihren Gläsern. Dann begannen sie zu essen.

Und noch bevor er den Genuss voll realisieren konnte, setzte er eine versonnene Miene auf – denn es war höchste Zeit für ein Kompliment – und sagte: »Du könntest ein japanisch-veganes Restaurant eröffnen. Ich wäre Stammgast. Und würde es auch weiterempfehlen.«

»Die Köchin freut es, wenn es schmeckt.«

»Schmecken tut's sowieso immer, ist ja vegan.«

»Auch bei Veganem kann man sich vertun.«

»Kann man nicht. Das ist unkaputtbar.«

»Onno, ist dir eigentlich bewusst, dass ich gerade versuche, dein Kompliment zu retten?«

»Was ich gemeint habe«, sagte er schnell, »vegan schmeckt natürlich immer, aber eben nur im Sinne von ›gesund sein‹. Ungesundes kann für einen gesunden Körper ja gar nicht schmackhaft sein. Aber das hier, die Algen und dieser Käse, das schmeckt im Sinne von ›synergetisch‹.«

»Langer Rede kurzer Sinn? Und bitte mal so, dass ich vielleicht auch drin vorkomme.«

Warum so viele Worte, meine Güte! Aber wahrscheinlich hing was davon ab. »Es schmeckt zusammen viel besser, als es einzeln geschmeckt hätte«, sagte er. »So, und jetzt mal Ruhe und sich auf den Geschmack konzentrieren.«

Woraufhin es tatsächlich still war.

Er konnte essen und musste nichts weiter tun, als zu essen. Allerdings in Gegenwart der Frau, was zur Folge hatte, dass es immens diszipliniert ablief. Bei sich zuhause dagegen war das wahre Kreta. Da konnte er lässig sein und essen und trinken, einfach, um den Zweck erfüllt zu kriegen: Kalorien zuzuführen und Durst zu löschen. Mit dem Essen war es ja wie mit allem im Leben, Sex mal ausgenommen: je weniger raffiniert, desto günstiger und ressourcenschonender und näher am Leben. Aber das hatte er schon damals bei Svenja erfahren müssen: Frauen schätzen die Form mindestens so hoch ein wie den Inhalt. Das Essen, die Kleidung, überhaupt alles, was der Mensch dem nackten Sein hinzufügen kann, bekommt bei Frauen einen Eigenwert. Und immer steht dahinter die Distanz zum Körper und seinen Funktionen. Aber etwas dagegen zu sagen, würde nichts fruchten; solange es sich die Frauen in dieser Künstlichkeit gut einrichten können – auch finanziell, das will ja alles teuer bezahlt werden –, wird sich da nichts ändern.

Aber wenigstens nippte Vivien nicht nur, sondern trank tatsächlich und war jetzt schon beim zweiten Glas, während er, abgelenkt vom gebrockten und mit Algenteilchen überzogenen Tofu, gerade die Hälfte des ersten Glases geschafft hatte; aber zwei Züge, und er war wieder auf Augenhöhe.

»Ich bin Krankenschwester«, sagte sie unvermittelt. »Falls du das wissen möchtest. Und bis vor vier Monaten bin ich in England gewesen – der Liebe wegen.«

Jetzt wurde es also privat. Um sich ein wenig aufzuwärmen vor der entscheidenden Runde, fragte er: »Wo denn da?«

»In Eastbourne.« Sie goss ihnen beiden nach. »Nicht gerade Kreta, aber doch ziemlich malerisch, so mit Atlantik und Strand und Kreidefelsen.«

Er aß die letzten Bröckchen Tofu, dann schob er den leeren Teller etwas von sich weg. Und jetzt? Das Essen loben? Aber wenn es ihm nicht geschmeckt hätte, hätte er ja nicht aufgegessen. Ein Lob erübrigte sich also.

»Mit der Liebe ist es immerhin sechs Jahre gut gegangen«, sagte sie. »Dann habe ich es noch zwei Jahre durchgehalten, so als Einer von Zweien in der Ehe.« Sie drehte das Weinglas – schon wieder fast leer – in den Händen. »Und Scheidung und zurück in die Heimat.«

»Nach sechs Jahren Ehe Schluss machen ... Ganz schön mutig.«

»Nach acht Jahren. Die Jahre ohne Liebe kommen ja noch dazu. Die müsste man eigentlich doppelt zählen.« Aber jetzt erschien in ihrem Gesicht ein Lächeln. »Ein Glück haben mich meine Töchter hier mit offenen Armen aufgenommen. Jasmin hat ja nie in England gewohnt, und Leonie hat sich, als es ans Studieren ging, auch für good old Germany entschieden.«

»Und gleich wieder gearbeitet.« Weil er sich nicht sicher war, ob sie es als das verstanden hatte, als das es gemeint war: als Lob, dass sich die Frau nicht durch Gefühlsdinge lahmlegen ließ, setzte er hinzu: »Großes Lob.«

»Krankenschwestern werden überall gebraucht«, sagte sie. »Auch wenn man schon etwas älter ist.«

Aha. Das Stichwort, der Frau elegant zu schmeicheln. Er hätte jetzt ein paar Momente gebraucht, um das Für und Wider der verschieden deutlichen Entgegnungen abzuwägen, ahnte aber, nicht mal eine Sekunde zu haben, denn nur ein spontanes Kompliment erzielt die gewollte Wirkung, sodass er nun rasch murmelte: »So alt nun auch wieder nicht.«

»Danke schön, der Herr.« Sie trank ihr Glas leer.

»Apropos, wie alt bist du denn?«, fragte er.

»Ich hätte es dir schon gesagt, wenn's wichtig wäre.«

»Ich bin einundfünfzig. Gar kein Geheimnis. Bist du älter als ich?«

»Ich bin jedenfalls sensibler als du.«

»Also älter.«

»Drei Jahre. Ja, und?«

Vierundfünfzig. Jetzt wusste er, woran er war. »Ich hätte dich auf knapp unter fünfzig geschätzt«, sagte er und kriegte es glaubhaft hin, und es hatte auch die erwünschte Wirkung, gab die Frau doch ein beschwichtigtes »Hmmh« von sich. »Aber macht sowieso nichts«, sagte er. »Alles über vierzig ist ein gutes Alter. Man hat Erfahrungen gemacht und weiß, wie der Hase läuft. Außerdem machen Fältchen interessant, keine Lüge, das sage ich als Mann.«

»Hmmh ...«

Etwas riet ihm, es damit bewenden zu lassen, aber andererseits, Komplimente waren ja das Salz in der Suppe, und also setzte er noch eins drauf: »In jungen Jahren ist man vielleicht knackig und hübsch, aber dann wird man etwas viel Besseres.«

»Nämlich? Und jetzt komm bitte nicht mit ›reif‹ oder so.«

Und ein Glück fiel ihm sofort was ein. »Reizvoll«, sagte er. Aber dieses eine isolierte Wort war selbst für seine Ohren zu wenig. »Und begehrenswert«, sagte er.

Kaum hatte die Frau dies vernommen, da lächelte sie.

Er beglückwünschte sich zu der – für einen Mann durchaus mutigen – Wortwahl. Manchmal, jetzt zum Beispiel, musste es zwischen Mann und Frau eben doch ganz platt romantisch sein. Um die Sache dann aber nicht außer Kontrolle geraten zu lassen, fragte er: »Was gibt es denn als Nächstes, ich meine, zu essen?«

Da seufzte die Frau und es klang, als hätte sie dieses Bremsmanöver schon befürchtet, aber doch gehofft, es nicht erleben zu müssen. »Avocadocreme mit Cracker«, sagte sie.

»Ist das schon der Nachtisch?«

»So war's gedacht.« Nach einem Moment: »Ich glaube, das englische Essen hat mich zur Vegetarierin gemacht.«

»Und warum nicht gleich Veganerin?«

Sie zuckte die Achseln. »Als Veganer ist man immer unter Zwang. Könnte ich mir jedenfalls vorstellen. Das Essen, das Anziehen, das ganze Leben, alles ist durchdacht, um es bis in die Ritzen sauber zu halten.«

Was war daran schlimm: durchdacht zu leben? Es lag ihm auf der Zunge, das zu fragen beziehungsweise zu sagen, aber es wäre nicht der richtige Zeitpunkt gewesen. Um zumindest doch ein wenig auf Herz und Verstand einzuwirken, sagte er: »Nie vergessen: Ob die Welt gerettet wird, hängt ja auch wesentlich an dir. Und du darfst die Verantwortung nicht weiterreichen.«

Von Vivien kam nichts als ein seltsamer Blick.

War das eben zu politisch gewesen, zu wenig privat? Wahrscheinlich. Da hatte er ›du‹ gesagt und ›man‹ gemeint. So etwas spürte eine Frau. Er sagte: »Du bist eine wichtige Person, Vivien, ehrlich.«

»So?«

»Die wichtigste Person.« Warum war er nervös?

»Und die wichtigste Frau ...?« Jetzt sah sie ihm in die Augen.

Auf eine Art, dass ihm das Herz pochte. Er wollte irgendwas sagen. Oder wenigstens was dagegen tun. Aber das Herz pochte so sehr, dass er nichts zuwege brachte. Aber offenbar war schweigen genau das Richtige, schweigen und den Blick der Frau aushalten.

Weil es das erste Mal war und er beim ersten Mal immer Angst hatte, sich nicht vergessen zu können, kniff er die Augen zu und rief eine bestimmte Szene auf, nämlich die Szene, mit der er seinen Körper zum Reagieren brachte. So auch jetzt. Also war er auf dem anderen Körper, war hart und ächzte, stieß, stieß, wurde von grellster Energie durchzuckt, stöhnte laut auf – sehr laut –, erlebte das Verebben und bekam die Belohnung für das alles: die unvergleichlich geile Entspannung.

Danach war es sofort ungemütlich. Er rollte zur Seite runter. Ob sie es genossen hatte? Schwer vorstellbar. Aber immerhin hatte er bewiesen, dass er es noch leisten konnte. Er sagte: »Ich kann es besser, aber so, zum ersten Mal ...«

»Ihr Männer ...«

Hieß das, er war in ihren Augen nur einer unter vielen? Unter den vielen, die bei der Frau nur Frust zurückließen. Ja, okay, er hatte tatsächlich kaum Vorspiel geboten, dabei liebten Frauen Vorspiel, das wusste jeder. Und Nachspiel auch nicht. Er streckte den Arm aus, um Viviens Arm – oder Bauch oder was auch immer – zu streicheln. Ein gutes Nachspiel konnte vieles retten.

»Guck weg.« Vivien schlug die Decke auf, erhob sich.

Natürlich sah er ihr trotzdem nach, konnte aber nicht viel erkennen, weil die Frau – typisch Frau – vorhin als Erstes die Rollos runtergelassen hatte und alle Lichtquellen unangeschaltet gelassen hatte. Und deshalb war jetzt, so im Düsteren, für ihn nur der Rücken, der Hintern, die Beine eines Körpers zu erkennen, nicht mal Viviens Körpers, bloß irgendeines weiblichen Körpers. Er hätte es viel lieber bei Licht vollzogen, und sei es auch künstliches Licht. Eine dezente Lampe – selbst dieses Nachttischlämpchen hier – hätte es gerade so hell gemacht, dass man sah, was man hatte, und es hätte sich trotzdem noch gut durch Fantasie ergänzen lassen. Wenn Vivien auch Lust haben wollte, bitte, dann sollte sie mit ihrem Körper raus aus dem Dunkel. Sex ist wie Essen: Was man sieht, ist schon der halbe Spaß. Jetzt hörte er Duschgeräusche.

Über das Essen und das danach und das Duschen war es fast ein Uhr geworden. Er wartete auf den Vorschlag, die Nacht neben ihr zu verbringen, dass sie also buchstäblich miteinander schliefen. Aber der Vorschlag oder wenigstens ein beredtes Schweigen mit entsprechenden Signalen hätte von Vivien kommen müssen, es war ja ihre Wohnung, außerdem stand in einem solchen Fall der Frau generell die Entscheidung zu.

Aber von ihr geschah nichts in der Richtung, im Gegenteil: Jetzt hatte sie sich schon wieder bekleidet.

Auch eine Entscheidung. Er stand auf, zog sich mechanisch an, fragte sich: Hatte er in irgendeiner Weise versagt? Wie wäre es gewesen, wenn er ein richtig guter Liebhaber gewesen wäre, also einer, der ein entflammendes Vorspiel, ein langsam, langsam in die selige Schwere der Erschöpfung führendes Nachspiel zu bieten hat? Aber es war nun mal, wie es war. Sodass er schließlich murmelte: »Ich werd dann mal ...« Es entstand ein peinlicher Moment: Zum Abschied ein Kuss? Oder eine Umarmung? Offenbar wusste das auch die Frau nicht recht, und heraus kam irgendwie beides und nichts richtig.

15

Er saß im Auto, und das überwältigende Gefühl, Sex gehabt zu haben, war praktisch verschwunden.

Vor ihm zeichnete sich dicht am Straßenrand etwas ab. Er bremste hart. Ein Fahrradfahrer ohne Licht. Er überholte den Menschen, dabei übertrieben lange auf die Hupe drückend. Was für ein Idiot musste man sein, in der Nacht ohne Beleuchtung zu fahren und sich und andere in Gefahr zu bringen!

Typisch Mensch, konnte man dazu nur sagen: In Kleinigkeiten übertrieben risikobereit, aber bei den entscheidenden Sachen feige wie der letzte Italiener.

Dann war er zurück bei dem mit der Frau. Würde sich da noch was entwickeln? Aber selbst wenn es bei einem One-Night-Stand bleiben würde, ja und? Er hatte gekriegt, was er gewollt hatte. Warum leugnen? Es war Sex gewesen. Nicht besonders guter, aber im Endeffekt, seien wir ehrlich, was zählt, ist doch: Die Erregung und der Erguss. Das ist die Wahrheit. Männlich gedachte Wahrheit? Okay, ja und? Er war schließlich ein Mann.

Eine Straßenbahn kam bimmelnd heran.

Er musste stoppen. In den Waggons einige Gestalten. Und jede sah für ihn einsam aus. Ein Bild der Einsamkeit. Jetzt wechselte die Straßenbahn quietschend die Gleisspur.

Vielleicht wäre es sogar besser so: es bei diesem einen Mal zu belassen. Sie waren beide schon über fünfzig. Irgendwann wäre es dann so, dass die Frau vor einem steht oder neben einem liegt, aber man hat nicht mehr den Drang, über sie zu herzufallen, und selbst die Fantasien, bevölkert natürlich von festem Fleisch, retten kaum noch was. Komplimente werden Lügen, und alles wird sich wie ein Gefangensein anfühlen.

Er beschleunigte wütend – und musste gleich wieder runter vom Gas. Die gesamte Seite der Fahrbahn war von der Wanderbaustelle belegt. Er wich auf die Gegenfahrbahn aus, trat dabei aber schon wieder aufs Gaspedal, es kam ja keiner entgegen, und wo kein Kläger, da kein Richter. Auch so was, was er inzwischen wusste: Wer sich nicht erwischen lässt, kann ein Spiel draus machen.

Das eben, das mit Vivien und seiner fiktiven Impotenz, war eine Lüge gewesen. Bei so was kam es nicht aufs Fleisch an. Im Dunkeln war jeder Körper mehr oder weniger gleich, jeder weibliche Körper, jedenfalls, was die entscheidenden Stellen betraf. Sex war nicht das Problem.

Sex ist nie das Problem. Das Problem ist die Zeit. Schlicht und ergreifend. Das eine ist Sex, sind Abenteuer in der Nacht in der Altmark, sind im Sturmwind zerzaust werdende Haare, das eine sind diese Momente des beschleunigten Lebens – aber das andere ist der Rest der vierundzwanzig Stunden, sieben Tage, zweiundfünfzig Wochen. In guten Zeiten und in schlechten Zeiten. Okay, aber das dazwischen? Denn in dem dazwischen wird man älter und immer älter.

16

Der Urlaub war vorbei, und was sonst ein Grund war, in Ärger – was hätte man nicht alles machen können in den Wochen! – oder in ein Down – so viel Zeit verronnen ... – zu geraten, hätte dieses Mal nichts dergleichen auslösen müssen, denn diesmal war er ja, statt stupide abzuschalten – wie jemand, der sich von einer Krankheit erholt, im Wissen, schon bald wieder krank zu werden –, exakt dort aktiv gewesen, wo es ihm am besten tat. Außerdem hatte er Sex gehabt. Der erste Arbeitstag hätte sich also anfühlen müssen wie vom Freigang wieder eingeschlossen zu werden.

Aber im Rückspiegel betrachtet, war das alles nicht mehr so definitiv. Was beispielsweise die Jagdsabotage betraf, gut, da hatte er was vorzuweisen und hatte es dann, zwar abrupt, aber jede Erkenntnis trifft einen ja abrupt, beendet, warum auch nicht, wenn's nötig war – okay, aber dann doch bitte so, dass sich ein Versprechen auf Zukünftiges anschloss, und wo war dieses Versprechen? Und selbst wenn sich was bieten würde, das relevanter war, als Hochsitze umzuhacken, konnte er sich beim besten Willen nicht vorstellen, wie er, ganz alleine und über fünfzig, so was bewältigen sollte.

Und bei dem mit Vivien hatte sich die ganze letzte Woche nichts gerührt. Okay, wahrscheinlich seine Schuld. Er hätte von sich hören lassen sollen; aber es war, wie morgens vor der Dusche zu stehen und sich ums Verrecken nicht überwinden zu können, unter das kalte Wasser zu steigen, obwohl man doch aus Erfahrung wusste, dass es nicht so schlimm werden würde und dass man danach froh sein würde, es getan zu haben.

Und so war's, dass er, als er jetzt, nach einer mäßigen Nacht – dreimal aufgestanden, und jedes Mal hätte er es sich sparen können, und als Dreingabe dann die zwanzig-Minuten-schlaflos-machende Frage: Waren das Alarmzeichen aus Richtung Prostata? –, in die Clemenceau-Straße einbog, geradezu erleichtert war, diesen Tag im Berechenbaren zu verbringen als jemand, von dem nichts weiter erwartet wurde als mit mittlerem Einsatz erbrachte Leistung, höchstens.

Die Immobilie, in der die B.I.V.A. untergebracht war – seit nunmehr neunzehn Jahren offiziell ein Provisorium –, stand immer noch da in Fünfzigerjahreherrlichkeit und hatte in den letzten Wochen auch keinen Parkplatz angebaut bekommen; sodass er, wie fast immer mit Ausnahme der Halteverbots-Tage, an denen die städtische Reinigung unterwegs war, um die Gosse zu säubern und die Gullys zu entlauben, in die Briand-Straße abbog und dort parkte. Er zog sich das Jackett an und nahm vom Rücksitz die beiden Sansevierien.

Pölte grüßte ihn aus der verglasten Zelle heraus mit dem üblichen strengen Kopfnicken, bei dem sich der Zugenickte geistig schnell vergewisserte, auch keine Minute später als 8:28 Uhr – hieß: in zwei Minuten pünktlich im Büro zu sitzen – erschienen zu sein.

So nach Wochen neu gesehen, erschien ihm dieser seriöse Mensch Pölte: Mittelscheitel, die hagere Gestalt wie immer in einen graubraunen Anzug gesteckt, mehr denn je wie der Rezeptionist eines mittelpreisigen Hotels.

Er nickte zurück und durchquerte den Eingangsraum und erreichte die Treppe, die er ab jetzt wieder an fünf Tagen die Woche mindestens zweimal hochgehen und zweimal runtergehen würde, und schon umwehte ihn der immerwährende Geruch von Sauberkeit und Ordnung, und als er den mit geräuschdämmender Nadelfilz-Meterware belegten Korridor runterging, lautlos wie ein Geist, gab es auch wieder das spezielle Gefühl der Unkörperlichkeit.

Bevor er sein Büro bezog, meldete er sich, weil es eh auf dem Weg lag, in 2.1, und kriegte von Gruppenleiter Heister nach der erwarteten Begrüßung: Lächeln und zwei nichtssagende Sätze, die – unerwartete – Information vorgesetzt, es habe sich etwas ergeben, eine Kleinigkeit, etwas mit dem Prüfauftrag ›Klatterow‹.

Prüfauftrag? Ach so. Er sagte neutral: »Aha.«

»Am besten, Sie setzen sich mit dem Kollegen Mompper in Verbindung.«

Nette Überraschung. Scheiße. Er schloss die Tür von 2.09 auf, stellte die Grünpflanzen aufs Fensterbrett, kippte das Fenster, setzte sich in den Stuhl hinter dem Schreibtisch und schloss die Augen. Er hatte vorgehabt, sich behutsam zu akklimatisieren, aber die Info eben – ausgerechnet Mompper! – hatte es ihm gründlich verdorben.

Arbeitsmeteorologisch existierten in der B.I.V.A. eigentlich nur zwei Zustände, nämlich totale Flaute über die ganzen Stunden bis Dienstschluss einerseits, andererseits Windgeschwindigkeiten jenseits Stärke 9 mit entsprechendem Winddruck im Wasserglas.

Er öffnete die Augen wieder. Auf dem Schreibtisch – aufgeräumt, als wäre er verstorben und es wäre alles entsorgt worden, um den nächsten Verwalter gar nicht erst in Versuchung zu führen, sich durch Gedanken an seinen Vorgänger aus dem Tätigkeitseinerlei bringen zu lassen – hätte er, wäre alles gut gegangen, jetzt ein Bild von Vivien aufgestellt, dem er in Situationen wie dieser hier hätte zulächeln können und das ihm Zuversicht gegeben hätte. Aber nichts da, nicht mal wärmende Erinnerungen. Und selbst schuld. Er atmete aus, stand auf, schloss das Fenster und begab sich zu 2.03.

Frido Dorsch war ein umgänglicher Dreiundsechzigjähriger, der am 1. Oktober in Vorruhestand gehen würde. Was sowieso ein Verlust war, und dazu kam, dass Dorsch einen Enkel mit einem Talent zum Programmieren hatte, und dieser Enkel hatte ihm kleine Programme geschrieben, die jetzt hier die Arbeit taten, woraus resultierte, dass der Mann sich in mindestens vier Stunden bezahlter Anwesenheit ehrenamtlich diversen, an ihn herangetragenen Aufgaben widmen konnte, beispielsweise Behördenanrufe tätigen, sich dabei auch schon mal als Rechtsanwalt, Rechtspfleger oder enger Verwandter ausgebend, oder diffizile Internetrecherchen unternehmen. Um die, wie er es ausdrückte, klerikalpolitische Verquickung herauszufordern, war er inzwischen schon zweieinhalb Monate darin engagiert, eine Volksinitiative gem. Art. 80 LSAVerf gegen die Privilegien der Kirchen ins Rollen zu bringen. Hier wie überall: Organisation ist alles.

Selbstverständlich war Dorsch der – aktuell pendente – Vorgang ›Klatterow‹ zu Gehör gekommen. Die nüchternen Tatsachen lauteten wie folgt. Gestern am späten Nachmittag hatte es sich herausgestellt, dass die nach extern vergebene Prüfung des Wasser auf Legionellen in den Immobilien des Stützpunktes Klatterow – dem kleinsten Bestand von allen – nicht durchgeführt worden war, und zwar schlicht deshalb, weil niemand daran gedacht hatte, sich bei hydroControl den Termin bestätigen zu lassen. Und Shit happens: Die Sache war offenbar zwischen zwei Akten gerutscht und damit organisatorisch vergessen worden. Die sich spät, sehr spät wundernden, dann Böses ahnenden Kollegen in Klatterow hatten zehn vor vier hier angerufen.

»Und das liegt jetzt ausgerechnet bei Mompper«, sagte Onno. »Scheiße. Alle Erholung ist passé.«

»Immer das Gute sehen«, sagte Dorsch. »Die Zeit vergeht am schnellsten, wenn man sich über was ärgern kann.«

»Aber auch am ungesündesten.«

»Dann streng dich an und komm zur Erkenntnis.«

»Hier in der Immobilie strenge ich mich für gar nix an.«

»Es ist ja das Gegenteil von normaler Anstrengung.«

»Das Gegenteil von Anstrengung ist: dass es Sinn macht.«

Dorsch faltete die Hände vor der Wampe. »Ich hab's dir schon gesagt. Man darf keinen Ehrgeiz haben, das ist das

Geheimnis. Sobald man ehrgeizig wird, nimmt man alles persönlich und ist dann permanent frustriert.«

Das stimmte wohl und machte es noch ärgerlicher: sich selbst dabei zu ertappen, noch so stark in dem ihm doch eigentlich im Kleinen und Großen verhassten System involviert zu sein, und sei's auch nur gewohnheitsmäßig.

»Ein Kaffee gefällig?«, fragte Dorsch.

»Bloß nicht, ich bin schon nervös genug.«

»Da verpasst du was. Ich hätte einen Costa-Rica-Blend ...«

Auch so eine Spezialität von Dorsch und seinem Enkel: durch Manipulation der Logistiksoftware dem System alle paar Monate zu suggerieren, die B.I.V.A. erwarte hohen Besuch – vom Ministerialrat aufwärts – und benötige zur Bewirtung Kaffee, Gebäck, Snacks und Ähnliches. Die irgendwann danach eintreffende Rechnung wurde von einem der Programme von Dorschs Enkel ins allgemeine Budget, Posten ›Allgemeines‹ umgeleitet. Et voilà.

Dorsch hatte aus einem Regal eine schwarz-orangefarbene Tüte herausgeholt und hielt sie ihm hin.

Ein kurzer Blick. Share Pomelozzini. »Was soll das sein?«

»Fermentierte Pampelmuse. Entgiftet den Körper und hilft beim Abnehmen.«

»Irgendwann fliegst du mal auf, du und dein Enkel.«

»Lukas ist vierzehn, also strafunmündig.«

»Aber nicht unbedingt deliktsunfähig.«

»Dann nehme ich die Schuld auf mich und plädiere im Gegenzug auf Schuldunfähigkeit wegen Gehirnschrumpfung. Auch die Richter sind ja in einer Behörde und wissen um die Gefahr.«

»Aber vielleicht sind deren Gehirne auch schon zu sehr geschrumpft?«

»Und hier ...« Dorsch bot etwas in einer schwarzen Dose an. »Lakrids by Bülow. Lakritz mit ›d‹, wahrscheinlich dänische Marke. Gourmet Lakritze mit Habanero-Chili.«

»Sind die vegan?«

»Die sind aus Italien.«

Jetzt musste er doch lachen. Er nahm sich die Dose mit dem dänisch-italienischen Zeug. Würde er Vivien mit überraschen. »Wie läuft's im Revolutionären?«, fragte er.

»Bescheiden«, sagte Dorsch. »Man braucht dreitausend Unterschriften, aber finde mal welche.«

»Setz doch probehalber eine Anzeige in die Volksstimme und die Mitteldeutsche«, sagte er, und was idiotisch hatte klingen sollen, klang nun in seinen Ohren komischerweise gar nicht so. »Neue Ideen braucht das Land.«

»Und selbst wenn«, sagte Dorsch. »Genau für solche Fälle gibt es da nämlich noch das ›Gesetz über das Verfahren bei Volksinitiative, Volksbegehren und Volksentscheid‹, hab ich das nicht schon gesagt?, und da sind die administrativen Hürden aufgeführt, und natürlich alles ausschließlich zu dem Zweck, jede Initiative zu verunmöglichen.«

»Die alte Leier: Wenn sich nichts ändern soll, wird die Politik zur Verwaltung.«

»Und das in Perfektion«, sagte Dorsch. »Man könnte den Hut ziehen.«

»Perfekt sein, das wollte auch die Titanic, und jetzt liegt sie viertausend Meter tief und kann besichtigt werden.«

»Da besteht also noch Hoffnung?«

»Bis zur letzten Stunde vor der Frührente. Und auch noch die Jahrzehnte danach.«

»Das wollte ich hören.«

Es half ja alles nichts, man musste es hinter sich bringen. Er klopfte also bei 2.12, und das »Ja, bitte« kam prompt, als hätte der dort drin nur darauf gelauert.

Ein Büro wie jedes Büro auf dieser Gehaltsebene. Allerdings keine zwei Grünpflanzen; und auch keine Bilder auf dem Schreibtisch; was in diesem Fall allerdings signalisieren sollte: Hier lebte und webte ein Berufsmensch. Regierungsinspektor Mompper hatte wenig Haare auf dem Kopf und viel Fett auf den Knochen, maß höchstens einssiebzig und war natürlich, wie an allen seinen Werktagen unter der Sonne, tadellos gekleidet: Anzug, Officehemd, schwarze Schuhe. Tatsächlich war Mompper der einzige in der Immobilie, der die gesamte Bürozeit in Anzug mit Krawatte verbrachte – hatte allerdings entgegen dem Eindruck, den Outfit und Gehabe vermittelten, vom Treppchen zum Olymp noch keineswegs viele Stufen geschafft.

Ja, und warum nicht? Weil RI Mompper beispielsweise einmal einen Brief hatte ausdrucken wollen, aber feststellte, dass im Etagendrucker kein Papier mehr im Schacht lag und auf der gesamten Etage auch nichts bevorratet war. Statt nun in der dritten Etage oder im Erdgeschoss einige DIN-A-4-Blätter abzustauben, wartete er auf glühenden Kohlen die Mittagspause ab, setzte sich dann in sein Auto – nicht ohne vorher ein Foto vom Kilometerstand gemacht zu haben zwecks Beweis bei Refunding – und raste zum nächsten Kaufland. Ende erster Akt. Eine Komödie für alle außer dem Protagonisten. Im zweiten Akt machte er eine – während der Arbeitszeit formulierte – Eingabe bezüglich der Erstattung der ausgelegten 2,49 € für die fünfhundert Blatt Druckpapier – siehe beigefügten Kassenbon – zuzüglich 1,90 € für die Benutzung beziehungsweise Abnutzung seines Privatwagens. Auf den darüber ergehenden negativen Bescheid reagierte er mit mündlichem und schließlich schriftlichem Widerspruch. Im dritten, schon tragikomischen Akt wollte RI Mompper die Personalvertretung mit einer neunseitigen Darstellung des Vorgangs sich mit der Sache befasst haben.

Dazu schon zweiundvierzig Jahre und der GrL gerade mal sechsundvierzig. Und unter den Planstellen in der Immobilie kämen nur drei überhaupt in Frage bezüglich Beförderung, aber die erste würde rechnerisch erst in vierzehn Jahren frei werden. Und was das Bewerben nach extern betraf: Wo gab's in dieser weiten bösen Welt denn noch so ein Arbeiten wie hier ...?

»Gut, dass Sie da sind«, begann Mompper mit dringlichem Ton. »Sie haben schon von dem Malheur gehört?«

Gesagt war ›Malheur‹, gemeint natürlich ›Katastrophe‹.

»Es soll ein Missverständnis gegeben haben«, stellte Onno fest.

»Ein Versäumnis, ich kann Ihnen sagen ...« Mompper begann, die gespeicherten Dokumente aufzurufen, dabei mit der anderen Hand bereits die Akten auf seinem überfüllten Schreibtisch nach dem Vorgang durchwühlend. »Ich habe mir einen Überblick verschafft. Ich kann Ihnen sagen ...«

Es kostete Onno eine glatte halbe Stunde, den Vorgang an sich zu ziehen und die Legionellenüberprüfung für einen anderen Zeitpunkt zu vereinbaren; wobei von den dreißig Minuten fünf Minuten auf tatsächliche Arbeit entfielen, hieß – immerhin – drei klärende Gespräche mit hydroControl und zwei das Ergebnis verschriftlichende Mails; die restliche Zeit ging dafür drauf, RI Mompper und den von Mompper mal wieder mit seinen Bedenken und Vorbehalten infizierten RI Guldreich von 2.11 – auch so ein Energievampir allererster Klasse – die Zustimmung abzuringen, die Störung nur als etwas zu werten, nach dessen Auflösung es bis auf eine Aktennotiz nichts gäbe, was verfänglich hätte sein können; natürlich half dabei auch das unignorierbar verbalisierte Faktum, wer beim Gesamtvorgang die Federführung – und also auch die potenzielle Arschkarte – von GrL Heister übertragen bekommen hatte.

Darüber war es zehn Uhr geworden. Und ein Glück wieder Flaute. Nichts wirkt mittel- und langfristig verheerender auf den menschlichen Geist ein, als sich im sinnlosen Arbeiten auch noch anstrengen zu müssen. Bevor er sich allerdings nun der restlichen, sich während seiner Absenz angesammelten Arbeit zuwandte – die aufgrund ihres geringen Umfangs so sehr auf seine objektive Überflüssigkeit hinwies, dass er sich erst einmal wieder seine faktische Unkündbarkeit vor Augen halten musste zwecks Beruhigung –, hatte er plötzlich Lust, einen Kaffee aufzubrühen. Den Boden des privaten Bechers mit einem halben Teelöffel Löslichen bestreut und mit einem Esslöffel Haferdrinkpulver vermischt, verfügte er sich fürs heiße Wasser zur Büroküche.

Kein Mensch auf dem Korridor.

Schade. Im Moment hätte er nichts gegen ein bisschen Buschfunk gehabt.

Aber niemand, nirgends. Wenn man's nicht besser gewusst hätte, hätte man wirklich annehmen können, dass hier emsig gearbeitet wurde. Aber die Wahrheit – die deutscheste aller Wahrheiten – war: Es wurde korrekt vorgegangen. Nicht mehr und nicht weniger.

Zurück in 2.09 war es 10:25 Uhr. Es blieben noch drei Abstimmungen vorzunehmen.

Ein Landratsamt musste kontaktiert werden. 10:32 Uhr.

Eine Glaserei war an ein ausstehendes Angebot zu erinnern. 10:41 Uhr.

Er verließ das Büro. 10:43 Uhr

Auf dem Korridor immer noch niemand.

Auf der Toilette entwässerte er sich. 10:49 Uhr.

Er ging zurück ins Büro. 10:50 Uhr.

Er machte das Fenster auf. 10:51 Uhr.

Er schloss das Fenster wieder. Immer noch 10:51 Uhr.

Er holte aus der Etagenküche eine Tasse Wasser. 10:52 Uhr.

Er goss sorgfältig die Sansevierien. 10:55 Uhr.

Bezüglich möglicher Sturmschäden war am Stützpunkt Steinkrug nachzufragen. Das konnte wegen der Gespräche, der Notizen, der Nachfragen bezüglich der Nachfrage, kurz: der Komplexität, zu einer einstündigen Angelegenheit gemacht werden. 11:57 Uhr.

So. Und was war geleistet?

Das übliche. Nicht mehr und nicht weniger.

Und ein Blick auf die Kleinigkeiten, mittels denen er den heutigen Nachmittag auszufüllen hatte, ließ keine Besserung erwarten. Wirklich, am besten es wie Beyer, 3.03, machen und schon um neun Uhr morgens betrunken im Stuhl hängen. Oder wie die Joachimsthal: sich per Attest von einem Krankfeiern ins nächste hangeln und allen lachend den nackten Arsch zeigen. Oder Personalvertretung; aber natürlich waren die Personaler nicht blöd und wussten ums Privileg und waren nicht gewillt, kampflos raus ins quälende Simulieren produktiver Arbeit rückversendet zu werden.

Es klopfte. Er hatte schon deutlich die Szene vor sich mit Mompper, wie das sagt: ›Mir ist gerade noch in den Sinn gekommen ...‹, und war kurz versucht, toter Mann zu spielen, sagte dann aber schicksalsergeben: »Herein.«

Marion trat ein. »Es ist fünf nach zwölf. Komme ich noch rechtzeitig, oder bist du schon verhungert?«

»Zu spät.« Er erhob sich, nahm das Jackett vom Haken. »Was du siehst, existiert eigentlich schon nicht mehr.«

»Immerhin eine perfekte Nachahmung vom echten Onno.«

»Das ist, weil man aus Gewohnheit noch ein Weilchen weiterlebt. Die Ohren werden größer, die Nase wird länger, aber lass dich davon nicht täuschen.«

Pölte gab ihnen das übliche »Mahlzeit!« mit auf den Weg, und in der Tür stieß Onno fast mit Kruschowski zusammen, woraufhin der Kollege ausrief: »Jetzt werde ich nicht nur von der Arbeit, sondern auch gleich von den Kollegen überrollt!«

Was für ein origineller Spruch. Auch ein Zeichen, längere Zeit nicht unter Kollegen gewesen zu sein: dass man sich an so was störte. Nächste Woche würde er schon den Ansatz eines Lächelns fertigbringen.

Aber Marion lachte. Überhaupt schien sie ihm entspannter zu sein. Und energischer. Eigentlich hatte er sie mit dem

Legionellen-Vorfall unterhalten wollen, aber es war ja nicht zu übersehen, dass mit Marion etwas vonstattengegangen war. Was wahrscheinlich tausendmal interessanter war.

Sie umrundeten einmal die Immobilie und traten durch den Hintereingang wieder ins Haus. Aufgrund der baulichen Gegebenheiten befand sich die Kantine im Keller, und die beengten Verhältnisse hatten es nötig gemacht – vor jetzt zirka zwölf Jahren, als Provisorium –, eine platzsparende Wendeltreppe einzubauen, eine mit Gitterroststufen, so eine wie die in Dorothy Sayers ›Mord braucht Reklame‹. Nach der Treppe ein Gang im Halbdunkel, und dann öffnete sich im Laborlicht der tausend Neonröhren die Kantine.

Heute mal doppeltes Glück. Erstens gab es neben Gulasch – äußerlich so was wie Erbrochenes – auch Brokkoliauflauf, den sich Onno zu ›relativ vegan‹ erklärte. Und zweitens fanden sie einen freien Zweiertisch.

Und noch bevor er mehr oder weniger diskret vorfühlen konnte, rückte Marion auch schon mit der Neuigkeit raus: dass sie nämlich im ProKi jemanden kennen gelernt habe. Dennis. Dennis mit Doppel-n.

»Ist das der mit der Goldrandbrille?«

»Das ist Hugo. Dennis trägt eine süße Nickelbrille.«

Das Gespräch stoppte, denn Waldemar schlurfte vorbei. Waldemar musste knapp sechzig sein, und was dieser Mensch konkret tat, wusste weder Onno noch irgendjemand, den er danach gefragt hatte. »Nix, wat auffällt.« – »Wahrscheinlich wat mit Personal.« – »Personal oder Poststelle.« Wobei Letzteres nicht hinkommen konnte, weil Poststelle schon Pölte war, genau wie Portier und Telefonzentrale und Ähnliches, was ihn zum beschäftigsten Menschen in der Immobilie machte, herzlichen Glückwunsch!, zog man die Putzfrauen mal ab, aber diese dienstbaren Geister kamen ja erst abends und waren auch nicht TVöD, sondern wurden nach tatsächlich geleisteter Arbeit bezahlt.

Während Waldemar, wie stets darauf erpicht, angesprochen zu werden, jetzt quasi gar nicht mehr von der Stelle kam, führte sich Onno mechanisch einiges von dem zu, was vor der Verarbeitung ein gesundes Gemüse gewesen war. Und Marion hielt ihre Aufmerksamkeit auf das Gulasch. Aber als der potenziell redselige Kollege endlich außer Hörweite war, sagte sie übergangslos: »Nach zwei, drei Sätzen habe ich gefühlt, mit diesem Mann lassen sich Gespräche führen, mit Dennis, meine ich.«

»Und, hat sich das Gefühl bestätigt?«

»Na, selbstverständlich«, sagte die Frau, und dann sagte sie versonnen: »Wir haben über Filme gesprochen, wir sind vom Hölzchen aufs Stöckchen gekommen, am Ende musste ich ihn nach Hause fahren, weil die letzte Tram schon weg war.«

Die letzte Straßenbahn. Das wollte nichts heißen. Magdeburg war nicht Berlin. »Hat er kein Auto?«

»Weiß ich nicht. Überhaupt, nach was für Nebensächlichkeiten du wieder fragst! Typisch Mann.«

»Gut, dann mal was Relevantes: Ist er Student? Ich meine, kann er den Spaß denn bezahlen?«

»Welchen Spaß?«

»Na, einladen, Geschenke machen, Blumen und so. Und freie Zeit haben.«

»Zeit ist immer da, man muss sie sich bloß nehmen.«

»Zeit ist das knappste Gut auf der Welt«, sagte er, »Zeit und Aufmerksamkeit.«

»Da fällt mir ein, Dennis hat tatsächlich studiert. Deutsch und Erdkunde auf Lehramt. Aber wie das Leben so spielt, heute ist er Quartiermanager in Schönebeck.«

Quartiermanager. Wieder so ein cool klingender Titel auf einer Stelle, wo nie irgendein Output gemessen werden kann, aber Hauptsache, man hat mit Weltstädten wie Magdeburg oder Halle Saale gleichgezogen und der Stelleninhaber kann mit Menschen umgehen, vor allem mit den Feierabendpolitikern des Stadtrats, wo ja die Ärsche sitzen mit dem kollektiven Dickdarm, in den man sich reinbohren muss.

»Dennis sprüht vor Ideen«, sagte Marion. »Er hat zum Beispiel den Cleaning Award geschaffen, einen Wettbewerb für Schüler, in drei Stunden so viel Müll wie möglich von den Straßen zu sammeln. Ein voller Erfolg. Auch in den Medien. Und eine saubere Stadt schafft auch Frieden in den Köpfen.«

»Steile These«, sagte er. »Am saubersten waren die Straßen nämlich vermutlich unter Adolf.«

»Gilt natürlich nur dann, wenn die Rahmenbedingungen stimmen. Das weißt du ganz genau. Du hast das aus Absicht falsch verstanden.«

Jetzt grüßte Claus zu ihnen rüber. Claus, das Jungchen. Claus war schon um die fünfunddreißig, hatte aber, als er mit neunzehn eingestellt worden war, den ersten Tag über nichts anderes von sich gegeben als »Junge, is dat hier kompliziert.«. Und so was bleibt kleben.

»Über Dennis bin ich dann auch in den Zirkel gekommen«, sagte Marion. »Das sind kulturell interessierte Menschen.« Sie lachte auf: »Einige davon sogar Männer. Am besten, ich stelle dir die mal vor. Dann würdest du auch Manfredo, also Manfred, wiedertreffen. Das ist der, der so toll den rumänischen Film eingeordnet hat, du erinnerst dich?«

»Ist das der, bei dem man immer denkt: ›Vorsicht!‹, weil: unterhalb einer gewissen Körpergröße ist kein Mann psychisch unbeschadet.«

Marion sah ihn an. »Ich weiß schon gar nicht mehr, wann ich das letzte Mal einem psychisch intakten Mann begegnet bin. Vor Dennis, meine ich.«

Die neuen Tatsachen wollten ihm nicht aus dem Kopf gehen. Mr. Right war also Quartiermanager. Das klang nicht nach altem Eisen. Der gute Dennis dürfte also höchstens dreißig sein, fünfunddreißig, allerhöchstens. Marion war um die fünfundvierzig, mindestens. Das wären mindestens zehn Jahre Unterschied. Schon einiges. Zumal: Er dreißig, sie fünfundvierzig, da lag noch die sexuelle Frage in der Luft. Würde Marion sich anstrengen müssen. Andererseits, bei manchen dreißigjährigen Männern ist der natürliche Trieb pervertiert und findet sich als Machtgeilheit wieder. Oder als kulturelles Interesse. Vielleicht war der redselige Dennis im Nebenberuf ja Politiker? Kulturpolitiker. Musste er gleich Vivien von erzählen.

Und von Manfred. So nett und so gebildet. Ja, klar, und hatte es nötig, sich Manfredo nennen zu lassen! Unfassbar, dass Marion irgendwelche Napoleons anhimmelte.

Und falls Vivien entgegnete – was sie hundertprozentig tun würde –, ›Reden und Zuhören ist etwas Schönes und macht das gute Leben zwischen Mann und Frau doch überhaupt erst aus‹, dann würde er sagen: ›Aber immer in Maßen. Maß und Mitte. Es ist doch regelrecht schädlich, wenn die Kiefermuskeln stärker ausgebildet sind als der Bizeps.‹ Gut, das mit den Kiefermuskeln würde er nicht sagen. Aber dieses ›Maß und Mitte‹, das würde er bringen, vor allem, weil so was sonst immer von Vivien kam. Er hatte sein Handy in der Hand. Ein kurzer Blick auf die Uhr. Noch zwei Minuten Mittagspause. Kein langes Gespräch also, aber der gute Wille zählte, die Geste. Wäre dann auch ein guter erster Schritt. Und richtig was loslassen über Dennis und Manfredo könnte er ja heute Abend. Oder wann immer es Vivien passte.

Der Rest dieses so genannten Werktags war nicht weiter erwähnenswert. Was natürlich durchaus erwünscht war, systemisch gesehen. Öffentliche Verwaltung soll ja gerade so langweilig wie irgend möglich sein, denn alles andere würde ja bedeuten, man befände sich rechts oder links oder oberhalb oder unterhalb der eingefahrenen Gleise, und wo kämen wir da hin ...!

Um kurz nach halb fünf kam Bewegung in ihn, als er sich nämlich bereit machte, die Zelle zu verlassen. Und hörte es sagen: »Sind wir schon im Aufbruch ...« – was ausgerechnet von der Wolfram kam. »Ich muss noch mal bei Heister vorbei«, sagte er. Warum rechtfertigte er sich dieser Kreatur gegenüber, die aufgetakelt und nach Eau de Toilette stinkend seit Wochen praktisch nur noch damit beschäftigt war, ihr SUV online zu verkaufen, natürlich während der Dienstzeit, und spezialisiert darauf war, mal fünf, mal zehn Minuten vor Dienstschluss zu verschwinden oder bestenfalls genau um fünf; also: 17 Uhr, null Minuten, null Sekunden, und Frau Wolfram war an Pölte vorbei und atmete frische Luft.

So wie er jetzt. Fickt euch alle!

17

Schwarzer Pullover, schwarze Hose, die Sturmhaube wie eine wulstige Seemannskappe hochgerollt: Er kam sich hier, mitten in der Stadt, verkleidet vor; und dass Vivien, statt eine Kombattantin darzustellen, wieder einer gestylten Existenzialistin ähnelte, machte es komplett grotesk; andererseits war es, obwohl sie sich nur höchstens hundert Meter Luftlinie vom Dunckerplatz befanden, ringsum menschenleer; kam wohl auch daher, dass es jetzt schon gut nach Mitternacht war. Wie auch immer, sie taten das hier also unter Ausschluss der Öffentlichkeit, und insofern waren Aktion und Objekte geschickt gewählt, musste er Vivien zugeben.

Unglaublich eigentlich, so schnell wieder Neues zu unternehmen. Es war noch keine drei Wochen her, dass er ihr seine Entscheidung verkündet hatte bezüglich der Hochsitze und auch, bis auf weiteres eine Auszeit zu nehmen. »Ganz richtig«, hatte sie daraufhin gesagt. »Was soll das auch bewirken, im tiefsten Wald?« Das war wohl bestätigend gemeint, klang aber doch herablassend, und deshalb, und obwohl er mit der Sache ja eigentlich erst mal abgeschlossen hatte, fühlte er sich provoziert. »Das war von Anfang an nur als ein Zeichen gedacht«, sagte er. »Um den Leuten deutlich zu machen, dass es in diesem Land aktiven Widerstand gibt.«

»Große Worte«, sagte sie. »Aber ehrlich, wenn irgendwo zwischen Stendal und Salzwedel ein Hochsitz umgeworfen wird, wen juckt's?«

Okay, d'accord, aber man wollte so was dann doch nicht hören von jemandem, der nicht mit ganzem Herzen bei der Sache war. »Es gibt Menschen«, sagte er, »denen es nicht egal ist, dass was passiert.«

»Aber die Wirkung, Onno, siehst du da irgendwas?«

»Was wir machen, rechtfertigt sich aus sich selbst heraus. Gute Taten brauchen keine Begründung.«

»Ich habe von Wirkung geredet: dass es sich fortsetzt.«

»Bei so was lässt sich die Wirkung nicht planen, man kann sich nur gut vorbereiten und muss dann eben aufs Beste hoffen«, hatte er gesagt – was sich nun allerdings dermaßen defensiv angehört hatte, dass er sich die Worte auch gleich hätte sparen können; und sozusagen in letzter Sekunde war ihm die Frage eingefallen, die, weil sie seiner Meinung nach rhetorisch war, das Ende dieses Gesprächs hätte sein müssen: »Du kritisierst und kritisierst, aber weißt du was Besseres?«

Er pinselte *Fleisch ist Abschlachtung ist Tod!*, in Blutrot und mit so viel Farbe, dass die Buchstaben, wie er zufrieden feststellte, nach unten verliefen. Daneben kam nun in Grün gemalt mit sorgfältiger Beachtung der Grenzschärfe der Buchstaben: *Vegan ist Leben!* Als das getan war, verschloss er die beiden Farbeimerchen, wickelte die Pinsel je separat in Wachspapier und tat alles in den Rucksack.

Er hatte die Frau unterschätzt, in jenem Gespräch, insofern. »Die schlichte Logik sagt mir«, hatte sie gemeint, »wer was bewirken will, muss dorthin, wo Menschen sind, und zwar Menschen im Alltag.«

»Das ist eine Binsenweisheit.«

»Die du nicht beachtest.«

»Tue ich doch. Habe ich immer.« Was er natürlich besser gewusst hatte. »Ich habe das für Menschen getan, und zwar für solche, die noch denken und fühlen können«, hatte er versucht, die Lüge durch eine Halbwahrheit aufzuhellen.

Er schüttelte die Spraydose. Es klackerte. Er hielt inne, machte Vivien mit dem Kopf ein Zeichen, und die hielt mit gespreizten Fingern und abgewandtem Kopf die Schablone für ›ALF‹ auf das Schaufenster der Fleischerei. Er prüfte noch mal, ob die Ventilöffnung im Sprühkopf korrekt nach vorne zeigte, und dann begann er zu sprühen.

Er fühlte keinen Triumph – noch nicht einmal eine simple Zufriedenheit, wie sie sich bei den Aktionen im Wald immerhin eingestellt hatte –, allenfalls einen gewissen Stolz, was nämlich die Schablone hier betraf.

Auf allen Videos und Bildern im Internet war das Logo einfach so hingesprüht: ein großes umzirkeltes A, und, jeweils kleiner, über dem Querstrich das L und unter dem Querstrich das F. Das war's, worauf man sich irgendwie geeignet hatte. Aber wer es zu sehen kriegte, musste es erst mal enträtseln. Offenbar hatte bis heute niemand begriffen – oder es zumindest nicht ins Graphische umgesetzt –, dass diese Botschaft nur eine Sekunde Zeit hatte, und dann musste sie erfasst sein.

Und das war, logisch, nur machbar, wenn das Designte unmittelbar selbsterklärend war.

Er hatte lange daran getüftelt, hatte sich auch im feindlichen Lager klug gemacht: bei Firmen, Parteien, und weil das System eines perfekt konnte, nämlich, blendende Oberflächen zu generieren und Emotionen zielgenau anzusprechen und über solcherart ausgelöste Emotionen Beziehungen zu schaffen, genauer: vorzulügen, war er auf nicht weniger als elf, bei aller menschenverachtenden Motivation doch clever konstruierte Designs gestoßen, hatte sich dann zu Disziplin und Vernunft ermahnt, und weil Vernunft sowieso hin zu Konzentration und Vereinfachung drängt, war das ein Leichtes; und am Ende waren acht unterschiedliche Entwürfe fürs erneuerte ALF-Logo aufgezeichnet.

In einer ernsthaften Auswahl – Auswahl als Prozess – hatte Vivien daraus fünf Vorschläge ausgewählt – Auswahl als Resultat –, unter anderem dieses Design, für das er sich entschieden hatte: dieses Klare und intuitiv Verständliche.

Eine Unterschrift, die absolut unmittelbar wirken würde.

Vivien nahm ihm die Spraydosen ab, drückte sorgfältig die Kappen drauf und schob sie nebeneinander in den mit einer Plastiktüte ausgelegten Rucksack. Dann zog sie die Kamera heraus, trat zurück bis ungefähr in die Mitte der Straße und machte von den Parolen und der Unterschrift ein Bild. »Geh mal etwas nach rechts, dass du auch mit drauf bist.«

»Ich werd einen Teufel!« Er setzte sich den Rucksack auf, klemmte die Schablone, eingeschlagen in Plastikfolie, auf dem Gepäckträger fest. Er drehte sich nicht mehr um. Kein letzter Blick zurück. Sich ›noch mal kurz‹ mit Getanem zu beschäftigen, verführte nur dazu, das Ganze als Kunstwerk zu sehen, als etwas, das irgendwelchen ästhetischen Maßstäben gerecht zu werden hatte, forderte einen letztendlich also auf, Künstler zu werden.

Sie bestiegen die Räder und bewegten sich in Richtung Schnellhornplatz zur zweiten Fleischerei. Obwohl noch immer in sicherer Einsamkeit, wurde ihm ungemütlich zumute. In der Stadt, dazu nahe der Innenstadt, war man nie ganz vor Menschen sicher, und jeder, der zu dieser Uhrzeit ihren Weg kreuzte und sie: zwei in schwarz gekleidete Gestalten mit schwarzen Rucksäcken, sah, würde es sich merken und es den Taten zuordnen. Er bereitete sich innerlich auf eine Flucht vor – die hier zwischen den Häusern mit ihren Winkeln und Ecken sicherlich gelingen würde; aber würden damit nicht alle zukünftigen Optionen erschwert, womöglich gleich ganz zerstört werden?

Aber es wurde nirgends auch nur ansatzweise brenzlig. Natürlich waren unzählige Geräusche zu hören – die Welt schläft nie ganz –, aber nie tauchte ein Fußgänger auf, und in der statischen Helligkeit der Laternen, der beleuchteten Schaufenster, der hintergrundbeleuchteten Werbetafeln et cetera war nie das kleine, sich bewegende Licht eines Fahrrades zu bemerken, und Autos oder so kamen ihnen auch nicht entgegen oder überholten sie.

Sodass sich nach und nach seine Anspannung gab. Er sagte sich, es hätte ihm nur deshalb so zugesetzt, weil es neu für ihn war; das nächste Mal wäre er schon abgehärtet. Aber etwas in ihm wusste es besser. Fakt war, dass bei dem hier das Glück eine viel zu große Rolle spielte. Und solange man sich im Städtischen bewegte, zwischen Häusern, Parkplätzen, in nächster Nähe zu Bushaltestellen und Straßenbahnhaltestellen, würde sich daran auch nichts ändern. Wahrscheinlich würden sie schaffen, was sie sich vorgenommen hatten, höchstwahrscheinlich sogar, aber mit Glück, so, wie man auch Russisches Roulette überleben konnte. Aber am Ende wird jeder Pech haben, denn Glück hängt untrennbar mit Zufall zusammen, dessen Impact sich zwar mit entsprechender Vorausplanung reduzieren lässt, okay, aber eben nur bis zu einem irreduziblen Rest, und das ist dann das schwächste Glied, an dem die Kette reißen wird.

Sie stellten die Fahrräder in der Sonnenstraße zwischen den beiden Pavillons von CarGlass ab, hieß, noch mindestens zweihundert Meter vom Objekt entfernt. Aber das war nun mal das mindeste an Vorsicht.

Solms & Sons lag an der Ecke zur Lavesstraße, also fast direkt in dem, was in dieser Stadt als Kneipenviertel gelabelt war: sich längs einer einzigen Straße versammelnde Schankwirtschaften, deren hauptsächlicher Umsatz im straßenseitigen Außenbereich erwirtschaftet wurde – saß man, saß frau also fast Rücken an Rücken auf klapprigen Stühlen, vor sich hölzerne Tische, und durfte sehen und gesehen werden, durfte das Gequietsche und Gebimmel der Straßenbahnen über sich ergehen lassen, das Gehupe der Autos, durfte abgasgeschwängerte Luft einatmen und quasi lungengefiltert wieder ausatmen. Und das alles, weil es nichts Besseres gab in dieser Stadt, deren Stärken nicht im Vergnügen lagen. Und auch nicht im Unterhalten. Nicht im Handel und nicht im Wandel.

Obwohl diese Ecke hier unter der Woche um Mitternacht eher ausgestorben war, tat man gut daran, mit Nachtschwärmern und Anwohnern zu rechnen. Ein Nachteil. Der Vorteil war, und deshalb war's gewählt: Ab acht Uhr morgens konnte man von belebten Bürgersteigen und vollen Straßenbahnen ausgehen mit all den normalen Menschen, für die man das hier ja tat.

Jetzt war das Ziel erreicht. Er scannte mit einem konzentrierten Blick die Umgebung, hielt den Atem an, lauschte einen Augenblick, machte dann das Thump-up, während er in der anderen Hand schon die Spraydose hielt, und jetzt zog Vivien die Schablone heraus und hielt sie hin, und er schritt heran und fing an zu sprühen. Die Auslagen und vor allem den angemalten Karton, der ein lachendes Schweinchen darstellen sollte, ignorierte er; er war ja schon wütend genug. Genau das richtige Gefühl: Wut: im Grunde das einzige Gefühl, mit dem man diesem System und seinen Handlangern entgegentreten sollte.

Er wechselte das Instrument und machte sich an die erste Parole, nun natürlich in anderem Modus, statt also hin- und herzuwischen und fürs Ergebnis auf das Ausgeschnittene zu vertrauen, hielt er den an der Spitze von Farbe triefenden Pinsel wie einen Kugelschreiber und malte Buchstaben – gar nicht so einfach –, die Worte formten, die den Satz ergeben würden, der von Augen gesehen werden würde, die ihre Reize ihrem möglicherweise eben doch noch nicht zu sehr abgestumpften Hirn senden würden.

Das Ausrufezeichen hinter *Tod!* war gesetzt – was in der Eile etwas nach oben gerutscht war –, und er überlegte, ein zweites Ausrufezeichen anzufügen, als er hörte: »He, was machen Sie denn da?«

Scheiße. Immer Glück gehabt, jetzt Pech. Ein, zwei Atemzüge lang standen sie ertappt da, er mit Pinsel und Farbeimer, sie mit Rucksack und dem zweiten Eimerchen, dann lief sie los und jetzt auch er, holte sie ein, überholte sie, hörte, wie gerufen wurde: »Hilfe!«, und: »Sofort halten Sie an!«, dann noch mal: »Hilfe!«, und zwar gellend, als wäre dem dort das

Portemonnaie mit Kreditkarte und Führerschein geraubt worden, also das Herz aus dem Leib gerissen worden.

Sie liefen und liefen, dreißig Meter, vierzig, fünfzig, und liefen. Und hielten an. Wohin nun? Hätte man wissen können, wenn man sich so was vorher überlegt hätte. Hätte, hätte! Es regelte sich dann ohne ein Wort: indem sie wieder wie auf Kommando losliefen, sich in Richtung Elbe hielten, beide wohl mit demselben Gedanken im Kopf, nämlich, nicht gerade in Luftlinie, aber doch noch vernünftig schnell zu den Fahrrädern zu kommen. Vivien riss sich die Sturmhaube vom Kopf, Augenblicke später auch er. Ihre Schritte machten auf dem Kopfsteinpflaster dumpfe Geräusche. Er fiel in einen schwerfälligen Trab. Der Farbeimer stieß im Rhythmus gegen seinen Oberschenkel. Sie bogen in die Heideggerstraße.

Von einer Sekunde auf die andere war sein Körper praktisch aus Blei, die Beine auch wie Schwermetall, die Füße ließen sich kaum mehr heben. Sodass er es trotz hirnseits Befehl über Befehl nicht mal mehr schaffte, so zu tun, als würde er traben. Die Strecke – bis jetzt ungefähr zweihundert Meter, und bis zu den Rädern wären es mit allen Umwegen vielleicht noch mal fünfhundert –, die er als junger Mann noch im souveränen Sprint hinter sich gebracht hätte, diese fünfhundert Meter dehnten sich vor ihm – im Kopf, aber gedacht, geglaubt, gesehen: alles eins – zu fünfhundert einzelnen Metern aus, jeder Meter hundert Zentimeter, und die Zentimeter addierten sich zu einer scheiß langen Strecke, und jetzt brannte es in seinen Lungen, dazu noch Seitenstiche, die sehr bald regelrechte Krämpfe waren, und aus dem Mund das Keuchen eines alten Mannes.

Seine Augen sahen das Gebäude der Volkshochschule. Jetzt der Gedanke: ›Bloß nicht weiter!‹. Als der Aufgang zum Gebäude erreicht war, wollte er Vivien was zurufen, aber aus seinem Mund kam nichts als Keuchen; er brachte sich die drei Stufen hoch, tat einen Schritt in den Eingang. Er japste, musste sich gegen die Wand pressen, um nicht buchstäblich umzufallen; hätte sich am liebsten auf den Boden sinken lassen; nur die Vorstellung, was er dann für ein Bild abgegeben hätte, hielt ihn aufrecht.

Vivien, die vom Schaufenster bis hierher keinen Meter auf ihn verloren hatte, stellte sich neben ihn.

Bald waren die Seitenstiche weg, die Schmerzen ließen nach, die Verspannungen lösten sich. Jetzt wäre es geboten gewesen, die Umgebung zu überwachen. Aber so in den Winkel gedrückt, war nahezu nichts von der Straße einzusehen, und das Lauschen erübrigte sich auch, denn das einzige Geräusch hier war das eigene Atmen und der Herzschlag, so stark, dass es ihm im Takt das Blut in die Ohren pumpte.

Dieses monotone ›du bist alt du bist alt du bist alt‹ wurde jetzt unterbrochen, als Vivien atemlos ausstieß: »Immerhin ... Wenn man sich bewegt, lebt man länger ... Relativität ...«

Er schluckte den Speichel runter und versuchte, endlich wieder normal zu atmen.

Irgendwann nahm Vivien ihm den kleinen Plastikeimer aus der Hand, wickelte ihn in die mitgebrachte Plastiktüte, tat dasselbe mit dem anderen Eimerchen, sagte: »Mach den Rucksack auf«, und schob die feuchten Pinsel – für die eigentlich die Zellophanfolie vorgesehen war, die zusammengerollt in der größeren Seitentasche des Rucksacks steckte – in eine der Plastiktüten; dann verstaute sie beide Plastiktüten im Rucksack, dazu die Eimer und die Spraydosen und ihre Sturmhaube und schließlich auch seine Sturmhaube. Die Schablone behielt sie in der Hand.

Er hätte sich gern noch ausgeruht, aber die Vernunft siegte, und so setzte er sich den nun deutlich schwereren Rucksack auf, sagte: »Weiter«, und trat von der Wand weg.

In stummer Übereinkunft rannten sie jetzt nicht mehr, sondern gingen – allerdings im schnellstmöglichen Tempo, als wäre ihnen gerade eingefallen, dass das Wohnzimmerfenster offen war, wo sich in wenigen Minuten ein Gewitter abregnen würde, es sich ihnen aus Schicklichkeit aber verbot, wild draufloszuhetzen. Sie überquerten den Wittgensteinplatz und marschierten nach einem Schwenk an der städtischen Aue mit Bach und Büschen vorbei und bogen dann rechts in die Sonnenstraße ein.

Zumindest mit den Rädern hatten sie keine Probleme. Sie taten so, als suchten sie die Schlüssel, sahen sich dabei um – aber nichts zu sehen, nichts zu hören –, und auf dem Rad war's dann gar nicht mehr so schlimm, sondern fast schon bequem: am Freibad vorbei, über Hallesche und den steilen, kurzen Weg in die Glacier-Anlagen rein, dann die Maybach, Bernstein runter.

Eine Zufriedenheit breitete sich in ihm aus. Letztlich hatte man es doch fein geschafft, nicht wahr? Natürlich schon ärgerlich, dass es dermaßen unkoordiniert gewesen war, aber was unterm Strich stand, lautete: Sie waren nicht geschnappt worden. Und solange es keine Geständnisse gab und auch keine DNA-Spuren, Fingerabdrücke sowieso nicht, sondern nur einen Augenzeugenbericht – mit geringster Beweiskraft –, konnte man der Staatsgewalt eine Nase drehen. Noch angenehmer war die Gewissheit, dass ihre Aktion jetzt hundertprozentig eine Öffentlichkeit kriegen würde. Was wiederum andere Menschen auf gute Ideen bringen konnte. Und selbst wenn das mit den Schaufenstern bloß ein Mückenstich war, okay, aber erstens musste es ja nicht dabei bleiben – aus Mückenstichen können Hornissenstiche werden, und an solchen Stichen kann man sterben –, und selbst wenn es zu keiner qualitativen Eskalation käme, wenn sich die eigenen Taten und die Taten der Nachahmungstäter also bloß zu einer Menge Mückenstiche addierten, würde das eine richtige Störung bedeuten, denn dem Fleischfresser, der Fleischfresserin ist schon klar, was ihre unersättliche Gier anrichtet in den Lagern und Schlachthöfen, und also reagieren die Fresser mit Gekreische, sobald die Wahrheit an der Wand beziehungsweise auf der Schaufensterscheibe steht, mit Gekreische und Hysterie, und allein schon das wäre demaskierend. Fast hätte er in die milde nächtliche Luft der scheintoten Stadt gerufen: ›Was will man mehr!‹

Aber in der Lomichel war er dann wieder raus aus dem Manischen, prompt von aller Energie verlassen, und anstatt das Fahrrad durch den Flur in den Hinterhof zu schieben, wo es unter den anderen halben Dutzend unverdächtig hätte sein sollen, ließ er es einfach innen neben der Haustür stehen, dachte, dass sich vielleicht Vivien drum kümmern würde, vielleicht auch nicht, auch schon egal.

Die Treppen hoch zur Wohnung musste er sich jede Stufe dazu überwinden, den Körper weiter zu bewegen.

Oben angekommen, machte sich das ganze Ausmaß der Anstrengung fühlbar. Die Muskeln in den Beinen waren wie Stein, dazu stachen die Sehnen, und dem Schmerz im rechten Fuß nach zu urteilen, rieb dort Knochen auf Knochen. Das einzige Richtige war jetzt, sich sofort in den Freischwinger zu setzen, bewegungslos zu bleiben und sich bloß nicht zu regen, um den schmerzenden Körper nicht noch zu provozieren. Aber nun hörte er Vivien »Guck mal, du blutest« sagen. Tatsache, er musste irgendwann mit dem Handballen an einer Wand langgeschrappt sein. War ihm also eine deutlich sichtbare Wunde zugestoßen. Aber er war zu sehr fertig, um sich darüber zu freuen.

»Jetzt geht's erst mal unter die Dusche«, sagte Vivien. »Du zuerst und dann ich. Warmes Wasser wirkt Wunder.« Sie lachte über ihre Worte.

»Noch nicht, ich muss zuerst ...« Er versuchte, sich mit jedem Wort ein kleines bisschen näher an den Freischwinger zu bringen.

Aber zwecklos. Vivien war bei ihm, hatte seinen Ellenbogen ergriffen und zog ihn nun weg vom Ruheplatz, ließ ihn danach zwar los, aber nur, um zu sagen: »Du wirst schön duschen, danach sieht die Welt ganz anders aus«, mit Befehl und mütterlicher Sorge in der Stimme. Was sollte er machen? Was soll man machen, wenn eine Frau alle Register zieht? Er gab also nach und schlurfte ergeben zum Badezimmer.

Die Wärme und die stete, sanfte Stimulierung durch die Wassertröpfchen ließen die diversen Schmerzen vergessen sein, brachten ihm seinen Körper also fast schon wieder zurück – aber nach nicht mal fünf Minuten wurde das eine Modul der Duschkabine zurückgeschoben und Viviens langer Arm langte durch den warmen Niesel, und mit den Worten »Jetzt ist auch genug, du sollst ja nicht aufquellen« wurde das wohltuende Wasser abgestellt. Woraufhin sich sofort Kälte ausbreitete. Nackt dem Temperatursturz ausgeliefert, wollte er das Wasser wieder anstellen, fürchtete aber, es in der Eile falsch zu justieren, schon ein Millimeter am Hebel konnte ja alles ändern, und dann erledigte sich das sowieso, als nämlich Vivien sagte: »Und jetzt raus und ins Leben«, und er hatte schlicht keine Kraft mehr zum Widerstand. Sodass er aus der Duschkabine stieg, um in den an der Türklinke schon bereitgehängten Bademantel zu schlüpfen.

Auf dem Toilettendeckel lagen fein säuberlich Boxershorts, ein T-Shirt und ein Paar wollene Socken.

Vivien öffnete das Fenster. »Ich werde mich mal um die Farben und Pinsel kümmern.«

Laue Luft strömte herein, was das Verweilen nun sogar aushaltbar machte, auch halb nackt und praktisch noch überall nass.

Vivien raffte seine hingeschmissenen Klamotten auf und ging hinaus.

Er ließ den Bademantel vom Körper gleiten, zog sich mühsam die Unterhose und das T-Shirt an. Um sich die Socken überstreifen zu können, musste er sich dann sogar hinsetzen. Danach zog er sich wieder den Bademantel an, knotete den Gürtel zusammen und taperte ins Wohnzimmer, dort gleich zum Freischwinger, und dort sank er in die selige Entspannung, sich schon darauf freuend, gleich ins Bett zu gehen und sich mit vier, fünf Pillen Baldrian einige Stunden Tiefschlaf zu verschaffen und dann morgen aufzuwachen in der guten Gewissheit, etwas bewirkt – Jetzt eine Bewegung, ein Schatten vor ihm. Er schreckte aus den Gedanken auf.

Vivien stand da, den grünen Plastikkasten mit dem weißen Kreuz in den Händen, und noch während sie die Wunde an seiner Hand mit Jod und einem Pflaster versah, sagte sie: »Ich steige jetzt auch mal schnell unter die Dusche«, und war mit dem Verarzten schon wieder fertig.

»Zwei Minuten«, rief er ihr nach. »Zu viel Wasser macht schrumpelige Haut.« Was für ein lahmer Versuch, sich cool zu geben ...

Er fiel ins stille Erleiden von Schmerzen. In den Muskeln war es wie glühend heiß, alles dort tat beim geringsten Bewegen weh, irgendwelche Sehnen in beiden Knien stachen, und die rechte Ferse war dermaßen druckempfindlich, dass es kaum zum Aushalten war. Selbst das Atmen tat weh. Und kein Ibuprofen in der Wohnung; alles weggeschmissen, als es ihm noch gut ging und er sich eingebildet hatte, die Gesundheit gepachtet zu haben beziehungsweise dass das Alter, das Altern, der Verfall, dieser Verrat durch die Natur – durch eine Natur, der man mit jedem Jahr scheißegaler wird –, dass das alles nicht für ihn galt. Ja, hatte sich was, Idiot!

Das Summen des Föns setzte ein, der lauter-leiser-lauter-leiser werdende Ton zog seine Aufmerksamkeit, seinen Ärger auf sich; brach ab; folgend leise Geräusche; und dann kam Vivien zurück ins Zimmer.

Er beobachtete sie durch halb geschlossene Augen, und Tatsache, sollten da überhaupt Anzeichen von Strapazen gewesen sein, so hatte die Frau sie offensichtlich mit einem kurzen Duschen abspülen können. Waren Frauen besser darin, Schmerzen auszuhalten? Oder war Vivien nur einfach besser in Form als er? Oder geschickter darin, die Qualen zu überspielen?

Jetzt registrierte er, dass sie eine Flasche Wein herausgeholt hatte und auf den Balkon trug, jetzt sah er, dass sie auf dem Tischchen dort zwei Kerzen anzündete, und jetzt löschte sie im Wohnzimmer – wo er immer noch saß! – das Licht; alles so, als wären sie gerade von einem nächtlichen Spaziergang heimgekehrt, und nichts wäre natürlicher, als zusammen auf dem Balkon die Sommernachtsluft zu genießen.

»Onno, kommst du raus?«, drang vom Balkon her ihre Stimme zu ihm, der im nun praktisch dunklen Wohnzimmer hockte. »Es ist herrlich hier.«

»Ich kann nicht. Ich bin verletzt.« Unwillkürlich – und ganz sinnlos, hier im Dunkeln – hob er die mit dem Pflaster versehene Hand. »So Schmerzen habe ich seit dreißig Jahren nicht mehr gehabt.«

»Denk einfach nicht dran, dann tut's nicht so weh.«

Das war nicht das, was er hatte gesagt bekommen wollen.

»Wir sollten fitter werden.«

Ein Anspielung? Bestimmt! Und er: zu schwach, um mit den richtigen Worten gegenzuhalten. »Ich will jedenfalls mal meine Ruhe haben.« Er hörte sich an wie ein Opa.

»Das ist alles keine Frage des Alters. Wir könnten ins Fitnessstudio gehen, du und ich, und uns fachkundig anleiten lassen, wie wir –«

»Ja, danke! Seniorenkurse womöglich! ›Bitte legen Sie aber vorher Hörgerät und Zahnprothese ab‹.« Er erhob sich aus dem Freischwinger – die erste Zehntelsekunde schnell, dann ganz langsam –, merkte, dass er viel lieber sitzen geblieben wäre, ging aber doch, um die Anstrengung zu rechtfertigen und um sich vor Vivien, die von draußen reinguckte, nicht noch mehr zu blamieren, durchs Zimmer und auf den Balkon und dann an das Balkongeländer.

Aber wie er nun dastand: steif, deshalb unnatürlich hochgereckt, zittrig und in Angst, die Muskeln oder der Kreislauf würden den Dienst verweigern, war er sich sicher, ein Bild der Hinfälligkeit abzugeben und dass er nach allem, was in den letzten Minuten passiert war und wie er sich benommen hatte, bestimmt in Viviens Augen schon jemand war, der krankenschwesterlich versorgt werden musste. Plötzlich war es ihm unerträglich: ihrem Blick ausgesetzt zu sein.

Er zog sich in demütigendem Tempo ins Wohnzimmer zurück und ließ sich wieder in den Freischwinger sinken und sank gleich auch sozusagen in sich hinein: ließ den Körper Körper sein, während der Geist sich wie eine Muräne in eine verteidigbare Höhle zurückzog, höchstens noch mit den Augen das ihn nächst Umgebende, wo sich was Bedrohliches oder sonst was zeigen konnte, kontrollierend, aber sonst ganz reglos.

Natürlich kriegte er gut mit, wie Vivien dann ein paarmal versuchte, ein Gespräch anzuleiern, aber er schaffte es nicht, darauf zu reagieren, und hätte das auch gar nicht gewollt. Was war schlecht daran, das Leiden mal auszukosten?

Aber nun Auftritt Vivien: vom Balkon ins Wohnzimmer tretend und sich ihm in die Sicht stellend, die Arme vor der Brust verschränkt, sagte sie: »Soll das jetzt die ganze Zeit so weitergehen?«

Er zuckte mit den Achseln, was das Äußerste an Bewegung war, um nicht aus dem Leiden zu geraten.

»Du benimmst dich wie ein Kind.«

Er, schön schweigend leidend, hörte das, sah sie, bekam überhaupt alles mit, wie in einem naturalistisch inszenierten Theaterstück, wo er gleichzeitig einziger Zuschauer und einer der beiden Hauptdarsteller war, aber ohne Wissen um den Inhalt seiner Rolle, geschweige um den Inhalt des Stücks; so blieb nur noch übrig: nichts zu machen. Aber lieber Mann, man kann nicht nicht kommunizieren, das solltest du wissen, das weißt du doch auch, und weil's so war, nahm das Theaterstück seinen Lauf, indem nämlich Vivien sagte: »Dann bin ich hier wohl überflüssig«, und als er wieder nicht reagierte – weil er beim besten Willen nicht hatte reagieren können –, kam von ihr: »Noch einen schönen Abend im eigenen Elend.«

Womit aus dieser Aufführung-mit-zwei-Personen definitiv ein Monodrama wurde.

Nur er. Höchstens noch die Stille. Er und die Stille – theoretisch, denn weil die Tür zum Balkon immer noch auf war, machten sich dort draußen wieder und wieder Geräusche bemerkbar, wenn auch wie schüchtern und nebenbei: jetzt zum Beispiel das Zischen eines Zugs auf den Gleisen, weit weg ein dumpfes Geräusch wie das einer Detonation, viel näher: der Ruf eines Tieres; und selbst bei geschlossener Tür wäre die Stille nicht total gewesen, würde da doch immer noch zum Beispiel sein Atmen zu hören sein. Aber trotzdem, es war beschissen in dieser Stille, weil es, wir wollen doch ehrlich sein, beschissen war, allein zu sein. Er stand wieder auf und bewegte sich – die Schmerzen im Körper in neuer Intensität spürend, was er diesmal aber als Strafe nahm – raus auf den Balkon. Ehrlich gesagt, hätte er jetzt gerne Viviens Vorwürfe gehört – nur, um nicht allein zu sein. Er blies die beiden Kerzen aus. Schlagartig wurde es viel dunkler. Es kam ihm vor, als würde er heute, hier nur kaputt machen, irgendwie destruktiv sein, während Vivien bei allem, was sie tat, und durch alles, was sie sagte – Er entkorkte unter Mühen den Wein. Kreta. Er nahm zwei lange Züge aus der Flasche. Hier jetzt war Kreta, verdammt noch mal! Dafür brauchte es keine Vivien!

Er starrte ins langweilige Dunkel der Nacht hinaus.

Schon bald setzte die Wirkung vom Wein ein und machte den Menschen hier, den Mann, verständnisvoller sich selbst gegenüber.

Okay, es war nicht gerade die feine englische Art gewesen, das vorhin, aber wäre es denn besser geworden, wenn sie sich stundenlang gegenseitig auf der Pelle gehockt hätten?

Er sollte sich darüber keine Gedanken machen. Er war fünfzig – einundfünfzig –, er sollte sich über so was keine Gedanken mehr machen, über die Frauen und wie die Frauen einen behandelten. Es war doch alles klar, denn mal genau bedacht, an wem hatte es gelegen? Na ja, an beiden, okay, auch an ihm, vielleicht auch ein bisschen am meisten an ihm, aber, bitteschön: aber!, vor allem hatte Vivien offenbar die Anstrengungen einfach so weggesteckt und war sozusagen die stumme Frage gegen ihn gewesen: ›Warum jammerst du? Sieh mich an, siehst du da irgendwas Hinfälliges? Hast du mich je jammern gehört?‹ Eine stumme fiese Frage. Da war er schon am Boden, und dann diese fiese Frage. Er führte die Flaschenöffnung an den Mund. Stellte die Flasche aber wieder ab. Scheiß Wein. Scheiß Kreta.

18

Er lag im Bett, musste pissen, aber das Dringendste und eigentlich auch das Einzige, was er fühlte, war Ärger, vor allem Ärger, dass das mit den Gelenken, den Muskeln, mit überhaupt allem nicht aufhören wollte, im Gegenteil, und hatte sich in dem Moment erst recht wieder gemeldet, als er sich durch ruhiges Atmen und ruhiges Liegen in den Schlaf hatte befördern wollen. Natürlich waren diese Nachtschmerzen nach übermäßiger Beanspruchung normal, und man kriegte als Belohnung mehr Muskeln oder eben wenigstens Schmerzfreiheit am nächsten Morgen. Aber bis dahin konnte er sich auf höllische Stunden gefasst machen ohne den Trost einer Frau, eines Frauenkörpers, den er, wenn es denn im Moment schon nicht zum Sex reichen sollte, zumindest anfassen konnte und von dem er angefasst werden würde, und zwar nicht so, wie die Frauen die Männer anfassen wollten – was ja bloß ein Berühren war –, sondern exakt so, wie er es wollte und wo er es wollte.

Aber stattdessen war Vivien wie eine beleidigte Leberwurst weggelaufen. Dabei hätte ihr als Krankenschwester doch klar sein müssen, was das für Schmerzen waren und dass das hätte gelindert werden müssen, wozu gab es Apotheken mit Notdienst. Aber er hätte sowieso keine Tabletten genommen. Im Grunde hatte er die Schmerzen hochgespielt, um Vivien zu prüfen, Viviens Gefühle, die Gefühle der Frau. Ja, und das war dabei rausgekommen!

Es tauchte ihn in die Erinnerung ein, und, vom immer noch leicht alkoholisierten Hirn erleichtert, in die Grundsätzlichkeit. In seinem Leben hatte damals etwas schmerzlich gefehlt, logisch, es war ja die Zeit gewesen, als er sich innerlich von so vielem befreit hatte, andererseits aber erst gerade angekommen war im wirksamen Tierschutz. Also immer noch einsamer Kämpfer in fremdem Land. Und als Vivien dann nicht zurückgezuckt war, war er sich sicher gewesen, die Richtige gefunden zu haben. Aber plötzlich steht man wieder allein da.

Es hätte passen können, das zwischen ihnen. Wirklich. Sie hatten viel erlebt in der kurzen Zeit, wo sie zusammen waren, hatten manches durchgemacht, zum Beispiel das heute beziehungsweise gestern Nacht, und wären sie zwanzig, dann wäre das eine gute Basis, die beste Basis eigentlich: gemeinsam erlebtes Leben. Aber das Alter macht alles kaputt. Sie waren viel näher an siebzig als an zwanzig. Sie waren alt, und was noch viel schlimmer war: Sie waren nicht mehr jung. Mit zwanzig hätten sie Zukunft, sogar, ohne darüber zu sprechen. Um aufs Morgen hin zu leben, braucht man keine großen Worte, braucht es eigentlich überhaupt keine Worte, mit zwanzig, denn da versteht sich Zukunft von selbst.

Er stand auf, um sich aufs Klo zu schleppen. Gleich morgen früh würde er zur Apotheke gehen und sich Ibuprofen holen. Nicht dass sich da noch ein Schmerzgedächtnis bildete. Und vielleicht auch eine Sportsalbe. Ihm würde kein Zacken aus der Krone fallen, pharmazeutische Hilfe anzunehmen, im Gegenteil, es war ein Beweis –

Das Handy meldete sich. 1:27 Uhr.

Vivien. Vielleicht wollte sich die Frau entschuldigen? Gut, dann würde er wenigstens geistig zur Ruhe kommen, danach, und auch endlich einschlafen können, somatische Schmerzen waren ja oft eng verbunden mit Stress, und Stress verursachte Vivien wirklich reichlich, aber wenn sie ihm anbieten würde, Salben und Ibuprofen zu besorgen, dann sollte es nicht an ihm scheitern. Er ließ es noch mal vibrieren, dann nahm er den Anruf an, öffnete den Mund – kriegte aber umstandslos zu hören: »So, jetzt sag mir mal, was du denkst, wie es in unserer Beziehung weitergehen soll.«

Hä? »Wie bitte?«

»Du hast mich ganz genau verstanden. Also, was ist es dir wert, das mit uns beiden? Und wenn du jetzt auflegst, sind wir geschiedene Leute.«

Schnell alle möglichen Reaktionen abgecheckt. Am besten war's wohl, über Sachliches zu reden und damit hoffentlich das Gespräch kurz zu halten. »Ich will ja gar nicht auflegen«, sagte er. »Obwohl wir uns erst vor ein paar Stunden voneinander verabschiedet haben.«

»Sehr gut. Da sind wir gleich beim Punkt.«

»Bei was?«

»Bei dem, was du dir geleistet hast.«

Er atmete durch. Er wollte sich an der Flurwand anlehnen, aber der Versuch wurde durch ein stechendes Ziehen in der rechten Ferse bestraft.

»Ich konnte nicht einschlafen, so habe ich mich über dich geärgert. Sich so zu benehmen, nach allem, was ich deinetwegen mitgemacht habe ...! Überhaupt keine Spur von – Aber, mein Lieber, jetzt antwortest du mal!«

Bei Viviens Laune nützte es nichts, defensiv zu sein und sich zu winden wie ein Übeltäter. Und Angriff war sowieso immer die beste Verteidigung. »Jetzt hör du mal zu«, sagte er. »Du hast kein bisschen verstanden, in welcher Lage ich bin, welche Schmerzen –«

»Das ist keine Antwort. Ich habe dich was gefragt.«

»– welche Schmerzen ich aushalten muss, hast du gar nicht verstanden. So ist das nämlich.«

»So, und meine Frage? Du antwortest jetzt. Los.«

Er hatte die Frage vergessen. Mist. »Hat das nicht Zeit bis morgen, bis später, meine ich, bis heute Vormittag? Ich bin völlig erschlagen und –«

»Ja, denkst du, ich nicht? Denkst du, ich bin zwanzig? Aber was mich wirklich erschlagen hat, mein Lieber, war deine Reaktion, als ich dich umarmen wollte ...«

Er hatte die Toilette erreicht, setzte sich auf den Klodeckel. Wie sich's anfühlte, würde es ein längeres Gespräch werden, und das würde er stehend nicht durchhalten.

»Vielleicht sagst du mal was!«

»Was soll ich dazu sagen?«

»Ja, das frage ich mich auch schon: Was du mir noch zu sagen hast.«

»Dass ich höllische Schmerzen habe, das kann ich dir –«

»Es kommt mir nämlich bald so vor, als würde für dich das Wichtigste das Bett sein und dass du vor allem nicht von mir belästigt wirst.«

»Von wegen Bett. Schön wär's! Ich habe bis jetzt kein Auge zumachen können, solche Schmerzen habe ich. Und keine Tabletten im Haus. Oder wenigstens Schmerzgel.«

»Siehst du! Genau das ist es! Dieses Denken. Durch deine ewige Egozentrik geht unsere Beziehung –«

»Erstens ist das keine Beziehung«, sagte er unwillkürlich und bereute es sofort.

»Aha! Jetzt werden wir ehrlich. Nur zu.«

»Was, ehrlich? Ich bin immer ehrlich.«

»Nur zu, sage ich, nur zu. Ich höre.«

Was war darauf zu antworten? Die Wahrheit? Dass es zum Kotzen war, wenn es zwischen ihnen zu einer ›Beziehung‹ wurde, was ja hieß, dass es sich nach den Bedingungen der Frau regeln sollte, und vom Mann wurde erwartet, dass er sich gefälligst wie die beste Freundin der Frau verhielt und am Ende auch denken sollte wie die beste Freundin. Aber einmal ausgesprochen, diese Wahrheit, wären sie womöglich geschiedene Leute. »Ich meine«, sagte er, »Beziehungen haben Staaten, auswärtige Beziehungen ...«

»Fällt dir ein besseres Wort ein?«

»Wenn ich nachdenken würde, bestimmt, aber so unter Schmerzen, da tut mir jeder Gedanke weh, ehrlich.« Aber von dem eisigen Schweigen, das ihn nun anwehte, zum Reden gezwungen, versuchte er es mit: »Eine praktische Liebe ...? Hört sich doch gut an. Eine praktische Liebe.«

»Mit anderen Worten, eine Affäre.«

»Eine Art Liebe.«

»Was denn für eine Art?«

»Was weiß ich! Anziehung. Wie die Gravitationskraft. So was eben. Und dass man sich aufeinander verlassen kann, ohne lange Worte zu den unmöglichsten Zeiten. Es ist schon halb zwei ...« Und wieder war am anderen Ende nichts als Schweigen. Er probierte es mit: »Dass man sich unvergessliche Momente bereitet, ist auch noch wichtig.«

»Und im Alltag? In den Kleinigkeiten? Dass du mich zum Beispiel vorhin einfach so weggehen gelassen hast ... Ich habe mich gefühlt, als hättest du nur darauf gewartet, dass ich endlich fort bin, damit du mit einer Jüngeren –«

»Sex ist mir nicht wichtig«, sagte er lügnerisch.

Sie seufzte.

»Was soll das jetzt?«, fragte er. »Wäre es dir lieber, wenn ich bei jeder Gelegenheit über dich herfallen würde?«

»Davor hätte ich keine Angst.«

Er sprang vom Klodeckel auf. »Weil ich zu alt bin, was? Willst du das sagen?« Statt eines lauten und deutlichen ›Nein! Im Gegenteil!‹ kam jetzt gar nichts – was ihm natürlich auch eine Antwort war. »Wenn das so ist, dann machen wir Schluss und suchen wir uns beide –«

»Hör auf mit dem Blödsinn!«

»Wer hat denn angefangen? Wer hat denn eben geschwiegen, statt klar und deutlich zu sagen: ›Nein, im Gegenteil!‹?«

»Nein? Im Gegenteil? Im Gegenteil zu was?«

»Stattdessen schweigst du.«

»Ich will ja gar nicht schweigen. Ich würde viel lieber mit dir reden.«

»Wie bitte? Das tun wir doch gerade.« Er setzte sich wieder hin. Jetzt tat es im Arm weh, und der Nacken spannte sich an.

Außerdem musste er jetzt wirklich dringend pissen. Aber das hatte noch zu warten. »Das tun wir immer: reden.«

»Anders.«

»Anders kann ich nicht reden.«

»Dann musst du das lernen.«

»Ja, dann sag mir mal, was ich lernen soll«, sagte er, und gleich danach: »Siehst du, das weißt du selbst nicht.«

»Jedenfalls nicht so. Nicht so ... zielgerichtet.«

»Na klasse! Gut, dass wir darüber geredet haben.«

»Hör auf, so ätzend zu sein«, sagte sie. »Ich muss auf der Arbeit schon genug funktionieren, ich habe es satt. Ich will, na ja, einfach mal reden, ohne Resultat.«

Der Mann rief: »Aber das ist doch absurd: zu reden, ohne irgendein Resultat haben zu wollen!«

Die Frau sagte: »Wir schlafen ja auch miteinander, und bestimmt nicht deshalb, weil ich schwanger werden will.«

19

Er war saumüde und immer noch nicht ganz schmerzfrei. Denkbar schlechte Voraussetzungen also, wenn es darum gegangen wäre, hier und jetzt messbare Leistungen zu erbringen, und so gesehen war es ein Glück, dass er öffentlich Bediensteter mit Büroarbeitsplatz war und sich bei allem Zeit nehmen konnte, unter anderem bei der Bearbeitung des Vorgangs ›Rörig‹, bei dem man – er – es mit dem Sachverhalt zu tun hatte, dass ein Vollerwerbslandwirt, der besagte Rörig, Guido Rörig, wohnhaft 39307 Parchen, die Pacht von vier Flurstücken, 42.449 m², verlängert haben wollte, und nun lag es behördlicherseits an RI Fissler, die Konditionen zu ermitteln und zu vermitteln, wobei der Sachverhalt insofern außerhalb der Routine lag, als zwei Flurstücke, 17.530 m², teilweise, gegebenenfalls aber auch vollständig, wahrscheinlich im übernächsten Jahr für die Verlegung einer Ethylen-Pipeline abgetreten werden mussten.

Bezüglich der rahmensetzenden Details stellte es sich so da, dass bis dato bei 159 der insgesamt 312 betroffenen Flurstücke auf privatrechtlicher Basis eine Einigung hatte erzielt werden können insofern, als das Konsortium sich mit den Eigentümern auf verbindliche Kaufoptionen zu – letztens – 5,5 € pro m² bei einem Marktwert von maximal 3 € pro m² geeinigt hatte; gegenüber den übrigen Eigentümern war von Seiten der juristischen Vertreter des Konsortiums sowie der Vertreter der befassten Rechtsämter und Wirtschaftsförderungsstellen angedeutet worden, dass nach ständiger Rechtsprechung bei solchen Projekten auch das scharfe Schwert der Enteignung zum Einsatz kommen könnte – Gemeinnutz geht vor Eigennutz, sich ergebend aus Art. 14 (3) GG –, dass aber doch die unspektakuläre Einigung Primat habe.

Wobei allerdings der konkrete Sachverhalt ›Rörig‹ ein anders gelagerter war, hatte der Mensch Rörig als Pächter doch diese Macht: das Konsortium an den Verhandlungstisch zu zwingen und bluten zu lassen und gegebenenfalls sogar eine politische Einflussnahme zu provozieren, selbstverständlich nicht.

Für RI Fissler lautete die zentrale Frage im konkreten Sachverhalt dabei zunächst einmal, wie das ›wahrscheinlich‹ in ›würde wahrscheinlich im übernächsten Jahr abgetreten werden müssen‹ in den Konditionen eines Pachtvertrages unterzubringen war. Das war das eine.

Das andere, ihn, Onno, noch mehr Beschäftigende, war, dass es sich einmal mehr zeigte, wie viel Raum zwischen den einzelnen Sätzen, genauer, zwischen den einzelnen Gedanken war, und mit welcher Energie und Zielgenauigkeit sich völlig Fachfremdes dort reinschob und einnistete. Nämlich Vivien.

Unfassbar, wie das mit dieser Frau nachwirkte. Als wäre er siebzehn und sie wäre die Liebe seines Lebens, bedeutete, Grund und Ursache von Erschütterungen, Unkonzentriertheit, Verzagtheit, Selbstzweifel, hoffnungsvollen Tagträumereien, hoffnungslosen Ahnungen. Das Ganze hatte seine Ursache natürlich in diesem Quatsch von wegen Romantik. Dass Liebe ohne Romantik nicht ginge. Oder höchstens unter emotional Gestörten. Dieses ganze Wolkenkuckucksheim, in das Frauen, sobald das Wörtchen Liebe fällt, nur allzu gerne entschweben. Als wäre das Leben ein Märchen. Kannten Tiere Romantik? Hatten die Tiere sich eingeredet beziehungsweise sich einreden lassen, dass alles mit Geigenspiel untermalt sein muss? Wohl kaum. Auch hier waren die Tiere klüger, genauer gesagt, lebten sehr viel mehr gemäß der Natur. Die Natur arrangiert es, dass zwei Wesen zeitweilig zusammen sind, aber abseits der Aufzucht des Nachwuchses haben diese beiden Wesen zwei getrennte Leben wie zwei Individuen, die einander Ergänzung sind, sich aber nicht gegenseitig lebensnotwendig und schon gar nicht Anlass, das eigene, immerhin doch mehr oder weniger bewährte Leben sich dermaßen zerrütten zu lassen.

Aber ein Glück gab es ja noch den Vorgang ›Rörig‹, mittels dessen man sich in Beschäftigung halten konnte.

Was allerdings wiederum zur Folge hatte, dass er erst bei der 10-Uhr-Kaffeepause darüber in Kenntnis gesetzt werden konnte, dass es in der Immobilie eine echte Neuigkeit gab: dass nämlich, wie ihm Kollegin Schmetzer in der Büroküche genüsslich zuraunte, der liebe Kollege Dorsch eine formale Abmahnung verpasst bekriegt hatte.

Ein rascher Besuch in 2.03 brachte die notwendige Klärung. Tatsache, irgendein missgünstiger Kollege – oder, natürlich, irgendeine Kollegin – hatte Dorschs politisch-private Tätigkeiten während der Dienstzeit nach oben durchgestochen, was prompt den Eingang eines Schriftstücks zur Folge hatte, von dem Dorsch meinte, es wäre nur schade, das Schreiben auf einem derart saugunfähigen Papier erhalten zu haben, hätte es ihm ansonsten doch als Arschwisch dienen können. Aber gut, dass er, Onno, sich eingefunden habe; so sei ihm mitgeteilt, er möge sich am Freitag, 27. September, die Stunden ab 14 Uhr freihalten, von wegen Abschiedsfete; es gäbe auch so manche Kleinigkeit zu verteilen.

Nachdem ermittelt worden war, welche Pacht bei störungsfreier Nutzung der Flurflächen 1445/7 respektive 1445/8 angemessen gewesen wäre, musste sich nun überlegt werden, wie das Ambivalente der Zukunft vertraglich berücksichtigt zu werden hatte.

12:03 Uhr. Schau mal an. Er eilte die zwei Stockwerke hoch und holte aus 4.02 seine gute Bekannte zum mittäglichen Eat-and-Talk ab. Marion war einsilbig. Was bei einer Frau, die vor kurzem noch die ganze Welt hatte umarmen wollen, nur eines bedeuten konnte. Aber er hütete sich, das Thema anzusprechen, hatte er doch in der Zeit mit Vivien herausgefunden beziehungsweise es wieder in Erinnerung gebracht bekommen, denn damals mit Svenja und Vanessa war es ja ähnlich gelaufen, nur hatte es nicht so viel bedeutet, denn er war jung gewesen, hatte den Blick strikt auf das Morgen gerichtet, die Gefühle hormonzentriert, aber heute, Jahrzehnte später, musste auf Befindlichkeiten Acht gegeben werden, weil in einem Leben, das im Arbeits- und gegebenenfalls Ehevertrag fixiert ist und wo entsprechend alles nur noch in Zeitlupe vorankommt, wo kein Wind die Haare zerzaust, wo keine Neugier alle Wunden halb so schlimm macht, in so einem Dasein der Mensch, die Frau zumal, zur Mimose wird.

Dann begann die blaue Stunde, wo in etwa der Tiefpunkt des menschlichen Biorhythmus' akut war und beim besten Willen nicht gearbeitet werden konnte. Danach, von Viertel vor zwei bis halb drei, beschäftigte er sich mit dem Angebot eines Pachtvertrages; hieß auch: sich im Archiv kundig machen – Wie haben wir das immer schon gehalten? –; herumtelefonieren – Wie wird es in ähnlichen Dienststellen gehandhabt? –; mit dem Verbindungsmann der regionalen Bauernschaft ein vorhersehbar fruchtloses Gespräch führen.

Um 14:41 Uhr war der Entwurf eines Pachtvertrags zwischen der B.I.V.A. und Herrn Guido Rörig am Etagendrucker ausgedruckt – händische Resultate wirken generell besser als popelige Dateien, der Mensch lebt schließlich im Analogen – und GrL Heister vorgelegt, der – es war 14:43 Uhr – sich die »hübsche Arbeit« Montag angucken würde. 14:46 Uhr. Nun wieder ins Büro, um aufzuräumen. 14:54 Uhr. Kurz überprüft, ob die Sansevierien genug Wasser hatten.

14:58 Uhr ...

14:59 Uhr ...

15:00 Uhr!

Hoch die Hände, Wochenende!

20

Samstagvormittag, Schleinufer, und allüberall Shiny Happy People: dort Händchen haltende Paare; dort Frauen, die sich zu hübsch anzuschauenden Gegenständen gemacht hatten; dort Grüppchen; ein Kind und ein Chihuahua um die Wette rennend, das Kind schrill lachend; dort ein spilleriger Mann mit tiefen Geheimratsecken in Camouflage-Hose und grün-rotem Trikot vom SC Magdeburg. Am Himmel Silhouetten von Vögeln.

Vivien im locker fallenden Batikrock und ärmelloser Bluse, beides in orangenen und hellblauen Tönen. Der Kontrast zu ihrer Tochter hätte nicht größer sein können. Leonie, sowieso nicht in fröhlicher Laune – aber wann kriegte man das von der Studentin schon mal gezeigt? – trug einen schwarzen Kapuzenpulli, darauf ein wiederum schwarzes, mit roten Linien umzeichnetes K, oben und unten angesetzt KRAFT, links und rechts KLUB, und eine graue, an den Säumen dramatisch ausgefranste Hose. Er, Onno, war, trotz Viviens Bemerkung, er solle sich am Tierreich ein Beispiel nehmen, wo die Männchen regelmäßig die Prächtigeren seien, beim Üblichen geblieben. Mensch und Tier, okay, aber es gab Unterschiede, die es verboten, blind zu imitieren. Sodass er ohne viel Umstände sich die schwarze Jeans und das blaue Polo Shirt aus dem Schrank gegriffen hatte.

Gleich dort hinten konnte man den Domfelsen sehen und sehen, dass dort unten das Grünzeug schon am Wuchern war. Woraus sich schließen ließ, dass dieser Felsen, der eigentlich mit Elbwasser hätte bedeckt sein sollen, seit Jahren komplett und ganzjährig trockengelegt war. Hatte er nicht mal gelesen, dass Ostdeutschland jedes Jahr nur noch Regen für elf Monate kriegte und dass ein, zwei Dürren hintereinander die

Landwirtschaft im Kern bedrohen würden? Okay, die ultimative Katastrophe für die Konsumenten, die dann teure Importware konsumieren müssten; aber was die Bauern betraf, da galt: selbst schuld. So etwas wie dieses im Kern kapitalistische Agrarsystem, das ja alles Lebende vergiften und ausrotten will beziehungsweise muss, sollte eher heute als morgen kollabieren; und wenn's dann endlich geschähe, würde man sagen können: So rächt sich das Böse auf Erden. Und zwar besser, als wenn irgendein Gott im Spiel wäre.

Aber es war Wochenende, da sollte alles mal tendenziell rosarot sein. Also lustwandelte man und smalltalkte, und das Thema war der tiefe Süden, Halle Saale, denn dort wohnte Leonie seit zwei Jahren, studierte Medienmanagement und war seit kurzem mit Miguel liiert, einem dicklichen, ewig irgendeine Baseballkappe tragenden Mann, der für ihn, Onno, gar nicht so ausgesehen hatte wie jemand, der sich in Molekularbiologie promovierte, aber so war's, allerdings noch weiter unten: in Leipzig, was aber praktisch aufs selbe hinauslief, mit Halle Saale als Vorort von Leipzig.

Also nicht besonders anspruchsvoll, das Kommunizieren, und so konnte er sich seinen guten Erinnerungen hingeben: dass er nach dem nächtlichen Telefonat gleich am folgenden Vormittag mit Blume 2000 einen gemischten Frühlingsstrauß für vierzig Euro gesendet hatte; am selben Abend war Vivien bei ihm eingeflogen, Kytta Schmerzcreme und Finalgon Wärmecreme im Tornister, und hatte ihm diese Mittelchen dann einmassiert. Eine Tat wie ein Liebesschwur. Aber weil man eben doch keine zwanzig mehr war – hieß, man war klug genug, sich einzugestehen, dass man im Zweifel nicht einmal für sich selbst garantieren konnte –, lief es nicht auf große Versprechen hinaus und schon gar nicht auf Sex, sondern man hatte sich darauf verständigt, vorerst nur ›gute Freunde‹ zu sein. Und er hatte zum eigenen Erstaunen gemerkt, dass er mit einem solchen Abkommen, das ja die

Frau bevorzugte, gut leben konnte, mit der Halbdistanz. Denn ›der gute Freund‹ einer Frau zu sein, verbot es ja gerade nicht, die Finger bei Gelegenheit auf andere Körper zu legen. Da konnte man – Mann – sich alle traumhaften Optionen offenhalten.

Ein Fahrradfahrer kam ihnen entgegen, an ausgestellter Leine hechelte ein Dobermann im flotten Trab nebenher.

Anlass für Vivien, zu berichten, dass Jasmin – ihre andere Tochter und vier Jahre älter als Leonie – sich vorgestern ein Hündchen aus dem Tierheim zugelegt habe: Daisy, eine Mops-Terrier-Mischung mit Fledermausohren. »So knuddelig, dass man sie die ganze Zeit drücken möchte.«

»Auf den Fotos zum Verlieben«, bestätigte Leonie.

»Es ist so leicht, eine gute Tat zu tun«, sagte Vivien.

»Für die Politiker ist so was anscheinend zu schwer«, regte er sich auf. »Der scheiß Stadtrat weigert sich immer noch, für Tierheimhunde die Hundesteuer zu erlassen.«

Was Viviens eben noch so freudiges Gesicht wieder ernst werden ließ.

»Würde auch nicht viel bringen«, sagte Leonie. »Die Leute wollen Rassehunde, und die findet man nun mal nicht im Tierheim.«

»Jedenfalls ist unsere Daisy aus der Hölle ins Paradies gekommen«, sagte Vivien.

»Tierheim ist keine Hölle«, sagte er, »wenn man sich mal anguckt, was den Nutztieren angetan wird.« Das Wetter war schön, die Menschen waren unbeschwert – jetzt überholte sie ein Mädchen, bei dem der Stringtanga über dem Bund der Hose zu sehen war, ein roter Stringtanga auf milchweißer Haut ... –, außerdem war das Thema schon durchgekaut und überdies zu abstrakt, um in anderen Herzen als in dem von ihm eine zur Tat treibende Wut zu erzeugen; es hätte also bei dieser in aller Kürze verkündeten Wahrheit bleiben können, aber wes das Herz voll ist, des geht der Mund über. »Das

Verfluchte ist diese Unterscheidung von Haustieren und Nutztieren.« Er war sich bewusst, belehrend zu klingen, aber egal, manchmal klang die Wahrheit eben belehrend. »Haustiere sind niedlich, sehen aus wie Babys, und so was kommt nicht auf den Teller, wer würde schon Babys essen.«

»In Südkorea essen sie Hunde«, sagte Leonie.

»Igitt«, sagte Vivien.

»Aber die sehen nicht aus wie Babys«, sagte er. »Die werden erst getötet und gebraten, wenn das Kindchenschema sich ausgewachsen hat.«

»Rundes Köpfchen, Scheibengesicht, große Augen, das ist die Lebensversicherung für Hunde«, sagte Leonie und sagte zu Vivien: »Siehst du, Mama, Daisy-Schatz wird nie in einer südkoreanischen Pfanne landen.«

Offenbar wurde das Thema nicht angemessen ernst genommen. Was ihn erst recht triggerte. »Was die meisten Menschen unter Tierliebe verstehen«, sagte er, »ist nichts als die totale Kontrolle über ein abhängiges Wesen.«

»Ohne Hunde oder Katzen würden aber viele alte Leute noch mehr vereinsamen«, sagte Leonie.

»Stimmt«, sagte Vivien. »Für die ist das Gassigehen manchmal die einzige Zeit, wo sie überhaupt aus der Wohnung rauskommen.«

»Das Thema ist komplex«, sagte er. So ein Sätzchen kam natürlich direkt aus dem Repertoire der politischen Kreaturen, und zu anderer Zeit hätte er sich geekelt, so einen Köttel fallen zu lassen, aber vielleicht war es an diesem Samstagvormittag doch passender, es sich in schöner Ignoranz unter der Sonne gutgehen zu lassen ...

Aber ausgerechnet Vivien, sonst dankbare Unterstützerin jedes Versuchs, Harmonie, sei sie ehrlich oder auch nur simuliert, herzustellen beziehungsweise aufrechtzuerhalten, sagte: »Wir waren letztens auf einer Veranstaltung gegen Schlachthöfe. In Braunschweig.«

»Im Flux«, sagte er.

»Sagt mir nichts.« Leonie zuckte die Achseln.

»Und das war nicht nur gegen Schlachthöfe«, sagte er.

»Eigentlich gegen Töten überhaupt.« Vivien seufzte. »Es ist zum Wahnsinnigwerden, das Schlachten und all das.«

Er war unentschlossen. An sich sollte man schweigen; reden brachte ja nichts, denn so, wie er Leonie kennen gelernt hatte, war bei der – so genannte Flexitarierin, was hieß: je nach Lust und Laune sich an Getötetem gütig tun – mit null Resonanz zu rechnen. Dabei hätte er schon was zu berichten gehabt von diesem Theaterstück, eher einer Performance, wo in düsterer Kulisse, die zugleich eine Gefängniszelle und einen Schlachthof darstellen sollte – Symbol und Abbild der Wirklichkeit –, Folterungen und Schlachtungen aufgeführt wurden.

»Vor allem die Szenen im Schlachthof ...« Vivien schüttelte den Kopf. »Die haben da von Tonbändern alle paar Momente Schreie abgespielt.«

»Als ob das nicht jeder wüsste«, sagte Leonie.

»Dabei ist es in echt ja noch viel grausamer«, sagte Vivien. »Ich meine, jedes Theaterstück ist ja nur, also, Theater. Man guckt zu und weiß, dass es irgendwann endet. Selbst in Dokumentarfilmen und Filmen, die heimlich gedreht werden, ist ja eine Distanz –«

»Die würden schon was bewirken«, schaltete er sich nun doch wieder ein, »aber die darf man nicht zeigen.«

»So?«, sagte Leonie.

Gute Chance, Aufklärung zu betreiben. »Es ist gerichtlich verboten, in der Öffentlichkeit Fotos oder Filme von den wahren Zuständen zu zeigen. Das muss man sich mal vorstellen: gerichtlich verboten, die Wahrheit zu zeigen!« Damit war er natürlich in der Lüge, denn es war ja durchaus erlaubt, schockierende Bilder öffentlich zu zeigen – nämlich hinter einer Sichtwand –, und illegal gefilmtes Material konnte sogar vor Gericht Bestand haben. Aber hier ging es ja um nichts anderes als das Grundsätzliche.

»Warum?«, fragte Vivien.

»Warum was?«

»Warum ist es verboten?«

»Weil Tod nicht vorkommen darf.«

»Wahrscheinlich, weil Kinder, die das sehen, Schaden nehmen könnten«, sagte Leonie. »Um es mal vernünftig zu sagen.«

Er sagte: »Ja, Himmel, der einzige ›Schaden‹, den ein Kind erleiden kann, ist, dass es kein Fleisch mehr essen will. Großer Schaden, wirklich.«

»Na ja, es ist für Kinder doch schon schwer zu ertragen«, sagte Vivien.

»Es ist alles gelogen«, sagte er. »Man sagt: ›Das Kind erträgt es nicht!‹, und meint: ›Ich ertrage es nicht!‹ Man belügt sich selbst. Und vor allem muss man dem Kind dann nicht erklären, woher der ach so lustige Aufschnitt mit den runden Augen und dem lachenden Mund kommt.«

»Kinder können Gewalt eben noch nicht einordnen«, sagte Leonie.

»Da gibt's nichts einzuordnen. Das ist menschgemachte Gewalt, handgreifliche Brutalität, die so weit verharmlost wird, dass man sich dabei gar nix mehr denkt. In so einem System leben wir.«

»Die meisten sind damit zufrieden, mit dem System, und wählen es alle paar Jahre mit riesengroßer Mehrheit.«

»Weil das Abschlachten unter Ausschluss der Öffentlichkeit vonstatten geht, sonst hätte sich da schon längst Druck aufgebaut«, sagte er. »Aber es wird ja abseits gemordet. Wie im Dritten Reich.«

»Onno, bitte nicht schon wieder«, sagte Vivien.

»Und doch muss das mal gesagt werden!«

»Aber nicht gerade mit Nazivergleichen«, sagte Leonie.

»Aber genau! Systemisches Massenmorden kann mit systemischem Massenmorden verglichen werden.« Und obwohl die beiden Frauen, also selbst Vivien, abweisend still waren, was bei Frauen ja immer Ausdruck starker Missbilligung ist – denn selbst Widerspruch impliziert ja noch, dass man reden will, aber Stille: kein Reden mehr –, ließ es ihm keine Ruhe, diese Wahrheit, die offen vor aller Augen lag und die nicht zu sehen eine schon willentliche Selbstverblindung bewies, die aber reversibel war, die Verblindung, und durch Aufklärung und Erklärung in ein entschiedenes Sehen überführt werden konnte; bloß musste jemand aufklären und erklären, unverdrossen, und dieser jemand setzte nun also auseinander: »Wenn die Nazis die Juden in einer gläsernen Fabrik mitten auf dem Alten Markt vergast hätten, wäre der Aufschrei groß gewesen von wegen: ›Das verstört die Kinder. Außerdem dringt es in unsere Träume‹. Und wenn statt gehorsamen Sadisten gut gekleidete Honoratioren die Gashähne aufdrehen hätten müssen, wäre es auch anders gelaufen. Oder könnt ihr euch vorstellen, dass Quasselhoff das Zyklon B durch die Duschköpfe rieseln lässt?«

»Lass doch Haseloff in Ruhe«, sagte Vivien. »Der hat damit nun wirklich nichts zu tun.«

»Er nicht, aber vielleicht einer seiner Vorfahren?«

»Jetzt hörst du aber sofort auf!«

»Ich denke gar nicht –«

Mit einer schnellen Handbewegung, als würde sie die Luft waagerecht zerschneiden, brachte Vivien ihn zum Schweigen. »Was er eigentlich meint«, erklärte sie in wesentlich milderem Tonfall ihrer Tochter, »ist, dass die Humanität nicht schnell genug durchgesetzt werden kann.«

»Was heißt denn das?«, fragte Leonie. »Nicht schnell genug für wen?«

»Darauf läuft es hinaus«, rief er aus. »Die Gesetze, die alles verlangsamen und faktisch abwürgen, werden von genau denen ersonnen und notfalls mit Gewalt durchgesetzt, denen sie nützen.«

»So ist das nun mal in einer Demokratie«, sagte Leonie.

»In der Herrschaft von Wirtschaft und Verwaltung«, sagte er verächtlich.

»Es ist alles bezahlte Tätigkeit«, sagte Leonie. »Politik machen ist bezahlte Tätigkeit, Unternehmer sein ist bezahlte Tätigkeit. Und wem die Politik nicht gefällt, der muss eben Politiker werden. Jeder kann Politiker sein. Du auch.«

»Klar, und dann werde ich Oberbürgermeister mit real fünfzehn Prozent Wählerstimmen, wie Trümper, dieser Quadrattrottel.«

»So ist das eben. Die Minderheit hat ihn gewählt, die schweigende Mehrheit muss ihn ertragen. Legitimation durch Verfahren nennt man das.«

»Aber was würde das bringen?«, fragte Vivien. »Wenn das Fleisch nicht aus deutschen Schlachthöfen kommt, weil's wegen der Gesetze zu teuer ist, dann wird es eben importiert.«

»Das sind die dicken Bretter, die gebohrt werden müssen«, sagte Leonie.

»Ich hoffe auf Vernunft und Menschlichkeit«, sagte Vivien.

»Ja, tu das mal, bis du schwarz wirst!«, sagte er. »Wie oft muss ich das noch sagen: Es gibt keine anständige Lösung im System, schlicht, weil das System selbst etwas durch und durch Unanständiges ist.«

»Das System, wie du es nennst«, sagte Leonie, »ist nun mal Realität, und die Realität zu verleugnen, hat noch nie –«

»Aber das bedeutet noch lange nicht, dass das in Granit gemeißelt ist.«

»Aber es hat eine gewisse Macht. Realität ist ja nicht herbeigezaubert, sondern wird von Interessen geformt.«

»Aha! Jetzt sind wir langsam, langsam von Demokratie über Realität zu Interessen gekommen.«

»Was ist daran so schlimm? Tierschutz ist auch ein Interesse. Wie gesagt, willkommen bei den bezahlten Tätigkeiten.«

»Aber ein vitales Interesse! Und zwar für die ganze Welt vital. Und es ist –«

»Onno, wir lassen jetzt mal diese Diskussion«, sagte Vivien und sagte zu Leonie: »Wenn er sich aufregt, wird er radikal.«

»He«, rief er. »Du tust so, als wäre es ein Zeichen von geistigem Defizit, mit ganzem Herzen bei einer Sache zu sein.«

»›Bei einer Sache‹«, wiederholte Leonie. »Das ist doch schon wieder genauso wie das ›nicht schnell genug‹.«

Er winkte ab; wollte dann aber doch noch etwas sagen, sah dann aber Viviens mahnenden Blick und hielt den Mund.

Sie bogen vom Schleinufer ab, schlenderten – die beiden Frauen allerdings nun schon etwas schneller – die steile, mit üblem Kopfsteinpflaster belegte Dresenstraße hoch. Ein Touristenbus rumpelte vorbei; gleich dahinter ein knatterndes Moped, eine Fahne verbrannten Öls nach sich ziehend.

»Wer was ändern will, muss nun mal politisch vorgehen«, sagte Leonie unvermittelt. »Und zwar im Internet.«

Er schnaufte. »Ja, als eine Stimme unter Milliarden.«

»Es führt kein Weg dran vorbei, ob du's willst oder nicht.«

»Durch Digitales wird nix geändert«, sagte er. »Am Ende müssen Fakten geschaffen werden, und zwar handgreiflich.«

»Also, dein Politikverständnis ist echt aus den Zeiten der Gladiatorenkämpfe im Circus Maximus.«

»Lieber im Circus Maximus mitmachen, als sinnlos Online-Petitionen anklicken, bis man einen Mausarm hat.«

»Mausarm?« Vivien lachte auf. »Das ist ja eine lustige Bezeichnung. Man stelle sich das vor.«

»Gar nicht lustig«, sagte er, »wenigstens nicht für die modernen Aktivistinnen, für die ein funktionierender Zeigefinger die wichtigste Voraussetzung ist.«

»Mach dich nur lustig«, sagte Leonie. »Und währenddessen verändert das Internet die Voraussetzungen von allem.«

»Unser neuer Zauberstab! Und ihr seid die Zauberer, was?«

»Onno«, sagte Vivien, »sei leise. Die anderen Leute gucken ja schon. Und nun, bitte«, sagte sie in Richtung Leonie. »Ich bin ganz Ohr. Und Herr Fissler auch. Obwohl er sich's nicht anmerken lässt.«

»Nur für dich, Mama«, sagte Leonie. »Internet, das bedeutet, sich auf Mikroebene zu organisieren und –«

»Ja, macht mal!«, mischte er sich ein. »Und währenddessen herrschen in der Wirklichkeit die betonierten Interessen.«

»Aber sie werden immer mehr delegitimiert von dem, was sich im Internet formt.«

»Und was formt sich da?«

»Eine moderne Demokratie, und zwar durch Influencen.«

»Ach Gottchen! Darauf läuft eure Politikrevolution hinaus? Dass irgendwelche Kreaturen uns in Dauerwerbesendungen einbläuen, dass Konsumieren das Geilste ist?«

»Auf diese Kommerzialisierung –«

»Die neunzig Prozent von diesen Blogs und Posts und –«

»Die restlichen zehn Prozent reichen. Das ist wie die Hefe im Teig.«

»Das kennen wir«, sagte Vivien, »das kennen wir genau: die absolute Minderheit zu sein.«

Naturkundemuseum. Im Schaufenster ein Plakat: ›Das Wunder des Lebens – Artenvielfalt im Zeichen der Evolution.‹ Und was zeigt das Plakat? Eine Menge säuberlich aufgespießte Rosenkäfer in allen Farben und Zeichnungen. Das ist des Menschen Werk, wenn er wissenschaftlich wird: Um der Erkenntnis und der Unterhaltung willen tötet er das, was lebendiges Dasein gewesen ist und was nun das lügende Label ›Leben‹ angeklebt kriegt. Der Mensch, angetrieben vom kalten Gehirn, macht alles kaputt und stellt das Totgemachte auch noch aus, ohne Scham und ohne Gewissen, in aller Selbstzufriedenheit. Denn das ist auch noch so ein Kennzeichen der Bestie: kein Gewissen, keine Scham, ob Nazi oder Wissenschaftler oder Schlachthofmitarbeiter, keine Scham, kein Gewissen, nichts, was vom Töten abhält.

Nun also die Innenstadt. Unüberhörbar. Irgendwo plärrte ein Radio. Autohupen gellten im stockenden Verkehr. Stimmen. Plötzliche Rufe. Und Lachen. Und Geschäfte dort und hier. Und dort schon wieder welche. Geschäfte also und das Kaufen-und-Verkaufen, und wieder einmal konnte er nur staunen, wie schnell und gründlich sich das Denken der Frauen in diesen Kraftlinien, die so perfekt vom Konsumismus erzeugt werden, neu ausrichtete.

Beispielsweise, als das Stichwort leichter Sommerpulli fiel und alles eben noch bewiesene kritische Denken in Leonie verschwunden war, wie auch natürlich in Vivien. Also kein kritisches Denken mehr in weiblichen Schädeln. Stattdessen wurde sich mit Eifer im over the top umgeschaut, wurden vier Exemplare der Gattung Pullover begutachtet – wo doch schon das erste nicht schlecht war! – und abgetan, denn offenbar entsprach nichts dem unterbewussten Bild in Mutter und Tochter, und so hieß es jetzt »Wir gehen noch mal schnell woanders gucken«, mit einer Beiläufigkeit, dass ein unerfahrener Mann leicht hätte drauf reinfallen können, zumal auch noch »Zwei Minuten höchstens« hingestreut wurde.

Aber es dauerte allein schon zehn Minuten, einen neuen Laden aufzuspüren: Textilkontor. Ein einziger heller Raum, wo es irgendwie nach Mandarinen roch und wo die Produkte auf Kopfhöhe hingen; fünf, sechs, viele Pullover wurden in Augenschein genommen, aber umgehend verworfen, einer nur deshalb, weil Kastanienrot nicht genug Kontrast erzeugen würde zu Leonies kastanienbraunem Haar.

So stand man mit leeren Händen da, und den Frauen war anzusehen, dass ihr Energieniveau gesunken war. Aber freu dich nicht zu früh! Denn dieses Angucken-Weglegen hatte keineswegs ein Ende, im Gegenteil, nur das Objekt der Begierde wurde schlagartig ein anderes, als Vivien nämlich angesichts eines in einem Schaufenster entdeckten Cardigans aufging, dass Leonie eigentlich solch eine Strickjacke benötigte, und zwar dringend, viel dringender jedenfalls als einen Sommerpulli, logisch, der Sommer würde ja wer weiß wie rasch wieder zu Ende sein, und danach käme der Herbst, wo man solch einen Pulli nicht guten Gewissens anziehen konnte, einen Cardigan aber sehr wohl. Die Logik war offenbar überzeugend fürs weibliche Gehirn, und alle Vorfreude richtete sich nun auf das noch zu entdeckende Utensil aus.

»Wir sehen uns erst mal etwas Solides an«, sagte Vivien und leitete ihre Gruppe hin zu Göpelhof, einem Geschäft, das, wie wohl überwiegend ein Herrenausstatter – Jeans für den modisch mutigen Mann: 259 €, ein rot-grün-weißer Schal: 69 €, wie Golfschuhe aussehende Schuhe: 158 € –, auch für die Gattin des werten Herrn einiges bereithielt, in diesem Fall etwas, dessen Variationen bei 109 € begannen. Und solide waren. Nun war Leonie aber doch noch nicht so alt, dass textile Solidität für sie einen besonderen Wert gehabt hätte, und so wurde zwar angesehen, einmal sogar anprobiert, aber doch sichtlich halbherzig; und mit einem gemurmelten »Nicht ganz das Richtige ...« verließ man die Räumlichkeiten.

Im Kauf Dich Glücklich wurde man ebenfalls nicht fündig. Aber immerhin hatte er, der unbeteiligte Dritte, hier einen Moment des Bedenkens; er fragte sich nämlich, ob dieses augenzwinkernd ironische ›Kauf dich glücklich‹ nicht sogar die allgemeine Einstellung der Konsumisten in Worte fasste: Man war sich sehr wohl bewusst, dass niemand – nicht mal der Kaufsüchtige – das Glück im Kaufen finden konnte, hatte sich aber schizophreniert und nahm das Kaufen durchaus als Versprechen eines nachklingenden Glücks. Jetzt war da diese Frau, die ihnen beim Verlassen in der Tür entgegenkam, die ihre weizenblonden Haare zu Schneckenflechten gelegt hatte und erstaunlich aussah wie Prinzessin Leia. Musste er seinen Blick aber disziplinieren.

In der Purpur Mode versuchte ein Mann, mit ihnen ins Geschäft zu kommen. Sieh an. Einer in pechschwarzer Seemannsjacke mit zwei Reihen großer silberglänzender Knöpfe und im Gesicht ein Pferdegebiss wie der Sänger von Die Ärzte.

Dann bog Vivien nach rechts in die Ehrmannstraße. Dort war eine Boutique namens Note Noir: Ein Lädchen, so klein, dass er es bis zur letzten Sekunde nicht ernst genommen hatte, gemäß der Faustformel, dass es sich in großen Läden mit großer Auswahl am schnellsten und besten einkaufen ließ, siehe Baumärkte, Gartencenter, Discounter. Aber es war genau in diesem Note Noir, dass Vivien zuschlug, zack!, und für ihre Tochter einen bläulichgrünlichen Cardigan erwarb.

Draußen im Sonnenlicht meinte er, in Viviens und Leonies Gesicht den Abglanz geradezu körperlicher Befriedigung lesen zu können. Kaum zu fassen! Dem Himmel zu danken für ein schlaff am Körper runterhängendes Teil, das im normalen Leben, wo es nicht um Maskerade ging, ja gar nicht getragen werden konnte. Zu allem Übel war das Ding auch noch arschteuer. Warum berührte ihn das alles überhaupt noch? Es war ja nun wirklich nicht das erste Mal; das Problem der Frauen ist doch für jeden sehenden und denkenden Menschen glasklar: Sobald die Idee aufgestiegen ist, sich unbedingt etwas sichern zu müssen, was jünger aussehen lässt, attraktiver, was die Blicke der Männer oder den Neid der Frauen anzieht, ist jede Ahnung davon, was man konkret hat wollen gewollt, verloren und stattdessen lässt frau sich treiben im Akt, den das Suchen nach der neuen textilen Haut darstellt, in der Erregung, bald auf dem Laufsteg was Neues präsentieren zu können, und das ist alles hoffnungslos genetisch verankert, und als Mann sollte man sich damit trösten, getrennte Kassen zu haben.

Immerhin war es damit für heute hinter sich gebracht, und er konnte nun entspannt beistehen, im Bewusstsein, sich durch die schweigende und durchaus ergeben wirkende Folgebereitschaft einen Bonus erarbeitet zu haben, den er bei Gelegenheit einlösen konnte, zum Beispiel, wenn es darum ging, die Indoor Cart Bahn unten in Buckau zu testen oder, warum nicht?, mit einem Kanu die Elbe runterzupaddeln, Aktionen eben, die das innere Leben wirklich bereichern, denn Einkaufen kann jeder, selbst – oder gerade – ein Affe, wenn er entsprechend dressiert und liquide ist.

»Tat doch gar nicht weh, oder?« Vivien henkelte sich bei ihm ein, sprühend vor Leben. »Wie wär's mit einem Eis?«

»Kaffee und Kuchen«, sagte Leonie. »Ich brauche Zucker und Koffein.«

»Kaffee könnte ich auch gut gebrauchen«, sagte er.

»Das sollst du auch haben, mein Lieber«, sagte Vivien. »Aber koffeinfrei, wie wir's besprochen haben.«

»Ja, so weit –« Er machte sich von ihrem Arm frei. »Wenn, dann will ich richtigen Kaffee.« Darüber wäre auch mal zu sprechen: dass er behandelt wurde wie einer, bei dem bei allem, was er tat, auf die Gesundheit zu achten war. »Wenn ich keinen richtigen Kaffee kriege, komme ich nicht mit.«

Jetzt dieser schon gut bekannte Blick aus Viviens Augen, der bedeutete: Darüber müssen wir noch reden. Aber sagen tat sie: »Ich würde vorschlagen, wir gehen ins Wiener«, und zu ihm: »Ein Kaffeehaus.«

Es ärgerte ihn, von jemandem, der erst so kurze Zeit überhaupt in Deutschland war und gar nicht in Magdeburg wohnte, über so was aufgeklärt zu werden. Als wäre sie die Lebenserfahrenere. Darüber wäre mal zu sprechen und nicht über beschissenen entkoffeinierten Kaffee.

Im Schaufenster eines Spätshops blinkte aufdringlich der Hinweis *We're open*, und daneben machte sich eine riesige Bierreklame breit.

»Du redest immer von Tierschutz«, sagte Vivien, »dabei wäre hier Menschenschutz nötig. Alkohol tötet.«

»Die Kneipen des 21. Jahrhunderts«, sagte Leonie. »An Sommerabenden sitzt man vor der Tür auf dem Bürgersteig, wie in Italien.«

»In Kreta«, sagte Vivien und zwinkerte ihm, Onno, zu.

»Türken auch«, sagte er. »Und Syrer oder so. Und die sitzen schon tagsüber da.«

»Es gibt keine Türken in Sachsen-Anhalt«, sagte Leonie. »Syrer auch nicht. Da hat dir dein ausländerfeindliches –«

»Den Spielotheken könnte man ›Spielsucht tötet‹ auf die Schaufenster pinseln«, sagte Vivien.

Leonie sagte: »Bei Bordellen: ›Sexuelle Ausbeutung tötet Frauen‹.«

»Die Tiere nicht vergessen«, sagte er. »Wir sollten die Schwächsten nicht vergessen.«

»Es gibt mehr Tierschutzvereine als Vereine zum Schutz von Frauen.«

»Und zurecht.«

»Zurecht?«

»Ja. Die Menschen können was dafür, für ihr Schicksal, weil das nämlich gar kein Schicksal ist – passiv und so –, sondern selbst gemachtes Leben. Jedes Leben jedes Menschen ist selbst gemacht und muss auch selbst verantwortet werde. Aber Tiere sind unschuldig und kriegen nie eine Chance, dem Abschlachten zu entgehen, und –«

»Dein Gerede! Als ob die Frauen in Sexarbeit was für ihre Situation könnten! Die Frauen können nämlich auch nichts dafür, so ist das nämlich!«

»Und ob. Die haben schließlich die Wahl.«

»Die Wahl? Träum weiter! Die werden wie Sklavinnen gehalten, und einmal im Getriebe, gibt's kein Entkommen.«

»Am Anfang haben die sehr wohl die Wahl. Keine Frau wird als Prostituierte geboren. Aber Tiere haben von Anfang an keine Wahl. Hühner und Schweine und Rinder werden geboren, um vom ersten Tag an gequält zu werden und dann abgeschlachtet zu –«

»Ja, und die Kinder?«, sagte Leonie. »Die Kinder, die in der Familie vergewaltigt werden und getötet, haben die eine Wahl?«

»Warum denn plötzlich Kinder? Ich denke, wir reden von Frauen?«

»Ich habe von den Schutzlosen geredet, von denen, die du offenbar gar nicht auf dem Radar hast. Und dass sich da was ändern muss.«

»Ja, Amen.«

»Jaaa«, sagte Vivien gedehnt, »es gibt so viele gute Möglichkeiten, die einen zum Helfen einladen.«

21

Konsumstreik, welch süßes Wort! Welch schöne Idee: den Kapitalismus dehydrieren zu lassen. Aber die Praxis hat keinen Sinn für hohe Ideen, und man selbst erweist sich viel zu oft als schwach, und so macht es – bis auf weiteres – das Wesen pragmatischer Klugheit aus, die Vorteile der kapitalistischen Zivilisation, identisch mit Warenzirkulation, zu nutzen, ohne sich mehr als unvermeidbar zu korrumpieren; was man – er – insbesondere beim Einkaufen exerzieren konnte, und weil es an Produkten ja weiß der Teufel nicht mangelte, sprang er als Sonderangebotsjockey vom Rücken der einen Ratte auf den Rücken der anderen Ratte, sobald die erste Ratte Konditionsschwächen zeigte, und das alles mit Unterstützung der segensreichen App Marktguru, denn merke: Je höher die Markttransparenz ist, desto hysterischer müssen sich die Ratten abhetzen, um auf eine auskömmliche Rendite zu kommen, und Mensch, du solltest dieses Gehetze unterstützen, in der Hoffnung, dass alles schlussendlich explodiert und implodiert, auf dass auch der letzte Nullachtfünfzehner draus lernt – dann natürlich auf die harte Tour, aber wer nicht spätestens um fünf vor zwölf mit dem Denken und Handeln angefangen hat, kriegt eben um fünf nach zwölf die glühende Eisenstange in den Arsch geschoben, und das ist die vollkommene Gerechtigkeit.

Heute mal Netto. Diese erste Entscheidung nahm ihm viele weitere ab, verschaffte ihm allerdings keine Zeit-der-Gedankenlosigkeit, denn der Mensch lebt nicht von Sonderangeboten allein, sondern von Vollkornprodukten und von Gemüse, vor allem von Gemüse, und zwar zum Beispiel von Fenchel. Dieser hier war eingeschweißt in einem Plastikcontainer. Ressourcenschonung ging anders. Na ja, wenigstens konnte bei so was schon mal ein Schnäppchen gemacht werden. Erst kürzlich hatte er einen nominal 500 Gramm schweren – in fünf Meter Plastikfolie eingewickelten – Brokkoli entdeckt, bei dem die Kundenwaage nicht weniger als 855 Gramm anzeigte. Aber Vorsicht, eingeschweißtes Gemüse war oft schon am Kipppunkt und manchmal, zum Beispiel jetzt, faktisch schon jenseits: nahezu jede Fenchelknolle war an Stellen glasig und würde in einigen Stunden glibberig sein. Die vom Kapitalismus geschaffenen Kreaturen konnten es nicht lassen: mussten immer wieder versuchen, einen übers Ohr zu hauen. Er hob einen Zweig mit vier Tomaten in den Einkaufswagen, nahm eine rundum ansehnliche Sellerieknolle und einen Vorratspack an Möhren. Vor dem Regal mit der Pflanzenmilch: Vielleicht diesen Hafer-Mandel-Mix? Was verrät die Inhaltsliste? 10 % Hafer, 0,75 % Mandeln. Erinnerte an Katzenfutter, Geschmacksrichtung Lachs: 96 % Geflügelnebenprodukten und 4 % Lachs. Danke, ihr Arschlöcher, könnt ihr selber saufen und fressen.

Und das war's auch schon wieder für heute. Das war einer der guten Nebeneffekte, wenn man sich erst mal dazu gebracht hatte, das Fahrrad zum Einkaufen zu benutzen: Man grapschte nicht nach allem, was einem aus den vielen Regalen entgegenlächelte, sondern – immer im Sinn, dass der Raum im Rucksack knapp war und zudem alles sein Gewicht hatte – man selektierte, priorisierte und war am Ende gut dran.

Jetzt waren alle Produkte der Konsumentin vor ihm über den Scanner gezogen. Er hatte keinen Trenner hingelegt, dreißig Zentimeter Luft mussten reichen.

Die Kassiererin fragte mit Blick auf seine Waren: »Das sind dann Sie?«

Er nickte. Wie soll man auch reagieren, in diesem System?

Er schulterte den Rucksack, eilte an dem Typen – Halbglatze, Wampe, Bierdose in der Hand – vorbei, vorbei auch an der am Fallrohr neben dem Eingang angebundenen Terriermischling mit der dramatisch langen, seitlich aus dem Mund hängenden Zunge und dem einen weißen Auge; er schätzte das Tier mit einem schnellen Blick ab. Keine Zeichen der Vernachlässigung, zumindest nicht vom Fell her.

Natürlich konnte es auch vorkommen, dass das Tier Pech hatte, wie dieser Hund, den er vor Penny gesehen hatte, ein braun-weißes Etwas von undefinierbarer Abkunft, das sich im Schatten des Amazon-Paketlockers ewig mit den Hinterpfoten im struppigen Haar gekratzt hatte, und passend dazu der Verantwortliche: speckige Hose, Norwegerpullover mit Zopfmuster, vielleicht fünfunddreißig und roch wie eine Kloake, ein Gestank, noch brutaler als bei manchen Alten, weil die ja im Rahmen ihrer verbliebenen Kräfte versuchten, olfaktorisch nicht aufzufallen; aber der hier hatte jede Scham hinter sich gelassen und schiss auf Gott und die Welt.

Das alles war ihm, Onno, im Grunde herzlich egal, aber solche zogen dann regelmäßig den Hund oder die Katze mit sich runter, und als Außenstehender konnte man da wenig machen, denn auch noch der letzte lebensuntüchtige Versager war ein vom Rechtsstaat – von einem System, wo der Stärkere, in diesem Fall wie fast immer: der Mensch, seine Macht maßgeschneidert bekommen hat – legalisierter Tyrann über ›sein‹ Haustier.

Wie befürchtet, passte das Nean nicht mehr in den Rucksack, und der Gepäckträger war schon von dem 2-Kilo-Beutel Möhren belegt, sodass er das klobige Bügelschloss in die Hand nehmen und nun also mehr oder weniger einhändig fahren musste. Was sich zu den Problemen addierte, im Gleichgewicht zu bleiben und diese waschbrettartigen Abschnitte im Asphalt auszuhalten.

Außerdem ging das Einhändigfahren ordentlich auf die Oberschenkel, und nach drei zermürbend langen Steigungen und zwei Abfahrten, die so rapide waren, dass er sich währenddessen nicht ausruhen konnte, quälte er sich mit letzter Luft und unter dem Rucksack durchgeschwitzt die Stavenhagener hoch.

Dort, wo die Lomichel begann, zeigte sich nun ein neues Problem in Form eines kahlen, vom Fett halslos gemachten Kopfes, nämlich: Morr.

Er bremste ab und ließ das Rad die letzten Meter ausrollen, querte die Fahrbahn und brachte das Vorderrad vorsichtig über die Bordsteinkante auf den Bürgersteig vor Nummer 17. Dann stoppte er, war mit der rechten Fußspitze auf dem Boden und stieg auch mit dem linken Fuß vom Pedal, war jetzt ganz abgestiegen und nickte nun wie nebenbei dem anderen zu. Und das war's.

Der Rucksack und das Bügelschloss und die Mohrrüben wurden vor der Tür der Wohnung, in der bis zu seinem stillen Tod auf dem Sofa im Februar der dritte Alkoholiker in Nummer 17 gehaust hatte, abgestellt.

Dann musste die eiserne Kellertür, die stets zufallen wollte, mit dem extra dafür organisierten Ziegel blockiert werden, und dann wurde das Rad zur Kellertür getragen. Wie der an der Eisentür klebende, neongelbe, allerdings schon arg ramponierte Zettel informierte, war der Kammerjäger vor zwei Jahren und noch mal vor anderthalb Jahren da gewesen und hatte

nicht Brodifacoum
nicht Bromadiolon
nicht Difethialon
nicht Flocoumafen
nicht Warfarin

ausgelegt, sondern – denn so war's angekreuzt in der Liste – Difenacoum.

Hatte natürlich gleich recherchiert werden müssen. Danach hatte er wieder was gelernt über das Wesen des Menschen in der Welt. Difenacoum hat Zitat Anfang, Pharmawiki.ch, rodentizide Eigenschaften. Die Effekte beruhen auf der indirekten Hemmung der Blutgerinnung durch eine verminderte Bildung aktiver Gerinnungsfaktoren. D. inhibiert das Enzym Vitamin-K-Epoxidreduktase. Zusätzlich werden auch die Blutgefäße geschädigt, was zu inneren Blutungen führt. Der Schädling stirbt an kleinsten Wunden. Die tödliche Wirkung von D. tritt verzögert nach wenigen Tagen ein. Dadurch können andere Nagetiere keinen Rückschluss auf die Ursache der Vergiftung ziehen. Zitat Ende.

Clever, nicht wahr? Der Mensch ist immer am besten, wenn es ums Töten geht. Wenn er zerstören und vernichten kann, ist der Mensch authentisch.

Das Rad wurde geschultert und beim Schein eines Glühbirnchens die enge Kellertreppe, wo buchstäblich keine Stufe unbeschädigt war, runter ins Düstere und vor allem muffig Riechende getragen. Und im betonierten Abstellraum abgestellt. Und mit Nean und Spiralschloss gesichert.

Dann stieg er die Kellertreppe wieder hoch in die lichte Welt, schloss ab, ging an Rucksack und Möhren vorbei und machte draußen den Briefkasten auf.

Drin befand sich ein dicker DIN A 5-Umschlag mit, rot gestempelt, *Condo Hausverwaltung GmbH Berlin*.

Mist. Hausverwaltung war wie Krankenkasse: Wenn die sich meldet, wird es teurer.

Auf halber Treppe vor geöffnetem Fenster, umgeben von Zigarettenrauch, der ihm aus seiner Wohnung gefolgt war, stand Rentner G. Tschiboniak. Die Haare in Pottschnitt, die Gesichtshaut wie geschmolzene und wieder semi-verfestigte Plastikmasse, drei Alterswarzen auf den Wangen. Tschibo hatte magere Beine wie die Legionäre in Asterix und Obelix und trug einen Schmerbauch vor sich und sagte jetzt mit Blick auf Onnos diverses Gepäck: »Da weiß man am Abend, was man getan hat.«

Oberflächlich betrachtet, schienen Morr und Tschiboniak Genossen im Schicksal zu sein, insofern beide in erster Linie Alkoholiker waren. Aber der abschüssige Weg war ein ganz unterschiedlicher gewesen, denn während sich Morrs Dasein im Licht des § 249 Strafgesetzbuch der DDR restlos erklären ließ, hatte man es bei Tschiboniak schlicht mit dem geborenen Angeschmierten zu tun.

Vor der Wende in der Produktion gewesen als Drucker, sich damals zwar schon ordentlich die Nase gewässert, aber durchs Kollektiv abgeschirmt und im allgemeinen Niedergang der Arbeitsleistungen sowieso nicht weiter auffällig gewesen, war's nach 1989 aus mit der Lebensroutine, in der es genügte, die zugewiesene Arbeit so zu tun, dass man noch einigermaßen im Plan war, und sich ansonsten allem und allen gegenüber als Zuschauer zu fühlen, richtig engagiert nur bei nackter Haut und blauem Würger.

Nie Genosse gewesen, entsprechend nie Funktionär, hieß, dass, als dann die Staatsinsolvenz passierte, nach keiner starken Hand gegriffen werden konnte, die ihn, den unwahrscheinlich schnell auf den schlammigen Grund sinkenden Ex-Arbeiter, wieder hoch ans Licht und zum Sauerstoff hätte ziehen können. Erst einmal mit Kurzarbeit null zumindest formal im System gehalten, dann Umschulung; zwar besaß Tschibo keinen Führerschein – nie benötigt im ÖPNV-Land DDR –, was sich zeitweilig als echtes Defizit erwies, aber als dann eine ex-DDR-weite eifrige Bautätigkeit einsetzte, ergatterte er, inzwischen Bauarbeiter, einen Job bei MHB. Also schön fünf Tage die Woche malocht, wie er es nicht anders kannte; nur dieses Mal eben nicht, um die Staatsmacht zu stabilisieren, sondern zum Nutzen der Gesellschafter der GmbH. Für Tschibo gehupft wie gesprungen.

Aber der Kapitalismus ist ein ewiges Auf und Ab für dich da unten, und also wurde irgendwann entlassen, und wen traf's zuerst?

Über fünfzig, zudem im falschen Gewerbe: »Die Zukunft liegt im Digitalen, Mann! Haben Sie eine Ahnung vom Digitalen? Keine Ahnung?«, und überdies vom Körper her immer anfälliger, war er faktisch unvermittelbar.

Aber zähes Leder, der Günter Tschiboniak. Kommt am Schaufenster mit den Urnen und tröstenden Sprüchen vorbei und sieht auf dem Pappschild handgeschrieben: *Gehilfe gesucht. Gerne auch Rentner*, öffnet die Tür, und weil sich bis zum Abend kein anderer meldet, kriegt Tschibo den Job und war also geringfügig bezahlter, aber ordentlich gemeldeter Bestattungsgehilfe.

Allerdings nur genau so lange, bis er seine erste Drei-Tage-Leiche vor Augen hatte und roch und nolens volens auch hätte anfassen müssen.

Wäre Tschibo philosophisch oder zumindest anthropologisch interessiert gewesen, hätte er am geduldigen Objekt, das ja durchaus noch dem, was es beziehungsweise sie – 67 Jahre, 1,54 m, 82 kg – im Leben gewesen war, ähnelte, aber doch auch schon in rapider Veränderung begriffen war, lernen können: dass alle Form schlussendlich nur die komplexestmögliche Organisierung von auf Kohlenstoff basierenden Molekülen plus Wasser darstellt und immerzu bedroht ist von und schon nach kurzzeitiger Unterbrechung des basalen Input-Output-Kreislaufs dann auch tatsächlich unterworfen ist der – wertneutralen, weil rein prozessualen – Transmorphologie.

Jedenfalls wurde Tschibo, nahe am Kreislaufkollaps, im Leichenwagen nach Hause gefahren. Einige Tage später schien er es schon wieder mit einem Lachen abtun zu können. Aber man lasse sich nicht täuschen. Hier war eingetreten, was kein Mann im Leben wollte: fürs eigenen Überleben abhängig sein von anderen. Tschibo, über ›Bronchien‹ und ›schwaches Herz‹ jammernd, verließ kaum noch die nach Zigarettenrauch stinkende 2-Raum-Wohnung, und alles, was er zum Essen,

Quarzen, Saufen, Saufen benötigte, brachte ihm die gutmütige Frau Bienert, die ihm auch die Haare schnitt.

Zuerst den Rucksack abgestellt, den Beutel Mohrrüben in die Küche gebracht, Schuhe aus, Socken aus, T-Shirt aus; das ärmellose Feinrippunterhemd angezogen; dann – ignorieren nutzte ja nix – wurde der Briefumschlag genommen und mit dem Messer aufgeschlitzt und der Inhalt, soundsoviel Blätter dickes Papier, auseinandergefaltet.

Fett gedruckt: *Mieterhöhungsverlangen gemäß § 558 BGB*. So hieß das also: Mieterhöhungsverlangen. ›... werden Sie hiermit gemäß § 558 Bürgerliches Gesetzbuch (BGB) gebeten, einer Erhöhung der monatlichen Nettokaltmiete für Ihre Wohnung von zurzeit ... um 41 € ... zuzustimmen.‹

So, der Schlag war erhalten. Wenn er ehrlich sein sollte, hatte er mit so was schon längere Zeit gerechnet. Dreieinhalb Jahre keine Erhöhung, das musste denen in Berlin ja irgendwann auffallen.

Und nun, was bekam im Gegenzug der Mieter Fissler? Der kriegte, dass sich an der Situation nichts änderte – bis zum nächsten Mieterhöhungsverlangen.

Werden Sie gebeten. Da war auf der einen Seite das zwanghafte Kalkül zur Gewinnmaximierung, auf der anderen Seite die Gesellschaft mit dem formal zivilisierten Umgang, und dazwischen die deutsche Sprache, die sich benutzen ließ, und dann hieß es eben: Werden Sie gebeten.

Aber das, was den ganzen Aufwand überhaupt ausgelöst hatte – so lästig für das Unternehmen –, war die beigefügte, fünfseitige *Zustimmungserklärung zur Mieterhöhung*. Die hatte er bis Ende des Monats unterschrieben zurückzusenden. Damit dem Gesetz Genüge getan war.

›Gleichfalls ... dass wir eine Zustimmung unter Vorbehalt nicht anerkennen und einer Ablehnung gleichsetzen ... nur möglich, dem Erhöhungsverlangen vorbehaltlos zuzustimmen oder es abzulehnen.‹

Da hieß es: ganz ruhig sein. Einfach nur registrieren. Keine negativen Gefühle aufkommen lassen. Ärgern nutzte ja nichts oder höchstens insofern was, als Ärger immer ein Punkt ist, wo sich der Weg gabelt. Entweder die Wut runterschlucken und sich mit den Tatsachen arrangieren – also den Weg der Kollaboration gehen – oder die Energie benutzen, um sich mental aufzumunitionieren. Allerdings war hier jeder direkte Widerstand unsinnig. Bevor du daran denkst, an den Zaun zu pissen, überleg, ob das Ding nicht unter Starkstrom steht, dann solltest du nämlich den Schwanz tunlichst in der Hose lassen. Er sollte jedes Gefühl abstellen und den Dauerauftrag ändern. Aber aller Appell an die taktische Vernunft half nichts; er stand da, den Brief in der Hand, und sein Blick glitt über das perfekt Lasergedruckte und blieb an dem ›dass wir eine Zustimmung unter Vorbehalt nicht anerkennen‹ hängen. So sprach man mit Ausgelieferten. ›Es ist nur möglich, vorbehaltlos zuzustimmen oder abzulehnen.‹

Er tat den Brief zurück in den Umschlag und schob den mit einer Kante unter das Notebook, wo er unübersehbar war. Zu mehr langte im Moment die Kraft nicht. Ausgeliefert sein und dazu feige sein – eine Kombination, die einen krank machen konnte. Er schleppte sich ins Schlafzimmer und legte sich aufs Bett, bereit, sich düsteren Gedanken hinzugeben.

Aber da war ein Geräusch, draußen vor dem Fenster, und als es nicht aufhören wollte, erhob er sich, trat hin, sah raus. Dort auf der mit einem Eisenblech geschützten Fensterbank waren zwei Sperlinge am hüpfen und rumspringen. Und wie es so war, kam wieder Energie in ihn – nicht viel und schon gar nicht solche, die ihn hätte ebenfalls wie aufgezogen rummachen lassen können, aber doch genug, und das reicht ja, im Vergleich zum Stillstand, der das Sterben ist.

22

Obwohl beim Vorgang ›Rörig‹ durch geschickte Initiierung von Koordination inklusive Verhandlungen und diversen Rückversicherungen eine zeitintensive Eigendynamik hatte ausgelöst werden können und darüber hinaus immer mehr Einzelheiten – Nebensächlichkeiten – auftauchten, die irgendeine Seite fixiert haben wollte, die einer anderen Seite aber bedenklich waren, trotz allem also hatte er pünktlich Feierabend gemacht und die Immobilie eiligen Schritts, aber im sehr angenehmen Gefühl, auch morgen noch gut zu arbeiten zu haben, verlassen. Er hatte beim Bäcker gehalten und zwei Baguettes gekauft und hatte dann wiederholt Glück mit den Ampeln gehabt, sodass er sich nicht über die automatisierte Destruktivität der Verkehrsreglung aufregen musste.

Und alle Eile nur, weil auf den Mann eine Frau wartete, eine Frau, die ihm nun die Papiertüte mit den beiden Stangenweißbroten abnahm, ihm die gespitzten Lippen hinhielt und nach vollzogenem Küsschen sagte: »Vergiss nicht, dir die Hände zu waschen.«

Ja, so klang es, wenn man von der freien, mit allerhand Gefahren versehenen Wildbahn hin in die Höhle moderner Art trat, wo es einladend und relativ behaglich war, aber vor allem sauber und das auch bleiben sollte, was einen immerwährenden Kampf gegen Keime und Bakterien bedeutete; aber er kam der Aufforderung nach, kommentarlos, weil jede andere vorstellbare Reaktion einen Disput provoziert hätte, beginnend mit: ›Jetzt hör mal, Onno ...‹

»Und denk daran, Seife zu besorgen«, sagte sie.

Tatsächlich war der Spender, wie er jetzt sehen musste, schon wieder zu neun Zehnteln leer, und gemäß Verabredung über faire Verteilung von Ausgaben war diesmal er es, der die nächste Quantität an Flüssigseife zu kaufen hatte – im Nachfüllpack und pH-neutral und selbstverständlich bio; alles Qualitäten, die dezent, aber mit strengem Auge kontrolliert werden würden.

Alle Flächen der Kücheninsel waren belegt von Tellern, in denen Gemüsestreifen lagen, und Brettern, auf denen Gemüsestücke lagen, dazu einigen Gewürzdöschen und einer halb leeren Alu-Dose, in der der Reis gelagert wurde. Und auf der Kochzeile war mit all den Schälchen, Messern, Löffeln, Plastiktütchen, ganz zu schweigen von Resten von Gemüse: eine Erbse hier, ein fingerlanges Stück Stangensellerie dort und dort einige Maiskörner, ebenfalls kein Quadratzentimeter freier Platz mehr. Allerdings war der würzige Geruch schier betäubend und auch dermaßen durchdringend, dass ihm die Augen tränten. »Warum stellst du nicht die Dunstabzugshaube an?«, fragte er. »Ich meine, diese Gerüche hier ...«

»Die gehören dazu«, sagte sie. »Oder wäre es dir lieber, wenn's nach nichts riecht und wir uns dann beim Essen wie in der Kantine fühlen?«

»Erinnere mich bloß nicht daran«, sagte er und fragte: »Hast du experimentiert?«, dabei auf die Reispfanne – im buchstäblichen Sinne: eine große schwere schwarze Pfanne mit allerlei, aber vor allem Reis drin – deutend, die offensichtlich den Mittelpunkt des Ganzen bildete.

»Heute gibt's Jambalaya«, sagte Vivien. »Ich habe mir gesagt, wo die vegane Küche ja meistens asiatisch ist, probiere ich's mal mit amerikanisch.«

»Jambalaya hört sich an wie ein 50er-Jahre-Schlager.«

»Das stammt aus der Cajun-Küche. Für uns mit veganem Hühnchen, und die Chorizo sind aus gewürztem Seitan. Und dazu Zaziki. Das ist noch im Kühlschrank, das kommt erst im letzten Augenblick raus.«

Immer wieder frappierend, was für einen Unterschied es machte, sobald eine Frau an den Herd trat. Für ihn selbst war es bereits Menü genug, einen in Rechtecke zerkleinerten Räuchertofu in der Pfanne zu haben, dazu eine Handvoll Brokkoliröschen plus eine Dose Zuckermais. Er legte seine Hand um die Hüfte von Vivien und drückte seine Lippen auf ihren Hals, dabei seinen Körper an ihren Körper drängend.

Die Frau ließ es geschehen, um nun aber zu sagen: »Du sollst die Köchin nicht ablenken«, und mit der Hüfte eine Bewegung zu machen, was heißen sollte, mit seinen Lenden auf Distanz zu bleiben.

»Das ist der Dank«, sagte er. »Da bringt man Baguettes als Morgengabe mit und stellt sich auch selbst zur Verfügung ...«

»So billig bin ich nicht zu haben.«

Er küsste kurz ihr Ohr. »Du bist mir das Teuerste.«

»Ich weiß.«

»So?«

»Ja. Für dich gibt's nichts Besseres als mich.«

Er trat einen Schritt zurück, ließ es wie Vernunft wirken, wo es doch ein Zurückweichen war vor den Tentakeln des Oktopus, der da hieß Ich-und-du-und-sonst-nichts-auf-der-weiten-Welt.

»Ein Glück ist Südstaatenküche von Natur aus Patchwork.« Vivien war wieder bei dem, was sie momentan am meisten zu beschäftigen schien. »Da kannst du alles reinwerfen, was der Garten an Essbarem hergibt. Und hier ist auch Paprika drin – edelsüß, wir wollen uns ja nicht die Zunge verbrennen – und Gemüsebrühe. Weil sonst kein Salz drankommt, müssen wir bei der Brühe kein schlechtes Gewissen haben.«

»Ein schlechtes Gewissen ist das Letzte«, sagte er.

»Guck mal nach, wie es dem Zaziki geht.«

»Ich höre und gehorche.«

Im Kühlschrank wartete in einem Keramikschälchen, unter straff gespannter Zellophanfolie, der griechisch-kulinarische Teil des Abends.

»Ich hoffe, da ist schön viel Knoblauch dran.«

»Heute mal nicht.«

»Warum denn nicht?«

»Das ist mit Mandeljogurt. Ich bin neugierig, wie uns das schmeckt.«

Was ja eigentlich kein Antwort war. Er drückte die Kühlschranktür zu. »Jogurt kann man auch selbst machen.«

»Ich weiß. Dazu bräuchte ich aber einen Gärautomaten.«

»Wir könnten einen kaufen. Wir machen fifty-fifty, dann kann sich keiner beschweren.«

Sie hielt in der Bewegung inne, drehte sich zu ihm um. »Und womöglich auch noch gebraucht, was? Hör zu, mein Lieber. Wenn so ein Ding angeschafft wird, dann gibt es das als Geschenk für mich. Und selbstverständlich nagelneu.«

»Und wenn's dir dann nicht zusagt? Meine Mutter hatte ein Waffeleisen und einen Dörrautomat und tausend anderes, und nichts von dem –«

»Das hat was mit Wertschätzung zu tun.« Und endlich wandte sie den Blick ab, entspannte und streute Petersilie und Minze über das Jambalaya. »Gebrauchte Küchenmaschinen, also bitte. Das ist ja so, als würde ich bei der Hochzeit einen Second-Hand-Ehering über den Finger gestreift bekommen, womöglich noch einen, der nicht passt und viel zu eng ist und mit einem falschen Namen eingraviert, ›In ewiger Liebe für Ramona‹ oder so.« Jetzt musste sie unwillentlich auflachen.

Er lachte nicht. Er dachte daran, mit welcher Leichtigkeit es die Frau fertiggebracht hatte, Essen und Ehe beziehungsweise Kochen und Heirat in einem Satz unterzubringen. »Ich bin nur vernünftig«, sagte er. »Ich schlage vor, also, wir sehen irgendwann weiter.« Er nahm das in Reichweite liegende Messer mit der wellenförmig geschliffenen Klinge, griff sich das eine Baguette und begann, es in etwa gleich dicke Scheiben zu schneiden.

Vivien stellte ihm wortlos das rosa Bastkörbchen hin, und er arrangierte die Brotstücke darin.

So wurde also sozusagen von zwei Köchen gearbeitet, und wie er gehofft hatte, verbesserte dieses gemeinsame Tun Viviens Stimmung.

»Hier, Herr Küchenhelfer«, sagte sie, der Ton schon weicher als eben noch, »streuen Sie das aus.« Sie hielt ihm ein Schälchen mit Cashewkernen und eins mit Cranberrys hin.

Er warf ein paar Kerne und einige Beeren auf das Jambalaya. »Wenn das so weitergeht, könnte ich wirklich das Bett gegen den Tisch eintauschen«, sagte er gedankenlos.

»Mein Ziel seit der ersten Sekunde«, sagte sie.

Er zwang sich ein Lächeln ab, entfernte sich von ihr, und weil's immer gut war, beschäftigt zu sein, machte er sich dann gleich an die Arbeit: nahm die zurechtgestellten Teller und Weingläser und trug sie zum Tisch ins Nebenzimmer, tat die Bestecke daneben und legte die Damast-Servietten griffbereit hin; und zündete schließlich die dunkelrote Kerze an. Ein regelrechtes Ritual. Müsste er auch mal drüber nachdenken: dass er es zuließ, sogar tatkräftig dabei mithalf, das Essen in eine Theaterveranstaltung zu verwandeln mit Requisiten und Kulisse.

Vivien kam hinterher, rückte die Kerze etwas zur Seite, besah sich das Arrangement, wollte etwas sagen, aber gerade jetzt klingelte es, und sie, offenbar kein bisschen wütend und nicht mal überrascht, ging mit einem »Ich werde mal sehen« aus dem Zimmer.

Er blieb verblüfft zurück – und war noch verblüffter, als nach einigen Momenten Jasmin in der Tür erschien.

»Hallo, Onno. Ich hoffe, ich störe nicht ...?«

»Meine Tochter stört nie«, sagte Vivien, die um Jasmin herum wieder ins Zimmer getreten war.

»Eine Überraschung«, brachte er hervor.

»Du kannst gerne mitessen«, sagte Vivien zu Jasmin.

»Ist aber vegan«, sagte er.

»Klingt gut«, sagte Jasmin.

Er pustete die Kerze aus und drückte mit angespeicheltem Daumen und Zeigefinger die Glut weg.

Jasmin hatte sich die Jacke ausgezogen, die ihr dann von ihrer Mutter abgenommen wurde, und setzte sich. »Wir hatten auch mal einen veganen Monat«, sagte sie. »Aber shame on me, ich habe nicht durchgehalten.«

»Warum denn nicht?« Vivien war zurückgekommen.

»Schlechte Gesellschaft. Da waren nämlich auch Männer dabei, und dann weiß man ja schon.«

Die beiden Frauen lachten.

Jetzt, im Lachen, aber auch sonst, sah Jasmin ihrer Mutter verblüffend ähnlich, so vom Äußerlichen her. Beide hatten eine große, knubbelig auslaufende Nase und einen Blick aus Augen, der sich in Sekundenbruchteilen von forschend, unter Umständen gar kalt, zu schelmisch verändern konnte; beide hatten, zum eigenen Leidwesen – was er, Onno, der Mann, mit einem Kopfschütteln abtat –, relativ stämmige Beine. Dafür aber feingliedrige Hände mit erstaunlich beweglichen Fingern. So, wie er Jasmin die wenigen Male bisher erlebt hatte, war sie allerdings wesentlich rationaler als ihre Mutter; zwar schon auch mit einer Lässigkeit, die aber, wie er hatte bemerken können, im Zweifel dem Disziplinierten Platz zu machen hatte. Eine Tochter ist eben doch nur zur Hälfte ihre Mutter ...

»Aber ich habe mir vorgenommen«, sagte Jasmin, »dass ich's noch mal versuche. Es gibt einfach zu viel zu entdecken. Die vegane Welt ist groß.«

»Wir bemühen uns auch, international zu werden«, sagte Vivien und deutete hin zur Küche, wo durch die geöffnete Tür einige der Speisen zu sehen waren.

»Bleibt gar nicht aus«, sagte er. »Tofu kommt aus Japan, Kichererbsen aus Indien. Und was hat Deutschland zu bieten? Saure Kutteln und Sülze und Mettigel. So typisch deutsch: Essen als objektive Bestrafung.«

»Ich habe schon von regelrechten Wundern gehört«, sagte Jasmin, »was das Gesundheitliche beim Veganen betrifft.«

Vivien nickte. »Seit ich in Onnos Windschatten hauptsächlich vegan esse, fühle ich mich wie verjüngt.«

Hauptsächlich? Warum nur hauptsächlich? Er machte sich eine geistige Notiz, da später mal nachzuhaken.

»Meine Haut ist heute so glatt wie vor zehn Jahren. Habe ich wenigstens den Eindruck.«

»Für dein Alter hast du wenig Falten, stimmt«, sagte er – und fand sich im kühlen Blick aus vier Frauenaugen wieder. »Ich wollte damit nur sagen«, versuchte er, sich rauszuwinden, »dass da außer Lachfältchen nichts ist, und Falten vom Lachen und vom Denken sind ja Zeichen von Leben.«

Und schon stieg die atmosphärische Temperatur wieder an. Man konnte durch Worte eben nicht nur was anrichten, sondern auch was retten, zumindest bei Frauen.

»Die Gesundheit strahlt dir aus jeder Pore, Mama«, sagte Jasmin. »Obwohl ich das als Apothekerin natürlich nicht gerne sehen kann.«

»Außerdem bin ich ausgeglichener«, sagte Vivien.

»Na, da spielt neben dem Essen wohl auch etwas anderes mit hinein, um nicht zu sagen, jemand anderes.« Jasmin grinste, und Vivien grinste auch.

Und er, Onno, in plötzlicher Verlegenheit, nahm sich ein Stück Baguette und biss rein.

»Ich wünschte, es würde auch bei ihm hier so wirken.« Vivien strich ihm über den Oberarm. »Wünschte ich wirklich. Er beißt sich in alles fest und kann sich über jede Kleinigkeit dermaßen aufregen –«

»Kleinigkeit?«, sagte er mit vollem Mund.

»Ich habe manchmal schon Angst, ihn trifft der Schlag.«

»Von Stress kriegt man Haarausfall«, sagte Jasmin.

»Das stört mich nicht«, sagte er. »Und überhaupt, andere in meinem Alter wären froh und dankbar, noch –«

»Ach herrje!«, rief Vivien. »Da hätte ich fast –« Sie sprang auf. »Kurzen Moment.« Und ging eilig in die Küche. »Immer nur über vegan reden ...« Und kam zurück, vor sich, die Hände in den dicken, roten Ofenhandschuhen, die schwarze gusseiserne Pfanne haltend, in der sich das Jambalaya häufte. Sie platzierte den Trumm auf dem Topfuntersetzer.

Dann gingen die Frauen noch mal in die Küche, angeblich, um ein drittes Gedeck zu holen, aber er hörte sie tuscheln, und nach einer ganzen Weile sagte er laut: »Ich werde mir schon mal was nehmen«, wartete kurz ab, dann schaufelte er sich von der Reispfanne auf den Teller, dabei brummend: »Wir sind schließlich nicht zum Vergnügen hier.«

Die Frauen kamen zurück: Vivien mit dem Geschirr, Jasmin mit einem vollen Glas Wasser. Vivien sagte: »Gute Appetit«, und Jasmin bediente sich, tat das allerdings nur sehr sparsam und legte dann auch als Erste Löffel und Gabel zur Seite, trank von ihrem Wasser und unterhielt sich mit Vivien, die synchron reden und essen konnte. Irgendwann leitete Vivien mit einem »Wie geht es Paul?« zum Sozialen über.

Er seufzte im Stillen. Paul war Jasmins neuer Lover. So hatte Vivien das ausgedrückt: Lover. Hatte er gesagt: »Rede doch deutsch.« Hatte sie gesagt: »Dafür gibt's kein passendes deutsches Wort. Partner klingt nach Unternehmensberatung, Liebhaber ist so flüchtig, und Geliebter hat den Beigeschmack von Ehebruch, und Freund, na ja, ein bisschen mehr als Freundschaft sollte es schon sein.« Hatte er unvorsichtigerweise gefragt: »Und wie würdest du das mit uns bezeichnen?«, und als Antwort gekriegt: »Mann und Frau ohne Trauschein«, dann hatte Vivien gelacht und gesagt: »Eine ganz wilde Ehe«, und noch mal gelacht, und weil das für ihn vermintes Gelände war, hatte er sich zwar gezwungen, mitzulachen, hatte aber nichts mehr gesagt.

»Mein Lieblingsmensch hockt nur vor dem Computer«, sagte Jasmin.

»Als Freiberufler hat man's nicht leicht«, sagte Vivien.

»Er will partout der Ernährer von uns beiden sein, das ist das Problem.«

»Der soll froh sein«, sagte Onno, der inzwischen ebenfalls aufgegessen hatte. »Wenn es zwei Ernährer gibt, ist es billiger für den Einzelnen.« Er wischte mit einer Baguettescheibe den Teller blitzblank.

Vivien sah lächelnd zu ihm hin.

»Männer denken in Hierarchien«, sagte Jasmin, »das ist denen nicht auszutreiben. Und das macht sich bei ihm am Geld fest. Ich habe jedes Mal ein schlechtes Gewissen, wenn bei mir am Monatsende mehr übrig ist als bei ihm. Denn eigentlich wäre es mir ja nur recht, wenn er mehr verdient und dafür keinen Komplex mehr hat.«

»Uns macht das nichts aus, gell, Onno, wer was verdient.«

»Sobald du Generalstationsschwester bist«, sagte er, »wirst du mich nicht mehr umsonst kriegen, mach dich schon mal drauf gefasst, dann werde ich mich an dich vermieten, pro Woche hundertfünfzig Euro. Zuzüglich Mehrwertsteuer.«

Jasmin sagte: »Gute Idee, werde ich Paul mal vorschlagen. Allerdings dann nicht hundertfünfzig Euro, sondern vielleicht zwanzig oder so.«

»Und verrat ihm nicht«, sagte Vivien, »dass Onno fast zehnmal so teuer ist.«

»Nach dem Komplex ist vor dem Komplex«, sagte Jasmin, was allgemeines Lachen auslöste.

Danach sagte Vivien: »Ehe ich's vergesse ...«, stand auf und verschwand in der Küche; kam gleich wieder zurück, nun das Zaziki und ein Schälchen mit Crackern auftragend.

Um nicht gierig zu erscheinen, wollte er sich zurückhalten, aber dann lagen die zwei Cracker, jeweils dick bestrichen mit dem Mandeljogurt, auf seinem Teller, und da war auch schon der eine zur Hälfte in seinem Mund. Und dann ganz. Und dann auch der andere. Als er runtergeschluckt hatte, sagte er:

»Sonst bin ich nicht so, aber wenn hier schon Zwei-Sterne angeboten werden.«

»Ich würde dir drei Sterne geben«, sagte Jasmin zu ihrer Mutter.

Er schüttelte den Kopf. »Bei drei Sternen ist ja gar kein Anreiz, noch besser zu werden.«

»Bei drei Sternen müsstest du auch dafür bezahlen«, sagte Jasmin.

»Onno will mir einen Gärautomaten für den Jogurt kaufen«, sagte Vivien, »da sind wir dann quitt.«

So, und jetzt sag mal was dagegen und steh als geiziges Arschloch da! Also musste er es bei einem »Hmmh« belassen.

Geschirr und Besteck und was sonst noch schmutzig gemacht worden war, wurde gespült. Irgendwann sagte Vivien: »Das Selbstgemachte ist immer noch das Beste. Wenn ich an die ganzen Zusatzstoffe denke, mag ich schon beinahe nichts mehr essen.«

»Das kommt daher«, sagte er, »weil die Industrie kein scheiß Interesse an deiner Gesundheit hat, sondern nur an deinem Geldbeutel.«

»Bei uns in der Apotheke werden wir in Zukunft auch Naturkosmetik offerieren«, sagte Jasmin.

»Das sieht man immer öfter.« Vivien nickte. »Selbst bei Edeka und Rewe.«

»Die bieten nur Waren für den Massenmarkt an. Bei uns wirst du eher Produkte für spezielle Bedürfnisse finden.«

»Für die moralischen Bedürfnisse vor allem«, sagte er.

Auf einen Wink von Vivien hin verlegte man das Gespräch ins Wohnzimmer und setzte sich dort auf die L-förmige Couch.

»Dann werden wir auch drauf achten, dass die Kosmetika tierversuchsfrei sind«, sagte Jasmin. »Möglichst auch von den Vorprodukten her, also dass alles im ganzen Lebenslauf sauber ist.«

»Das Beste, was es gibt«, sagte er und war einmal mehr von Jasmin beeindruckt. Da zeigte sie, sechsundzwanzig und Apothekerin, also schon so was wie Naturwissenschaftlerin, sich für die Zusammenhänge des Lebenden sensibel, während Leonie, Studentin und in diversen ›Projekten‹ politisch engagiert, nichts gegen Tierleichen bei Burger King hatte, solange im Unternehmen Mindestlohn gezahlt wurde.

»Will jemand einen Kaffee?«, fragte Vivien.

»Kaffee wäre gut«, sagte Jasmin.

»Wir haben was ganz Exquisites«, sagte Vivien, und dann zu ihm: »Würdest du mal bitte …«

»Aber natürlich. Und diesmal ist es noch gratis.« Er ging in die Küche, öffnete den Kühlschrank, nahm das Einmachglas mit dem grob gemahlenen, in Wasser einweichenden Kaffeemehl, goss alles durch ein Teesieb – die idiotische Idee von wegen koffeinfreier Kaffee war längst ad acta gelegt –, überlegte, ob er noch Hafermilch und Zucker mitnehmen sollte, entschied, es mit der Dienstbarkeit nicht zu übertreiben, und trug die drei Becher ins Wohnzimmer.

Wo der Kaffee sowieso mehr oder weniger unbeachtet blieb, denn nun wandte sich Jasmin an ihn. »Ich habe gerade gesagt«, sagte sie, »dass ich gehört habe, dass ein Labor gehackt wurde, und denen wurden die Daten der neuesten Versuchsreihen unbrauchbar gemacht.«

»Kann man machen«, sagte er, überrascht, wie sich das Gespräch entwickelt hatte in den wenigen Sekunden seiner Abwesenheit.

»Und dass es dafür in meinem Freundeskreis Beifall gab.« Jasmin nahm einen Schluck Kaffee. »Und meine Freunde sind keine Punks oder so. Das Thema ist also schon in der Mitte angekommen.«

»Jetzt müssen nur noch die Taten folgen«, sagte er.

Jasmin schwieg.

Ein seltsames Schweigen.

Auch Vivien war stumm.

»Was denn?«, fragte er.

Aber keine Antwort.

Um den Ernst der Lage zu quantifizieren, sagte er: »In Deutschland werden pro Jahr Millionen Tiere für so genannte Grundlagenforschung getötet. Habe ich letztens gelesen. Da fragt man sich, welche Grundlagen sind denn dermaßen wichtig, dass man dafür massenhaft töten müsste?«

»Jetzt regst du dich schon wieder auf«, sagte Vivien.

»Und das Mörderische ist«, sagte er, »dass pro Jahr vier Millionen Mäuse, Ratten, Meerschweinchen getötet werden, nur weil sie das falsche Geschlecht haben oder die falschen Gene. Vier Millionen! Jedes Jahr!«

»Wie bei den Eintagsküken«, sagte Vivien.

»Das soll aber geändert werden«, sagte Jasmin. »Die Regierung hat –«

»Scheiß auf die Regierung!«, sagte er. »Auf diese Lügner und Handlanger der Tiermörder!«

»Onno«, sagte Vivien und berührte mit ihrer Hand seinen Unterarm.

Aber natürlich regte ihn das kein bisschen ab. Was waren schon solche Gesten gegenüber dem Tierleid! »Was passiert denn mit den männlichen Küken? Lässt man die in Ruhe, bis die an Altersschwäche sterben? Von wegen! Die werden –«

»Da sind wir bei der Politik«, sagte Vivien zu Jasmin. »Er hat sich schon mit Leonie darüber gestritten, wie es einer Demokratie –«

»Ja, schöne Demokratie, wo das Töten und Schlachten abgesegnet wird und wo niemand wagt, gegen die Fleischgier der stumpfen Massen vorzugehen, weil diese Massen an der Wahlurne einen dann abstrafen könnten!« Jetzt war er außer Atem.

»Ich kann die Wut verstehen«, sagte Jasmin. »Aber – «

»Was, aber? Da ist nichts ›aber‹!«

»Der Punkt ist, was bringt das? Was bringen die Proteste und Gegenaktionen?«

»Genau das ist die Frage«, sagte Vivien.

»Haben wir übrigens auch schon bei uns zuhause drüber diskutiert«, sagte Jasmin.

»Die Fakten liegen auf den Tisch«, sagte er, »was gibt's da noch groß zu diskutieren?«

»So einfach ist das nicht«, sagte Jasmin. »Beispielsweise dieses Labor. Die Versuchstiere dort sind als Kostenfaktoren ganz unerheblich. Mäuse zum Beispiel kosten nur gerade einige Cent.«

»Als ob sich der Wert eines Lebens in Geld ausdrücken ließe!«, sagte er.

»So denken aber die Unternehmen«, sagte Vivien.

»Das ist deren Logik«, sagte Jasmin, »und da können die nicht raus.«

»Es geht hier doch verdammt noch mal nicht um Schaden, sondern um Rettung«, sagte er.

Dann war es still.

Und er dachte schon, er hätte einen Punkt gemacht, da sagte Vivien: »Wir reden über Millionen von Tieren …«

»Ja, logisch.« Er sah sie fragend an. »Eine Maus kostet weniger als eine Tic-Tac-Pastille. Beim Töten von Tieren muss man sich nicht zurückhalten.«

»Mama meint«, sagte Jasmin, »wer da was ändern will, muss einen langen Atem haben.«

»Es ist immer die Frage, wer den längeren Atem hat.«

»Und man sollte, na ja, die Regeln des Spiels einhalten.«

»Ja«, sagte Vivien. »Außerdem: Es werden so viele Tiere gefangen gehalten …«

»Ja, und?«, sagte er. »Jede Befreiung ist symbolisch. Und Symbole haben Kraft.«

»Das ist aber nicht dauerhaft«, sagte Jasmin. »Wer sich heute gegen das Aufschlitzen von Labormäusen empört, hat das spätestens dann wieder vergessen, wenn das Benzin oder die Pflegeversicherung teurer wird.«

»So sind die Menschen«, sagte Vivien.

»Nicht alle«, sagte er. »Bei weitem nicht alle.«

»Aber fünfundneunzig Prozent«, sagte Jasmin. »Und in zehn Jahren immer noch achtzig Prozent; und dann stehen da achtzig gegen zwanzig.«

So sind die Deutschen: Sie lieben die formale Demokratie und beten das formale Recht an und bilden sich ein, in beidem läge genug Klugheit, um in letzter Minute den Kollaps abwenden zu können und sich bis dahin und währenddessen und auch danach noch bereichern zu können, denn dafür ist es ja da, nicht wahr?, das Leben, die Welt: sich zu bereichern. So sind sie, die roboterfleißigen, besitzstandswahrenden Pflichterfüller: haben schon immer den falschen Menschen in den falschen Systemen vertraut. Als ob es ein irgendein Recht gäbe, die Welt totzumachen, sobald man sich bei irgendwelchen scheiß Wahlen einundfünfzig Prozent zusammengelogen hat! Als ob überhaupt ein gegen die Natur ausgeklügeltes Polit-System ein Recht auf Existenz hätte!

Jasmin und er saßen sich schweigend gegenüber.

Vivien trank vom Kaffee.

Er überlegte, das Gespräch in angenehmere Bahnen zu lenken, also dazu zu kommen, zumindest im Grundsätzlichen übereinzustimmen. »Am Ende sterben wir alle«, sagte er schließlich, »und warum nicht vorher für einen guten Zweck etwas riskieren?«

»Risiko, gutes Stichwort«, sagte Jasmin.

»Das beste«, sagte er.

Jasmin sah ihn an. »Dass es nämlich dann kein Spiel mehr ist, sondern die Wirklichkeit, ohne alle Theorie. Und da stehen auf der anderen Seite fast alle, und wenn man gegen die mal gewinnt, bravo, aber wenn man verliert ... Hast du dir schon mal Gefängnisse angeguckt, ich meine, von innen?«

»Was soll das jetzt?«

»Während man abgesperrt auf neun Quadratmetern hockt und sich am Gedanken erwärmt, Märtyrer zu sein, haben die hier draußen einen längst vergessen. Sobald die Medien nicht mehr über dich berichten, bist du für die Szene unwichtig.«

»Es gibt keine Szene! Wie sich das anhört!«

»Die lebt von Aufmerksamkeit«, sagte Jasmin, »und es wird sich dahin bewegt, wo Kameras und Mikrofone sind. Das müsstest du als tätiger Ökologe doch wissen: Das Hauptkennzeichen des Lebens ist, dass es immer weitergeht, und die Verluste bleiben zurück.«

Tätiger Ökologe?

»Und das Einzige, was dir dann von der Natur noch bleibt, ist ein Vogel, den du piepsen hörst auf deinem Sechzig-Minuten-Hofgang.«

Eigentlich folgte bei ihnen auf ein gutes Essen das Abspülen des Geschirrs, was dann nahtlos in den sinnlichen Teil überzugehen pflegte, der schon mal eine Stunde dauern konnte und mit dem Sich-gegenseitig-Ausziehen begann, dann Küsse, Küsse und vielleicht Kamasutra-Stellungen ausprobieren – was aber meistens in Gelächter endete –, jedenfalls immer bis zum oft variierten, aber dann doch praktisch jedes Mal in einer von drei Positionen vollzogenen Akt und dem Nachspiel, was Vivien von Anfang an eingefordert hatte und inzwischen von ihm auch ziemlich genossen wurde, weil der Druck in den Lenden fort war und damit eine Sensibilität für Haut und Haar der Frau möglich geworden war. Das Einzige, wo man sich noch nicht reibungslos verständigte, war das Duschen. Das war für die Frau der Beginn des dritten Teils – die Zeit der Zärtlichkeit, schön sauber und auch in den Winkeln duftend –, für den Mann aber erst nach Abschluss des Ganzen erträglich, denn auf Schweiß und die Gerüche, die an den ausgelaugten Körpern hafteten, zu verzichten, kam ihm als herber Verlust vor. Nach dem Sex nach nix zu riechen oder nach Hawaiiblumen, das taten die Figuren in Filmen, also Schauspieler. Faktisch regelte es sich aber sowieso dadurch, dass es ganz vom Erfolg des Mannes abhing, die Frau so in Erregung zu halten, dass die um nichts in der Welt aufstehen wollte, um zur Dusche zu gehen.

Aber heute war es nicht so.

Jasmin hatte sich verabschiedet, und jetzt waren er und Vivien beim Einräumen des Geschirrs, aber statt sich mit Fantasien aufzuheizen, musste er an Jasmins so plötzliches Auftauchen denken, das Vivien kein bisschen überrascht hatte, und an die von Vivien so eilig ausgesprochene Einladung zum Essen, vor allem aber daran, wie auffallend zufällig das Thema Tierbefreiung ins Gespräch gebracht worden war, was dann ja – auch das wie nach einem Drehbuch – zu dem ganzen Hin und Her geführt hatte. Und wie er es auch bedachte, immer kam er zu dem Schluss, dass Vivien den Besuch ihrer Tochter erwartet hatte, mit all den Folgen, und dass Jasmin also Bescheid wusste über ihre Aktionen. Ein übler Gedanke, zu übel, um ihn auszusprechen. Aber ihn unausgesprochen zu lassen, würde ihn erst recht vergiftend machen. So tat er den Teller, den er gerade in der Hand hielt, zurück auf den Tisch, dann atmete er durch und sprach seinen Verdacht aus.

Ein Moment verstrich. Und dann, und ohne ihn anzugucken, sagte Vivien: »Das stimmt.«

Hatte er also richtig gelegen! Aber es tat weh, dort bestätigt zu werden, wo man lieber Unrecht gehabt hätte. Der Schmerz wurde zu Wut. »Das war unser Geheimnis! Und du hast das einfach so weggegeben!«

»Ich bin daran erstickt«, sagte sie leise. »Ich musste mich jemandem anvertrauen. Und Jasmin ist meine Tochter ...« Sie setzte sich hin. Sie sah auf das Schälchen, in dem eine der Portionen Zaziki gewesen war. »Jasmin ist nicht gegen die Sache eingestellt, sonst hätte ich es ihr gar nicht erzählt. Deshalb habe ich Leonie ja auch nichts gesagt.« Sie sah ihn an.

Aber ihm fiel in seiner Wut, Enttäuschung nichts als Entgegnung ein. Er wagte nicht mal, sich zu rühren, er fürchtete, womöglich schreiend durchs Zimmer zu stapfen, eine Karikatur, aber eine, der es bitter ernst war und die sich vielleicht so in Zorn hineinsteigerte, dass am Ende alles in Scherben wäre.

»Was Jasmin gesagt hat«, sagte Vivien, »das mit dem Gefängnis, genau das befürchte ich auch. Habe ich schon befürchtet, seit ich gemerkt habe, wie ernst dir das ist.«

»Und warum hast du nichts gesagt?«

»Habe ich ja. Auf meine Art.«

»Wann soll das bitteschön gewesen sein?«

»Ja, weil du nichts verstanden hast. Ich habe ja sogar mitgemacht. Das habe ich Jasmin aber nicht gesagt, das mit den Schaufenstern. Ich habe versucht, das Ganze weniger radikal zu machen, ich meine, es nicht zum Äußersten kommen zu lassen.«

»Was wäre denn das Äußerste?«

»Das ist doch jetzt gar nicht die Frage!«, rief sie. Dann sagte sie: »So kann das jedenfalls nicht weitergehen.«

Wieder war es still. Eine ganze lange Zeit: Stille.

»Was wir machen, das ist so Einzelkämpfer-mäßig«, sagte sie, und gegenüber der Stille hatte ihre Stimme das Gewicht einer Richterin, die ein Urteil verkündete.

Das ließ die Angst in ihm verfliegen; er war jetzt nur noch wütend. »Was ist daran schlecht, verdammt! Was ist schlecht daran, zu kämpfen?«

»Es ist wirkungslos.«

»Es wirkt! Es zeigt Wirkung!«

Sie schüttelte den Kopf. »Es ist, als würde man einen Stein in einen Teich werfen, und es macht ›Plopp‹, aber das war's dann auch schon.«

»Wenn das viele tun, wird es – Es wird sich fortsetzen.«

»Es sind aber nicht viele.«

»Wie viele müssen es denn sein, damit die Sache für dich sinnvoll wird?«

Sie atmete tief durch. »Onno, solche Methoden werden nie zu was führen, zu irgendwas Dauerhaftem.«

»Ich werde dir mal was sagen. Wenn alle so denken würden wie du, säßen wir in hundert Jahren noch da und tun nichts oder tun was auf politischem Weg: bohren geduldig wie die letzten scheiß Idioten die dicken Bretter, die andere uns hinhalten, und –«

»Und alles ist schon fertig in deinem Kopf«, sagte Vivien. »Was man dich auch fragt, du weißt für alles eine Antwort.«

»Weiß ich nicht. Muss ich auch nicht. Aber wenn die Fakten klar sind, dann muss man was tun. Aber du traust dich nicht, zu Ende zu denken.«

»Bist du jetzt fertig?«

»Und du hast das alles verraten und vor allem mich. So, jetzt bin ich fertig.«

23

Er setzte sich in den 408, leise und langsam, und schlug auch nicht die Autotür zu. Denn eins war klar: Wenn Körper und Geist untrennbar waren, würde schon die kleinste hastige, in Wahrheit natürlich aggressionsgeladene Bewegung die ganze Ruhe im Schädel – trügerische Ruhe, okay – beseitigen, und dann würde er im schönsten positiven Feedback sein: ›wütend sein‹ führt zu ›wütenden Bewegungen‹, die wiederum die Wut im Schädel weiter anfachen würden. Nachteil eben von ›eine psychosomatische Einheit zu sein‹. Ein Glück funktionierte die Zündung und sprang der Motor an.

Ihm war, als hätte er einen schweren Kampf hinter sich, den schwersten, nämlich den gegen den letzten Gefährten, nachdem der sich als Verräter erwiesen hatte.

Gedankensplitter: ›so Einzelkämpfer-mäßig‹

Der Funken. Und nun fraß sich die Wut fett.

Hatte allerdings seltsamerweise – glücklicherweise – den Effekt, dass er im Tun geradezu automatisiert war; was von außen gesehen wie ›vernünfig‹ aussehen musste. Aber scheiß auf draußen, er war im Körper. Und so kriegte er kaum mit, wie er das Auto lenkte, und das Schalten vollzog sich wie automatisch.

Das kurze Stück Bundesstraße, das ihm sonst immer als Rennstrecke diente, um auch hier, im Kleinen, sich der eigenen Freiheit zu vergewissern, schlich er dahin, als säße er hinter einem Trecker fest.

Er sollte sich nichts vormachen. Vivien war von Anfang an eine Genussveganerin gewesen. Er hatte versucht, diesen Ernährungs-Egotrip zu einer Weltsicht zu vertiefen, aber offenbar ohne Erfolg. Logisch, denn Vivien war im Grunde ja ein Weibchen, ein Geschöpf also, das in der Gruppe aufgehen will; schön überzeugt ist, dass der Mensch durch Plappern zur Einsicht gebracht werden kann und eine ganz, ganz empfindsame Natur hat, also mit Glacéhandschuhen angefasst werden muss. Hieß, wenn man sich überhaupt mal dazu entschließen kann, aktiv zu werden, dann soll es erschrecken, höchstens, aber um Himmels willen niemandem weh tun, es wäre ja auch furchtbar, der ach so empfindsamen Menschenseele auch nur eine Augenwimper abzuknicken.

Hoffnungslos. Dabei hatte er ihr das wieder und wieder auseinandergesetzt: dass Menschen bei alldem nur auswechselbare Vollzugsorgane sind. Es ist das System, das die Weichen stellt, und wenn was entschieden ist, wird das auch verteidigt, notfalls auch mit Gewalt. Denn dazu ist der Staat ja da. Das ist ja das Wesen des Staates: Zwang auszuüben und, wenn's sein muss, auch offen Gewalt anzuwenden. Und die wirksamste – und für die Tiere, für alle Natur tödlichste – Gewalt liegt in der gemachten Legalität. Vivien hatte nie begriffen, dass der, der nach der Melodie der Legalität tanzt, das System entzückt. Da lacht das System und scheißt auf alles, was lebt.

Er fuhr den Ring runter. Dann Siegfried-Vater-Straße. Renneweg. Tempo 30. Er bremste ab, besann sich, beschleunigte in eine Kreuzung hinein, wo die Ampel mit blinkendem Gelblicht zu Vorsicht gemahnte, Vorsicht, Vorsicht, und lenkte mit quietschenden Reifen auf die Hauptstraße.

Die Lösung? Mit Vivien Schluss machen. Eine WhatsApp-Nachricht, kurz und knapp.

Und danach wieder frei sein. Auf eigene Rechnung leben. Er hatte so lange drauf gewartet, auf dieses Leben ...

24

Jetzt waren schon vier Tage verstrichen seit seinem wütenden Weggang, und viel hatte sich seitdem nicht getan, und das kam natürlich vor allem daher, weil Vivien, die Frau – um Entfremdung zu schaffen, versuchte er immer wieder, sie in Gedanken ›die Frau‹ zu nennen – noch keine Initiative gezeigt hatte: Kein Anruf, keine Nachricht und auch nicht, dass sie aus heiterem Himmel bei ihm geklingelt hätte, wie er es sich das schon mal vorgestellt hatte.

So wie jetzt war es jedenfalls scheiße. Normalerweise, wenn die Schuld mehr oder weniger beide traf, hätte er inzwischen längst bei ihr angerufen, ein Grund dafür fand sich immer, egal, wie fadenscheinig, damit man schnell zum Eigentlichen kam. Vivien wäre zuerst eisig, dann vorwurfsvoll und würde ihn irgendwann mit Sätzen überfluten; aber spätestens, wenn er einige kleinere Vergehen zugab, würde man sich auf ein Agreement verständigen. Ein Prozedere, das Vivien sich im Nachhinein als Wachstum und Reifung schönreden würde.

Aber dieses Mal verbot sich das. Es war einfach zu sehr die Schuld der Frau gewesen. Und Schuld musste zugegeben werden. Nur so konnte sichergestellt werden, dass man sich künftig an die Regeln hielt.

Ärgerlich bloß, dass er so oft an sie dachte, wurde ihm dadurch doch bewusst, wie leer die Tage waren – außerhalb der Arbeit, aber das war ja sowieso nur bezahltes Zeitvertun.

Heute Morgen hatte er sich vorgenommen, das Gute im Schlechten zu sehen: dass es also letztlich positiv gewesen war, sich sozusagen aus Versehen von der Frau losgerissen zu haben, denn nun musste er sein Leben gezwungenermaßen neu mit Leben füllen. Daraufhin hatte er überlegt, sich vielleicht mit Jörg zum Skat zu verabreden. War ja längst mal wieder fällig. Jörg, Achim, Jojo und er. Die alte Truppe. Dann aber das große Aber. Jörg war verheiratet und träge, Achim ewig auf Arbeit und Jojo noch beim 24-Stunden-7-Tage-Versuch, seinen Onlineshop TräumeAusHolz in die Gewinnzone zu bringen.

Und prompt: ein dysthemischer Anfall. Wie lange die besten Aktionen mit den Kumpeln schon zurücklagen …

Man konnte nicht aufs Jahr genau sagen, wo sich's aufgelöst hatte, die Gemeinschaft. Eine schleichende Zersetzung, wie sich selbst der härteste Stein in Säure auflöst. Einer nach dem anderen war in feste Hände geraten, Häuser wurden gebaut und Hypotheken aufgenommen, Kinder wurden geboren, größere Autos gekauft. All das eben, durch das wir zu altersgemäß existierenden funktionalen Einheiten werden.

War so der Lauf des Lebens? Eine Zeichnung von Sempé fiel ihm ein. Drei skizzenhafte Bilder. Auf allen drei Bildern der stilisierte Marktplatz einer südfranzösischen Kleinstadt. Linkes Bild: Kleine Mädchen und kleine Jungen – von beiden Arten Dutzende –, aber: die Mädchen auf der einen Seite des Platzes, die Knaben auf der anderen. Mittleres Bild, wohl zwanzig Jahre später: Der Marktplatz ist bevölkert von Pärchen, Pärchen mit Kinderwagen, Pärchen mit einem, mit zwei Kindern, kinderlosen Pärchen; immer er und sie, sie und er. Rechtes Bild, vierzig Jahre später: Der Marktplatz, darauf Dutzende von Alten. Die alten Frauen auf der einen Seite, die alten Männer auf der anderen Seite.

Eine simple Darstellung. Aber darin zeigte sich astrein eine Wahrheit: Wer als Mann noch nicht so alt ist, ungeschlechtlich dahinzufunktionieren, für den kann die Gegenwart einer Frau schon notwendig sein.

Umso schlimmer jetzt seine Bindungslosigkeit.

Gut, mal so gesehen: Jetzt, wo er faktisch frei war, konnte er sich daranmachen, eine nichtklebende Verbindung zu suchen; dass sich also eine Win-Win-Situation ergab, bei der man sich regelmäßig traf und einiges erlebte, danach aber wieder hübsch seiner Wege ging. Man war schließlich kein durch Hormone und unverdauter Lektüre angespitzter Teenager mehr, musste also nicht mehr wie gepeitscht nach der Melodie wo-du-nicht-bist-kann-ich-nicht-sein tanzen.

Die Voraussetzungen dazu waren gut. Die Welt wimmelt nur so von männerlosen Frauen, und viele sind hübsch oder zumindest annehmbar, und keine will allein sein, und die Angst vor dem Alleinsein macht jede Frau ansprechbar. Nächstes Wochenende würde er im ProKi seine Fühler ausstrecken, denn wie es ausgesehen hatte, bewegten sich da ja, bis auf irgendwelche Manfredos, überwiegend Frauen: reifere, mittels Kultur interessiert zu machende Frauen. Da konnte man als Mann nur gewinnen: Entweder man faszinierte durch Kulturaffinität, oder man spielte den Ignoranten und weckte in der Frau die vollbusige Grundschullehrerin.

Das Problem war natürlich, eine zu finden, die der Mühe wert war. Arthausfilmchen gucken und Weißwein trinken, schön und gut, aber was war mit den natürlichen Regungen? Nicht dass er noch an eine geriet, die unter Sex nur verstand, im Nacken geküsst zu werden, und den Rest des Drangs in hehren kulturellen Sphären auslebte und das auch von ihm verlangte. Obwohl, selbst die intellektuellste Frau ist, wenn die Krusten aufgesprengt und abgeworfen sind, nur eine Frau. Kultur ist beschränkt, aber handfeste Körperlichkeit hat unendliches Potenzial.

Er würde bei Fragen nach seinem Vorleben traurig seufzen und seelenvoll gucken und dann so was sagen wie: ›Lass uns nicht die Vergangenheit sezieren, sondern die Gegenwart genießen. Dein Haar ist wundervoll.‹ Oder: ›Gegenwart blablabla ... Deine Augen schimmern wie Smaragde‹, falls die Frau grüne Augen hatte. Er müsste sich für jede mögliche Augenfarbe einen Edelstein oder Halbedelstein raussuchen. Haarfarbe auch. Bezüglich der Hände könnte er, ganz gleich, wie sie tatsächlich beschaffen waren, behaupten: ›Zart wie die von Elfen.‹ Welche Frau hörte so was nicht gerne? Kleinigkeiten loben, beispielsweise: ›Deine Ohrläppchen sind niedlich wie die einer Prinzessin.‹ Sich stets bewusst halten: Der Weg zwischen die Beine einer Frau führt immer über Ohr und Herz, in dieser Reihenfolge. Am besten, er würde sich im Internet schlau machen und sich ein Repertoire an Vergleichen zulegen, die bewiesenermaßen wirksam waren.

Möglicherweise würde es schneller gehen, wenn er brav im modifizierten Mainstream daherschwamm. Also nur Vegetarismus und nicht Veganismus und schon gar nicht Animal Liberation. Denn die meisten Frauen haben ja eine Scheu vor tatkräftigen Männern und sind im Grunde ihres Herzen auf der Suche nach einem treudoofen Glühbirnenauswechsler. Außerdem sind die meisten Frauen langweilig; das Einzige, was sie über die erste Minute hinaus interessant macht, ist ihre biologische Funktion: dass man erregt kommt und befriedigt geht; am Ende langweilig also, die Wesen mit weiblicher Psyche, und suchen daher unterschwellig, ganz gemäß den Gesetzen der gegenseitigen Anziehung, auch nur ein dröges männliches Exemplar. Damit könnte er auch dienen – einfach die Arbeit in der B.I.V.A. stärker herausstellen und zur Abwechslung mal die wahren, aber ätzenden Kommentare dazu unterlassen.

›Du wirst schon nach einer Stunde eine am Haken haben‹, sagte er sich.

Ohne Gruß kam: »Spinnst du, so was abzuziehen? Mama weint. Und du bist schuld. Der typische Mann. Macho. Ich finde es so scheiße, dass ihr Männer wie die Nashörner durch die Welt stapft und kein bisschen Sinn für Liebe und Freundschaft habt! Kein bisschen! Du führst dich auf wie ein kleiner Junge, und meine Mutter weint. Wie ein beschissener kleiner Junge!«

Dann wurde das Handy offenbar der anderen gegeben, und nun eine ruhigere Stimme: »Onno, ihr beide gehört zusammen. Ich habe das schon gespürt. Wenn ihr euch gestritten habt, okay, kommt vor, Wachstumsschmerzen, und wenn kein anderer Mann und keine andere Frau beteiligt ist – Da ist doch keine andere Frau im Spiel, oder? Gut, sehr schön. Man kann streiten, und jeder macht Fehler, aber man muss auch wissen, wann es genug ist. So, und als Motivation sage ich dir, und jetzt hör gut zu: Ich kann euch einen Kontakt vermitteln, der Aktionen durchführt, du weißt, was ich meine. Aber das mache ich nur, wenn mir unsere Mutter mitteilt, glaubhaft mitteilt, dass ihr euch ausgesprochen habt und ihr wieder nebeneinander geht. Sonst nicht. So einfach ist das. Überleg dir das.«

Und sofort wieder die andere: »Ja, überleg dir, was dir wichtig ist, Arschloch. Sorry.«

Ende, neu? Etwa so: ›Gut, dass wir darüber geredet haben, perfekt, alles okay.‹? So einfach ging das nicht. Bei Frauen mochte das anders sein. Die geben sich mit Worten zufrieden, Worte sind für die wie Fruchtwasser, in dem es sich herrlich schweben lässt. Aber Männer leben in Taten und können gar nicht anders, als die getanen Taten zu sehen. Was nützen Worte, wenn Fakten verantwortet werden müssen? Einerseits.

Andererseits war da natürlich die Aussicht, endlich bei echtem Tierschutz mitwirken zu können …

Und überraschend schnell entschied es sich in ihm und ließ ihn beschließen, dass gegenüber dieser Aussicht alles andere mal nebensächlich war, sogar das Prinzip der zugerechneten Verantwortlichkeit. Er wählte Viviens Telefonnummer – und kriegte das Freizeichen zu hören.

Freizeichen. Freizeichen. Freizeichen. Mailbox.

Dann leck mich! Er drückte das rote Telefonsymbol.

Jetzt lag das Smartphone auf dem Küchentisch. Und er war nicht mehr in der Küche. War dann wieder in der Küche, vor dem Tisch, die Arme vor der Brust verschränkt, fünf Sekunden, zehn Sekunden. Okay, ein letztes Mal, und wenn's nicht klappte, scheiß drauf, das wäre dann eine Befreiung, dann würde er die nächsten paar Abende im ProKi das Angebot inspizieren und nicht alleine nach Hause gehen. Er drückte die Rufwiederholung.

Und diesmal wurde der Anruf gleich angenommen.

Und fast hätte er gesagt: ›Jetzt hast du dein Spielchen aufgeführt, und nun?‹

Man verabredete sich bei ihr, wobei natürlich sie den Termin bestimmte. Am verabredeten Tag kriegte er mittags einen Anruf auf die Mailbox des Inhalts, dass sie für den Termin absagte – es sei ihr beruflich was dazwischengekommen: sie müsse für eine erkrankte Kollegin deren Schicht übernehmen – und vorschlug, sich übermorgen bei ihr zu treffen. Eingedenk des Lohns, der winkte, rief er zurück und verkniff sich dabei jede Meinungsäußerung.

Das Essen war vorbereitet, aber es war nur eine Kartoffel-Safran-Suppe mit Croutons, also etwas, von dem niemand satt werden konnte und wahrscheinlich auch nicht sollte. Zudem war es für ihn in höchstem Maße wie in einem Restaurant, nämlich schweigend und unter observierendem Auge zu essen, dazu noch aus einem dickrandigen Porzellan-teller und mit einem klobigen Löffel, was bei jeder Berührung einen kurzen, unangenehmen Ton auslöste; und abgesehen davon herrschte eine solche Stille, dass es war, als wär's ihrer beider Henkersmahlzeit.

Danach wurde der Raum gewechselt und eine Flasche Wein herbeigeholt, die aber nicht er, sondern sie aufmachte, aber dann einfach stehen ließ und keinen Tropfen eingoss. Denn jetzt war der Wein vergessen und offenbar auch, dass er sich vielleicht durch das eine oder andere Schlückchen hätte locker machen wollen, alles vergessen, und nun fing's an mit dem, worauf er sich sowieso eingestellt hatte: das Reden, und das tat die Frau, mal im Monolog, dann im faktischen Monolog, wo Fragen gestellt wurden, ohne dem anderen Zeit zum Antworten zu lassen.

Nachdem sie auf diese Weise den ersten Druck abgelassen hatte, kam endlich auch er zu Worte; und er ließ sich –

obwohl er sich vorgenommen hatte, sachlich zu bleiben und tendenziell defensiv – von der Wut überwältigen, wurde also laut; sie auch, allerdings nicht so viel; dann sagte keiner ein Wort mehr.

Weil das Schweigen einerseits quälend war, andererseits aber als Zeichen genommen werden konnte, es überstanden zu haben, beendete er im wiedergefundenen sachlichen Ton das Treffen und dankte für das Vorbereitete und ließ keine Peinlichkeit entstehen, sondern entfernte sich aus Zimmer und Haus.

Auf dem Nachhauseweg wurde das Ganze selbstverständlich rekapituliert, um es in seiner Wertigkeit zu ermessen. Versöhnung? Irgendwie schon ... Okay, und nun? Sollte man anrufen und sich für den Abend bedanken? Aber er hatte sich ja schon bedankt. Außerdem war das ja kein Date gewesen, sondern ein Gang nach Canossa, und dafür Danke zu sagen, da müsste man schon masochistisch sein. Er hatte jedenfalls sein Bestes gegeben, jetzt war die Frau am Zuge.

Aber nichts. Drei lange Tage verstrichen ohne das geringste Signal aus der Möringsallee. Was dann nicht mehr auszuhalten war, unter anderem – und vielleicht auch, sei ehrlich, vor allem – deshalb, weil da natürlich das Arrangement mit Jasmin war, in dem ja als Voraussetzung dafür, endlich bei echtem Tierschutz mitzumachen und sich nicht wieder im individuellen Wirken zu verzetteln, genannt war: sich mit Vivien zu vertragen.

Er wartete noch einen Tag, dann wurde er tätig: rief nämlich an; wofür er allerdings eine Uhrzeit wählte, in der, wie er kalkulierte, Vivien noch auf Arbeit war, und weil er damit richtig lag, konnte er ungestört auf ihre Mailbox sprechen, und zwar mittels vier aufgeschriebener und abgelesener Sätze fragend, wie es nun weitergehen sollte. Danach besetzte die Frau – wie befürchtet – sein Bewusstsein.

Am frühesten Morgen im unpassendsten Moment setzte das Intro von A Whiter Shade of Pale ein, sodass er aus der Dusche rausspringen musste und nass und nackt zum Smartphone eilte, und Tatsache: Sie war es und teilte mit, sie habe Lust auf ein leichtes Essen, Gemüse-Mango-Julienne, und es solle bei ihm stattfinden, und dazu seien folgende Zutaten nötig ... Immer noch triefend nass, notierte er, was diktiert wurde, und gleich nach Dienstschluss kaufte er bei Naturata das Verlangte ein, auch so exotisches Zeug wie Himbeeressig und Topinambur. Was tut man nicht alles ...

Hatte er gedacht, damit hätte sich sein Teil der Arbeit erledigt und die Frau würde Messer und Pfanne übernehmen, so hatte er falsch gedacht, denn Tatsache war: er musste tatsächlich ran, beim Zubereiten, also nicht nur so tun, als ob, und sie, die Frau, die sonst die Köchin in sich nicht unterdrücken konnte, begleitete alles mit ihrem Blick, kaum lächelnd, und sprach auch wenig, nur höchstens, dass sie, wenn's dann doch zu sehr vom Rezept abwich oder zu lange dauerte, den einen oder anderen Satz, beginnend mit »Ich glaube, du solltest« fallen ließ. ›Du‹, nicht ›wir‹. Er hörte das sehr wohl.

Anders als in einschlägigen Filmen war das Zubereitete dann weder göttlich köstlich noch eine vollkommene Ungenießbarkeit, sondern so, wie es fast immer wird, wenn der Mann so was selber machen muss. Über die Mango entspann sich eine kurze Diskussion – eigentlich nur wechselseitige Bemerkungen – von wegen Flugware und Ökobilanz. In etwa so, wie das bei peruanischen Kulturheidelbeeren war und ähnlich, allerdings doch auch wieder ganz anders, bei Biokartoffeln aus Ägypten. Sagte er, sagte aber auch: »Nur so nebenbei.« Und das Fläschchen Wein, das er auf der Fensterbank platziert hatte? Nix damit. Nur Wasser.

»Ich muss noch fahren.«

»Schade.«

»Ja, was hast du denn gedacht?«

Zum Abschied ein Kuss, aber nur so einer wie zwischen gegengeschlechtlichen Freunden in Frankreich.

War man jetzt auf gutem Wege, sich zu vertragen? Von der psychologisch-carnalen Bewegungsrichtung her sah's so aus. Aber jeder Streit – und erst recht einer, in dem es bis auf Millimeter hin zum Bruch gekommen war – hinterlässt Spuren. Und insofern war's natürlich eine mehr als rhetorische Frage, ob er ihr je wieder vertrauen könnte. Konnte man jemandem vertrauen, der einen im Entscheidenden verraten hatte? So gefragt, nein. Aber war es denn nötig, so zu fragen, sag mal, musst du unbedingt das Wort ›Verrat‹ verwenden? Denn mit was hat man es zu tun gehabt? Frag dich das. Man kann es doch auch so sehen, dass etwas passiert ist, das, mit gutem Willen betrachtet und bewertet, durchaus verständlich ist. Du weißt doch genau: Frauen sind ängstlich, und Frauen wollen reden, und beides zusammen kann schon mal zu einem solchen Tun verleiten. Außerdem, denk dran, dass sich das als ein Glück für dich herausgestellt hat, strategisch gesehen, das alles, oder hast du schon vergessen, dass du, wenn Vivien nicht Jasmin vom Geheimnis erzählt hätte, jetzt diese Chance – von wegen Arrangement – gar nicht hättest?

Also rief der Mann die Frau an. Und hatte dabei nicht mehr das Gefühl, jedes Wort abwägen zu müssen; und das war ja schon mal was.

Zumal sich die Frau ohne viel Zögern mit einem Date in der Lomichel einverstanden erklärte.

Es war Sommer, und da brauchte man sich nicht eingesperrt zu halten. Also raus auf den Balkon.

Vivien hatte einen fränkischen Grauburgunder mitgebracht, und auch er hatte was zu bieten, war er doch bei Naturata vorbeigeradelt und konnte nun auf einem Schälchen ein halbes Dutzend Jam Vegan Protein Balls reichen.

Nach einer Kostprobe und der Inspektion der vermuteten Inhaltsstoffe sagte sie: »Das könnte man auch selber herstellen. Würde dann genauso gut schmecken und wäre auch viel weniger süß.«

Jede Frau ist auf eigene Art eine Heimwerkerin, musste er denken und lächelte. Er kredenzte einen Douloufakis Enotria Rosé. »Der ist aus Kreta«, sagte er, woraufhin sie lächelte.

Die folgende Stille fühlte sich durchaus angenehm an. Die Luft war lau, irgendwelche Tierchen zirpten und schrillten. Die Lautstärke der Sätze verringerte sich. Dazwischen stille Momente, in denen sich die Nähe des anderen Menschen fühlbar machte. Geflüsterte Worte. Es tat gut, wieder zu zweit zu sein. Untergehende Sonne. Leise Bemerkungen über die Schönheit dieses Sonnenuntergangs. Man rückte näher aneinander, hieß, er rückte näher und sie ließ es zu. Sehr nahe. Stille. Ein Geruch nach verbranntem Holz wehte heran. Noch näher. Augen sahen in Augen. Fingerspitzen strichen über Finger. Eine Hand kam auf dem Handrücken zu liegen. Ein Kuss. Stille. Ein Kuss mit Geräuschen der Leidenschaft. Jetzt nicht mehr Balkon. Stille. Jetzt Jalousien runter. Und kein Licht. Jetzt zogen Hände aus. Jetzt ein Körper auf dem Bett. Unter der Bettdecke. Der zweite Körper daneben. Hände, sich über den Körper hin und her bewegend. Dann das Natürliche – allerdings blieb in seinem Kopf die ganze Zeit das Hirn in Arbeit. Also eher Geschlechtsverkehr. Wobei das ja nicht schlecht sein musste. Nur eben, dass man's mitbekam. Aber besser als nichts. Wie bei Resultaten der Evolution: Es muss nicht perfekt sein, Hauptsache, es funktioniert irgendwie, und ob's am Leben bleiben kann, wird die Zukunft erweisen.

Ja, die Zukunft. Sie übernachtete nicht bei ihm. Aber man trennte sich mit einem Kuss, der ein echter Kuss war.

Zukunft. Hieß erst mal: Die folgende Woche. Und da verging kein Tag ohne Telefonat. Nicht schlecht, wieder zu reden ohne besonderen Anlass. Zum Miteinander-Reden kam das – ebenfalls unvermeidbare – Miteinander-Essen: Scharfe Süßkartoffeln in Erdnuss-Soße. Und wieder reden. Dann zanken, ohne es aufzurechnen. Aus Sprechen wurde Flüstern, aus Angucken Versinken. Und klebriger Schweiß verband ihre Körper.

Das Ende dieser Episode war der Filmabend bei Jasmin: Titanic, Director's Cut, auf Großbildschirm, mit aller Vor- und Nachbereitung – letztere bestand vor allem darin, die nass-geheulten Taschentücher zu entsorgen – drei Stunden. Wie sehr sie beiden wieder zusammen waren, zeigte sich daran, dass, als er sich über die der Selbstüberschätzung geschuldete Dummheit des Kapitäns ausließ, von Vivien bloß ein geseufztes »Ach, Onno« kam; und auch seine klugen Ausführungen über die Größe der Eisberge, die quasi vom Klimawandel vor allem aus dem antarktischen Schelfeisland gebrochen wur-den, wurden ohne Widerspruch ertragen, lösten allerdings auch keine weitergehende Diskussion aus.

Und was hast du daraus gelernt, Mann? Frag dich das. Und wenn die Antwort dir nicht einfallen will, dann hör zu.

Zuerst mal: dass vieles geht, wenn man nur will.

Zweitens: Gebrochene Knochen können belastbar zusam-menwachsen, wenn auch meistens irgendwas zurückbleibt, irgendein kleines Hinken, irgendeine Unsicherheit.

Drittens: Man ist berechnend, wenn's nötig ist.

Und viertens: Es kann so gut wie alles vergeben werden, was nicht heißt, dass es vergessen ist, denn der erinnernde Teil des Hirns führt ein Eigenleben.

Summa summarum ein Happyend der alltäglichen Art.

28

Er hatte Vivien bei aufgehender Sonne und leeren Straßen abgeholt, und in Schönebeck war dann Jasmin zu ihnen ins Auto gestiegen.

Jasmin, okay, notwendig, aber dass Vivien dabei war, war etwas, das er eigentlich nicht gewollt hatte.

»Ich werde mal sehen«, hatte sie gesagt. »Und wenn's zu gefährlich ist –«

»Dann bist du trotzdem drin. Das muss dir klar sein. Du bist dann Mitwisserin.«

»Das bin ich sowieso schon.«

Gut, die Frau wusste also, worauf sie sich einließ.

Vielleicht war das jetzt sogar umso besser, vielleicht würde ihre Gegenwart ja mäßigend wirken, ihn im Gefahrenfall also davon abhalten, sich und die Welt unbedingt auszutesten. Er kannte sich ja, wusste also, dass es in ihm so was gab.

Sie waren runter Richtung Halle Saale gefahren und dann dran vorbei, dann allerdings – immer nach Jasmins Anweisungen – umständlich über die 91: Zschopau, Merseburg, die 181 über die Dörfer und durch halb Leipzig. Langsam stieg in ihm der Verdacht auf, dass Jasmin ihn einen mächtigen Umweg fahren ließ, um – ja, warum eigentlich? Und jetzt hier sah es aus wie in Magdeburg Neue Neustadt. Pizzeria Bollywood. Tür und Schaufenster mit grauen Vorbaurollladen dichtgemacht. Itze's Bierstube: Geschlossen für immer. Half der Hasseröder Hahn auch nix mehr. »Die nächste rechts«, hörte er Jasmin sagen. Und von jetzt auf gleich überall Brachland mit wucherndem Gestrüpp, an einer Ecke riesige Metallteile, die meisten halb verrostet. Ein geschotterter Parkplatz. Zwei Lkw-Zugmaschinen, die Kabinen mit Gardinen abgedunkelt. Ein Zementsilo. Die breite asphaltierte

Straße machte eine scharfe Kurve, nach fünfzig Metern wies Jasmin sie in eine Abzweigung. Er versuchte, im Vorbeifahren die Straßennamen von den Schildern abzulesen, um sie sich einzuprägen und später auf der Karte wiederzufinden. Die Straße wurde einspurig und so wellig, als wäre der Asphalt direkt auf einen unplanierten Feldweg gegossen worden. Ein Haufen Schamott. Jetzt zwei vierstöckige Häuser, umgeben von Brache. Die Einfahrt zu einem Garagenkomplex aus Trabbi-Zeiten. Ein Umspanntrafo, besprüht. Eine Baulücke, auf der zwei Büsche vor sich hinwucherten. Direkt daneben ein Klinkerbau, Flachdach, oben umlaufend etwas, das wie Dutzende Schießscharten aussah und dem Ganzen ein Aussehen von einem Festungsbau gab; an der Vorderfront sechs oben gerundete Fenster; das Untergeschoss, vom Aufsatz durch einen Sims getrennt, war aus Beton.

Die Eingangstür, mit einem kurzen, schwarzen Baldachin aus Plastik bestückt, war unverschlossen. Jasmin ging voran, hieß, durch einen Flur in einen Raum, wo es wie in einer Kneipe am Montagvormittag aussah: auf dem Tresen zwei leere Biergläser; an der Wand in sonst leeren Regalen einige wenige Flaschen; fünf Tische, auf denen je vier Stühle umgedreht hochgelegt waren.

Sie gingen am Tresen vorbei, dann einen Korridor entlang. Ihm war, als röche es nach Fett und Gebratenem. Hier der Wegweiser zu den Toiletten, daneben eine grüne Fluchtwegleuchte. Jasmin machte eine Tür auf.

Der Hinterhof. Zwei Tischtennisplatten aus Beton; zwei Gestelle mit Basketballkörben, bei denen nur der Metallring überlebt hatte.

Er hatte sich das alles irgendwie geheimer vorgestellt und spannender, schließlich waren sie im Illegalen unterwegs oder wenigstens so gut wie. Andererseits, wie hätte sich das genau darstellen sollen, dieses spannungsvoll Geheime, am helllichten Vormittag in einer deutschen Stadt ...?

Jasmin öffnete die Tür des hinteren Gebäudes und betätigte gleich einen Wippschalter. Vor ihnen führte ein kurzer Gang vielleicht fünf Meter ins Gebäude und endete, schon im Halbdunkel, in eine nach unten führende Treppe.

»Hier runter und dann bis zum letzten Kellerraum«, sagte Jasmin. »Könnt ihr nicht verfehlen.«

»Und wenn doch?«, fragte er.

»Dann bist du für so was sowieso nicht geeignet. Ich lasse euch jetzt allein und weiß von nichts.« Jasmin umarmte ihre Mutter und war dann auch schon dabei, an der Tischtennisplatte vorbei den Hof zu überqueren zurück zum Haupthaus.

Er hörte Vivien »Dann wollen wir mal« sagen. Er nickte, und da war sie bereits vorgegangen. Er schloss die Tür hinter ihnen. Womit das Tageslicht ausgesperrt war und eine höhlenähnliche Düsternis erzeugt war, die vom Licht der Glühlampe nur gerade so gemildert wurde. Er beeilte sich, Vivien die Treppe runter zu folgen.

Der Gang, der sich daran anschloss, war dann erstaunlich gut ausgeleuchtet. Und alles aus weiß gestrichenem Beton. Und sauber. Irgendwie auch wieder enttäuschend: auf so viel deutsche Ordnung zu treffen.

Vivien blieb vor der letzten Eisentür stehen.

»Anklopfen müssen wir wohl nicht«, sagte er und griff an die Klinke. Die eiserne Tür ließ sich nur mühevoll öffnen, als würde ein starker Gegenwind das verhindern wollen.

Zwei Energiesparlampen in einem Eisenkäfig gaben Licht – überraschend starkes Licht – ab. Die von der Decke parallel verlaufenden zwei Rohre, beide dick isoliert mit da und dort unter dem Plastiküberzug hervorlugenden grauen Dämmschläuchen, führten nach einem Knick an der Wand entlang, um dann in der Wand wieder zu verschwinden. An einer Stelle war der Dämmstoff weggeschnitten, und zwei Absperrventile waren zu sehen. In der Ecke ihnen gegenüber stand und lag lauter Kram: Eine Holzkiste; einzelne Metallstücke, alle mit Staubbelag; eine eiserne Kabeltrommel. An der Wand ließ ein kleines, mit Gitterstäben versehenes Fenster erkennen, dass man sich in Kopfhöhe offenbar auf dem Niveau des Erdbodens draußen befand.

Vivien hatte sich auf eines der isolierten Rohre gesetzt. »Wir sind zu früh«, sagte sie jetzt.

Er konsultierte sein Smartphone. Vier Minuten. Er steckte es wieder ein, steckte die Hände in die Hosentaschen, zog sie wieder raus, trat dichter ans vergitterte Fenster, versuchte, sein Gesicht in die Strahlen der Vormittagssonne zu halten. »Aha«, wurde hinter ihm gesagt, »sind wie vollzählig.« Er fuhr herum.

In der Eisentür stand eine Frau, eine junge Frau, und zwar eine erstaunliche Erscheinung.

Vivien war aufgestanden und trat zu der Frau, und auch er kam näher. Sodass sie nun einen kleinen Kreis bildeten wie irgendwelche Gestalten auf irgendeinem Schwarzmarkt.

»Ich heiße Allegra«, sagte die Frau mit so hoher Stimme, dass es schon künstlich klang – was vielleicht auch genau so gedacht war.

Vivien stellte sich und ihn vor.

Hände wurden nicht geschüttelt.

Vivien sagte: »Jasmin hat Ihnen gesagt, um was es sich handelt?«

»Wir wollen uns informieren«, sagte er, was sich aber unangenehm defensiv anhörte, genauer, unentschlossen, noch genauer: feige.

Allegra zeigte keine Reaktion oder höchstens insofern, als sie sich nun auf das eine der dicken Rohre setzte, fast genau dorthin, wo bis eben noch Vivien gesessen hatte.

Allegra. Wahrscheinlich nicht ihr richtiger Name. Ein Detail zur Tarnung, genau wie die rote Kleopatraperücke und die breit nachgezogenen Augenbrauen. Dazu das weiße Longsleeve mit rotem Stempelaufdruck *Sweet Sweet*. Und die silbernen Ringe, an jedem Finger einen. Trug aber auch einen langen Rock aus pastellfarbener Baumwolle, was irgendwie nicht recht zum Rest passte. Aber vermutlich war auch genau das gewollt: dieses Verwirrende.

Vivien stand unter dem kleinen, vergitterten Fenster; ihr Gesicht war durch das Licht der Sonne fast vollständig verschattet.

Er griff sich die Holzkiste aus der Ecke, drehte das staubige Ding und ließ sich vorsichtig auf die Kante, wo es am stabilsten zu sein schien, sinken; jetzt einzubrechen und auf dem Arsch zu sitzen zu kommen, wäre das Letzte. Und hockte da, den Blick erhoben, wie ein Schüler hin zum Lehrer blickend, hier aber: auf die faszinierenden roten Haare.

»Ihr habt Geld«, sagte Allegra, »und wir könnten einen Obolus gebrauchen.«

Wäre er nichts als ein Anzug-und-Oberhemd-Mensch, ein Etwas, das seine Zeit weggesperrt im Büro verbrachte und faktisch zu nichts anderem da war, als mitanzusehen, wie das Leben in anderen wirkte, wäre es ihm spätestens jetzt garantiert zu riskant, hier zu sitzen und dieser Kämpferin zuzuhören in einem Anbahnungsgespräch einer Straftat.

Allegra zog aus einer tiefen Tasche eine Zigarettenschachtel raus und dann, nach einem zweiten Hineinlangen, ein grünes Einwegfeuerzeug.

Aber das hier war kein Regierungsinspektor, B.I.V.A., Büro 2.09. Hier war der, der genau da drauf hinaus war: etwas im Sinne des Systems Strafbares zu machen.

Allegra sog an der Zigarette, sagte: »Alles ohne Erfolgsgarantie«, die Worte mit dem Rauch sprechend.

»Ist uns durchaus bewusst«, sagte er.

»Solange es nachhaltig ist«, sagte Vivien aus dem Morgenlicht heraus.

Nachhaltig! Als würden sie in einem grünen Aktienfonds investieren wollen. »Genauer, solange es dem System weh tut.« Auch nicht besser. ›System‹ klang jetzt so, als wäre der, der dieses Wort verwendet hatte, ein Komplettintellektueller, der Schuhe mit Klettverschlüssen anhat, weil er mit Schnürsenkeln nicht zurechtkommt.

»Dann schlage ich vor …« Allegra zupfte an einer Strähne, drehte sich die Strähne um den Zeigefinger, hielt inne, ließ das Haar fallen. »… sich anwesend abwesend zu machen.«

Als dann nichts nachkam, fragte er: »Das hieße konkret?«

»Nur noch das Minimum kaufen. Simplify your life and starve capitalism to death.«

Auch noch so was, wofür sie nicht hergekommen waren! Aber vielleicht war das nur ein Test: Ob sie souverän genug waren, bis zum Eigentlichen durchzuhalten …

»Der beste Kampf ist immer der, der die Tiertötung unrentabel macht.« Allegra nahm wieder einen Zug, blies den Rauch aus, diesmal so, dass ein Strahl entstand.

Ja, ja, schön, aber er hatte sich doch nicht gedemütigt und Vivien angerufen, um sich jetzt Allerweltsweisheiten anzuhören. Zumal es so geklungen hatte, als müsse man das Spiel mitspielen, um das Spiel zu zerstören. Unsinn. ›Unrentabel machen‹ ist ein Begriff, den der Tierbefreier ersetzen muss durch ›zerstören‹. Aber vielleicht war es ironisch gemeint?

»Kennt ihr Wing Tzu?«, sagte Allegra

Er sah fragend rüber zu Vivien, aber die schwieg.

»Also, wo die Kraft des Gegners gegen ihn verwendet wird. Ohne eigene Waffen. Die eigenen Waffen sind der Körper und die Technik und das Wissen. Je stärker der Gegner, desto mehr Energie kann man für sich nützen. Der Kapitalismus kennt ja auch kalte Gewalt, und das wird heutzutage präferiert. Denn mit dem System ist es ja wie mit seiner fünfundsiebzigprozentigen Filiale, der Mafia: Wenn gemordet wird, ist das nur der letzte Schritt, denn Töten zeigt den wahren Charakter und ist deshalb schlecht fürs Geschäft.«

»Deshalb ja auch die gläserne Autofabrik, aber nicht der gläserne Schlachthof«, sagte er.

Allegra sah ihn an.

Was für rehbraune Augen!

»Was sind denn die restlichen fünfundzwanzig Prozent der Mafia?«, fragte Vivien.

»Der Rechtsstaat«, antwortete Allegra. »Die Gesetzlichkeit als Garantie, dass im Zweifel die Täter geaschützt und immunisiert werden.«

»Ganz meine Meinung«, sagte er, »aber exakt.«

»Man muss beweglich sein«, sagte Allegra. »Und natürlich entschlossen. Wer den Sieg um jeden Preis will, der gewinnt. Aber die Pläne müssen schon stimmen, sonst läuft der Wille ins Leere. Eine hohe Kunst. Aber ihr wollt dem Evil Player ja nur mal gegen das Schienbein treten ...?«

Konnte er gut antworten, indem er sagte: »Das haben wir schon gemacht, aber das ist im Effekt zu wenig.«

Allegra sog an der Zigarette.

»Wir sind durchaus bereit, ins Risiko zu gehen«, sagte er.

Und dann, im Rauch, war es ihm so, als habe sie ihm zugezwinkert. Wirklich, was für Augen!

Jetzt war es immer noch stickig und verräuchert und dazu erst recht still. Allegra war gegangen, ohne irgendwas Verbindliches zurückzulassen, nur dass sie ihnen aufgegeben hatte, noch zehn Minuten hier unten zu bleiben, damit man sie oben nicht zusammen sehen würde. Aber so blöd wäre er sowieso nicht gewesen.

Er schaltete das Licht aus und wieder an, guckte aufs Handy. Eine Minute war verstrichen.

»Was für eine Arroganz!«, stieß Vivien aus. »Als wäre Jugend das Wichtigste!«

»Man muss schon fit sein«, sagte er. »Denk dran, wie das bei dem Schaufenster fast schief gelaufen wäre.«

»Aha, gehört die Welt also den Schülern und Studenten.«

»Du hast doch selbst mal –«

»Vor allen Dingen den Studentinnen.«

Er machte den Mund auf, schloss ihn wieder. »Solche Tierbefreiungen«, sagte er dann aber doch, »das ist wie beim Zehnkampf, und bei allen Übungen –«

»Zehnkampf! Deine Vergleiche!«

»Das ist es aber. Wenn man es mal genau –«

»Dieser Körperkult! Habe ich schon längst bemerkt.«

»Da ist von den Bewegungsabläufen alles –«

»Wer rennen muss, der hat sich nicht richtig vorbereitet. Ein durchdachter Plan macht den Körper überflüssig.«

Er nickte mit unbeweglicher Miene, obwohl ihn die Worte an Egon Olsen erinnerten.

»Aber eigentlich sollen solche Aktionen ja auch bloß schön spannend ablaufen«, sagte Vivien. »Um einem nämlich das Gefühl zu geben, körperlich was zu machen.«

»Ja, und? Das Körperliche fehlt mir wirklich. Jeden Tag acht Stunden am Schreibtisch.«

»Dann geh ins Fitnessstudio.«

»Das ist steril: Muskeln um der Muskeln willen –«

»Und jedes drittes Wort englisch. Evil Player. Simplify your life. Ja, schön gelernt in der Schule!«

»›Simplify your life‹ fand ich ganz gut.«

»Vielleicht sollte ich mir auch eine rote Perücke aufsetzen!«

»Meinst du, dass dir Rot stehen würde?«

»Halt den Mund! Wir gehen jetzt. Hier zu sitzen wie die Trottel, auf Befehl von dieser – von diesem Pumuckl!«

29

Es war zirka eine Stunde nach Sonnenuntergang gewesen. Sie hatten bis dahin schon endlose Minuten hinter dem einen Altglascontainer gekauert neben dem Bushaltestellenhäuschen an der Durchgangsstraße dieses weitläufigen und, soweit im rapide schwindenden Licht erkennbar, jetzt praktisch nicht mehr bevölkerten Industriegebietes zwischen den Hallenkomplexen zweier Logistikunternehmen, einen Kilometer entfernt vom grünen Kombi, inmitten übler alkoholischer Dünste und einem noch schlimmeren Gestank nach Gärendem, beide in enger schwarzer, aber unauffälliger, sozusagen alltäglicher schwarzer Kleidung, und gerade hatte er grimmig gedacht: ›Eine schöne Prüfung‹ – hätte aber natürlich nichts gesagt, denn dass das hier überhaupt stattfand, war ja schon mal positiv trotz allem –, da war der Van aufgetaucht und exakt vor den Containern zum Stehen gekommen.

Auf den ersten Blick, vor allem, wenn man nicht wusste, dass der wirklich täuschend echt nach Lackierung aussehende Anstrich keinem etwas stärkeren Regenguss überstehen würde, hätte dieser stumpf olivgrüne VW T5 durchaus als ein Vehikel der Bundeswehr durchgehen können, hier im schwächsten Licht. Aber schon, wenn man sich ihm näherte und dann unweigerlich registrierte, dass die Seitenscheiben mit schwarzer Reflektorfolie überklebt waren, konnte man auf andere Ideen kommen, womöglich auch auf die richtige Idee. Musste er aber gar nicht: Ideen haben, denn er wusste es ja sowieso. Also keine Überraschung, nur höchstens Zufriedenheit über die gute Qualität der Tarnung. Zufriedenheit auch, dass das Kennzeichen sich so authentisch zeigte, dass man selbst mit aufmerksamen Augen schon auf weniger als Armeslänge herankommen musste, um – ausreichend Licht vorausgesetzt – zu bemerken, dass zwar eine Reflektorfolie vorhanden war und das Europa-Emblem sattblau und die Zahlen und Buchstaben schön schwarz und die TÜV-Plakette auch ganz passend war, dass aber nichts davon in der Prägepresse gewesen war und auch nichts mit Thermofolie heißgeprägt war, sondern einfach draufgeklebt. Wobei, einfach? Das musste alles eine Schweinearbeit gewesen sein.

Vor jetzt ungefähr einer halben Stunde also hatte dieser Van gehalten, und die Beifahrertür hatte sich geöffnet, eine Gestalt sprang heraus – auch in normalstem Schwarz –, schmiss eine leere Flasche Kühne-Essigessenz in den Container fürs Braunglas und war dann schon wieder im Auto.

Und nach zwei, drei Momenten hatte er die Seitentür aufgeschoben und Vivien und er waren hineingestiegen.

Was er dann zu sehen kriegte, war absolut erstaunlich. Zwar war ihm natürlich schon klar gewesen, dass für eine derart umfangreiche Aktion nicht einfach ein nur äußerlich verändertes Vehikel benutzt werden konnte.

Aber es war schon krass modifiziert im Innenraum, waren doch bis auf die Fahrerbank alle Sitzgelegenheiten ausgebaut und dazu der Boden, die Wände und die verbliebenen Sitze mit dünner Malerplane abgedeckt. ›Form follows function‹, hatte er denken müssen; für die Aktion brauchte man ja keine Gemütlichkeit, man brauchte Platz und die Möglichkeit, eine zweite, abzunehmende und mitzunehmende Innenhaut mehr oder weniger simpel anzubringen.

Er hatte sich, wie Vivien, zu den anderen: alle in schwarzen Hosen, Sweatshirts mit Schildkrötkragen, weitgehend schwarzen Sneaker, in den spartanischen Innenraum gesetzt, genauer: hingehockt – beide, nachdem sie ihre Rucksäcke in die Ecke geworfen hatten, man würde sie schon unter den dort bereits liegenden identifizieren –, und hielt sich seitdem so gut es ging fest, dabei hin und wieder die Körperstellung verändernd, um Muskeln zu entlasten und sich auch immer mal – vom Vibrieren und den schwingenden Bewegungen des Chassis Millimeter um Millimeter nach vorne befördert – zurück an die Wand zu schieben.

Es wurde kein Wort gesprochen, und bald fing bei ihm das Denken an und ließ ihn sich damit beschäftigen, sich in diese Situation – in diese konkrete Situation – einzusortieren; hieß zuerst einmal: Nie Fantasie mit Realität verwechseln, sich also von Hollywood verabschieden, richtiger, von den Hollywoodfilmen, denn Hollywood als Stadtteil von Los Angeles, das waren auch Obdachlose, die nach Sonnenuntergang auf dem Basement ihre Pappzelte aufbauten. Hollywood (L.A.), Ca., war Realität – kapitalistische Realität natürlich, denn welche Realität gab's heute noch? –, dagegen war der Hollywoodfilm einfach nur eine Art mal verblüffend realistisch daherkommender, mal bewusst phantastisch angelegter, aber immer gründlich inszenierter Fiktion.

Aber das hier war alles andere als das. Hier waren die unbequemen und sich ereignislos hinziehenden Momente noch drin, die Minuten, Minuten, dreidimensional, zum Beispiel die Zeit neben den Glascontainern, der man beim besten Willen keine relevante Symbolik unterlegen konnte.

Und apropos Hollywood-La-La-Land. Selbst da stellte das produzierte Endprodukt letztlich ja vielleicht fünf Prozent der real abgelieferten Arbeit dar; die restliche Zeit, Energie, Koordination waren für das draufgegangen, was den Film überhaupt erst möglich machte, und überall galt – dass ihm das ausgerechnet jetzt in den Kopf kam! – die Pareto-Formel, die da lautete, dass man in zwanzig Prozent der Zeit – reale Zeit inklusive realer Energie, realer Rückschläge – achtzig Prozent der Resultate erreichte, dass aber die restlichen achtzig Prozent der realen Zeit – Energie, Rückschläge – auch nötig waren, obwohl natürlich elend unspektakulär, aber achtzig Prozent sind nun mal nicht hundert Prozent. Wer's nicht schon kapiert hat, dem wird's beigebracht.

Aber keine Sorge, im Rückblick, sozusagen am Lagerfeuer, würde sich das Geschehene schon noch reinigen und käme der Kern der Aktion zum Vorschein und zum Glänzen, und dann würde man sagen können, man war dabei gewesen, und belohnend fielen Glanz und Sinnhaftigkeit auf einen.

Aber jetzt wurden diese dahinfließenden Gedanken jäh von etwas Unangenehmerem abgelöst: der Gewissheit, wie viel er und Vivien hier aufs Spiel setzten, erstens, und zweitens, dass sie, wie es aussah, die Einzigen waren, die wirklich was zu verlieren hatten.

Die anderen drei hier hinten waren jedenfalls beneidenswert jung, Studenten beziehungsweise Studentinnen, also solche, die Verluste an Geld und weißer Weste achselzuckend wegstecken konnten, so, wie ein Fünfundzwanzigjähriger durchaus ein Depot mit Aktien halten konnte, wohl wissend, dass Aktienkurse im Laufe der Zeit eben auch mal sinken konnten, aber von der Wahrheit getröstet war, dass on the long run diese Anlageform noch immer alle anderen outperformt hatte.

Bei den Treffen in Kassel, Fulda, Marburg hatte ihn jedes Mal das Gefühl beschlichen, dass die anderen – einmal auch Allegra, die aber hier nicht dabei war, wie überhaupt zur Vorbereitung doppelt so viele Menschen anwesend waren, wie jetzt tatsächlich ins Risiko gingen – ihn nicht als Ihresgleichen betrachteten. Er hatte sich gefühlt wie einer, der in den Augen der anderen so was wie ein Weltraumtourist war: einer, der dafür bezahlte, die Erde mal aus ein paar Kilometern Entfernung ansehen zu dürfen, bei dem man aber aufpassen musste, dass er nichts anrichtete.

Vielleicht war der Unterschied zwischen Mann und Frau doch nicht das Gravierendste, sondern der zwischen Alt und Jung. Irgendwann ist es nicht mehr ausschlaggebend, was man zwischen den Beinen hat, sondern, dass man knietief im Treibsand steckt, unter einer Sonne, der das scheißegal ist.

Die Biologie. Auch so was, wo er inzwischen im Nachteil war. Denn selbst wenn es, wie Vivien gemeint hatte, bei einer präzise durchdachten Aktion tatsächlich größtenteils auf das Gehirn ankam, war ›größtenteils‹ eben nicht ›nur‹, und vor allem bei Unvorhergesehenem schrumpfte das ›größtenteils‹; und so blieb die Ahnung, im Falle eines hastigen Rückzugs, eines Dahinjagens über doppelt so lange Strecken wie vorgesehen, eines Überwindens von Hindernissen, die fürs schnelle Überwinden eigentlich nicht gemacht waren, nicht mithalten zu können und auch dann nicht, wenn es galt, blitzschnell zu reagieren.

In jungen Körpern arbeiten junge Gehirne, die bereits angesprochen und ausführen gelassen haben, wenn sich das fünfzigjährige Hirn noch den Schlaf aus den Augen reibt und erstaunt feststellt, dass von der Gruppe nur noch genau einer hier ist: nämlich man selbst, und zwar zurückgelassen.

Wenigstens hatten Vivien und er die letzten drei Monate genutzt, um im Fit for Yourself ihren Körper auf Vordermann zu bringen zuzüglich Low-Carb-High-Protein. Hoffentlich zahlte sich das alles aus.

Um diese nun wirklich terrorisierenden Gedanken abzutöten, bei denen es ein Fehler gewesen war, sie zuzulassen, aber das war immer dasselbe: aus einem harmlosen Strudel, den man jederzeit kontrollieren im Sinne von zum-Stehen-und-Vergehen-bringen zu können meinte, wurde ein Mahlstrom, wenn auch, den Umständen hier im Van sei's gedankt, ein labiler, also einer, der durch Entzug der Aufmerksamkeit durchaus zum Verschwinden gebracht werden konnte; um also im Hirn dem Neuen Raum zu schaffen, konzentrierte er sich auf den an sich ja zum Scheitern verurteilten, aber eben hübsch ablenkenden Versuch, auszurechnen, wo sie sich – eine Durchschnittsgeschwindigkeit von hundert vorausgesetzt – nun ungefähr befanden; er hatte, logisch, den Abfahrtspunkt im Kopf und die Straßenkarte Hessen auch ziemlich parat; wusste aber nicht, wie spät es war, entsprechend auch nicht, wie viel Zeit schon vergangen war. Jetzt das Smartphone rauszuholen – dessen Benutzung sowieso strikt verboten war –, um nachzugucken, würde es provozieren, das Teil konfisziert zu bekommen oder zumindest sich als einer zu entlarven, der nicht im Augenblick war, also nicht in der Aktion aufging und sie womöglich nicht ernst genug nahm – denn ansonsten wäre er stets in der Gegenwart gewesen, wo einem eine Minute so war wie eine Stunde, nämlich egal –, und dem es nicht schnell genug gehen konnte. Außerdem wusste er nicht, welche Route sie genau fuhren. Er fragte sich, wer außer dem Fahrer noch verraten bekommen hatte, wo's langging.

Und nun: praktisch immer dasselbe. Minuten um Minuten im Gerüttel des fahrenden Autos. Umgeben vom eintönigen Klang des Motors. Und immerfort das Geraschel der Folie. Und die Geräusche, die von unter der Bodenplatte heraufdrangen. Und scheiß dunkel. Ein Glück war er kein Klaustrophobiker.

Irgendwann hatte sich seine Aufgeregtheit erschöpft, und er glitt in eine fast meditative Schläfrigkeit. Bis er abrupt eine starke Verzögerung spürte. Schneller als sein Geist war sein Körper präsent: Das eine Bein stellte sich sofort etwas schräg nach vorne, konnte sich nun gegen den Boden stemmen, so verhindernd, dass der restliche Körper runtergezogen wurde; fast gleichzeitig fand die eine Hand in einer der kleinen Vertiefungen im Metall der Tür Halt; sodass sich der Oberkörper aus den Oberschenkeln heraus mithilfe der Hand, des Arms nach hinten gegen die Wand drückte. Alles binnen eines Moments. Und nun hockte er wieder halbwegs stabil da. Er sah rüber zu Vivien.

Die war zur Seite weggerutscht und lag fast im Schoß des Menschen neben ihr, konnte sich jetzt aber schon wieder in die ursprüngliche Position bringen.

Die anderen hatten die Störung besser pariert.

So ging es einige Male: abgebremst, runtergeschaltet, noch weiter gebremst, die Richtung geändert, dann wieder etwas beschleunigt und hochgeschaltet, stärker beschleunigt. Und mit jedem Mal wurde er vorbereiteter, sodass es sich in ihm schließlich sogar so weit beruhigte, dass es trotz allem wieder zu einem Dösen reichte – kriegte deshalb allerdings auch nur wie unbewusst mit, dass jetzt etwas deutlich anders war. Und zwar so sehr, dass es ihn nun doch aufschrecken ließ.

Und wirklich: Da war keine Bewegung mehr zu spüren; und der Motor war aus oder wenigstens nicht mehr zu vernehmen.

Einen Augenblick später erhob sich wie auf ein stilles Kommando hin einer und nahm einen der Rucksäcke. Die anderen taten es ihm gleich. So auch Vivien. Und auch er. Wortlos wurden die Rucksäcke geöffnet, wurden die nachtblauen Einweg-Maleranzüge rausgezerrt, entfaltet, übergezogen, der Reißverschluss zugezogen – leichter gesagt als getan –, die Schuhüberzieher über die Sneaker gezogen, die Gummizüge an Handgelenk, Fußgelenk zurechtgerückt. Alles unter den Bedingungen von Enge und Eile. Danach die Handschuhe: robuste babyblaue Nitrilhandschuhe; und die Sturmhaube. Und die Kapuze wurde über die Sturmhaube gezogen und das Gesichtsgummi der Kapuze wurde gerichtet.

Einer der nun Anonymisierten trat gebückt einen Schritt vor, drückte den Griff und zog die Tür nach hinten auf; und einer nach dem anderen stieg aus, und als vorletzter, nachdem er Vivien vor sich rausgelassen hatte, er.

Draußen versuchte er sich zu orientieren. Aber alle Lichter am Van waren aus, und niemand hatte eine Taschenlampe angeknipst, und vom Mond her wurde die Szenerie nur unzureichend beschienen – was im Endeffekt natürlich ein Vorteil war –, und man verfügte eben nicht über Katzenaugen. Aber einiges war dann doch auszumachen. Als Erstes dieser mit Schotter belegte Stichweg hier; dann die Bäume: Birken rechts und links. Schöne solide Gegenstände also, an denen sich Tagaktive auch des Nachts orientieren können.

Und obwohl sich daneben und dahinter die Umgebung mal sofort, mal nach wenigen Metern vollständig in der Dunkelheit verlor, genügte ihm schon das wenige Erkannte, um sich einigermaßen daran erinnern zu können, wo ungefähr man sich jetzt befand.

Man hatte sich ja nicht umsonst über Wochen intensiv mit dem Zielobjekt befasst, und zwar nicht nur redend und planend, das natürlich auch: natürlich wurde alles, jede auch noch so kleine Meldung im Internet gesammelt, wurden Erfahrungsberichte von anderen Gruppen diskutiert, konsultierte man Karten und stellte Ausrüstungslisten zusammen.

Aber das war nur das Eine. Daneben hatte es nämlich – natürlich – auch die praktische Vorbereitung gegeben. Eine erste Ortsbegehung, eher ein nächtlicher Spaziergang, wodurch man sich aber im weiträumigen Vorbeigehen ein Wissen über die Topografie verschafft hatte. Dann, ebenfalls bei Nacht, zwei weitere, vertiefende und vor allem objektnahe, Observierungen, bei denen der Spähtrupp zu verschiedenen Zeitpunkten bis direkt an das Hauptgebäude gelangt war. Woran Vivien und er allerdings nicht beteiligt gewesen waren. Aber immerhin hatten sie auf der Lauer gelegen und die Uhrzeiten, zu denen der rote Opel Astra der Sicherheitsfirma auftauchte, auf die Minute genau protokolliert.

Er versuchte, im Geiste wieder zusammenzubringen, wo sie damals gewesen waren, konnte dafür aber wiederum nicht genug signifikante Details erkennen und war vielleicht auch schlicht zu aufgeregt, um alle Gedächtnisfakten ordentlich mit den hier vorgefundenen Dingen abzugleichen; und jetzt wurde seine Aufmerksamkeit sowieso abgelenkt, denn die anderen – bis auf Vivien – hatten sich, während er rumgestanden und ins Schwarze gespäht hatte und zu nichts gekommen war, ausgerüstet und trugen nun an Schulterriemen Taschen aus schwarzem Nylon; einer, der ›Elektriker‹, hatte zwei Notebooktaschen bei sich. Angesichts dessen wurde ihm, Onno, bewusst, dass er mit buchstäblich leeren Händen dastand, und es war kein bisschen tröstlich, dass es bei Vivien auch nicht anders aussah. Frauen waren ja nicht fürs Handwerkliche da. Wobei ihm jetzt wieder einfiel, dass unter den Kombattanten auch zwei Frauen waren, und die waren sehr wohl ausgerüstet. Also wohl nicht: Mann und Frau, sondern: erfahren, unerfahren. Was wiederum ein tröstlicher Gedanke war, bedeutete das doch, dass er nächstes Mal wahrscheinlich schon ganz selbstverständlich beim Verteilen des Werkzeugs berücksichtigt werden würde.

Die beiden Autos, die sich ihnen wie geplant auf den Raststätten Lauenau und Porta Westfalica angeschlossen hatten – beides, als wäre es abgesprochen, Renault Kangoos –, waren inzwischen in einer Haltebucht beziehungsweise in der Einmündung eines Feldweges geparkt, jeweils so weit voneinander entfernt, dass es für jeden Ahnungslosen erst mal wie zufällig aussehen musste. Die Kangoos würden die meisten der Beagle aufnehmen, um sie zu den Verteilungsplätzen zu befördern, von wo aus die Tiere ihre Fahrt antreten würden zu den Adoptivfamilien.

Eigentlich hätte noch ein drittes Auto da sein sollen. Aber das hatte letzten Freitag einen Unfall gehabt, und auf die Schnelle war kein sicherer Ersatz zu organisieren gewesen.

Also würde man auch im T5 einige Hunde mitnehmen müssen. Es dürfte scheiß eng werden. Irgendwie würde es schon gehen.

Das gehörte eben dazu, sagte er sich: dass immer eine Restunsicherheit blieb, selbst bei optimaler Vorbereitung. Allerdings, wie würde es sein, wenn die Hunde pissten oder sogar kackten? Tiere waren nun mal grundsätzlich unberechenbar. Vivien würde das bestimmt nicht viel ausmachen, die war so was von der Arbeit im Krankenhaus her gewohnt, aber ihm würde garantiert Ekel aufsteigen …

Jetzt hob einer den Arm. Alle hoben den Arm, er auch. Dann stellte der, der das Zeichen gegeben hatte, seine Taschenlampe an und zeigte mit der anderen Hand in Richtung des Zielobjekts.

Sie schlichen eilig, aber in guter Ordnung hintereinander auf einer gewissermaßen spurlosen, nur dem Führer – oder den Führern – bekannten Linie durch Wald und Gebüsch; das Licht der beiden Taschenlampen war zu einer diffusen Helligkeit runtergedimmt. Er, eingereiht, versuchte, im Augenblick zu bleiben; aber immer wieder sprangen die Gedanken aus der Gegenwart weg, schätzten dann die Umgebung ein und bewerteten das Tun; alles immerhin folgenlos: Inhaltlich war es ja mehr oder weniger flüchtig, mit was sich sein Hirn für Sekunden beschäftigte, und auch äußerlich richteten seine geistigen Abwesenheiten keinen Schaden an, denn als einer in der Kolonne musste er bloß dem Vordermann – der Vorderfrau? – ameisenhaft auf den Fersen bleiben, und das schaffte er auch sozusagen automatisch.

Nun war man an einen Zaun gelangt – Maschendraht, der zwischen handgelenkdicken Pfosten befestigt war –, und ohne auch nur in der Bewegung innezuhalten, änderte der erste Overall, der zweite und die weiteren entsprechend die Richtung, sodass sich schließlich alle dicht am Hindernis entlangbewegten.

Der Maschendraht war an Stellen so schlaff, dass es wohl keine besondere Mühe gemacht hätte, das Metallgewebe niederzuhalten und es mit einem hohen, langen Schritt zu überwinden. Was aber nicht geschah, natürlich nicht, denn – so hatte die Gruppe erfahren – irgendwo hinter diesem eher lachhaften Zaun waren dicht über dem Boden drei Drähte gespannt und würden bei Berührung einen stillen Alarm auslösen. Soweit zumindest der Kenntnisstand. Wobei es sich natürlich fragte, ob in einer Umgebung, in der es nachts von Kleintieren wahrscheinlich nur so wimmelte und infolgedessen ziemlich oft Alarm ausgelöst werden dürfte, eine solche Methode sinnvoll war und also angewendet wurde, oder ob es sich nur um ein Gerücht handelte, in die Welt gesetzt aus dem so einfachen wie offenbar wirkungsvollen Grund, sich dadurch die Instandhaltung des Zaunes zu sparen. Wie auch immer, keiner wollte es auf die Probe aufs Exempel ankommen lassen. Zumal es ja auch gar nicht nötig war.

Der Zaun hörte auf, und stattdessen zog sich nun in selber Richtung eine zirka zwei Meter hohe Betonmauer mit einer runden Krone dahin. Um dann dreißig, vierzig Meter später ebenfalls zu enden.

Und damit war der Eingang erreicht, genauer, der Hintereingang, und noch exakter: erst mal nur der hintere Zugang zum Gelände. Man bildete drum herum einen Halbkreis.

Das vor ihnen war eine massive Eisentür, eingefasst von der Betonmauer, die sich auf der anderen Seite noch einige Dutzende Meter fortsetzen dürfte. Oben auf der Tür: eine mit ausgefrästen Zähnen bewehrte und in deutlicher Schräge zirka fünfzig Zentimeter in den Himmel ragende Platte aus, höchstwahrscheinlich, massivem Metall; dazu, und für sie vor allem von Interesse, in der Füllung: zwei Türschlösser. Konventionelle Zylinderschlösser, eins in Kopfhöhe, das zweite normal hoch angebracht.

»Zeit?«, fragte einer.

»Gut in der Zeit«, antwortete ein anderer.

Einer hatte in der babyblauen, nitrilhandschuhgeschützten Hand einen Apparat, der wie eine verchromte, elektrische Zahnbürste ohne Aufsatz aussah; der Mensch hielt den Elektropick in der geschlossenen Faust, Handrücken nach oben; mit der freien Hand steckte er etwas wie ein kleines L-förmiges Werkzeug aus einem Ikea-Selbstbausatz in das oberste Zylinderschloss; die Nase vom L blieb im Zylinder, und mittels des Werkzeuges wurde nun der Zylinder unter Spannung gehalten; jetzt wurde die Nadel vom Pick tief ins Schloss geführt, und während der Apparat dann zu vibrieren begann, wurde er ein paarmal jeweils kurz vor- und zurückbewegt, und nach einigen Sekunden konnte der L-förmige Spanner nach unten gedreht werden. Womit das Schloss dann eine Umdrehung aufgeschlossen war.

Onno staunte nun doch, mit welcher Unbekümmertheit der Kombattant bei der Arbeit vorging. Man war sich offensichtlich absolut sicher, an dieser Stelle auf keine elektronische Sicherung zu stoßen. Auf Überwachungskameras sowieso nicht. Zumindest nicht schon hier. Da konnte man allerdings tatsächlich beruhigt sein, das war alles geprüft und auch von der Maulwürfin bestätigt.

Der an der Tür tauschte nun den Pick gegen einen Flipper, den er am Plastikkopf drehte und so die abgeflachte Spitze unter Spannung setzte, welche er dann in den Zylinder einführte und losdrückte. Danach wurde der Flipper abgegeben, und nun wiederholte sich das Prozedere mit dem Spanner und dem Pick.

Die gleiche Methode wurde bei dem unteren Schloss angewendet, und auch hier ging es, abgesehen von den metallischen Geräuschen des arbeitenden Picks und dem kurzen, harten Klicken der zurückspringenden Spitze vom Flipper, geräuschlos vonstatten, und es dauerte auch wieder nur einige Momente. Dann war die Tür offen.

Man huschte hindurch. Auch er, Onno, betrat das Gelände – nun allerdings schon nicht mehr mit dem prickelnden Gefühl, bei einem Abenteuer dabei zu sein; war ihm doch eben, vor der verschlossenen und dann widerrechtlich geöffneten Tür, bewusst geworden, woran er, übersetzt für die Mechanik der rechtsetzenden und -durchsetzenden Macht, beteiligt war: Einbruch, Sachbeschädigung, Diebstahl, und das alles bandenmäßig. ›Dafür wirst du dich verantworten müssen‹, war ihm in den Sinn gesprungen. Übel. Er wollte irgendwie mit Vivien Kontakt aufnehmen, aber im Halbdunkel und bei den vielen Bewegungen und einförmigen dunkelblauen Overalls war keiner vom anderen zu unterscheiden.

Sie pirschten die fünfzehn, zwanzig Meter über nachlässig aneinandergelegte Betonplatten hin zum Zielobjekt: zu dem zweistöckigen Gebäude, das – nach den Plänen, die ihnen die Maulwürfin zugespielt hatte – ohne Außenzwinger exakt fünfundfünfzig mal achtundsiebzig Meter maß.

Hier draußen, scheinbar keinerlei beschneidender Gewalt ausgesetzt, war Gestrüpp und Buschwerk am wachsen, alles allerdings nur in Umrissen erkennbar, denn nirgends war irgendwas installiert, das Helligkeit erzeugt hätte. Und auch dann beim hinteren Eingang ins Gebäude – praktisch nur eine lackierte Metalltür in der Wand, deren ursprüngliches Weiß im Laufe der Zeit durch Wind und Wetter zu einem Grau reduziert war – hatte man kein Geld für Beleuchtung investiert. Umso besser.

Und diese Überwachungskamera dort rechts oben, Grundausstattung solcher Gefängnisse, war ebenfalls praktisch nicht vorhanden, ebenso wenig, wie alle anderen zwölf Stück im Inneren des Gebäudes – genauer gesagt, waren alle schon vorhanden, rein physisch, zeigten aber seit 22:05 Uhr nur immer genau das Standbild, das sie um 22:05 Uhr aufgezeichnet hatten.

Denn es ist ja so: Was bei Kriegen die Luftunterstützung für die mechanisierte Infanterie und regelrechte Panzertruppe ist, ist für die moderne, also: technikaffine Tierbefreiung der Hack. Und wenn Tiergefängnisse wie dieses hier gerade mal nicht-schwenkbare Run-of-the-Mill-Kameras einsetzen, bei denen die standardmäßig aktivierte Plug-and-Play-Funktion aus dem Internet erreichbar ist et cetera, über DoS, über Deauthentication, ja, das ist dann doch schon eine formvollendete Einladung.

Der eigentliche Zugang war durch ein digitales System – leider Insellösung – gesichert. Das hatte man gewusst, und natürlich war dieses eine Hindernis Inhalt vieler Überlegungen in der Vorbereitungsphase gewesen; und vielleicht hätte man sich nicht dran gewagt – bei solchen Aktionen war's ja wie bei Geiselbefreiungen: Es musste in kürzester Zeit geschafft sein, weil jede Minute die Gefahrenanzeige von grün zu orange zu rot veränderte –, aber das Schicksal hatte offenbar gewollt, dass dies hier durchgeführt wurde, indem es ihnen durch die Maulwürfin hatte versichern und per Handyfotos beweisen lassen, dass man es mit einem grundsätzlich veralteten Sicherungssystem zu tun hatte, das dazu noch seit längerem nicht mehr in der Software aktualisiert worden war. Da hatten die Helfershelfer der Ausbeuter und Tiermörder also an der falschen Stelle gespart. Und die Intelligenz und die Entschlossenheit der Menschen sträflich unterschätzt. Sollte man nie: Denken, nur weil man ein kleiner Zulieferer im System ist, würde man übersehen werden.

Die sechs Schräubchen, die die Platte hielten, wurden mit einem Uhrmacherschraubenzieher rausgedreht, dann wurde die Platte abgehoben. Und mehr kriegte er, Onno, nicht mit. Nur dass das Netbook herausgeholt und angestellt wurde und drei dünne Kabel, fast nur elastische Drähte, entrollt wurden.

Und jemand flüsterte: »Das ist ja unglaublich«; und jemand antwortete flüsternd: »Wir wollen das Fell des Bären …«

Damit hatte die eigentliche Arbeit begonnen. Alles bis jetzt und alles, was hiernach folgen würde, war nur, cineastisch ausgedrückt, Vorspann und Nachspann. Diese Minuten jetzt waren der eigentliche Film.

Er versuchte, seiner Nervosität die Energie zu nehmen, indem er sich vor Augen hielt, wie gut man vorbereitet war. Man wusste Bescheid, wusste vor allem, dass das Gebäude von zehn Uhr abends bis vier Uhr morgens praktisch unbewacht blieb, hieß, in diesen Stunden nur digital überwacht wurde; und was das wert war, konnte man jetzt ja miterleben.

Einer flüsterte: »So. Der Personal Code ist angenommen.« Damit hatte man sich dem System gegenüber als eingangsberechtigte Laborantin legitimiert – was später, während der Rest der Kombattanten die Hunde rausholen würde, vom Elektriker wieder gelöscht werden würde; unschätzbarer Vorteil einer Insellösung ohne Cloud.

»Mist.«

»Was ist?«

»Invalid Code. Die haben bei der zweiten Stufe den Code geändert.«

»Fuck! Was machen wir jetzt?«

»Wir probieren weiter. Die haben hier einen vierstelligen Nummerncode, das ist nicht Fort Knox.«

Eine Stimme flüsterte: »Du willst die Tausenden von Kombinationen –«

»Das erledigt das Programm. Ich hoffe, die haben das hier nicht mit Three-Attempts-Limit gesichert. Dann ist nach drei Versuchen finito. Dann kriege ich gerade noch die Legitimation gelöscht ...« Er erhob die Stimme zu einem Theaterflüstern: »Alle mal herhören. Ihr geht zurück zum Tor. Wenn ich mit der Taschenlampe nicht spätestens nach einer halben Minute leuchte, bedeutet das, der Zugang ist gesperrt. Dann geht ihr zügig zurück zum Wagen. Und umgekehrt: Sobald ich mit der Taschenlampe Signal gebe, machen wir hier weiter im Plan.«

Also begab man sich zum Tor. Schweigend. Er hätte jetzt gerne geredet, egal mit wem, aber es galt das Schweigegebot, und vielleicht wäre Reden jetzt ja auch sowieso genau das Falsche gewesen.

Sekunden. Sekunden. Sekunden. Sekunden.

Einer deutete mit dem Zeigefinger auf eine imaginäre Armbanduhr.

Jetzt blitzte es auf.

Einer hob den Daumen.

Also alle wieder zum Hintereingang.

Einer: »Und?«

Der Elektriker: »Das Ding antwortet auf jeden Versuch.«

Einer: »Schon blöd.«

Ein anderer: »Wir kriegen das also auf?«

»Wenn der Strom reicht.«

»Wir haben eine Powerbank.«

»Die kommt dran, sobald das Netbook Strommangel anzeigt.«

Minute.

Minute.

Am Ende hatte der Elektriker mithilfe des Programms im Netbook das digitale Schloss tatsächlich entsichert. Aber man war, nach Onnos Schätzung, fast zehn Minuten zugange gewesen statt der dafür eingeplanten fünf Minuten.

»Alter Schwede, das war knapp«, flüsterte der Elektriker. »Wir haben nur noch acht Prozent im Akku.«

»Hier.« Einer hielt ihm die Powerbank hin. »Dass du uns wieder spurlos verschwinden lässt.«

So konnte also endlich das verfluchte Gebäude betreten werden. Leise und vorsichtig. Und fast sofort, als er drin war, wurde ihm zweierlei klar: zum einen, dass es hier in der stehenden Luft nach Tier und nach Medikamenten roch und vor allem penetrant nach Reinigungsmitteln; und dass das hier offenbar viel größer war, als es von außen den Anschein gehabt hatte, und dazu noch von einer Unübersichtlichkeit, mit der, den Reaktionen nach zu urteilen, niemand gerechnet hatte. Eine Tür, ein kurzer Korridor; eine Tür rechts, eine links; und Korridore; alles wie aus identischen Modulen zusammengesetzt; in den Winkeln zwischen Wänden und Decke Notlichter, was die labyrinthartigen Korridore und die dort installierten oder abgestellten Dinge: kleine Kartons, etwas, das wie ein Infusionsständer aussah, ein Feuerlöscher, all das in diffuses milchigblaues Licht tauchte und damit – auch – Schatten wie in expressionistischen Filmen bewirkte; überdies erwies sich der Lageplan, der als Option für den Notfall nur gerade eine Skizze aus Quadraten und Strichen und Pfeilen war, als eher verwirrend denn aufklärend, und die einzige Person, die über die Räumlichkeiten hätte eins-zu-eins Bescheid geben können, die Laborantin, die Maulwürfin, hatte sich letzte Woche aus dem Krankenhaus gemeldet: Unfall beim Inlineskaten, gebrochenes Handgelenk, Einsatz ausgeschlossen.

»Das können wir vergessen.« Der Kombattant knickte den Plan zweimal zusammen und steckte ihn weg.

Leben ist das, was passiert, während du andere Pläne machst. Er hätte fast aufgelacht. John Lennon, und machte Pläne und wurde erschossen.

Jetzt hatte sich in stillem Einverständnis hin die Gruppe in zwei Gruppen aufgeteilt – was er gar nicht mitgekriegt hatte –, und er war von Vivien getrennt, und bevor er das korrigieren konnte, musste er mit dem Trupp, dem er ohne viel Worte zugewiesen worden war, abrücken.

Aber nichts als immer neue Korridore, und alle Türen abgeschlossen.

»Das bringt nichts«, sagte einer leise, nachdem wieder erfolglos an einer Klinke gerüttelt worden war.

»Dann eben anders.« Einer stellte seine Nylontasche auf den Boden und zog den breiten Reißverschluss auf. »Wozu haben wir die Dinger?« Und nahm ein unterarmlanges Montiereisen heraus.

»Versuch mal, die anderen zu finden«, sagte einer zu Onno, »und sag denen, die sollen auch die Türen knacken.«

Er nickte, drehte sich um und eilte bis zum ersten Punkt, wo sich der Korridor mit einem anderen Korridor kreuzte, verharrte dort und lauschte in den anderen Gang hinein; aber nichts zu hören; nur von hinter ihm kamen nun vage, metallische Geräusche, nämlich von dem Trupp, der ihn eben ausgesandt hatte. Er bog in den Korridor ein, ging ihn runter, fünf Meter vielleicht, bis zur nächsten Kreuzung; er sah in den Korridor rechts hinein, in den linken; aber nirgends war ein menschliches Wesen zu sehen; er ging weiter; ein neuer Korridor; niemand.

Jetzt hatte er das Gefühl, irgendwie im Kreis zu gehen. Er bog wieder ab, ohne Ziel, einfach, um die Richtung zu wechseln, fühlte sich schon wie eine Ratte, die im Labyrinth hin- und herläuft, und währenddessen steht im Schatten die Falle mit dem gespannten Bügel und hat alle Zeit der Welt.

Endlich bemerkte er eine offene Tür. Er beschleunigte, dabei versuchend, möglichst lautlos zu bleiben, was dazu führte, dass er stakste wie jemand, der das Gehen gerade erst gelernt hatte, und zu allem war dieses Fortbewegen dermaßen energieaufwendig, dass er, als er ankam, erst einmal einen Moment schwer atmend innehalten musste.

Das Schloss war aufgebrochen. Der anderen Gruppe war also auch schon der einzig sinnvolle Modus Operandi eingefallen.

Er drückte die Tür ganz auf. Trotz einiger Notlichter war es schummerig. Vor dem Fenster war das Leinwandrollo runtergelassen. Aus einem Reflex heraus hätte er beinahe die Neonröhren angeknipst, war mit dem blauen Nitril-Finger schon am Schalter, konnte sich aber gerade noch zurückhalten. Es musste auch so gehen. Offenbar ein Durchgangszimmer: Rechts meterhoch Kartons gestapelt, auf dem Boden einige dunkelbraune Kanister, daneben zwei Stapel von metallenen Fressnäpfen.

Mit ein paar schnellen Schritten war er im Raum dahinter: hier war ebenfalls alles notbeleuchtet, wenn auch etwas effektiver, und auch – natürlich – fensterverhangen. Zu sehen waren Hängeschränke, teilweise mit durchsichtigen Türen, dahinter Chemikalien, vielleicht auch Medikamente, in Packungen, Beuteln, braunen Gläsern. Ein langer breiter Tisch mit Reagenzgläsern in Haltern, Messern in verschiedenen Größen, Skalpellen.

Nun hin zu der offenen, gegenüber dem Eingang liegenden Tür.

Und bevor er noch im seltsamen Licht dort irgendwas Konkretes erkannte, wusste er, dass er am Ort der Aktion angekommen war.

Auch hier waren die Rollos unten. Weil die funzelige Nachtbeleuchtung nicht viel half, hatte man die beiden Taschenlampen angeschaltet und in zwei sich diagonal gegenüberliegenden Ecken so platziert, dass ihre Lichtkegel möglichst viel vom Rauminneren erhellten; was allerdings den Effekt hatte, dass im so erzeugten Vierteldunkel, Halbdunkel, Dreivierteldunkel alle Dinge und alles, was sich bewegte, von verzerrten, gleichzeitig verzerrenden Schatten ergänzt beziehungsweise begleitet wurde.

Weil dies nun wirklich fast wie die sorgsam inszenierte Szene eines klaustrophobischen Thriller wirkte, war er, Onno, Momente gebannt, ehe er dann das Wichtigste hier registrierte: die zwei Reihen Käfige. Und in Wut geriet.

Wütend war angesichts dieser Gefängniszellen, die gerade mal so groß zu sein schienen wie die Käfige, die er im Katzenhaus des Tierheims gesehen hatte; und: Einzelhaft, und dabei waren Hunde von Natur aus Rudelwesen und lebten nicht durch die Augen, sondern durch die Nase, was es zu doppelter Quälerei machte, jeden direkten Kontakt mit Artgenossen oder auch nur mit den Dingen hier zu unterbinden.

Er trat ganz in den Raum hinein. Stehende Luft, und auch wieder typisch: Wo es doch dort, wo Hunde sind, eigentlich nach Hunden riechen sollte, überlagerte hier der Geruch von Desinfektion alles andere.

Einige Käfige waren leer. Hatte aber vielleicht nichts zu sagen.

Ein Hund drückte sich ängstlich in die Ecke.

Er sah es. Er wollte es ignorieren. Ein bisschen wütend zu sein, war gut, aber zu viel davon in sich zu haben, von der Wut, machte unvorsichtig und untauglich für gute Arbeit. Er musste vom einzelnen Schicksal abstrahieren, er musste sich klarhalten – sich einreden –, dass es nicht um die Hunde ging, sondern um das Schädigen des Systems. Das Sabotieren war das Wichtige. So musste man sich herzlos machen.

Irgendwo fing ein Hund an, zu fiepen, gleich bellte ein anderer wie hysterisch.

»Halts Maul!«, rief einer.

Woraufhin es tatsächlich still war – allerdings nur für Sekunden.

»Wo sind die anderen?«, wurde er gefragt.

Er deutete hinter sich. »Die sind auch dabei, die Türen aufzubrechen.«

»Dann geh zurück und sag ihnen, die sollen herkommen.«

»Wenn ich den Weg überhaupt noch –«

Geräusche im Nebenraum, und gleich darauf erschienen Gestalten in der Tür.

»Okay, habt ihr den Weg schon selbst gefunden.«

So aus dieser Pflicht entlassen, kriegte er ein Montiereisen in die Hand gedrückt.

Ihm wurde ein Käfig zugewiesen.

Sodass er sich als nützlich erweisen konnte, endlich. Er wollte die Käfigtür rasch knacken, aber die Zunge vom Eisen, wahrscheinlich nicht richtig in den Spalt geschoben, rutschte ab; er setzte ein zweites Mal an: dasselbe. Er benahm sich wie ein Anfänger. Was er, genau genommen, ja auch war. Das Schloss, die gesamte Eisenkonstruktion war viel stabiler als gedacht. Aber hatte er sich darüber überhaupt Gedanken gemacht? Und während die anderen um ihn herum – selbst

Vivien, wenn er bei den vom Overall alle gleich unförmig gemachten Gestalten mit seiner Vermutung, wer Vivien war, richtig lag – praktisch geräuschlos Ergebnisse erzielten, kam es ihm vor, als produziere er immerzu Lärm. Selbst sein Atmen schien ihm laut zu sein wie ein Schreien.

Ein Hund bellte. Ein Mensch – eine Frau – flüsterte ihm etwas zu. Aber der Hund bellte nur umso lauter. Die ersten Käfige waren offen. Einer der Beagle wehrte sich dagegen, herausgeholt zu werden, zwei jaulten regelrecht; ihr Gejaule, zusammen mit dem vereinzelten Gefiepe und Knurren, erzeugte eine alptraumhafte Klangkulisse in dieser durch die Lichtverhältnisse sowieso schon üblen Szenerie.

Das alles wollte er ausblenden. Schaffte es nicht. Dazu die stete Angst, mit irgendeiner Bewegung, irgendeiner Berührung einen Alarm auszulösen – womöglich bereits ausgelöst zu haben – und hier im Gebäude wie in der Falle zu sitzen.

Endlich war das Schloss zerstört. Aber selbst die simple Handlung: die nun grundsätzlich offene Käfigtür aufzuziehen, artete in eine Heidenarbeit aus, war der Rahmen doch an einer Stelle so stark verbogen, dass er, Onno, das Eisen wieder zu Hilfe nehmen musste. Als er es dann endlich zuwege gebracht hatte, das Ding aufzuhebeln, fühlte er trotz allem einen Stolz – allerdings nur kurz, denn nun fragte es sich natürlich, wie das Ganze hier weitergehen sollte.

Er guckte verstohlen zu dem neben ihm, der ebenfalls gerade einen Käfig geöffnet hatte. Der nahm aus der Nylontasche ein Hundehalsband und eine Leine, tat das Halsband aber gleich wieder zurück, denn der Hund hatte eine Kette aus Metallgliedern um den Hals; der Mensch ließ den Karabiner der mitgebrachten Leine bei der Kette einklinken.

Er bekam mit, wie zwei, auf gleiche Weise angeleinte Hunde rausgetragen wurden, die Tiere dabei ganz passiv – schicksalsergeben oder vor Angst paralysiert.

»Wir haben hier noch Käfige gefunden.«

»Wo?«

»Nebenan. Aber keine Hunde, sondern Meerschweinchen. Fünf Stück.«

»Eins nach dem anderen. Erst mal das mit den Hunden.«

Er wollte sich dafür melden, die Meerschweinchen nach draußen zu schaffen, da hörte er Viviens Stimme: »Das mit den Meerschweinchen übernehme ich, da bin ich nützlicher«, und war prompt frustriert, war ihm dadurch doch die Chance einer perfekten Tierbefreiung – Tier bleibt Tier, ob Hund oder Meerschweinchen – genommen worden. Andererseits, er hatte ja den hier; er sah in den Käfig, sah den Beagle, sah, dass an der Kette aus matten Metallgliedern drei Plaketten baumelten. Er griff zu, kriegte aber nichts anderes zu fassen als ein Ohr. Egal, keine Zeit, Rücksicht zu nehmen. Er zog den sich sträubenden Hund am Ohr soweit zu sich ran, dass er mit der anderen Hand die Gliederkette packen konnte. Als er das Tier, das jetzt wie scheintot alles über sich ergehen ließ, hochhob, merkte er, dass es doch einiges wog. Ein Gefängnis mit guter Verpflegung also. Dem Fell und der allgemeinen Erscheinung nach war das Tier auch ziemlich gut beisammen. Aber natürlich hatte das alles nichts zu sagen. Hänsel fiel ihm ein, Hänsel, der von der Hexe gemästet wird, aber ganz bestimmt nicht aus Menschlichkeit. Strategisch kalkulierende Mörder konnten es dem Opfer auch schon mal gutgehen lassen, wenn sich's letztlich für sie auszahlte, für die Mörder.

Und schon wieder wusste er nicht weiter. Aber fragen wollte er nicht. Das musste auch so gehen. Genau. Er ging, den Beagle mit der einen Hand im Nacken gepackt und mit dem anderen Arm um den Brustkorb an sich drückend, aus dem Raum, dann den Korridor entlang, und gerade, als er sich eingestand, sich verirrt zu haben – außerdem war das Tier zugleich so schwer und so schlecht fassbar, dass er es gerne mal abgesetzt hätte –, kam ihm einer entgegen, und er nutzte die Chance und fragte: »Wo geht's hier raus?«

Dann endlich – nach gefühlten Kilometern in Dunkelheit am Zaun und den Waldweg entlang – konnte er das Tier, das sich zuletzt wie hundert Kilo angefühlt hatte und zugleich wie ein Sack mit gravierend verrutschtem Inhalt, abliefern, genauer: es wurde ihm aus den Armen genommen und in den akribisch mit Malerfolie ausgelegten Stauraum des Kangoo hineingereicht, wo bereits vier andere Hunde saßen oder standen, beruhigend gestreichelt und vor allem bewacht von Menschen, wenn diese Menschen im Moment auch mit dem dunkelblauen Overall, der Sturmhaube, den Nitrilhandschuhen eher wie Foltergehilfen aussahen. Auf dem Schoß des Beifahrers befanden sich zwei weiße Schachteln – dem Aufdruck nach hatten sich Einwegspritzen drin befunden –, in die einige Löcher geschnitten worden waren.

»Und tschüss«, sagte er, womit eigentlich nur die Beagle und die Meerschweinchen in den Schachteln gemeint waren, aber alle Menschen im Auto antworteten »Tschüss«. Und die Heckklappe wurde zugemacht, und dann setzte sich das Auto in Bewegung.

So war das also: Tiere faktisch zu retten.

Wie fühlte er sich?

Wie fühlst du dich, Mensch, jetzt, wo du weißt, etwas am Lauf der Welt zum Guten geändert zu haben?

Momentan fühlte er gar nichts. Aber das würde noch kommen; spätestens, wenn die ganze Arbeit getan worden wäre, würde das Gute die volle Wirkung entfalten, und dann käme auch das Hochgefühl.

Ein Geräusch, eher erahnt als richtig gehört, und jetzt auch Bewegungen in der Nacht: Drei Gestalten huschten vom Weg her über die Straße, mit je einem Bündel auf den Armen, dorthin, wo der zweite Kangoo stand und darauf wartete, mit Fracht versorgt zu werden, um endlich wegzukommen.

Der Weg zurück zum Gebäude, durch den lichten Wald, am Zaun entlang, kam ihm kürzer als beim ersten Mal vor und ungefährlicher. Zumal der Mond herausgekommen war. Und es war immer noch still.

Ganz still. Die Tiere hier ringsherum schwiegen und beobachteten, was vor sich ging. Eine seltsame Vorstellung: dass für einen Dachs oder eine Kröte sie hier, die Tierbefreier, genau solche potentiellen Feinde waren wie der Förster oder die Wochenendausflügler, die eine Schneise der Zerstörung zurückließen und die vor allem nichts Gutes im Sinn hatten und auch nicht taten. Aber Gutes muss getan werden. Da sitzt der Homo sapiens und träumt sich irgendwas zurecht und ist überzeugt, ›das Gute ist das Böses, das man sein lässt‹, und das würde reichen – und wird zum Helfershelfer der bösen Sache. Denn Gutes, das bloß zurechtgeträumt wird und hingeplappert, ist um nix besser als tatsächliches Böses, und dann sollte man ehrlich zu sich sein. Aber nein: ›Ich tue nichts und bin deshalb gut‹, sagt der Stein im Geröllfeld. ›Ich tue nichts und bin deshalb nicht schlecht‹, sagt der Tropfen Wasser im Ozean. ›He, was ist denn! Ich hab doch nie was Schlechtes getan!‹, ruft die Scheiße in der Kläranlage.

Er drückte den Nebeneingang, den inzwischen jemand mit einem Rucksack gegen das Zufallen blockiert hatte, noch ein bisschen weiter auf, trat ins milchige Licht des Korridors und bereitete sich darauf vor, gleich die gute Nachricht zu verkünden, dass zehn Hunden und zwei Meerschweinchen die Freiheit ermöglicht war – als plötzlich ein lautes Piepsen war, und sofort darauf hörte er aufgeregte Stimmen. »Was ist das jetzt?« – »Irgendwer muss an den Giftschrank gekommen sein.« – »Welcher Idiot war das?« – »Giftschrank? Die haben gar keinen – Haben die einen?« – »Kein Idiot«, rief eine weibliche Stimme, »eine Idiotin. Ich war das.« – »Rückzug, hab ich gesagt.« – »Iris. War ja klar« – »Und Mund halten!« – »Und die Hunde hier?« – »Rückzug! Sofort!«

30

Während der Fahrt entledigte man sich der Sturmhaube, des Overalls und aller anderen Elemente der Tarnung. Das wurde in die drei mitgebrachten schwarzen Abfallsäcke gestopft und würde noch in der Nacht einem Allesbrenner als Futter dienen, ebenso wie die Malerfolie und die Fensterfolie; und morgen früh würde der T 5 auch wieder in seiner ursprünglichen Lackierung dastehen.

Man war nun also in Zivil, und fast sofort setzten rege Gespräche ein. Woran er sich nicht beteiligte; er hörte nur zu und kriegte zu hören, dass zwar leider Lebewesen hatten zurückgelassen werden müssen, leider, man aber auch welche gerettet hatte und man vor allem in den eigenen Reihen keine Verluste erlitten hatte, was sich, bei akribischer Befolgung der Vorsichtsmaßnahmen, auch nicht ändern würde; was die armen Hunde betreffe, die im Labor hatten bleiben müssen, so sei diese direkte Aktion ja sowieso – nicht nur, aber nicht zuletzt – auch als symbolischer Akt gedacht gewesen. Und dafür sei's echt erfolgreich gewesen, war man sich einig.

Erfolgreich ... Mochte sein. So was hing ja immer davon ab, wie man's im Rückspiegel sah. Aber für ihn fühlte es sich wie eine Niederlage an – okay, nicht nur Niederlage, es war ja doch was geschafft, aber: mehr Niederlage als Sieg.

Im Gewerbegebiet, zweihundert Meter vom Bushaltestellenhäuschen mit den Abfallcontainern, stiegen Vivien und er aus. Vivien hatte die perforierte Schachtel bei sich, die ursprünglich ein Dutzend Tuben mit Multivitaminpaste enthalten hatte und die ihr, Vivien, zusammen mit der dringenden Weisung überlassen worden war, die Schachtel sofort nach Umquartierung des Tieres zu verbrennen oder zerrissen Stück für Stück zu entsorgen.

Was folgte, waren lange anderthalb Stunden auf der Autobahn, wobei es ein Glück war, dass sich Vivien gleich zu Beginn auf die Rückbahn zum Schlafen verzog und er faktisch allein war, mal abgesehen vom Meerschweinchen in der weißen Schachtel auf dem Beifahrersitz.

In Schönebeck, wo sie, zwar von Vivien per Smartphone angekündigt, aber im Grunde doch aus heiterem Himmel auftauchend, gaben sie dann das Meerschweinchen in Jasmins Obhut. Viel gesprochen wurde dabei nicht, selbst – oder gerade – zwischen Mutter und Tochter nicht, um die haarsträubend durchsichtige Fiktion eines ›Geschenks‹ aufrechtzuerhalten. Zumal Jasmin sowieso wohl nur Zwischenstation für Kim, wie das Tier getauft worden war, sein würde.

Auf der restlichen Strecke, konkret: Westerhüsen, Salbke, Fermersleben, hielt er, angewiesen von Vivien, insgesamt fünfmal an, die dann jeweils ein paar Fetzen der Schachtel durch die Schlitze von Gullys drückte.

Der Ford kam auf den freien Parkplatz neben dem Peugeot. Und stand da, als wäre er in dieser Nacht keinen Meter bewegt worden. Den Dingen gehen die Geschehnisse der Welt am Arsch vorbei.

In dem Moment, als er die Haustür aufgeschlossen hatte, parallel dazu mit dem Zeigefinger das Lid des Briefkastens hochgedrückt und reingeguckt hatte – man kam nicht aus seinen Routinen raus – und schon mahnen wollte, man solle ganz leise sein, von wegen Morr, merkte er, dass sich Vivien anders bewegte. Er ließ sie durch die offengehaltene Tür, dann flüsterte er: »Ist alles in Ordnung?«

Sie nickte.

Aber er vermutete, dass da was nicht stimmte. Er war sich sicher. Also wurde sich ihr in den Weg gestellt und noch mal gefragt, in einem eindringlichen, um nicht zu sagen, inquisitorischen Ton. Und es musste zugegeben werden, am Knöchel und am Knie was abgekommen zu haben. Aha, also recht gehabt. Er überlegte, die Frau hochzutragen, Stufe um Stufe und über die Türschwelle. Aber bei aller Liebe, dazu hätte die Kraft dann doch nicht mehr gereicht, schon gar nicht nach solchen Erlebnissen, zumal Vivien ja auch was wog. Am Ende gäbe es dann zwei Verletzte. So musste es reichen, sie zu stützen und ihr die Treppe hoch so gut es ging als Krücke zu dienen. Und es ging gut, weil es gutgehen musste.

Echte Verletzungen also, eine echte Verletzte. Das Bein auf eine mit Kissen gepolsterte Stuhllehne gelegt, sah sie in seinen Augen jetzt dermaßen elend aus, dass er vorschlug, sie zur Notaufnahme des Klinikums zu fahren, Leipziger Straße, eine Sache von fünf Minuten.

»So weit kommt's noch«, sagte sie.

»Ja, so weit wird es kommen. Und zwar jetzt.«

»Das ist bloß eine Bänderdehnung, wenn überhaupt. Ich werde mich wahrscheinlich nicht mal krankschreiben lassen müssen.«

»Du solltest auf deinen Körper hören.«

»Mach ich, und der sagt mir: Ich brauche jetzt Ruhe und nichts weiter. Und niemand soll mich aufregen.«

Aber immerhin ließ sie es zu, verarztet zu werden, indem er nämlich zwei Gefrierbeutel holte und sie mit Eiswürfeln aus dem Eisfach im Kühlschrank füllte, dann zwei von den breiten Gummiringen für Einmachgläser aufspürte und damit die eiswürfelbefüllten Gefrierbeutel um die verletzten Stellen befestigte und danach gleich neues Wasser in den Plastik-Eiswürfelrost füllte, denn eine ununterbrochene Kühlung war das absolute Minimum an Behandlung, wenn die Patientin sich schon nicht ärztlich behandeln lassen wollte. Danach erkundigte er sich im Minutentakt nach ihrem Befinden; überprüfte den Sitz der improvisierten Kühlkompresse; bot an, Tee zu machen; schlug vor, im Internet nach Hausmitteln gegen Schwellungen und Verdrehungen zu recherchieren; ersetzte die weitgehend geschmolzenen Eiswürfel durch neue; ließ wieder Wasser in den Eiswürfelrost laufen. Als die Schwellung trotz aller Versorgung nicht zurückgehen wollte, im Gegenteil, und die Haut zudem immer röter wurde, war er schon so weit, zur Apotheke zu fahren – Notdienst – und Naproxen und Voltaren forte zu holen.

Da sagte sie: »Ich habe zwei Geburten hinter mir, dagegen ist das hier ein Jucken der obersten Hautschicht.«

»Auf dich höre ich nicht«, sagte er. »Wenn es in fünf Minuten nicht besser wird, werde ich –«

»Lieber Mann, wenn du mir wirklich was Gutes tun willst, dann setz dich hin und verström ein bisschen Ruhe.«

Was dermaßen resolut geklungen hatte, dass er gehorcht hatte; nicht ohne allerdings zu verkünden, dass er nun seine Hände in Unschuld wasche und später irgendwelche Vorwürfe überhaupt nicht hören wollen würde.

Das war vor zwanzig Minuten gewesen. Vivien hatte dann im Radio einen Klassiksender einstellen lassen.

Und der bot ihnen nun ein schier endloses Geigenspiel.

In der rundum wirksamen Stille legte sich seine Nervosität, und so konnte er die Aufmerksamkeit auf sich selbst richten – was ihn dann prompt aus dem Medikamentenschränkchen, das praktisch nur noch Naturheilmittel aus Jasmins Apotheke enthielt, eine Tablette vom einzigen chemischen Mittel, Paracetamol, holen ließ. Er überlegte, dazu noch zwei von den Baldrianpillen einzuwerfen. Aber er würde auf absehbare Zeit sowieso nicht schlafen können, nicht ohne schlaferzwingende Mittel, und da kämen nur Antihistaminika in Frage, und die gab's hier nicht, natürlich nicht, denn wer so was brauchte, hatte eh größere Probleme als nur fehlenden Schlaf.

Er betrachtete den Verband an seinem Unterarm. Er konnte sich immer noch nicht erinnern, wie das passiert war, dieser vielleicht drei Zentimeter lange Schnitt dort; es hatte kaum geblutet, und Vivien hatte nach einem Blick darauf nur gemeint, ein Blutgefäß sei nicht getroffen, er könne von Glück reden. Von Glück reden! Er musste, um überhaupt was zu spüren, schon direkt auf den Verband drücken, und selbst das ergab dann keinen richtigen Schmerz, sondern bloß ein unangenehmes Gefühl, ungefähr so, als würde er sich ins Ohrläppchen zwicken, und der Verband war folgerichtig auch nur ein mit Jod getränkter Wattepad plus zwei – zugegeben: große – Pflaster. Wäre es nach Vivien gegangen, hätte es wahrscheinlich auch ein einziges Pflaster getan oder überhaupt nichts, bloß Jod drauf tupfen und sonst nix.

»Immerhin haben wir die meisten Hunde gerettet«, hörte er sie vom provisorischen Krankenlager her sagen.

Von Glück reden. Natürlich war es ein Erfolg gewesen, jedenfalls mehr als die paar zerlegten Jagdhochsitze zuzüglich der bekritzelten Schaufensterscheiben. Aber sollte man damit zufrieden sein? Es war einfach nur ärgerlich: zum Ende hin alles noch durch eigene Dummheit aufs Spiel zu setzen und teilweise auch zu verlieren. Wie bei den Parolen auf den Schaufenstern, wo man in höchster Not hatte fliehen müssen. Dummheit rächt sich immer, Dummheit in Form von Unvorbereitetheit, Dummheit in Form von Übermut, Dummheit in Form von Unkonzentriertheit.

Er sog Luft ein, stieß sie aus. Um ehrlich zu sein, alle Verluste und dass es um Haaresbreite schief gegangen wäre, hätte er verschmerzen können, hätte es als Lehrgeld – letztendlich eben doch auch nützlich – abgebucht, wenn er es selbst zu verantworten gehabt hätte, wenn es also sozusagen seine Aktion gewesen wäre oder besser gesagt, eine Aktion der Gruppe natürlich auch, aber vor allem etwas, bei dem er explizit entscheidend gewesen wäre, wie der Elektriker oder der Fahrer vom Van. Stattdessen war er bloß Handlanger gewesen. Er war mit im Risiko gewesen, schön und gut, aber er war der Letzte gewesen, auf den es angekommen war. Ihm fiel dieses Meerschweinchen ein, Kim, das Meerschweinchen, das einen Namen hatte und das nicht er, sondern Vivien gerettet hatte. Er hatte nichts gerettet – nicht nichts, okay, einen Hund, aber kein Lebewesen, das einen Namen hatte. Jetzt tat auch noch der Schnitt im Arm weh. Er stand vom Freischwinger auf und ging zur Tür raus.

»Onno, willst du schon wieder eine Schmerztablette nehmen?«

»Wozu sind die sonst da?«

»Paracetamol macht die Leber kaputt.«

»Aber es glüht regelrecht.«

»Das ist der ganz normale Heilungsvorgang.«

Er kam ins Wohnzimmer zurück. »Und wenn sich da was entzündet hat?«

Vivien seufzte. »Ich kann's mir ja noch mal angucken.«

»Du rührst dich nicht.« Er sah sich den Verband – dieses überflüssige Ding – an. »Hoffentlich bleibt keine Narbe zurück.« Hatte er das jetzt tatsächlich gesagt? Wie einer, der sich nach dem Platz hinter dem Schreibtisch sehnte.

»Das verwächst sich«, sagte Vivien. »Da bleibt nicht mal wildes Fleisch zurück.«

Und das sollte ein Trost sein? Er ging hin und ließ sich in den Freischwinger fallen. Zuerst brütete er weiter, aber irgendwann schaffte er es, das Emotionale zu verlassen und sich hoch auf einen Ausguck zu ziehen, von wo aus es sich vernünftig die Geschehnisse betrachten ließ und sich selbst in dem, was geschehen war, natürlich auch. Er kam zu einer Einsicht. Dass er sich nämlich mit den Fehlern, die gemacht worden waren, durchaus hätte abfinden können und sogar mit der subalternen Rolle, die er gespielt hatte, und auch damit, dass bei ihm auf der positiven Seite praktisch nichts eingetragen war. All das hätte er wegstecken können. Wenn es das wert gewesen wäre. Aber war's das? Sei ehrlich.

Ehrlich betrachtet: Nein. Ganz und gar nicht. Weil nämlich das Resultat dieser Aktion reversibel war.

Reversibel.

Reversibel. Ein Wort, das für das System – für jedes System – einen wunderbar angenehmen Klang hatte.

›Elf Hunde sind gestohlen worden? Gut, sehr gut, spätestens Ende nächster Woche werden elf neue angeliefert sein. Und Meerschweinchen? So viel Sie wollen! Käfige wurden beschädigt? Geben Sie eine Eilbestellung auf, kein Problem. Und vergessen Sie bei all dem nicht, Ihre Versicherung zu benachrichtigen, Ihnen soll doch kein Schaden entstehen.‹

Genau. Da geschah etwas, und es würde sein, als wäre es nie geschehen. Ein bisschen bürokratischer Aufwand, ein kleiner Schaden, der zur Regulierung eine geringe Summe erforderte. Und schon war nie was geschehen.

Die ganze Vorbereitung, die Treffen, die Logistik, das Risiko, all das hätte sich nur gerechtfertigt, wenn damit etwas Irreversibles bewirkt worden wäre, im Idealfall etwas existenziell Irreversibles, also etwas, das –

»Welcher Mensch hat schon die Chance, Leben zu retten?« Viviens Stimme. »Für die elf Hunde geht das Leben weiter, was sage ich, für die fängt das Leben erst an. Für elf Hunde und für Kim. Und zwei Geschwister von Kim auch.«

Es holte ihn zurück in die Realität, in eine Realität, in der so verdammt wenig Gutes unumkehrbar war. »Aber schmerzen tut's kein bisschen«, sagte er, obwohl er wusste, dass es zu nichts führen würde: darüber zu reden. »Wie wenn man McDonald's aus dem Kühlschrank hundert Fleischklopse geklaut hätte.«

»Na ja, lebende Tiere sind schon was anderes als –«

»Und was würde dann passieren? McDonald's würde morgens pünktlich öffnen und dann ganz bestimmt nicht sagen: ›Sorry, heute kein Fleisch, versuchen Sie es doch mal mit unseren gemischten Salat‹.«

»Natürlich. Aber es ist doch für die Hunde und die Meerschweinchen –«

»Warum ›natürlich‹?«

»Warum natürlich?«

»Du hast eben gesagt: ›natürlich‹.«

Vivien dachte kurz nach. »Weil die Unternehmen immer etwas auf Vorrat haben, für den Fall der Fälle.«

»Und das nennst du ›natürlich‹? In welcher Natur ist das denn ›natürlich‹?«

»Reg dich nicht auf. Das war doch bloß ein Wort.«

Er atmete durch. Es war ja fies, mit einer Verletzten zu streiten. Dazu noch mitten in der Nacht. Im Grunde war Vivien sowieso nicht der richtige Gesprächspartner.

Er versuchte, auf beruhigende Gedanken zu kommen. Aber das gelang nicht. Und statt wenigstens den sedierenden Tonfolgen aus dem Radio zu lauschen, geriet ihm Allegra in den Sinn und ihr »Simplify your life«. Und im Falle eines Mannes, der zu alt für gute Befreiungsarbeit geworden war, hieß das doch wohl: ›Versuch bloß nicht, noch auf den letzten Metern zu sprinten.‹ Das Leben immer weiter vereinfachen, bis es schlussendlich zur Wirkungslosigkeit vereinfacht ist und man schon die Erfüllung darin sehen muss, vegan einzukaufen und den einen oder anderen Mitmenschen zu vegetarischen Produkten überredet zu haben.

Jetzt tat sich was: Vivien war vorsichtig aufgestanden und bewegte sich durch das Zimmer.

»Was ist denn?«

»Geht schon.«

Er sprang vom Freischwinger auf. »Willst du vielleicht was essen? Soll ich schnell was machen?«

»Ich will nur die Eiswürfel entsorgen, das heißt, den Rest davon.«

Er trat in die Küchentür. »Soll ich dir neue anpassen?«

»Lieb von dir, aber ich gehe gleich ins Bett.«

Er schlurfte zurück zu seinem Freischwinger. Aber jetzt in plötzlicher Sorge, Vivien könnte tatsächlich schlafen gehen und er würde hier sitzen und hätte niemanden, gegenüber dem er seine Gedanken formulieren könnte. So sagte er, bevor sie verschwinden konnte: »Du hast mal gesagt, Aktionen sind so, als würde man einen Stein in die Gülle werfen und es macht Plopp! und sonst nichts. Erinnerst du dich? Das ist genau der Punkt.«

»Was ist der Punkt?«

»Dass man den Stein nicht verschwenden darf. Das habe ich heute begriffen. Steine sind zu wertvoll, um sie irgendwo reinzuschmeißen, wo sie nur einen Augenblick lang was bewirken.«

»Habe ich das gesagt?«

»Nein. Das sage ich jetzt. Und zwar, dass der Stein dazu benutzt werden muss, den Behälter, in dem die Gülle ist, zu zerstören.«

»Also politisch? Wie Leonie das gemeint hat?«

»Weiß ich noch nicht«, sagte er.

Aber natürlich wusste er es. Politik! Ja, genau, werdet politisch und treibt den Teufel mit dem Beelzebub aus!

Er hatte keine Lust mehr, zu reden, und entsprechend sah er es mit Gleichmut, als Vivien dann in Richtung Bad verschwand. Er musste nachdenken. Wichtige Entscheidungen sollten immer in Ruhe und Stille getroffen werden, am besten, in Einsamkeit.

31

Wie verabredet stellte er den Wagen auf der Raststätte Ostetal ab. Das war jetzt das Ende der ersten Etappe, einer Etappe, die es in sich gehabt hatte, und dabei war es Nacht, und es war Autobahn gewesen, was zusammen ja eigentlich easy going hätte bedeuten sollen, aber das Wissen um das, was kommen würde, hatte ihn so angespannt gehalten, dass es sich zu einer Tortur ausgewachsen hatte, zumal auch die Frustration hinzugekommen war: nicht das zu machen, was eigentlich möglich war und was sich alle Welt, hieß, die anderen Autofahrer, wie selbstverständlich erlaubten, logisch, ja auch erlauben durften, er aber nicht: Er war, vom Zwang, keinesfalls aufzufallen, diszipliniert, selbst auf freier Strecke nie schneller als hundertzwanzig gefahren, und wenn siebzig angezeigt war, dann eben siebzig. Er hatte sich sogar die Geduld abgezwungen, zwischen Lüneburg und Winsen hinter einem Lkw aus Rumänien zu kriechen und auf alle, möglicherweise sich eben doch als gefährlich erweisenden Überholmanöver zu verzichten – bis er kurz vor Winsen-West den Rumänen dann doch erledigt hatte. Danach hatte er sich besser gefühlt.

Aber jetzt nicht mehr. Einmal Toilette kostete siebzig Cent. Eine Unverschämtheit! Oder vielmehr, der ehrliche Ausweis des Kapitalismus', ganz gemäß der Logik von Angebot und Nachfrage, und wenn das Angebot es sich leisten konnte, weil immer wieder welche zu blöd waren, die letzte billige Möglichkeit zu nutzen ... Wobei er im Moment allerdings auch zu den Blöden gehörte, peinlicherweise, und nun überlegte, sich in die Büsche zu schlagen. Aber dann bemerkte er, dass vor ihm offenbar schon viele auf diesen gloriosen Einfall gekommen waren, zu viele, sodass nun die Natur dort mit einem engmaschigen Zaun geschützt war. Was ja auch das einzig Richtige war, wie der ›tätige Ökologe‹ Fissler peinlich ertappt zugeben musste.

Um danach den Zwangsgutschein einzulösen, ging er in den winzigen Shop, und bevor er dann die Packung Lakritzschnecken – Viviens Lieblingssüßigkeit – auf den Tresen legte, suchte er interessehalber unter allen Dingen die Energy Drinks. Es wurde nur eine einzige Marke angeboten: Red Bull. Für 2,99 €. Er grinste.

Im Peugeot verstaute er das Lakritz im Handschuhfach, dann nahm er die Dose Matchita Focus vom Beifahrersitz, dazu von der Rückbank die XS-Plastiktüte mit den beiden Spraydosen und der Schablone und die XL-Plastiktüte mit dem Overall und all dem, und stieg wieder aus.

23:22 Uhr. Es war zwanzig nach ausgemacht. Er war also pünktlich. Wo waren die anderen? Er riss den Verschluss der Dose auf. Fünf Minuten Verspätung waren okay. Bei zehn wäre zu überlegen, ob die ganze Sache abgeblasen war, und spätestens bei zwanzig, also Viertel vor, wäre es Hornberger Schießen. Die Vorstellung, sich allen Stress – vor allem den mit Vivien – für nichts gemacht zu haben, ließ in ihm Wut aufkommen. Aber die Wut erlosch, und stattdessen nun eine Leere, vermischt mit dem Gefühl der Hilflosigkeit. Egal, ob das hier gutgehen würde oder nicht, es zeigte sich mal wieder, dass er überall Kräften und Entscheidungen ausgesetzt war, die sich nicht beeinflussen ließen, schon gar nicht kontrollieren. Das vegetative Nervensystem fiel ihm ein, das einem den eigenen Körper als objektiv fremdgesteuert vorsetzte. 23:28 Uhr. Er sollte sich bewegen. Wer sich bewegt, kommt auf andere Gedanken.

Er unternahm also einen – sehr kurzen – Spaziergang auf dem Parkplatz, dabei immer mal am Grüntee-Zitronensaft-Mix nippend. 2,99 €! Was für ein Abhängiger musste man sein, drei Euro für ein Gesöff zu blechen, das aus 99 % Wasser plus Zucker und Kohlensäure und Spuren von Taurin und etwas Koffein zusammengepantscht war, und alles nur, um aufzuputschen und einen dann schlaff wie ein Sandsack zurückzulassen. 23:32 Uhr. Aber es ging im Grunde ja gar nicht um diese zuckrige Plörre, sondern man will sich das Image ansaufen. Second Hand in einem Second-Hand-Leben. Seine Dose Matcha hatte, im Zehnerpack aus dem Internet, inklusive Porto 99 c gekostet. Und da war neben dem addierten Koffein auch natürliches Tein drin, was ja langsamer wirkte und also perfekt zur Aufgabe heute Nacht passte. 23:34 Uhr. 99 c statt 2,99 €. Wenn man Dinge nur als Dinge sieht, kann man im Kapitalismus günstig leben.

Er ließ sich das letzte bisschen koffeinierten Grüntee in den offenen Mund tropfen, und just da nahm er wahr, wie ein Auto auf den Parkplatz gefahren kam, grau, mit Stufenheck, ein offensichtlich schon ziemlich bejahrtes Vehikel. War es nun soweit? Wahrscheinlich. Aber besser, noch abwarten. Er verfolgte mit dem Blick, wie das Auto an den wenigen parkenden Wagen vorbeirollte, nun auch an seinem Peugeot.

Im dunkleren Abschnitt des Parkplatzes gingen die Bremslichter an. Jetzt hielt das Auto. Und jetzt stand es.

Er ließ einige Momente verstreichen, dann ging er in etwa die Richtung, wo sich der Wagen befand, dabei versuchend, es wie zufällig wirken zu lassen, um nach einigen Schritten stehen zu bleiben und so zu tun, als nähme er einen langen Schluck aus der Dose. Woraufhin beim Wagen kurz aufgeblendet wurde. Woraufhin er weiterging, dabei noch schnell die leere Dose in den nächsten Abfallkorb werfend.

Und wie als Antwort: das kurze Licht.

Es war also soweit. Er spürte jetzt jede seiner Bewegungen, spürte auch das Gewicht der Plastiktüte in seiner Hand, er merkte die warme Luft, die ihm über das Gesicht strich.

Der Wagen, ein Mazda, stammte offensichtlich noch aus der Zeit, als die Autos aus Eisenplatten zusammengeschweißt wurden und so was wie c_w-Wert irrelevant war. Er sah hinein. Hinten links war frei. Das würde sein Platz sein. Bevor er noch die Tür ganz geöffnet hatte, sagte Elmar, der Beifahrer: ein stämmiger Mann mit stoppelkurzem Haar, breiten schwarzen Augenbrauen und südländischem Teint: »Tu die Taschen in den Kofferraum.«

Also Tür wieder zu. Um den Wagen herumgegangen. Ein Mazda 626, wie er jetzt las. Mit HH-Kennzeichen. Er fragte sich, auf welche Weise das Vehikel organisiert worden war. Und wie es entsorgt werden würde. Die Kofferraumklappe geöffnet. Soweit er das im wenigen Licht sehen konnte, waren dort zwei Rucksäcke drin; dazu, sauber nebeneinander, vier Kanister, jeweils durch kurze quadratische Holzstücke gegen das Umkippen gesichert; und zwei zigarrenschachtelgroße Behältnisse, die den Vorrat an Brennpaste darstellen dürften, einem Mittel zur Feinsteuerung der Ereignisse. Denn man wollte grundsätzlich alles in Asche verwandeln, davon allerdings einiges mit hundertprozentiger Sicherheit, während anderes, falls zum Beispiel die Zeit knapp wurde, nur beschädigt, aber nicht unbedingt völlig zerstört werden musste. Die Klappe nach unten gezogen, bis sie eingerastet war, und zur Sicherheit noch mal kräftig draufgedrückt. Und zurück.

Tonke, kahlköpfig, hellblaue Augen und albinohaft helle Wimpern, hinter dem Lenkrad sitzend, sagte: »Warst du auf der Toilette?«

»Ja. Natürlich.« Er stieg ein.

Das im Kofferraum waren relativ kleine Kanister, je fünf Liter. Insgesamt also zwanzig Liter. Nicht viel, wenn man bedachte, was erledigt werden musste. Andererseits war der Effekt, den Benzin im jeweils konkreten Fall hatte, ja ganz unterschiedlich. Bei einem Liter Benzin auf Betonboden durfte man bloß mit einer minutenkurzen und eigentlich unschädlichen Flamme rechnen; wer Beton in Flammen setzen will, sollte zu Chlortrifluorid greifen. Aber ein Liter

Benzin auf Holzboden dürfte schon wesentlich mehr Wirkung entfalten. Allerdings war das Zielobjekt ja gar nicht aus Holz. Oder vielleicht auch aus Holz, aber nur zum kleineren Teil, schätzungsweise. Aber wohl aus Plastik und sonstigen brennbaren oder zumindest durch Hitze irreversibel zu verformenden oder sich destruktiv vermischbaren Materialien. Und es würde sowieso noch mal dieselbe Menge Benzin dazukommen: Zwanzig Liter. Also zwanzig zuzüglich den zwanzig im Kofferraum. Das war schon eine andere Ansage. Die Brennpaste nicht zu vergessen.

Das würde reichen. Sie hatten ja nicht vor, die Zentrale von Rothkötter oder von Tönnies oder von Wiesenhof historisch werden zu lassen. Dafür sollte man dann eher auf Ammoniumnitrat zuzüglich Nitromethan zurückgreifen. Aber was würde das nützen? Solche Betriebe waren ja nur perfekte Kackwürste aus dem Arsch des Systems, und das System hatte noch genug Scheiße im Darm, um noch weitere solcher Kackwürste in die Welt fallen zu lassen.

Die Fahrt wurde eintönig: Autobahn um Mitternacht ist im Normalfall nie filmreif. Aber umso besser, in genau so was sollten sie sich ja möglichst lange bewegen: im Normalen. Und da konnte man auch dieses unsägliche ›NDR lange Jazznacht‹ jetzt schon mal ertragen.

Was Vivien im Moment wohl tat? Beim Gedanken an sie überkam ihn die böse Ahnung, etwas gründlich falsch gemacht zu haben. Aber wie hätte er sich denn sonst verhalten sollen? Er hatte sich in diese Aktion hier ja an Vivien vorbei hineingeschmuggelt. Es war von Anfang an als Solounternehmung gedacht. Natürlich schon in der Gruppe, aber doch solo, er, in Bezug auf Vivien.

»Ich gehe nicht eher weg«, hatte Vivien gesagt, »bis du mir gesagt hast, was du vorhast.«

Wenn es nicht so ernst gewesen wäre, hätte man lachen können angesichts dieses bühnenreifen Showdowns: Sie in der Wohnungstür, mit verschränkten Armen, die Lippen zusammengepresst, und er drei Meter vor ihr, die Karstadt-Plastiktüte, die sie hatte öffnen wollen und die er ihr gerade noch hatte entreißen können, gegen die Brust gedrückt.

Aber selbst schuld. Was war er auch so blöd gewesen, sich in voller Montur überraschen zu lassen: eben nicht, als es geklingelt hatte, die Tüte mit den Utensilien verschwinden zu lassen, sondern, aus Reflex, die Tür zu öffnen, und dann stand Vivien auch schon in der Wohnung, und er: im schwarzen Pullover und der schwarzen Hose. Dabei schien Vivien nicht mal besonders überrascht zu sein. Vielleicht hatte ja jemand nicht dichtgehalten – Quatsch, wahrscheinlich war er es selber gewesen, der durch irgendwas ihren Verdacht erregt hatte, ganz bestimmt sogar.

Jetzt kam jedenfalls: »Ich habe Angst um dich«, und das in einem Ton, dass er erst mal schlucken musste und dann auch nur unsicher antworten konnte: »Muss du nicht«, sich aber zusammenriss, um zu sagen: »Ich weiß, was ich tue.«

»Und wenn was schief geht? Denk an das letzte Mal, als –«

»Das war ein Kratzer, der gilt nicht.«

»Was, der gilt nicht? Willst du es drauf ankommen lassen und dann vielleicht den Rest des Lebens im Rollstuhl sitzen?«

»Es gibt bei allem ein Risiko.«

»Solche Sprüche! Und dann geht es schief, und du bist vorbestraft und – Hast du dir schon mal Gedanken gemacht, wie du leben willst ohne Arbeit, ohne … Leben?«

Da kam's ihm dann aber doch hoch. »Und immer zu allem Ja sagen«, rief er. »Obwohl man weiß, was für eine Hölle dort draußen bereitet wird?«

Es war still.

In die Stille hinein sagte sie: »Du hörst dich fanatisch an.«

»Entschlossen«, sagte er. »Ich bin entschlossen.«

Die Frau atmete durch. »Onno, du musst dich entscheiden, ob du ein ewiger Rebell sein willst oder –«

»Habe ich«, sagte der Mann. »Ich habe mich entschieden.«
Hollywoodmäßig. Aber trotzdem: die Wahrheit. Außerdem
wurde es Zeit. Wenn er es jetzt nicht tat, würde er es nie tun.
Und was bliebe dann? Was bliebe außer einem kleinen Leben,
scheiß klein und beliebig?

So hatte er gedacht. Hatte sich völlig im Recht gefühlt. Im
Nachhinein war er sich da nicht mehr so sicher. Eigentlich
überhaupt nicht mehr.

Bei der übernächsten Raststätte wurde eingebogen und in
Schrittgeschwindigkeit über den Parkplatz getuckert – fast
wörtlich, denn der Mazda war ein richtig alter Diesel mit entsprechender Melodie –, und man war schon wieder an der
Ausfahrt der Raststätte, als er, Onno, aus den Augenwinkeln
mitbekam, wie sich ein Wagen aus dem Halbdunkel löste und
ihnen folgte, und als sie auf den Beschleunigungsstreifen
krochen, kam das zweite Auto dicht heran: Ein Audi, kasten-
förmig und wohl mindestens so alt wie der Mazda hier, aber
mit HB-Kennzeichen.

Der Abstand zum anderen Wagen wurde rasch größer. Das
lag allerdings nicht daran, dass sie wer weiß was für ein
Tempo vorgelegt hätten – das hier waren bequeme hundertzwanzig, höchstens mal hundertdreißig –, sondern schlicht
deshalb, weil Tonke jede Möglichkeit nutzte, einen Lastwagen
oder ein Campinggespann zu überholen, während der Audi
schon beim ersten Lkw keine Anstalten machte, nach-
zuziehen.

Und immer quäkten Saxofone aus dem Radio.

Im Monotonen, aber doch ziemlich Stressfreien – denn bis
jetzt war ja noch nichts passiert, was irgendein Gehirn der
Staatsmacht unter irgendeinen Paragrafen hätte subsumieren
können – richteten sich seine Gedanken aufs Geschehene.

Und geschehen war, dass er schon zwei Tage nach der
semi-geglückten Versuchstier-Aktion die Nummer gewählt
hatte, die ihm die Kombattantin namens Allegra gegeben

hatte für den Notfall, und hatte ihr in den Ohren gelegen, hatte auch eine Spende für den guten Zweck in Aussicht gestellt, war aber brüsk abgefertigt worden: Was er sich denke! Tierbefreiungen seien doch keine Safaris, bei denen man sich Plätze sichern könne durch Geld!

Aber in einer solchen Sache darfst du kein Nein akzeptieren. Also rief er alle drei Tage bei Allegra an, die nun drohte, sich eine neue Nummer zuzulegen und ihn wegen Stalking anzuzeigen. Aber er ließ es drauf ankommen.

Und eines schönen Abends, als sich wohl etwas Entscheidendes getan haben musste, war sie plötzlich ansprechbar und vermittelte ihm ein Gespräch mit einem Tantalus, und dem brauchte er gar keine Biografie von sich zu liefern, der schien von Allegra bereits gebrieft worden zu sein, sodass es eigentlich nur noch darum ging, ob er, Onno, zu einer Spende bereit wäre und ob er, Onno, sich aller möglichen Konsequenzen bewusst wäre.

Ja, ja und noch mal ja. Sich der möglichen Konsequenzen klar sein, darauf lief doch alles hinaus, sobald man wirksam sein wollte.

Jetzt setzte der Mazda das Blinklicht, es wurde gebremst, dann in situationsangemessener Geschwindigkeit von der Autobahn runtergefahren. Zwanzig Minuten später und nach zweimaligem Abbiegen befanden sie sich auf einer schlecht beleuchteten Landstraße; und es wurde angehalten.

»So«, sagte Tonke.

Woraufhin alle, wie im minutiösen Ablaufplan vorgesehen, ausstiegen, sich aus dem Kofferraum die Rucksäcke holten – er eben die große Plastiktüte – und sich mittels Overall und Handschuhe und vor allem durch das Überstreifen der Sturmhauben in Kombattanten verwandelten. Eine beinahe komische Note kam herein, als alle sich die Strümpfe über die Schuhe zerrten; bei ihm hatten die Blueguards Größe 50. Aber es würde den Sinn erfüllen: jede Fußspur unidentifizierbar machen. Er tat die XS-Plastiktüte samt Inhalt in die XL-Tüte. Die Rucksäcke – und seine Plastiktüte – wurden zurück in den Kofferraum getan, und alle stiegen wieder in den Wagen.

Ab jetzt war es nicht mehr harmlos, und man selbst war drin und also auch nicht mehr harmlos.

Beim Gedanken daran durchrann es ihn regelrecht.

Zwanzig vor eins, und der Mazda war mit Zweigen getarnt und auch so gut wie unsichtbar hinter einem ruinierten Häuschen abgestellt, das einmal ein Kiosk oder weiß der Teufel was gewesen sein musste.

Natürlich nicht zufällig, dieses Etappenziel hier. Es war alles vorher durchgespielt, wenn auch nur ein einziges Mal komplett, weil es sonst womöglich aufgefallen wäre. Aber die gewissermaßen immobilen Elemente im Plan: die Lage des Objekts, die Beschaffenheit der Umgebung, die nächste Polizeistation, der Anfahrtsweg und die beiden Fluchtwege – man würde sich nach getaner Arbeit ja sofort trennen –, all das war schon einige Male gecheckt worden. Den Punkt ›Überwachungssituation‹ hatte man durch eine regelrechte Observierung geklärt, bis der Dienstplan dieser Firma HSC Schutz & Sicherheit lückenlos rekonstruiert werden konnte und man auch sicher war, dass – eigentlich entgegen jedem gesunden Menschenverstand – keine Überwachungskameras vorhanden waren. Wahrscheinlich würden die erst in anderthalb Monaten installiert werden, am Ende der Runderneuerung des Todeslagers.

Wobei dieses ›man‹ in ›hatte man geklärt‹ sich bei allen aktiven und homeofficemäßigen Vorbereitungsarbeiten dann doch auf diejenigen beschränkt hatte, die über genügend Zeit verfügten, hieß, er zum Beispiel hatte nur ein Mal mitmachen können und kriegte die zusammengefassten Ergebnisse dann auf einem DIN-A-4-Blatt vorgesetzt, zum Auswendiglernen, und dann: burn after reading.

Alle waren in vollkommenem Dunkelblau der Overalls, dazu blaue Handschuhe und schwarze – bei ihm: dunkelblaue – Kniestrümpfe. Alle natürlich vollmaskiert. Er auch, natürlich. Allerdings hatten die anderen unter den Strümpfen durchweg hochschaftige Trekkingschuhe an, während er Trailrunner trug, zwar extra hierfür gekauft, aber trotzdem: als Einziger. Und während alle anderen schwarze Rucksäcke bei sich hatten, hielt er bloß diese dunkelblaue Karstadt-Plastiktüte in den Händen.

Aber selbst schuld. Er hatte zuhause mit dem Gedanken gespielt, sich zumindest mit einer kleinen schwarzen Tasche auszurüsten, also ungefähr so was wie die Kombattanten bei den Versuchstieren, hatte dann aber entschieden, dass es sich nicht lohnte und im Gegenteil protzerisch wirken könnte. So war er bei den Plastiktüten geblieben. Eine absolut vernünftige Entscheidung. Damals. Aber jetzt, so ohne Rucksack, wirkte er wie einer, der hier nur geduldet war, um es vollzählig zu machen. Idiot.

Und überhaupt. Bereits beim ersten Koordinationstreffen war ihm aufgegangen, dass eine Biografie, in der gerade mal die Befreiung von ein paar Beaglen plus fünf gefällte Hochsitze eingetragen war, kaum Eindruck machte.

Alle, selbst die Neunzehnjährige aus Aurich, hatten mehr aufzuweisen; nicht nur Irreversibles und überhaupt Wirksameres, sondern auch kleinteilige Guerilla-Aktionen, etwa ›Zoobesuche‹, während derer in Zoos und Wildparks die Fütterungsautomaten mit Isolierschaum lahmgelegt werden; oder bei dem Auslieferungswagen einer Metzgerei die Reifen aufschlitzen; oder ›Durchfahrt verboten‹-Schilder an den Hauptzufahrtsstraßen von Schlachthöfen aufstellen; oder selbstgemachte Aufkleber mit Horrorszenen aus Schlachthäusern auf Dosenböden von beispielsweise Energy Drinks kleben; oder ein Plakat, das vergrößerte Fotos aus Massentierhaltungen zeigte, bei Filialen der Sparkasse hinhängen.

Außerdem schienen sich alle gut zu kennen und berichteten von Meetings in München und wie der-und-der in Stuttgart das Pressefest einer Käserei ruiniert hatte, redeten von Protesten in der Schweiz, vom 278a-Prozess in Wien und vom Triumph gegen SHAC.

Es hatte sich also einmal mehr gezeigt: Wer wirksam sein will, der muss Herr über seine Zeit sein. Denn für jeden Kampf braucht es Investitionen; also natürlich auch Energie und Geld, aber vor allem musst du flexibel sein und musst Zeit haben, ins Milieu hineinzuwachsen, mit dem Ganzen vertraut zu werden, und auch Zeit, um dich in dieser neuen Realität auszurichten. Klar, er konnte begründen, weshalb es bei ihm bis vor kurzem nur zu so wenig wirklich Zählbarem gereicht hatte: Er war ja die meisten Jahre seines Lebens mit dem Bürojob am Hals praktisch paralysiert gewesen; keine Fee war gekommen, die ihn wachgezaubert hätte, niemand, der die Lügen Lügen genannt hätte, und schon gar niemand, der ihm die Wahrheit gezeigt hätte. Aber eine scheiß Tatsache bleibt eine Tatsache, egal, wie gut die Gründe dafür auch immer sein mögen.

Motorengeräusche. Lichtkegel. Der HB-Audi erreichte das Basislager. Die Kombattanten auch schon in Overall und Sturmhaube.

Aus dem Schutz des nur noch so eben existenten Restes vom Dach der Ruine neben einem der Stützpfeiler heraus sah er dabei zu, wie das klobige Auto nun rückwärts zwischen zwei große Haselsträucher verschwand.

Wie dunkel es hier war und dabei noch relativ hell im Vergleich zu dem, in das sie gleich gehen würden. Aber Licht zu machen, wäre Wahnsinn. Und auch nicht nötig. Zumindest, was ihn betraf; er hatte sich das kartografierte Gelände eingeprägt und dazu natürlich den kürzesten Weg, also die auf der Einsatzkarte sauber eingezeichnete Linie. Das sollten ungefähr achthundert Meter sein, die bis auf zwei Biegungen eine gerade Linie ergaben. In Gedanken addierte er noch hundert Meter, um die naturgegebenen Abweichungen hier einzuberechnen. Machte neunhundert Meter. Dafür sollten zwanzig Minuten reichen, fünfundzwanzig inklusive aller Vorsichtsmaßnahmen. So oder so, er würde sich ans vorgegebene Tempo halten. Er würde einfach nur folgen, wie eine Ameise in der Ameisenspur. Aktionen wie die hier mitzumachen, bedeutete ja auch, sich als Teil und nicht als Ganzes außerhalb eines anderen Ganzen zu begreifen.

Und überall Wald. Logisch. Hinter Wald und mit Farben bemalt, die sie unscheinbar machen sollten: gedecktes Braun, gedecktes Grau; so sind die Baracken der Todeslager konzipiert: als etwas Harmloses inmitten von Idylle.

Irgendeiner setzte sich in Bewegung, ein anderer nahm den Impuls auf, dann alle und auch er.

Es war bis auf die leisen, menschverursachten Geräusche totenstill. Nach einigen Metern auf dem unbefestigten Weg betraten sie den Wald. Sofort sah es, wie befürchtet, mit dem Licht schlecht aus: standen hier überall doch Fichten und das so eng, dass ihre Kronen ein Dach bildeten, durch das kein Lichtstrahl dringen konnte, selbst tags wohl nicht und jetzt erst recht nicht. Die Augen hatten sich bald an die Dunkelheit gewöhnt; trotzdem artete dieses Gehen unter Unsicherheit in körperliche Arbeit aus, zumal die anderen sich schlafwandlerisch sicher im Dunkeln zurechtzufinden schienen.

An der Spitze wurde abrupt rechts abgebogen. Das war ein Trampelpfad jetzt. Diese Route deckte sich ganz und gar nicht mit dem Fortlauf des Weges auf seiner fiktiven Karte im Kopf. Aber er folgte natürlich. Die Sturmhaube verrutschte. Er blieb stehen, rückte sie zurecht, danach musste er traben, um nicht abgehängt zu werden. Hoffentlich hielten die Strümpfe diese Belastungen aus.

Die Umgebung änderte sich, und der Laubwald, den man nun durchquerte, ließ zumindest etwas Mondlicht durch.

Kurz darauf stoppte alles – so jäh, dass er beinahe die Person vor ihm umgerannt hätte. Er rückte sich wieder die Sturmhaube zurecht. Er hörte, wie geflüstert wurden. Er schob sich etwas nach vorne. Schlagartig roch es muffig. Im Halbdunkel war gerade genug auszumachen, um zu erfassen, dass sich vor ihnen eine Fläche von Schlick ausbreitete. War nicht eingeplant: dass es hier irgendwann mal regnen könnte. So, und nun?

Nun löste sich die Stockung auch schon wieder auf: Einer nach dem anderen sprang fast aus dem Stand, mit einem vollen Fünf-Liter-Kanister in der Hand, über die Schlammfläche. Als es jetzt an ihm war, nahm er ohne lange zu überlegen Anlauf und stieß sich ab – und kam auf der anderen Seite mit einem schmatzenden Geräusch auf, machte einen Ausfallschritt, aber zu spät, er spürte, wie es feucht wurde im rechten Schuh. Hieß, der Strumpf hatte, natürlich, Wasser gezogen, und der Trailrunner: undicht. Dann aber sofort: Bei den anderen bleiben! Also eilte er denen hinterher und immer dorthin, wo kompakte Schatten sich bewegten. Einmal wurde er von einem zurückschnellenden Zweig im Gesicht getroffen, was selbst durch den Stoff der Sturmhaube weh tat.

Dann hatte er die anderen wieder erreicht. Das hier war nun das Ende des Waldes. Im Mondlicht dehnte sich eine Wiese aus, und weiter hinten war eine Hecke zu erahnen. Die Kombattanten waren vollkommen stille Silhouetten, unsichtbar für jeden, der nicht nach ihnen suchte. Er bemühte sich, ebenfalls so zu sein: ununterscheidbar von der Natur. Die Stelle im Gesicht, wo der Zweig ihn getroffen hatte, machte sich bemerkbar. Er fragte sich, ob da irgendwas blutete. Vielleicht ein Striemen. Schluss damit, er hatte auf anderes zu achten. Außerdem könnte er es sich ja später – Ignorieren, wirklich! Damit das ununterdrückbare Denken mal sinnvoll eingesetzt war, versuchte er, sich die Karte ins Gedächtnis zu rufen, um abzuschätzen, wie viel Strecke in etwa schon geschafft war; aber er kam nicht dazu, die Einzelheiten: den Fichtenwald, Birkenwald, den Schlick, zu einer zweidimensionalen Klarheit der Linien und Kurven umzuarbeiten, denn mit einemmal setzte sich einer in Bewegung, einen Moment später rannte noch einer, und weil er nicht schon wieder der Letzte sein wollte, duckte er sich und lief los – und rutschte gleich auf einem der Graspolster, die wie Inseln aufragten, ab, stolperte und knickte um, zum Glück nicht schlimm, aber er musste kurz stehen bleiben und wurde prompt überholt. Den Kombattanten schien das Unwegsame nichts auszumachen. Jetzt begriff er den Sinn der Trekkingschuhe.

Die Hecke, in die die anderen verschwanden – es war, als würden sie mit der bläulichschwarzen Fläche verschmelzen –, stellte sich als eine Doppelreihe locker nebeneinander gepflanzter Büsche heraus. Eigentlich nichts, was sonderlich aufhalten sollte, aber er kriegte, als er sich, die Augen sicherheitshalber zugekniffen, hindurchdrängte, noch und noch Äste und Zweige ab. Überdies blieb die Plastiktüte hängen und hatte dann prompt an einer Stelle ein Loch; war schlicht nicht geeignet für solche Aktionen, das Ding.

Immerhin konnte er – überraschend leicht sogar – zu den anderen aufschließen. Aber die Erleichterung verging ihm. Und zwar gründlich. Denn kaum fünf Meter entfernt war jetzt ein Hindernis. Und was für eins!

Nämlich ein Gittermattenzaun, mindestens zwei Meter hoch, senkrechte Rundstäbe aus Stahl, die mit doppelten Stahldrähten verschweißt waren.

Ihm kam die gestrichelte Linie auf der TK25 ins Gedächtnis – von der er damals, bei der Besprechung, angenommen hatte, es handele sich um eine fiktive, höchstens fürs Katasteramt interessante Grenze. Und eine Erinnerung daran stieg auf, dass durchaus auch von Zäunen gesprochen worden war. Aber es hatte so beiläufig geklungen, dass er überzeugt gewesen war, es wäre belanglos ...

Das Gitter war an rechteckigen Eisenpfosten verschraubt, die senkrechten Stäbe reichten über den abschließenden waagerechten Doppelstab hinaus, bildeten diese Weise einige Zentimeter lange Stahlspitzen. Und waren als Methode des Overkill mit einer Rolle Natodraht belegt. Am Erdboden zeigte sich, dass die Pfosten einbetoniert waren, was bedeutete, keine Chance zu haben, das Ding einfach mit simpler Gewalt umzulegen.

Etwas tat sich. Er schreckte aus den Gedanken auf, gerade noch rechtzeitig, um zu sehen, wie sich eine letzte Gestalt, in der Dunkelheit schon nur noch schattenhaft, entfernte. Er eilte hinterher, immer am Zaun entlang.

Und hatte es gerade geschafft, sich wieder zur Gruppe hinzuzufügen – um jetzt verblüfft festzustellen, dass dort, wo der Trupp inzwischen gestoppt hatte, auf beiden Seiten schmale Leitern an den Zaun gelehnt waren. Und nicht nur das. Vom verfluchten Natodraht waren gut anderthalb Meter abgeknipst und weggeschafft.

Keine Pause. Einer überstieg den Zaun, dann machte sich ein Zweiter – mit Kanistern, das Benzin war immer am Mann – daran, und sobald er auf der Leiter hoch genug gestiegen war, um sich mit dem Oberkörper über die Zaunkrone beugen zu können, hielt er den Kanister auf der anderen Seite am langen Arm neben der zweiten Leiter fest und ließ ihn auf ein »Okay« vom ersten Kombattanten hin fallen, sodass der ihn mit langen Armen empfangen konnte; Sekunden später war der zweite Kombattant auf der anderen Seite des Zaunes und erwartete seinerseits den Kanister, mit dem der dritte bereits hochgestiegen war. Als hätten sie das schon hundertmal getan, auch unter den Bedingungen des Ernstfalls.

Und am Schluss er. Es war eine Aluminiumleiter, kaum breiter als zwei Füße nebeneinander und leicht und entsprechend instabil. Um beide Hände frei zu haben, rollte er die Plastiktüte obenrum zusammen und schob sich den Wulst zwischen die Kiefer. Er musste mit aller Kraft zubeißen, weil das Plastik nachgiebig war. Aber wenigstens konnte er auf diese Weise einigermaßen rasch hochsteigen. Oben wurde es die befürchtet wacklige Angelegenheit: dicht über dem letzten doppelten Stahlstab mit den wohl drei, vier Zentimeter überstehenden stumpfen Spitzen von einer Leiter auf die andere zu wechseln. Der Speichel lief ihm aus dem Mundwinkel, und schlucken ließ es sich auch nicht. Der Abstieg auf der anderen Seite dann war praktisch nur ein Runtergleiten und Sichfallenlassen.

Unten konnte er die Plastiktüte endlich aus dem Mund nehmen. Er spuckte den angesammelten Speichel aus. Und merkte jetzt, dass die Handschuhe durchlöchert waren, an zwei Stellen sogar regelrecht zerrissen. Außerdem war er allein. Mist. Die anderen, scheinbar nie auch nur einen Moment außer Atem oder orientierungslos, waren bereits im Dunkel der Nacht. Er zog sich die nun zwecklos gewordenen Nitrildinger von den Fingern, rollte sie von den Händen, stopfte sie in die Plastiktüte. Kein Problem. Outdoor hinterließ man keine Fingerabdrücke, und an die Benzinkanister war er ja nie drangekommen.

Es war ganz still. Und überall nur Natur, vor allem dieser Streifen hüfthohes, gleichmäßig wachsendes Gebüsch dort, der sich grenzenlos nach rechts und links hinzuziehen schien. Er trat an das Grün. Irgendwas sagte ihm, vorsichtig zu sein, aber da hatten ihn schon die ersten Blätter getroffen. Er zuckte zurück. Brennnesseln. Verdammte Scheiße! Er rieb sich unwillkürlich die Hand am Overall ab. Und nun? Jedenfalls würde er nicht versuchen, da durchzumarschieren. Aber es wurde immer später und die anderen – wie waren die überhaupt weitergekommen? – machten sich inzwischen wahrscheinlich schon an die Arbeit.

Er hastete am Zaun entlang. Aber da waren immer nur diese Brennnesseln, an keiner Stelle bot sich eine Möglichkeit, heil an dem Zeug vorbeizukommen. Logisch, das hier war ja wohl auch exakt zu diesem Zweck angepflanzt worden.

Und scheinbar nirgendwo ein Weg oder so was. Jetzt die jähe Angst, vom Wachdienst bemerkt zu werden. Aber gleich der Gedanke: Unsinn. Die Halle war außer Betrieb, da wurde kein großes Geld für Überwachung ausgegeben. Hatten sie doch alles rausgefunden, bei der Observierung.

Er atmete durch. Einfach was tun. Zur Not sich eben durch die Brennnesseln schlagen, die Arme erhoben, wie ein Soldat, der mit dem Gewehr über dem Kopf einen Fluss durchquert. Er würde nicht dran sterben. Überhaupt, was hatte er gedacht? Bei einer Aktion konnte es schon mal weh tun. Außerdem hatte er diese Montur ja nicht zum Spaß an, diesen Overall. Der sollte ihn tarnen, aber auch schützen. Okay, dann durfte der jetzt mal beweisen, wie gut er das konnte. Aber vorher es noch mal anderswo versuchen, hier musste doch irgendwo ... Er drehte um und rannte zurück, genau entgegengesetzt zur Richtung, die die anderen genommen hatten – wahrscheinlich genommen hatten –, aber scheiß drauf, hier war ja nichts, und es musste was passieren.

Weil überall nur hohe schmale Fichten und junge Birken waren, hatte er suchen müssen, bis er einen Baum gefunden hatte, dessen Stamm einigermaßen Sichtschutz gab. Jetzt hockte er hier, mit der ramponierten Plastiktüte in der Hand. Immerhin konnte er zwischen den Bäumen einigermaßen deutlich die Umrisse der Halle sich abzeichnen sehen. Er würde erst mal nicht eingreifen, sondern sich nur ein Bild der Lage machen.

Am Ende war es einfach gewesen, hier herzukommen, so beschissen einfach, dass es schon demütigend war. Er war losgerannt und war nach zehn, fünfzehn Metern auf eine unübersehbar breite Schneise gestoßen, ein Glück, oder besser gesagt, so was Blödes, dass er beim ersten Mal wie ein vor

Nervosität blinder Frischling dran vorbeigelaufen sein musste; hatte jedenfalls dieses Mal die Stelle, wo die Nesseln offensichtlich aus dem Weg getreten waren, nicht wieder übersehen, und nur das zählte. Nach den Brennnesseln hatte er dann keine Spur mehr gebraucht, war einfach nur geradeaus gegangen; und falls ihn jemand gefragt hätte, weshalb es so lange gedauert hatte, hätte er was erfunden, kein Problem, aber da war niemand gewesen. Hier war ebenfalls niemand, zumindest, so weit er das beurteilen konnte.

Aber so war's ja auch verabredet: dass man sich aufteilen sollte. Nur die mit den Kanistern würden koordiniert vorgehen, die restlichen waren zur Wache dabei, unter anderem also er.

Und nun mal sehen, wann und wo er sich nützlich machen konnte. Er blickte um sich herum, und als ihm dabei – logisch, aber in diesem Moment doch zufällig – die Halle in den Blick geriet, stutzte er. Und hielt den angestrengten Blick dort drauf gerichtet.

Tatsache. Da hinten ging irgendwas vor. Denn obwohl es hier außer den Lichtschimmern der Taschenlampen – und selbst die vermutete er eher, als dass er sie klar bezeichnen konnte – praktisch nichts gab, was die Dunkelheit weniger opak machen konnte, hätte er das Gebäude sozusagen in allen Einzelheiten beschreiben können.

Am einen Ende der Halle begann es, regelrecht hellorange zu schimmern, zeigte sich jetzt auch eine flackernde Helligkeit – die zu verlöschen schien, um dann wieder mächtig an Leuchtkraft zu gewinnen.

Das war das Feuer!, schoss es ihm durch den Kopf. Die Aktion!

Inzwischen war an zwei anderen Stellen diese Helligkeit, jetzt sogar an drei.

Und er, was tat er?

Was tat er? Gute Frage. Er sah tatenlos zu. Das tat er.

Was sollte er auch tun? Was für eine Frage! Irgendwas! Aber hier scherte es ja anscheinend keinen, was er tat oder ob er überhaupt was tat.

Einen Moment lang dachte oder fühlte er gar nichts. Dann erfasste ihn Wut. Er war doch verdammt noch mal Teil der Aktion! Wenn er den anderen egal war, gut, dann waren die ihm auch egal. Jedem seinen eigenen Kampf.

Sein Blick fiel auf die dunkelblaue Plastiktüte. Wo die Schablone und die Spraydosen drin waren.

Jetzt fiel's ihm ein. Die Nachricht war verfasst, in Flammen, die Nachricht an die Welt und alle Tiermörder. Aber da fehlte noch was. Nämlich eine Unterschrift. Und die würde er druntersetzen, nämlich die Unterschrift der ALF. Das war's! Die Signatur würde im Fernsehen mindestens genauso wirkungsvoll sein wie die Flammen. Im Internet auch. Vor allem da. Denn darauf kam's ja an: Was würde man sehen? Was würden die adressierten Tausend, Zehntausend auf den Monitoren zu sehen kriegen an Bildern, was die Nullachtfünfzehner in den Regionalnachrichten und bestimmt auch landesweit? Man würde vielleicht noch den Rest der Flammen gezeigt bekommen, ein Kokeln, das rußige Gebäude, verbrannte Balken, verschmorte Plastikteile, aber vor allem: die Signatur.

Ohne die Signatur, also ohne das Politische wäre das hier alles bloß eine Brandstiftung. Okay, auch nicht zu verachten: den Profiteuren des Tiermordens mittels austeilender Gerechtigkeit ihren Profit zu schmälern – ›austeilende Gerechtigkeit‹, schönes Wort, musste er sich merken –, aber Politisches hatte doch mehr Zersetzungskraft, wesentlich mehr.

Er hielt die Plastiktüte mit neuer Kraft fest und huschte hinter dem Baum hervor und zum nächsten Baum, einer armdicken Birke, eigentlich ungeeignet, Schutz zu geben, aber er hatte bereits einen besseren Baum ausgemacht, sprang also weiter, gewann noch mal einige Meter hin zur ersten Kampflinie und rannte wieder los, diesmal zu einem kleinen, aber ziemlich dicken Baum, wo er Versteck nahm, um zu Atem zu kommen – und natürlich, um sich nichts entgehen zu lassen.

Denn es ereignete sich Spektakuläres. Es war, als würde in der gesamten Halle ein starkes, orangegelbes Licht unregelmäßig aufleuchten. Jetzt hörte er deutlich ein Prasseln, er meinte, sogar einen regelrechten Funkenregen zu sehen. Es roch selbst hier schon nach verbranntem Holz und glühendem Metall. Alles um ihn herum schien die Flammen zu reflektieren und war dabei mal halbdunkel, dann wieder blitzartig hell und manchmal heller als der Tag. Und das brennende Gebäude hatte angefangen, Töne von sich zu geben: ein Knacken, ein Brechen von Holz, ein Sirren der sich ausdehnenden Metallplatten, und dazu ein ununterbrochenes brummendes Geräusch, als wäre im Inneren eine Lüftung angestellt – was sich hin zum brüllenden Ton einer Flugzeugturbine verstärkte, um dann, unvermittelt, kaum mehr als ein tieferes Säuseln zu sein.

Allein schon dafür hatte es sich gelohnt, hier zu sein: zu erleben, wie etwas, das eben noch perfekt für das Massenmorden war, vernichtet wurde für immer.

Er machte die Plastiktüte auf. Er merkte, dass seine Hände zitterten. Er nahm die Spraydosen heraus, legte sie auf den Boden. Seine Instrumente. Die Schablone würde erst zum Schluss zum Einsatz kommen. Und nun mal überlegen ... Die Botschaft musste dorthin gesetzt werden, wo sie unübersehbar war und nicht vom Feuer womöglich noch weggefressen werden würde.

Was sollte er überhaupt als politischen Gruß hinterlassen? ›Made in Germany‹? Aber natürlich ironisiert, also: ›Made in Germany‹, und dick durchstreichen und daneben dann ›Made by ALF‹. Oder vielleicht doch nur ›Made by ALF‹? Wahrscheinlich wirkte es stärker, so ganz allein –

Er merkte auf. Etwas war jetzt anders. Er brauchte einen Moment, dann hatte er es erfasst: Da war deutliches Licht, viel steter und grenzschärfer als das andere hier. Und es bewegte sich. Dazu ... Motorengeräusche?

Tatsache. Aus dem Dunklen kam ein Auto heran. Ein Kleinwagen. Rostrot oder so. Eine weiße Aufschrift auf der Fahrertür: *HSC Schutz & Sicherheit.*

Scheiße. Das hier wurde also doch noch überwacht. Jemand vom Trupp hatte einen dicken Fehler gemacht. Er tat die Spraydosen, die Schablone wieder hastig in die Plastiktüte.

Jetzt öffnete sich die Fahrertür vom Auto, und ein Mann stieg – seltsamerweise ohne besondere Eile – aus.

Er kriegte mit, wie mehrere Gestalten von der Halle weg und ins Unübersichtliche von Büschen und Bäumen und den Schatten der Bäume und Büsche rannten.

Er hätte längst fliehen sollen, aber er konnte sich nicht dazu bringen. Sein Blick, eben noch auf dem nun telefonierenden und dabei wie aufgezogen hin und her gehenden Wachmann gehalten, sprang wieder zur Halle rüber, zu dem in einem surrealen Flackern beleuchteten Areal und zum hellen, wie lebendig sich ändernden Schein.

Sie hatten gesiegt. So sah der Sieg aus.

Er roch das Feuer, spürte jetzt sogar Wellen von Hitze.

So war der Sieg zu spüren.

Ein Gefühl des Triumphs. Aber kurz auch Ärger, Ärger darüber, keine ordentliche Kamera mitgenommen zu haben – überhaupt keine Kamera bei sich zu haben, die bei diesen Lichtverhältnissen anständig funktionierte. Hoffentlich waren die anderen so schlau gewesen, daran zu denken. Dann war der Ärger wieder weg, und die Vernunft sagte ihm, dass es sowieso nicht klug wäre, Bilder der Flammen ins Netz zu stellen. Das hier war ja ein anderes Kaliber als die paar Hochsitze und zwei-Hunde-und-ein-Meerschweinchen. Es würde eine richtige Fahndung auslösen. Angetrieben von Anton ›Adolf‹ Olmann und den CDU-Politikern und CDU-Staatsanwälten, die in Olmanns Schuld standen – und wer stand im Emsland nicht knietief in der Schuld des Befehlshabers des industriellen Vernichtens? –, würde der Staat massiv antworten, denn abgesehen vom Ökonomischen hatte ihre Tat auch einen mächtigen politischen Wert, auch ohne ALF-Signatur, und deshalb würden die Interessen und deren ausführenden Organe alles dransetzen, ein Exempel zu statuieren: dass man willens und fähig war, Besitz und mörderische Ordnung gegen Mensch und Tier aufrechtzuhalten.

Nun waren neben den Geräuschen aus der Halle, am verbrennen war und eigentlich schon so gut wie verbrannt war, leise die Martinshörner der anrückenden Polizeiwagen zu hören und auch die stetig lauter werdenden Feuerwehrsirenen.

Zeit, sich in Luft aufzulösen. Nicht dass er am Ende – nach dem Ende – wegen der guten Tat noch Scherereien kriegte. Er bewegte sich von Schatten zu Schatten, immer bereit, notfalls einfach loszusprinten. Aber weil der Wachmann noch, oder schon wieder, telefonierte und dabei die Welt um sich herum vergessen zu haben schien, konnte er, Onno, bald auf Deckung verzichten und sich unbekümmert davonmachen.

Beim Brennnesselfeld stoppte er noch mal. Er drehte sich um. Offensichtlich war jetzt die vereinte Staatsmacht nahe, war nun doch auch der Widerschein rotierender Lichter zu sehen, wie in einer Disco mit einer Discokugel, bloß eben, dass da keiner tanzte, zumindest nicht aus guter Laune heraus. Zu nett, sich vorzustellen, wie die Feuerwehr zunehmend entnervt versuchte, solche Wasseranschlüsse zu finden, die noch funktionierten. Er musste lächeln. Einer der Punkte der Besprechungen war gewesen, als Erstes sicherzustellen, die verfügbaren Hydranten so zu behandeln, dass es Zeit – die entscheidenden Minuten – brauchte, sie wieder einsatzfähig zu machen. Und der Teich hier ungefähr achtzig Meter Luftlinie? Der Natur sei Dank: Nach den Monaten der Dürre war der praktisch nicht mehr existent, zumindest nicht in seiner Eigenschaft als Löschwasserstelle.

Jetzt war dicht neben ihm eine Bewegung.

Er zuckte zusammen.

Eine Gestalt. Unförmig. Dunkelblau. Im Overall, mit Sturmhaube. Und Kanister in der Hand.

Einer von ihnen. Er entspannte wieder.

Noch eine Gestalt. Einer sagte: »Was ist?«

Er antwortete wie automatisch: »Nichts ist.«

»Dann los, Mann!« Und weg waren die Gestalten.

Man würde sich erst beim Treffpunkt wieder sammeln.

Er fand den Pfad durch die Nesseln. Diesmal war er geschickter als auf dem Hinweg. Und bei der Leiter: ein aller-letzter Blick zurück. Vereinzelt wischten noch Lichter über die Bäume, irgendwie bereits schwächlich, und die Geräusche waren schon so gedämpft, dass sie praktisch nichts mehr bedeuteten. Er holte die beschädigten, aber besser-als-nichts Nitrilhandschuhe aus der Tüte, zog sie über, warf dann die Plastiktüte über den Zaun. Das Ding verschwand fast sofort im Dunkeln. Er kletterte die Leiter hoch. Er hörte sein eigenes Keuchen. Als er dann die andere Leiter runterstieg, rutschte er auf den letzten Stufen ab, und der eine Holm quetschte ihm die privaten Teile. Er blieb einen Moment reglos, um den Schmerz wegzuatmen. Dann machte er sich daran, die Tüte zu suchen. In der Dunkelheit nicht leicht. Er wurde schon hektisch. Endlich hatte er sie gefunden.

Und stapfte über die Wiese in den Wald und erreichte den verschlickten Bach. Allerdings offenbar nicht an derselben Stelle wie beim Anmarsch. Aber keine Zeit, groß rumzu-suchen, er musste es schleunigst zum Sammelpunkt schaffen, sonst würden die anderen noch denken, er wäre der Polizei in die Hände gefallen. Er nahm Anlauf – und trat wieder beim letzten Schritt in den nachgiebigen Schlick, kriegte deshalb keinen richtigen Schwung und landete auf der anderen Seite mit einen Fuß im Wasser, musste den Oberkörper verrenken und die Arme nach vorne werfen, um nicht noch rückwärts in den Schlamm zu fallen.

Jetzt war es praktisch in beiden Schuhen klatschnass. Und die Strümpfe waren schwer vom anhaftenden Dreck. Scheiß drauf. Er zog die Kapuze vom Kopf. Was aber nur eine graduelle Milderung der Hitze brachte, mit der Sturmhaube immer noch an. Er ging weiter.

Blieb nach wenigen Metern aber wieder stehen. Was vorhin noch von Vorteil gewesen war: das fehlende Licht, entsprechend die Dunkelheit, das Enge und Unwegsame, hatte sich in Details der Fremdheit verwandelt. Nicht so schlimm, okay? Er musste nur immer in die Richtung laufen, wo die Autos abgestellt waren, und selbst wenn er da nicht punktgenau ankommen würde, könnte er dann einfach den Rest des Weges die Straße runtergehen. Er überlegte kurz, von wo – im Verhältnis zu dem ziemlich gerade sich dahinziehenden Band aus Schlick und Schlamm – sie vorhin gekommen waren, und dann marschierte er los.

Er versuchte, die Bäume möglichst eng zu umkurven und das schier allgegenwärtige Gestrüpp und Gebüsch einfach zu durchbrechen. Und wenn der Overall aufgeschlitzt werden würde, egal.

Es kostete Kraft. Er fühlte sich wie hundert Kilo schwer. Aber vor allem verdichtete sich mit jedem Schritt seine anfängliche Ahnung zu einer Gewissheit: dass es nämlich ein Fehler gewesen war, einfach so drauf loszurennen. Er hätte sich an den Bach halten sollen, irgendwann wäre er auf die richtige Stelle getroffen ... Er stoppte. Vielleicht doch besser umkehren? Aber in dieser Dunkelheit sah es in jeder Richtung gleich aus und auf gut Glück zurückzugehen, wäre genauso schwachsinnig, wie es schwachsinnig gewesen – Ruhig. Ganz ruhig. Einzig mögliche Richtung: vorwärts.

Also weiter. Er begann, über unwegsamem Waldboden zu stapfen; es war, als würde er sich durch eine Kraterlandschaft kämpfen müssen, und weil in ihm immer der Zweifel daran, sich richtig entschieden zu haben, gegenarbeitete, war es bald nur noch ein zögerliches Sich-vorwärts-Bewegen. Überdies war es ihm, als würde er jedes Mal ausgerechnet den Weg wählen, wo sich das flächigste Gestrüpp, die meisten Steine befanden.

Es kam also alles zusammen, was einem an die Zivilisation gewöhnten und also den einfach da seienden, stillen oder lauten, auf alle Fälle aber nie willentlichen Hindernissen eines normalen Waldes in einer normalen Sommernacht – da hatte er bei allem auch noch Glück, dass es nicht sechs Monate später war – entfremdeten Wesen mit Notwendigkeit zustößt: nämlich nicht viel, aber es reichte, es war überreichlich.

Er sah sich hier in diesem Wald, besser gesagt: im feindlichen Urwald noch stundenlang herumirren, wie der letzte Trottel, und womöglich auch noch – fast schon Grund genug, vor Frust zu heulen – der Polizei in die Arme laufen.

Irgendwann, nach gefühlten zehn Stunden und noch mehr Kilometern, als er sich gerade durch das soundsovielte Gebüsch geschoben hatte, meinte er, eine Lichtung zu erkennen, und obwohl er sich nicht erinnern konnte, auf dem Hinweg an so was vorbeigekommen zu sein, stakste er nun darauf zu. Auf jeden Fall besser als nichts.

Aber – und so kann's schon mal kommen – was er für eine Lichtung oder weiß der Teufel was gehalten hatte, erwies sich im letzten Augenblick als die Straße.

Er hätte vor Erleichterung fast aufgeschrien. Sofort aber der Gedanke: In welche Richtung jetzt weiter? Standen die Autos links runter oder rechts? Da blitzte es im Dunkeln auf, und nach einer Schrecksekunde begriff er, dass eine Lichthupe betätigt worden war; und als er sich dem Ursprung des rettenden Signals näherte, konnte er in der dunklen Unübersichtlichkeit schon einigermaßen die Front eines Autos erkennen, und ein paar Meter später identifizierte er es konkret als den Audi, bereits von den Zweigen befreit und etwas aus der Deckung bewegt. Er wandte sich zur anderen Straßenseite und ging zum dort ebenfalls schon bereitstehenden Mazda.

Er versuchte, sich weder Strapazen noch die Erleichterung anmerken zu lassen. Er öffnete die hintere Tür auf der Beifahrerseite. Zwei Plätze waren noch leer. Da hatten einige andere ähnliche Probleme wie –

»Zuerst die Strümpfe ausziehen«, kam als Befehl.

Tat er und stopfte dann die nassen, schmutzigen, schweren Dinger, voller Blätter und kleiner Steine, in die Plastiktüte. Dann stieg er ein.

Einige Augenblicke später wurde die Heckklappe geöffnet, und ein leerer Kanister und ein Rucksack wurden zu dem anderen Kanister und dem Rucksack reingestellt.

Er ärgerte sich, seine ramponierte Plastiktüte nicht auch dort deponiert zu haben.

Die Seitentür ging auf, und einer setzte sich neben ihn hin.

Fehlte noch einer. Es wurde gewartet. Niemand sprach ein Wort.

Er roch den schwachen Duft von Verbranntem und Rauch.

Wieder wurde der Kofferraum aufgerissen, Benzinkanister und Rucksack reingeworfen.

Und dann ließ sich einer in den Beifahrersitz fallen und knallte die Tür zu.

»Das war's«, sagte Tonke, holte ein Walkie-Talkie heraus, aktivierte es und sprach hinein.

Er hörte die krächzige Antwort, verstand aber kein Wort.

»Dann fahren wir jetzt«, sagte Tonke. »Wir bleiben noch bis Jockmühle zusammen. Man sieht sich.« Und schaltete das Walkie-Talkie aus, drückte es Elmar in die Hand und betätigte die Zündung.

Und alle im Auto zogen sich die Sturmhaube vom Kopf.

Jetzt setzte sich das Auto langsam und ohne Beleuchtung in Bewegung.

»Hoffentlich haben die nicht schon die Straße abgesperrt«, sagte die junge pausbäckige Frau, Mari, die auf der Rückbank am anderen Fenster saß.

»Klar haben die das«, sagte Elmar. »Aber nur die Hauptstraße.«

»Das hoffen wir.« Tonke schaltete hoch.

»Keine Angst, Mari«, sagte Elmar, »nichts ist so sicher wie die Blödheit der Bullen.«

Der Mazda, nun mit Standlicht, zog an und tat jetzt über eine schmale Straße rasen und durch Schlaglöcher.

Es kam Onno vor, als säßen sie in einem Flugzeug, das dabei war, auf einer schadhaften Startbahn zu beschleunigen.

Hin und wieder waren im Rückspiegel die Lichter des Audi zu sehen, der ihnen in etwa gleichem Abstand folgte.

Mit einemmal erlosch das gute – oder zumindest neutrale – Gefühl und stattdessen überfiel ihn eine scheiß Angst. Er war sich fast sicher, hier im Auto, gefangen wie in einer Falle, den Bullen ins Netz zu gehen. Denn was brauchte es, um sie zu fangen? Zwei Polizeiautos, zwei Stop Sticks und noch mal zwei Wagen, um ihnen den Rückweg abzuschneiden. Er hatte genug solcher Filme gesehen, er konnte es sich in allen Einzelheiten ausmalen.

Aber nichts geschah – natürlich nichts, Idiot –, und die Panik flaute ab und ließ ihn in Erschöpfung zurück.

Dann hörte das Rütteln abrupt auf, das Auto nahm noch mehr Tempo auf, aus Standlicht wurde Abblendlicht, und dann war das Fahren einfach nur das zügige Fahren von scheinbar harmlosen Verkehrsteilnehmern auf einer einsamen Landstraße irgendwo in der niedersächsischen Provinz.

Einige Kilometer später zeigte sich im Licht der Scheinwerfer eine ausgeschilderte Kreuzung.

Tonke bremste mit kurzen, harten Stößen ab, bis man nur noch dahinglitt, ließ das Seitenfenster runter, streckte den Arm raus und machte eine winkende Bewegung.

Der Audi, der auf der letzten Strecke den Abstand zu ihnen beträchtlich reduziert hatte, blendete kurz auf.

Dann bog ihr Wagen in die abzweigende Straße ein, um gleich stetig zu beschleunigen, bis man wieder so schnell wie vorhin durch die nächtliche Landschaft unterwegs war.

»Das war's«, sagte Tonke.

Was soviel meinte wie: geschafft.

Er nahm es als Wahrheit und entspannte. Und weil im Auto keiner auf irgendwelches Reden Lust zu haben schien, konnte er seinen Gedanken nachhängen. So vieles musste bedacht werden. Vor allem die Anatomie ihres Sieges.

Die Polizei hatte es also nicht geschafft, ihnen den Rückweg abzuschneiden. Weil sie schneller gewesen waren. Alles nur eine Frage der Geschwindigkeit. Aber was heißt ›nur‹? Das höchste Tempo hätte nichts genützt, wären sie die falsche Richtung gefahren. Um eine solche Aktion derart schnell durchführen zu können, braucht es eine perfekte Koordination, was nur möglich ist aufgrund penibelster Vorarbeit.

Bei der man sich immer bewusst halten musste, nur über begrenzte Ressourcen zu verfügen. Jetzt fielen ihm Allegras Worte ein: »Die Waffen sind der Körper und die Technik und das Wissen.« Merk dir das. Man kann nur siegen, wenn man das gesicherte Wissen hat, wo sich beim Feind die Achillesferse befindet. Aber sobald man das weiß, braucht es keine hochgerüstete Armee, um wirksam zu sein. David hatte eine Schleuder und ein Stein.

Elmar sagte: »Seid mal still, Damen und Herren.« Das Radio, das die letzten Kilometer über im Flüstermodus Hintergrundgeräusche geliefert hatte, wurde lauter gestellt.

»... In der Nähe von Hasselvörde wurde ... Genauere Informationen liegen zurzeit nicht vor. Die Feuerwehr –«

»Na also.« Das Radio wurde wieder runtergeregelt.

»Wie erwartet, oder?«

»So oder ähnlich.«

Im Auto breitete sich eine fast greifbare Zufriedenheit aus. Und bei ihm kam etwas noch Stärkeres dazu: fühlte er sich doch zum ersten Mal als Teil des Ganzen, als Kombattant unter Kombattanten.

Rechter Hand wischte ein Straßenschild, vom Scheinwerferlicht kurz beleuchtet, an ihnen vorbei. Dann ging es wieder durch scheinbar verlassene Landschaft.

Irgendwann wurde gestoppt. Tonke fragte: »Ist es hier okay?«

Elmar antwortete: »So gut wie überall«, öffnete seine Tür, sagte noch: »Man sieht sich«, und sprang raus.

Und als er, Onno, sich umdrehte, kriegte er noch mit, wie sich der Kombattant von seinem Overall befreite und von den Handschuhen.

Nach fünf Minuten und einem Abbiegen wiederholte sich der Ablauf: Jetzt verließ Mari sie, ebenfalls im Moment noch eine vom Einwegoverall unförmig gemacht Gestalt.

»Der nächste bist du«, sagte Tonke.

»Okay«, sagte er, und dabei war ihm mulmig zumute, denn der schöne Teil der Nacht war nun wohl vorbei.

32

Natürlich gab er hier ein seltsames Bild ab: Am Straßenrand stehend und nur mit dem schwarzen Sweatshirt und der armeegrünen Cargohose bekleidet, dazu die pralle, bereits gefährliche Risse aufweisende Plastiktüte, in der der Overall, die Sturmhaube, die beiden Spraydosen, die Schablone und die scheiß Strümpfe und die unnützen Handschuhe waren. Er überlegte, zumindest die Spraydose loszuwerden. Aber wie und wo? Fakt war, er würde alles bis zum Ende dabeihaben müssen. Aber warum sich Stress machen? Wenn es je eine dunkelkammerähnliche Umgebung gegeben hatte, dann war's dies hier, wo die Welt sich nach zwei Metern in ein schwarzes beschissenes Nix auflöste. Er hätte Opernarien schmettern können, egal, und nackt dabei rumtanzen, völlig egal. Und vor allem würde es ja sowieso nicht lange dauern. Hoffentlich nicht. Hoffnung – Hoffnung in jeder Form – war nötig, denn aus dieser Situation würde er nur herauskommen mithilfe von Vivien. Und das war das Problem.

Und es wäre überhaupt kein Problem gewesen, wenn es im Voraus ganz vernünftig abgeklärt worden wäre. Wäre, wäre. Ja, wärst du mal vernünftiger gewesen, du Idiot! Großer Fehler, sich vom dramatischen Ausmaß der Tat blenden zu lassen und das Nachspiel einfach abzuhaken, zu denken, es würde sich schon regeln. Ja, einen Scheiß regelte es sich – oder regelte sich schon, aber schon angenehm.

Er holte das Smartphone heraus. Okay, ganz defensiv sein, im Sinne von: sich zum Fehler bekennen und an Viviens mütterliches Herz appellieren. Jetzt sah er praktisch zwei Dinge auf einmal.

Erstens. Es war 2:37 Uhr.

Zweitens. Es gab keinen Netzempfang.

Kein scheiß Netz! Er hätte vor Wut schreien können. Da hatte er mitgeholfen, Tausenden von Hühnern ein qualvolles Leben, einen qualvollen Tod zu ersparen, und als Dank dafür stand er hier wie ein Depp und – Er schloss die Augen, atmete langsam ein, langsam aus, ein, aus.

Aber gleich die nächste schlechte Nachricht: Sich mittels HERE WeGo mal zu orientieren, wo er sich hier überhaupt befand, konnte er vergessen. Er hatte zwar eine Karte dieser ganzen Region gespeichert und also offline abrufbar, aber was nützte das, wenn er seine eigene Position nicht angezeigt kriegte! Schon wieder war er nahe am Schreien. Aber das verging. Er dachte nach. Er musste hin, wo es Netzempfang gab. Und das war am wahrscheinlichsten in der Nähe von Häusern. Auf der Herfahrt waren sie durch keinen Ort gekommen, hieß also, zurückzugehen wäre Schwachsinn. Er wandte sich in die Richtung, in der der Wagen weitergefahren war. Und setzte sich in Bewegung.

Zehn Meter, fünfzig, hundert, die Umgebung dabei immer wieder überblickend; aber soweit das Auge reichte – also, bei äußerster Konzentration und mit Glück, zwanzig Meter –, war hier überall nichts als plattes Land, sich anscheinend auch grenzenlos hinziehend.

Hundert Meter, hundert und hundert und so weiter.

Bald kam er sich vor wie in einem absolut klischeehaften existenzialistischen Film: alles körnig und natürlich schwarz-weiß, null andere Menschen, und der Protagonist ein Punkt inmitten Quadratkilometern von Feldern und Wiesen. Wie hatte dieser Typ Manfredo es genannt? Systematischer Realismus. Marion wäre begeistert, das hier auf der Leinwand zu sehen. Nicht systematisch – poetisch, poetischer Realismus. Ja, sollte der Zwerg mal an seiner Stelle hier die scheiß Poesie der scheiß Realität genießen! Jetzt kam ihm ein Gedicht von Gernhardt in den Sinn, das mit dem Schwein und dem Floß, davon die erste Zeile: Ich bin doch bloß / ein Schwein auf einem – Es reichte! Er würde sein Handy rausholen, MP-3-Funktion, und irgendeinen Song spielen und sich so auf andere Gedanken bringen lassen. Unsinn, einen Scheiß würde er tun! Er musste sich – Himmel! Es musste hier doch irgendwo ... Im schlimmsten Fall würde er bis zum Morgen nichts gefunden haben. Immerhin würde er dann nicht mehr auf Vivien angewiesen sein; er würde einfach wie irgendeiner mit dem Zug nach Hause fahren, ein Glück hatte er ja noch die Brieftasche mit genügend Geld.

Während er so dahintrottete, zog er – gedankenlos – das Smartphone aus der Seitentasche. Und stoppte.

Es wurde Netzempfang angezeigt.

Er starrte hin. Tatsache. Zwar nur die geringstmögliche Stärke: ein Balken, eher ein Punkt, aber das reichte ja. So, und jetzt schnell ...

»Ja?«

Was für eine Begrüßung! Obwohl sein Name im Display angezeigt war. Aber vielleicht war sie ja schlicht zu müde, um sich zu freuen. »Ich bin hier.« Eigentlich hatte er schon durch den Klang seiner Stimme signalisieren wollen, wie sehr diese Nacht ein Sieg gewesen war, brachte es jetzt aber nicht zustande, nicht nach alldem.

»Es ist halb vier.«

Als würde er stören! Dabei wusste sie ganz genau oder sollte wenigstens wissen –

»Ist was passiert?«

Er hörte die Sorge in ihrer Stimme. Es tat wohl, so was zu hören. Kein Schwein auf einem Floß, wenigstens nicht allein auf dem Floß. »Es ist alles planmäßig verlaufen.«

»Bist du heil?«

Auch das hörte man gerne. So oft sind es ja nicht die Liebesschwüre, die einen retten oder, besser noch: emotional kräftigen, sodass man sich selber retten kann – was hier ja leider nicht in Frage kam –, sondern so was Kleines. Um keine

Sorge aufkommen zu lassen, behauptete er: »Mir geht's gut wie noch nie.«

»Ja, dann herzlichen Glückwunsch.«

Der Tonfall hatte sich geändert. Egal, er würde nicht drauf eingehen, er musste sich den Zweck des Gesprächs vor Augen führen. »Und nun stehe ich hier an der Straße.«

»An welcher Straße? Du bist doch mit dem Auto gefahren, oder? Hast du eine Panne? Oder etwa einen Unfall?«

»Hör zu, wir dürfen nicht so lange reden. Die Polizei wird schnell rauskriegen, wer wann wo telefoniert hat. Außerdem weiß ich nicht, wie lange das Netz hält.«

»Die Polizei? Wirst du verfolgt?«

»Nein.«

»Sehen wir uns heute?«

»Ja, natürlich! Ich meine, deshalb rufe ich doch an.« Er atmete durch. So, und nun: »Ich will dich fragen, ob du mich abholen könntest.«

So, und jetzt: Eine sich quälend hinziehende Stille.

Und dann: »Wo denn?«

Einfach nur ›Wo denn‹?, kein ›Ja, gerne!‹. Okay, ignorieren. »Ich werde dir die Position per SMS durchgeben.«

»Warum denn so umständlich? Sag mir einfach –«

»Ich will nur sicher gehen, dass du –«

»Ich konnte die ganze Nacht nicht schlafen, die ganze Nacht nicht. Ich habe immerzu die Nachrichten gehört. Ihr habt eine Hühnermastanlage angezündet, stimmt's?«

»Einen Legebetrieb«, musste er korrigieren. »Und der war stillgelegt, es ist kein einziges Huhn drin gewesen.«

»Ihr sollt über eine halbe Millionen Euro Schaden angerichtet haben ...«

»Wir haben verhindert, dass so ein Tötungslager wieder –«

»Tötungslager! Ja, was denn noch! Ich sitze hier und kann vor lauter Sorgen nicht schlafen! Ich habe mit allem möglichen gerechnet, aber gleich Brandstiftung ...!«

Obwohl ihm klar war, dass hier jetzt keine Zeit war, zu diskutieren, sagte er: »Das ist eine Halle gewesen, in der Hunderttausende von Hühnern – Wir haben doch schon Bilder von so was gesehen. Und dieses Video, das ich abschalten musste, weil du es nicht mehr ertragen konntest. So, und wie würdest du solche Orte bezeichnen?«

»Die haben in den Nachrichten gesagt, das LKA wäre eingeschaltet worden. Weil man von Terroristen ausgeht.«

Völlig sinnlos, das alles. Er musste sie beruhigen. Er würde ganz sachlich – Er hörte im Rücken ein Geräusch; er fuhr herum, sah die Scheinwerfer eines Autos und, geistig noch beim LKA, dachte: Ein Polizeiauto? Am besten, sich außer Sicht bringen. Er flüsterte hastig ins Handy: »Ich schicke dir die Koordinaten«, und drückte den Anruf weg, warf die Plastiktüte, prallvoll mit den Beweisen seiner Mittäterschaft, in den Graben neben der Straße und sprang in zwei, drei langen Schritten die Böschung runter, ging dort in die Hocke und ließ sich halb fallen, halb sank er hin.

Er hörte das Motorengeräusch lauter werden. Er hielt den Atem an. Oben war es jetzt ganz laut. Jetzt wurde es rasch leiser. War dann verklungen. Er atmete wieder aus, rührte sich aber noch nicht. Im Zweifel überlebt der Vorsichtige.

Schließlich, nach einer, anderthalb Minuten, erhob er sich, allerdings ganz langsam und nur gerade so weit, dass er wie aus der Perspektive eines sehr kleinen Tieres die Straße entlangblicken konnte. Er bemerkte in der Entfernung die rötlichen, verglühenden Rücklichter des Wagens und die Lichtkegel der Scheinwerfer. Und dann wohl bedingt durch den Verlauf der Straße, war auf einmal alles Licht weg.

Er stand auf. Also wahrscheinlich doch nicht die Polizei gewesen. Er stieg vorgebeugt die Böschung hoch.

Überall wieder völlige Leere und ebensolche Stille.

Überstanden. Na also. Er sah aufs Handy.

Nichts.

Geduld, mein Lieber. Wenn sich das Netz einmal aufgebaut hatte, würde das auch noch mal klappen. Er guckte wieder aufs Display.

Nichts. Nicht mal mehr der minimale Balken.

Das Telefon am ausgestreckten Arm, drehte er sich langsam einmal um die eigene Achse; aber zu keiner Richtung wurde auch nur das schwächste Signal angezeigt.

Er wartete einige Momente.

Aber da änderte sich nichts.

Hier weiter warten? Ja, soweit käm's noch! Er würde sich nicht noch mehr zu einem Idioten machen, verdammt noch mal. Er steckte das Handy weg. Er guckte hin zu den Feldern und Wiesen beziehungsweise ins Dunkel, wo Wiesen und Weiden waren und hoffentlich auch irgendwo Häuser. Aber nichts bot sich an. Die eine Richtung war so gut wie die andere ... Okay, immerhin war abseits der Straße das Risiko viel geringer, auf die Polizei – oder auf überhaupt jemanden – zu stoßen.

Also stieg er, die Plastiktüte bei sich, wieder in den Graben und dann die der Straße gegenüberliegende, wesentlich niedrigere Böschung hoch und begann, querfeldein zu stapfen.

Aber gleich auf den ersten Grassoden rutschte er aus, sank zwei Schritte später bis zum Knöchel in ein Loch im Boden, und obwohl er sich danach nur mit Bedacht voranbewegte, dabei die ein, zwei Meter vor sich inspizierend wie ein Sehbehinderter in unbekanntem Gelände, kam er immer wieder aus dem Tritt.

Irgendwann war er kurz davor, sich mit der Handytaschenlampe den Weg auszuleuchten, machte es dann aber doch nicht, denn nachher wäre der Akku leer, bevor er dazu gekommen war, Vivien seine Position mitzuteilen.

Apropos Vivien. Bloß nicht vergessen, ihr zu sagen, das vorhin wäre tatsächlich ein Polizeiauto gewesen und er hätte sich in Sicherheit bringen müssen. Daher der Abbruch des Gesprächs. Aber jetzt wäre wieder alles in Ordnung.

Einige Minuten später hörte das Gras abrupt auf. Er war, soweit das zu erkennen war, auf einen breiten, ausgetretenen Pfad gestoßen. Also musste das hier zu irgendwas führen. Jetzt wurde ihm das Gehen leichter. Schemen von Bäumen. Büsche. Irgendwo würde das schon hinführen.

Er stoppte. Da war was anderes. Dort vorne. Jetzt hätte man Katzenaugen haben müssen. Aber Tatsache: Das dort, vielleicht dreißig Meter entfernt, war eindeutig ein Gebäude. Er wollte loslaufen, ging dann aber, den unsicheren Untergrund einkalkulierend, doch lieber in reduziertem Tempo, die Plastiktüte fest umgriffen. Hatte er dreißig Meter geschätzt? Es waren mehr als dreißig Meter. Wesentlich mehr.

Immerhin wurden die Schatten konkreter. Aber: Kein Haus. Eher ein Schuppen. Also wohl kein Internet. Mist.

Nach vielleicht halber Strecke verließ er den Pfad, um auf direktem Wege zu dem Gebäude – eindeutig bloß ein Schuppen – zu gelangen.

Aber dann war's, dass sich vor ihm was in der Landschaft abzeichnete, und als sich die Umrisse konkretisiert hatten, war es, wieder mal, ein Zaun. Unglaublich, wie oft wie viel in der Welt eingezäunt war. Aber diesmal wenigstens nichts Professionelles, nur, wie sich's im immer noch zu wenigen Licht zusammensetzen ließ, ein Lattenzaun, hüfthoch, die Bretter an manchen Stellen schon zersplittert. Kein Problem. Eigentlich. Aber auf der anderen Seite war durchgehend ein Gitterdraht angebracht mit wahrscheinlich ziemlich üblen Graten und Spitzen, und todsicher alles rostig, was bei der geringsten Wunde eine Blutvergiftung geben würde. Er eilte den Zaun entlang, suchte eine Stelle, wo das Ding entscheidend niedriger oder gleich komplett kaputt war, fand nichts, war schon entschlossen, die Latten samt Draht einfach wegzutreten – dafür müssten die Trailrunner doch reichen, wenn sie schon nicht wasserdicht waren –, da stieß er auf einige Hölzer, die, warum auch immer, dicht vor dem Zaun gestapelt waren. Er prüfte mit Fußtritten die Stabilität. Würde schon gehen. Er warf die Plastiktüte rüber, dann kletterte er vorsichtig hoch, und als der höchste Punkt erreicht war, reckte er den Körper, trat mit einem Fuß auf den Zaun, stieß sich ab und landete auf der anderen Seite auf beiden Füßen, sich dann sicherheitshalter zusätzlich mit den Händen auf der Erde abstützend. Zehnkampf, fiel ihm ein. Hatte er doch recht gehabt: Die Basis jeder Aktion ist der Körper. Schade, dass Vivien nicht dabei war und das alles am eigenen Körper bewiesen bekam. Er nahm die Plastiktüte auf.

Es schien hier lange nicht mehr geregnet zu haben, also immerhin kein Matsch. Soweit das Gute. Allerdings bildete die Erde nun eine dermaßen harte Kruste, dass es sich schon anfühlte, als würde er über ein stark korrodiertes Felsplateau gehen. Aber auch das schaffte er.

Das Ziel stellte sich als ein Unterstand heraus, vielleicht fünf Meter breit und gute zehn Meter lang. An dessen kürzere Seite war eine Art Schuppen aus Holz angebaut.

Er sah sich um. In der Ahnung der Morgendämmerung erschienen die Dinge, wenn nicht genau definiert, so doch schon ansatzweise bereits als bläuliche Dreidimensionalitäten. Dieser einachsige, flache Anhänger zum Beispiel, der hier hinter dem Schuppen stand und auf dem ein wohl drei Meter langer und fünfzig Zentimeter durchmessender Container aus Blech befestigt war. Daneben waren zwei Tonnen, blau oder braun, beide ohne Deckel und, wie ein schneller Blick ergab, leer. Komisch. Keine Ahnung, was –

Er hielt inne. War da eine Bewegung gewesen? Wenn, dann irgendwo dort hinten rechts vom Schuppen im Schatten. Sein Herz pochte, die Angst gab ihm ein: dass da etwas war, das Zähne und Krallen hatte und womöglich auf was aus war ...

Sekunden vergingen.

Er entspannte etwas. Vielleicht war's nur ein Waschbär gewesen oder so. Andererseits, es konnte ja immer noch lauern. Kein Tier war so dumm, aus dem ersten Impuls heraus einen Menschen anzugreifen. Höchstens Bärinnen, denen man die Kinder wegnehmen wollte, aber hier gab es keine Bären – aber Wölfe. Wenn hier im Schuppen oder irgendwo in der Landschaft Schafe gehalten wurden, dann konnten auch Wölfe da sein. Schafe waren leichte Beute, Waschbären auch, überhaupt alles, was durchblutet war und genug Fleisch an sich hatte. Wölfe waren Großraubtiere und hatten nur den Menschen als Feind – aber welches Tier hatte den Menschen nicht zum Todfeind? Außer natürlich Katzen und Hunde, aber das waren ja keine Tiere mehr, sondern bloß belebte Hobbygegenstände mit Fellbesatz ... Er stoppte die Gedankenflut, brachte die Wahrscheinlichkeit ins Spiel, und das bedeutete, sich auf Schafe zu konzentrieren und also davon auszugehen, dass es hier wahrscheinlich auch Wölfe gab. Wölfe: Mehrzahl. Aber ein einzelner Wolf? Es gab Einzelgänger, und das waren die gefährlichsten. Sein Herz schlug jetzt dermaßen kräftig, dass ihm das Blut in den Ohren rauschte. Er durfte hier nicht stehen bleiben, so auf dem Präsentierteller. Und vor allem musste er sich einen Vorteil verschaffen. Wer einen Vorteil hat, gewinnt. So war die Natur. Er musste sich bewaffnen. Beim Gedanken daran, im Moment eben nicht bewaffnet zu sein, fühlte er sich doppelt wehrlos. Schön scheiß blöd gewesen, die Aktion ohne Pfefferspray durchzuführen! Lektion, wirklich. Der absolute Vorteil: eine Waffe. Musste er sich besorgen.

Und zwar sofort. Er stellte die Taschenlampe am Handy an, und dann machte er sich daran, den Unterstand zu inspizieren. Der erwies sich als eine simple Konstruktion aus acht Trägern, auf die in gut zweieinhalb Metern Höhe ein Rahmen aus Eisenrohren gesetzt war, die wiederum ein Dach trugen, wahrscheinlich Wellblech; an drei Seiten verlief innen an den

Trägern eine gekalkte Mauer, höchstens einen Meter hoch, aber zwanzig Zentimeter dick; an einer Stelle, nämlich genau hier, wo er jetzt stand, war sie auf anderthalb Metern unterbrochen, was den Eingang bildete. Wo der Unterstand auf den hölzernen Schuppen traf, befanden sich zwei metallene Raufen und ein Trog aus Blech. Leer. Alles leer. Den Boden bedeckte Stroh, zu einer teppichähnlichen Schicht festgetreten; vor der Mauer war die Strohschicht dünner, und an einigen Stellen ließen sich darunter Bohlen erkennen. Aber nichts, was als Waffe taugte. Jetzt bemerkte er innen an der niedrigen Wand drei Eisenketten, die, jeweils durch einen Eisenring geführt, an der Mauer herabhingen. Er ging nahe heran. Die Ketten und die Ringe waren verrostet. Er musste an Sklaven denken, die für irgendein Vergehen oder auch einfach nur aus Prinzip angekettet waren. Aber wenigstens waren Zeichen von Leben – oder von Sterben – nicht zu entdecken.

Er trat aus dem Unterstand ins Freie und begann, die Umgebung nach etwas abzusuchen, das als Waffe dienen konnte. Aber im Zwielicht – zudem überall aufgeschossenes Unkraut – war nichts zu erkennen und logisch auch nichts zu finden. Als er irgendwann hochsah, befanden sich dort unter dem Dach des Schuppens regelmäßige Lücken in der Holzwand. Tatsache. Ein etwa fünfzig Zentimeter hoher Streifen, wo zwischen den Latten jeweils ein breiter Zwischenraum war. Der Schuppen war also nicht hermetisch abgeriegelt, hieß, es ließ sich darin atmen. Könnte man sich auch mal angucken.

Jetzt hatte er Unterstand und Schuppen einmal umrundet und hatte nichts Dienliches gefunden. Musste es eben ohne gehen. Im Zweifel würde sein Handy als Schlagwerkzeug reichen. Seine beste Waffe hatte er sowieso immer dabei, nämlich das Gehirn.

Weil er nichts anderes, zumindest nichts Besseres zu tun wusste, prüfte er das Smartphone. 4:14 Uhr. Längste Nacht seines Lebens. Und natürlich kein Empfang. Er horchte. Es war still. Was hatte er erwartet? Ein Rudel heulender Wölfe? Überhaupt war das selten blöd gewesen: hier irgendein Tier zu vermuten. Als ob er nicht wüsste, dass alle Tiere vor dem Menschen fliehen.

So befreit von der selbst erzeugten Angst, überkam ihn Ehrgeiz, herauszufinden, was im Inneren des Schuppens war. Er sah hoch zu den Luftschlitzen in der Holzwand. Die möglicherweise nur deshalb angebracht waren, um zu verhindern, dass sich irgendwelche Dämpfe vom Gelagerten anreicherten ... Aber wie der Unterstand bewies, wurden hier Tiere gefangen gehalten. Er sollte also vom Schlimmsten ausgehen.

Beziehungsweise vom Besten. Sein Herz begann, noch schneller zu schlagen als sowieso. Bei der ALF-Aktion war er nur Statist gewesen, aber hier jetzt würde es wirklich auf ihn ankommen. Es würde auf ihn ankommen: dass Leben gerettet wird. Und vielleicht würde es sich für ihn am Ende noch alles gelohnt haben. Sollte hier irgendein Tier drin gefangen sein, irgendein Leben, würde es den Sonnenaufgang in Freiheit erleben.

Da hieß es immer: Tiere, die in Ställen oder Käfigen gehalten werden, wären in freier Wildbahn nicht überlebensfähig. Was für eine beschissene Lüge! Er erinnerte sich an einen Artikel in irgendeinem Käseblatt über das Zerstören eines Lagers, genannt Nerzfarm, in Thüringen. Der verpisste Besitzer des aufgebrochenen Lagers hatte sich jammernd darüber ausgelassen, dass von den Tieren dort draußen, in der Natur, siebzig Prozent sterben würden. Er, Onno, hätte fast gelacht, hatte dann aber nur Wut und Hass auf diesen Lagerkommandanten gehabt. Mit welcher Frechheit solche Kreaturen ihre Lügen in die Welt setzten! Die Wahrheit war: Selbst wenn sieben von zehn Nerzen eingingen, überlebten drei – aber im Lager wären zehn von zehn getötet worden. Und zwar durch systematische Vergasung. Wie übrigens auch Schweine und

›überschüssige‹ Ferkel. Durch Kohlendioxid. Erinnert einen das nicht an Zeiten, wo Zyanwasserstoff und Kohlenmonoxid angewandt worden war? So typisch. Wenn es sich rechnet, wenden die Kapitalisten die leicht abgewandelten Methoden der Nazis an, denn die Nazis wussten aus Erfahrung, wie man Lebendes massenhaft und preiswert ermordet, und preiswert sein will auch der Kapitalist, man könnte sagen: gezwungenermaßen, aber gezwungen fühlten sich auch die Nazis.

Er trat an die Tür des Schuppens. Die Füllung sah im Licht der Handytaschenlampe alt und abgenutzt aus, war aber mit einem chromglänzenden Rundbügelschloss gesichert. Er betrachtete es. Offensichtlich wesentlich jünger als der Rest des Schuppens. Hier schien tatsächlich was verborgen werden zu sollen. Vielleicht nur Gerätschaften. Andererseits, Gerätschaften brauchten keine frische Luft. Um dieses verdammte Schloss zu knacken, musste er an irgendein Werkzeug kommen. Aber vielleicht war das gar nicht nötig ...

Er eilte auf die dem Unterstand abgewandte Seite, wo in Schulterhöhe ein Fenster in der Wand angebracht war. Und kein Gitter vorgesetzt. Er versuchte, es aufzudrücken. Was nicht gelang. Er überlegte. Man könnte die Scheibe mit einem Stein oder einem Brocken getrockneter Erde einschlagen, dann durch das Loch fassen und den Fenstergriff innen betätigen ... Aber das wäre Sachbeschädigung. Okay, wäre schon gerechtfertigt, natürlich, aber es musste doch auch eleganter gehen.

Die perfekte Tierbefreiung: Das Gefängnis und die Instrumente und Mittel und Gerätschaften, die als einzigen Zweck das Ausbeuten und Töten haben, bleiben unangetastet, nur das Leben, das Tier, ist weg; als hätte eine Zauberkraft es in Luft aufgelöst.

Er legte die Plastiktüte, die er die ganze Zeit getragen hatte, auf die Erde, ging zurück zu dem Unterstand, aktivierte die

Taschenlampe und begann, den Boden noch mal abzusuchen. Diesmal ließ er sich Zeit dabei. Vorhin, als er nach einer Waffe gesucht hatte, war das alles zu hektisch gewesen, logisch, weil er Angst gehabt hatte beziehungsweise sich in Angst hineingedacht hatte. So blöd. Jetzt wurde es ernst, und da machte Ruhe den Unterschied.

Und tatsächlich stieß er im festgetretenen Stroh zwischen den leeren Raufen auf etwas. Er hob es auf, hielt es ins Licht. Es war aus Eisen, flach, zwei Finger breit, zehn Zentimeter lang, mit Rost überzogen und an einer Seite hin zum Ende um die Längsachse verbogen. Komisches Teil. Egal. Er ging damit zurück ans Fenster.

Die Morgensonne hatte inzwischen mit einsetzender Kraft den Himmel zu einem dunklen Bleigrau aufgehellt, was alle Dinge schon ziemlich klar erkennbar machte.

Er zögerte. Das hier würde, neben allem anderen, ein Einbruch sein, in den Augen dieser geistig gestörten Welt: vor allem ein Einbruch. Und Sachbeschädigung und vielleicht – hoffentlich – Diebstahl. Und er: allein. Jetzt verstand er den Sinn, Animal Liberation vorzugsweise in einer Gruppe zu unternehmen. Er spürte das Eisenteil in der Hand.

Entscheide dich. Wenn du es jetzt wegwirfst, wirst du von hier weggehen, mit leeren Händen, mit schlechtem Gewissen, und es wird dich verfolgen, diese Sekunde wird dich verfolgen, denn du wirst wissen – bis ans Ende deiner Tage wirst du das wissen –, dass du hättest Leben retten können, und zwar mit Leichtigkeit, und stattdessen hast du dich faktisch zum Helfer der Mörder gemacht.

Also keine Frage.

Vielleicht sollte er das Handy hier draußen hinlegen? Hier neben die Plastiktüte ... Kritisch. Die Plastiktüte nützte nichts, die konnte hier bleiben, okay, aber das Handy besser nicht; vielleicht würde sich die Taschenlampe noch als nützlich erweisen, bestimmt sogar.

Er setzte das Stück Eisen zwischen Fensterrahmen und Fenster, drückte es einige Zentimeter rein und benutzte es als Hebel. Ein Knirschen. Sonst passierte nichts. Er versuchte es auf der Seite des Rahmens, wo die Scharniere saßen. Das Stück Eisen war eigentlich zu klein und unhandlich. Er musste beide Hände übereinander legen, um dann am Handballen Druck ausüben zu können. Er tat das mit aller Kraft, ignorierte den unangenehmen, jetzt fast schmerzhaften Druck ins Fleisch. Wieder gab es ein knirschendes Geräusch, nun aber begleitet von einem kurzen, leisen Krachen. Er zog das Eisen heraus und schüttelte die Hände aus, in denen ein tiefer Abdruck vom Metallstück war. Dann wiederholte er den Versuch.

Endlich gab das Holz nach, und sofort ein Geräusch, als würde ein trockener Ast zerbrechen, und dann fiel das gesamte Fenster – Tatsache: Rahmen und Scheibe – nach hinten in den Schuppen, und das Eisenstück rutschte ihm aus der Hand und flog hinterher, und das Fenster schlug mit Splittern und Krachen auf den Boden. Jetzt fuhr ihm ein strenger Geruch in die Nase.

Der Geruch nach Tier. Na also! Er stützte sich am Fensterbrett ab, sprang aus dem Stand hoch – und merkte Momente später, dass es besser gewesen wäre, er hätte vorher überlegt, wie sich so was elegant durchführen ließ. So jedenfalls nicht. Denn jetzt war der Bauch auf dem Fensterrahmen, was ihm schier die Atmung abschnürte, die Beine hingen draußen, der Oberkörper ragte in den Raum.

Aber er löste die missliche Lage, in der er sich befand, nicht auf, denn bevor er sich vollends hier reinbegeben würde, wollte er doch schon ungefähr wissen, was dort war. Und vielleicht wartete. Allerdings konnte er, obwohl das Morgenlicht durch die Luftgitter hoch oben einfiel und es hier drinnen schon aufhellte, fast nichts erkennen. Zu hören war auch nichts. Nur zu riechen.

Das brachte nichts. Er würde es riskieren müssen.

Er schob sich mit den Armen von der Wand weg, machte mit Bauch und Unterleib Bewegungen, als würde er robben, und schaffte es dadurch immerhin, sich ruckweise voranzubringen. Jetzt drückte ihm der Fensterrahmen hart gegen die Hüftknochen.

Dann hatte er den Schwerpunkt weit genug verlagert. Er streckte die Arme nach unten aus, und wie gewollt kippte er langsam vornüber, aber seine Hose schob sich am Rahmen zusammen und bildete einen Widerstand, und gleichzeitig kamen Hintern und Beine unaufhaltsam nach vorne, was bewirkte, dass er, statt relativ fließend nach unten zu tauchen, sich mit beiden Armen abzufangen und vielleicht sogar einen Purzelbaum hinzulegen, jedenfalls schmerzlos im Raum anzukommen, jetzt mit dem Oberkörper gegen die Wand gedrückt wurde und in Gefahr war, in einen zeitlupenhaften, zugleich ruckartigen, auch unkontrollierten, also gefährlichen Überschlag zu geraten; konnte aber mit durchgedrückten Armen den Oberkörper so weit nach vorne bringen, dass – schmerzhaft auf Kosten der Wirbelsäule – der hintere Bereich des Körpers fast in der Senkrechten gehalten wurde und gleichzeitig der Andruck auf den Fensterrahmen geringer wurde und sich die Hose schließlich davon ablöste. Und sein ganzer Körper nach unten fiel.

Er traf mit beiden Händen gleichzeitig auf, rollte sich ab, spürte dabei, wie seine Schultern, sein Rücken, die Wirbelsäule auf Untergrund trafen.

Dann lag er erst mal da wie hinworfen. Und es tat am Körper weh. Aber doch wieder nicht so sehr, dass ihm signalisiert wäre, jetzt besser aufzugeben.

Das Erste, was er – noch liegend, denn es schien ihm am sichersten, sich erst mal nicht zu rühren – registrierte, war, dass dicht neben seinem Gesicht, vielleicht fünfzehn Zentimeter entfernt, etwas auf dem Boden war.

Nämlich Einzelteile des teilweise zerborstenen Fensters.

Ein Schweineglück gehabt, da nicht reinzugeraten.

Jetzt ein Geräusch: Als ob etwas auf festen Füßen einen Schritt getan hätte.

Ihm stockte der Atem. Also waren hier doch Tiere drin. Logisch, bei dem Gestank.

Und wieder dieses Geräusch.

Was nicht besonders bedrohlich klang. Allerdings, was wäre bedrohlich? Auf jeden Fall: nicht reizen. Und vor allem: auf die Beine kommen. Er erhob sich mit – natürlich – langsamen, deutlich unaggressiven Bewegungen. Als das geschafft war, ohne dass er von irgendwas angegriffen worden wäre, versuchte er, sich zu orientieren.

Aber es war nicht viel mehr zu erkennen als zusammenhanglose Flächen aus Dunkelgrau und Schwarz. Er zog das Handy aus der Tasche, aktivierte die Taschenlampenfunktion und leuchtete im Halbkreis das um sich herum aus.

Ein einziger großer Raum. Das Licht fuhr über eine Lattenkonstruktion. Offenbar ein Pferch. Er ging, das geringe Licht vor sich, zwei Schritte näher ran – und entdeckte ein Tier.

Nämlich ein Schaf.

Da stand tatsächlich ein mindestens einen Meter großes Schaf mit tief bräunlichem Fell; der Kopf völlig schwarz; und lange, fast spitze, zur Seite abstehende Ohren, die im Moment nach vorne ausgerichtet waren.

Komische Rasse. Würde er bei Gelegenheit mal googeln. Immerhin keine Hörner, also kein Schafbock. Zum Glück. Schafböcke waren aggressiv, aber dieses weibliche Schaf hier würde umgänglich sein und im Zweifel zurückweichen ...

Er leuchtete mit der Handylampe den restlichen Pferch aus. Aber sonst war hier nichts Lebendiges. Egal, ein einziges Tier oder eine ganze Herde, das machte keinen Unterschied: Schon ein Tier einzusperren, ein einziges, war Tierquälerei. Außerdem waren Schafe Herdentiere; sie isoliert zu halten, war also doppelte Tierquälerei. Es musste befreit werden, keine Frage.

Dumm nur, dass für dieses Tier kein Platz in irgendeiner frei lebenden Herde eingeplant war. Und natürlich war eine Tierbefreiung erst dann eine Befreiung, wenn das Tier fürs weitere Leben gut versorgt sein würde ... Trotzdem! Manchmal muss Hilfe geleistet werden, auch wenn's nicht perfekt werden kann.

Er könnte Allegra anrufen und abchecken, ob man das Schaf irgendwo unterbringen konnte. Oder es bei Vivien versuchen ... Man musste kein Hellseher sein, um zu wissen, wie Vivien reagieren würde. Und sowieso funktionierte das Netz nicht, solche Gedanken waren also Spekulation.

Er sah zum imposanten, ihn nun seinerseits unverwandt ansehenden Schaf. Musste es sich eben mal selbstständig durchschlagen, das Tier. Würde schon gehen. Schafe fraßen Gras und tranken Wasser, und das alles gab es in der Freiheit in rauen Mengen. Andererseits: Schafe mussten geschoren werden. Und selbst wenn nicht – dieses hier schien nicht viel Wolle am Leib zu tragen –, früher oder später würde man es einfangen; Schafe waren ja zu dumm, sich vor den Menschen in Sicherheit zu bringen. Okay, als Kompromiss: Er würde den Pferch aufmachen und die Schuppentür, beides weit auf, und wenn das Schaf rausgehen würde, gut, und wenn nicht, auch gut. Wobei es natürlich die Freiheit wählen würde, man sollte den Instinkt eines Tieres nie unterschätzen.

Die Tür zum Gatter war nur mit einem Ring aus fingerdickem synthetischem Material gesichert, der über einen Stab der Tür und den nächsten Holzpfahl des Gatters gelegt war. Er zog den Ring ab, warf ihn weg. Beim Aufziehen verkantete sich das Törchen im Boden, er musste es anheben und quasi zur Seite tragen.

Das Tier – mit hinten seltsamerweise einem langen dünnen unbehaarten Schwanz, noch nie gesehen an Schafen – hatte sich inzwischen in den Winkel gestellt, wo es am weitest möglichen Punkt von ihm entfernt war.

Offenbar in Angst. Logisch, Schafe waren ja Fluchttiere. Er näherte sich ihm und versuchte dabei, mit einem »Na, na, na« beruhigend zu wirken.

Als es nicht reagierte, blieb er stehen, unschlüssig, wie es nun konkret weitergehen sollte.

Aber darüber war bereits entschieden. Denn plötzlich setzte sich das Schaf mit ein, zwei Sprüngen in Bewegung, konnte auf der kurzen Strecke erstaunlich beschleunigen, hatte ihn, den – völlig überraschten – Menschen, erreicht, bremste etwas ab, sich beim letzten Schritt nun auf die Hinterbeine stellend, nahm den sowieso schon gesenkten Kopf noch weiter nach unten und stieß mit dem hörnerlosen Schädel zu.

Der wuchtige Stoß traf ihn an Hüfte und Bein, ließ ihn zurücktaumeln, stolpern und rückwärts zu Boden fallen, von wo er aber gleich auf die Beine sprang. Er massierte sich den Oberschenkel. Dieses verdammte Schaf benahm sich wie ein Schafbock! Er musste sich außer Reichweite bringen, sofort, am besten dorthin, wo das Fenster gewesen war und wo sich jetzt ein guter Fluchtweg bot.

Aber der Schafbock, als hätte er diesen Schachzug geahnt, hatte sich exakt dort an der Schuppenwand aufgebaut.

Also nichts zu machen. Jetzt durchzuckte ihn vom Fuß her Schmerz. Er biss die Zähne zusammen. Er wartete einen Moment, dann schlenkerte er den Fuß etwas aus und probierte, ob das Gelenk belastbar war. Was es war. So schaffte er es humpelnd die paar Meter zur Tür des Schuppens. Und warf sich mit aller Kraft dagegen. Ohne Erfolg. Ein zweites Mal. Mit dem einzigen Resultat, dass ihm nun nicht nur Fuß und Oberschenkel – dazu der Hintern – weh taten, sondern auch die Schulter.

Und da kam der Schafbock schon wieder angetrabt, den Kopf gesenkt.

Diesmal kriegte er den Angreifer Tatsache irgendwie am knochigen Schädel zu packen, sodass die Wucht der Attacke beträchtlich gemindert wurde; und weil sich die Muskeln des Körpers unwillkürlich angespannt hatten, wurde er zwar von den Beinen geholt, schaffte es aber, nur gerade auf die Knie zu fallen. Um sich dann wieder schnell zu erheben. Allerdings hatte er das Tier dabei loslassen müssen.

Sodass es sich von neuem vor dem Fenster in Stellung bringen konnte. Und nun dastand und mit dem Kopf nickende Bewegungen machte. Und schon wieder angriff.

Aber er war darauf vorbereitet: machte im letzten Moment einen Schritt zur Seite, und als der Schädel des Tieres gegen die Tür krachte, war er bereits dabei, durch Glasscherben und am scheinbar noch recht intakten hölzernen Rahmen vorbei dort hinzulaufen, wo sich bis vor kurzem das Fenster in der Wand befunden hatte, und ohne zu zögern, stützte er sich an dem, was von der Fensterfüllung übrig geblieben war, ab und zog sich und drückte sich durch die Öffnung.

Aber die Angst hatte ihm zu viel Energie verliehen: Er konnte den Schwung nicht kontrollieren, er ruderte mit den Armen, dachte den Bruchteil einer Sekunde daran, wie er am besten aufkommen sollte, aber alles Denken erledigte sich, der Körper fiel nach vorne und hin zum Erdboden, wobei er, Onno, in einer schnellen Bewegung versuchte, den Fall mit den Händen abzufedern; aber die eine Hand glitt auf dem trockenen harten Boden ab und die andere fand zwar Halt, aber viel zu sehr, sodass er merkte, dass die Hand im Gelenk unnatürlich stark abknickte. Dann lag er beziehungsweise sein Körper bäuchlings da.

Als er aufzustehen versuchte, fuhr ihm vom rechten Handgelenk aus ein Stechen durch Arm und Körperhälfte. Er schaffte es nur unter Mühen, sich auf die Knie zu bringen. Er betrachtete das schmerzende Gelenk. Aber selbst hier, im Freien beim inzwischen einigermaßen hellen Licht der aufgehenden Sonne, war nichts zu entdecken. Dafür schmeckte es im Mund metallisch, und bei der Zunge war es irgendwie taub und gleichzeitig schmerzhaft.

Er sah hoch zum Schuppen. Keine Spur vom Schafbock. Auch kein Geräusch. Wenigstens etwas. Er versuchte, aufzustehen und sich dabei mit der lädierten Hand abzustützen, ohne sie zu bewegen, aber die Hand war wie taub und konnte keine Kraft mehr ausüben.

Aber schließlich schaffte er es, sich auf die Füße zu bringen, ohne den rechten Arm einzusetzen. Dann suchte er die Plastiktüte, fand sie, nahm sie auf. Ihn durchfuhr ein Schreck. Er drehte den Oberkörper so, dass er, hektisch, mit der linken Hand die rechte Außentasche der Cargohose öffnen konnte. Ein Glück war das Smartphone noch da. Und er schaffte es sogar, es herauszubefördern. Er drückte mit der linken Hand den Fingerabdrucksensor gegen seinen rechten Zeigefinger. Es funktionierte noch. Erleichterung durchflutete ihn. Nicht auszudenken, was gewesen wäre ...

Er bewegte die Hand. Jetzt wieder das Stechen. Aber es war nichts gebrochen, sonst würde es viel stärker weh tun ...? Dieses beschissene Tier! Ihn als Feind zu betrachten! Toller tierischer Instinkt, wirklich! Um es komplett zu machen, war die Zunge inzwischen angeschwollen, als hätte man ihm einen Gummiball zwischen die Kiefer geklemmt. Hoffentlich würde sich das gebessert haben, bis er Vivien anrufen würde.

33

Etwas sagte ihm, nicht weiter ins Unbekannte zu gehen. Was sich nach allem ja eigentlich auch von selbst verstand. Also setzte er sich in Richtung der Landstraße in Bewegung, die Plastiktüte, bei der endgültig die Griffe gerissen waren, vor sich an die Brust haltend wie ein Baby.

Und obwohl er sich in der Morgendämmerung einigermaßen gut orientieren konnte, war es viel beschwerlicher als vorhin im Dunklen, über die Wiese zu stapfen und den Zaun zu übersteigen, was ja beim Hinweg alles bloß störendes Beiwerk gewesen war, Merkmale dieser Welt voller kleiner Widerstände; aber jetzt machte sich eine Stimme im Kopf hörbar, indem sie im Takt jedes Schritts klagte: ›So viel Zeit vergeudet!‹ Akkuladung obendrein: Nur noch siebzehn Prozent. Und als er nicht aufpasste, war er wieder im Schuppen, in peinlichster Situation, bloßgestellt als einer, bei dem es schon seine Richtigkeit hatte, dass er nie Protagonist war. Onno, der Statist, nichts als: der Statist.

Um davon wegzukommen, konzentrierte er sich auf das um ihn herum. Er konnte die ersten Vögel am Himmel sehen, und Vogelgeschrei war sowieso schon längst zu hören. Ein leichter Wind war aufgekommen, und er spürte, wie seine verschwitzte Haut – hatte er tatsächlich geschwitzt? – gekühlt wurde.

Das rechte Handgelenk war inzwischen geschwollen, und es fühlte sich an, als wäre dort ein kleines Pad mit warmem, nachgiebigem Inhalt unter die Haut und zwischen die Knochen geschoben worden. Er musste es schnellstens zu Vivien schaffen, dass die sich das mal anguckte. Hoffentlich würde er nicht ins Krankenhaus müssen. Und wenn, würde er Vivien anweisen, ihn ins Klinikum, Notaufnahme, zu fahren. Er würde zu Protokoll geben, aus dem Bett gefallen zu sein. Besser, sich lächerlich zu machen, als verdächtig zu sein. Und was dieses hier überhaupt betraf, mit dem Schuppen und der ganzen Scheiße, wenn Vivien da fragte, würde er antworten, im Dunklen gestolpert und unglücklich gefallen zu sein. Klang doch plausibel.

Hier jetzt endlich die Straße. Er stieg an der einen Seite in den Graben; wollte dann eigentlich gleich weitergehen, fühlte sich aber mit einemmal müde. Dazu der Ausblick auf das, was noch wartete. Und erst recht der Rückblick: dass alles nichts gebracht hatte, die ganzen letzten Stunden. Er ließ sich ins Gras sinken. Er hätte heulen können.

Tat's aber nicht, denn jetzt hatte er registriert, dass sich an den Grashalmen, trotz der milden Nacht, Tau gesammelt hatte. Schau an, dieser Mechanismus wirkte also auch im Sommer. Der Käfer, eben noch da, war weggekrabbelt. Die Ameise auch weg. Dafür war eine andere da – da gewesen.

Interessant, und beinahe hätte er sich dem Beobachten hingeben können – denn wer neugierig ist, den belohnt die Welt, Welt im Sinne von: Alles, was vor sich geht, wenn man mal die Menschen abzieht –, aber ein Körper im Hier-und-Jetzt zu sein, etwas Konkretes inmitten von Konkretem, bedeutete ja erst einmal, merken zu müssen, dass es hier im Straßengraben absolut unbequem war, zumal das angeschwollene Handgelenk schmerzte und der lädierte Fuß sich auch wieder bemerkbar machte, von der immer noch untauglichen Zunge ganz zu schweigen.

Überhaupt war es komisch – negativ komisch –, der ›Natur‹ auf diese Art zu begegnen, ihr ausgeliefert zu sein, nicht ausgeliefert, ausgeliefert sowieso, konfrontiert, konfrontiert zu sein mit ihr in Form ihrer kleinen Einzelteile, also der winzigen Insekten und so. Und man stelle sich vor: Die Intelligenz in diesen winzigen Körpern, winzigen Hirnen begreift seinen, des Menschen, Körper bloß gerade mal als etwas, das

Wärme ausstrahlt, Milchsäure ausschwitzt, CO_2 ausatmet und sich bewegt, das vielleicht zur Kategorie ›Nahrung‹ zu rechnen ist, wahrscheinlich aber nicht, alles in allem eher ein Hindernis darstellt, im Grunde aber nichts Besonderes ist.

Nichts Besonderes.

Natürlich nicht.

Plötzlich hasst er dieses ›natürlich‹.

Denn der Mensch ist nicht ›natürlich‹. Nie gewesen, und wird's auch nie werden. ›Ja, und?‹, sagte er sich. Genau: Ja, und? Immerhin hatte er den ganzen Aufstand – Aufwand, nicht Aufstand, den ganzen Aufwand nur machen können, weil er eben ›unnatürlich‹ war, oder? Menschen können Tiere retten und tun dies manchmal auch – selten, aber doch: manchmal –, aber welches ach so natürliche Tier würde sich dermaßen um Artfremdes kümmern? Vielleicht irgendwelche degenerierten Köter. Aber schon bei Katzen würden gelten: kannste vergessen. Am liebsten hätte er alle Tiere – oder wenigstens den idiotischen Schafbock und die Ameisen hier und die Vögel, die permanent rumschrien, als würde in der nächsten Sekunde eine Katastrophe passieren – vor sich hinbefohlen und hätte ihnen gesagt: ›Es unterscheidet uns schon was, kapiert? Und wenn ich nichts Besonderes bin, dann seid ihr schon gar nichts Besonderes!‹

Es war still. Keine Antwort, nirgends.

Er atmete aus. Das hatte mal klargestellt werden müssen. So, und nun weiter. Er warf die Plastiktüte nach oben auf die Fahrbahn und kroch dann praktisch einhändig die Böschung hoch und machte, dass er von diesem, ihm nun peinlichen Ort wegkam.

Nach einem halben Kilometer – oder auch weniger, gefühlt aber viel mehr – zwang ihn eine körperliche Schwäche, das Marschieren sein zu lassen.

Also nur noch: Ein Schritt vor den anderen.

Es wurde langweilig. Er merkte, dass er das Smartphone herausgeholt hatte. Das unnütze Ding, mit dem er, so blamabel!, einen Waschbären hatte totschlagen wollen, wenn da einer gewesen wäre. Er aktivierte es, sah aufs Display, noch immer den Waschbären, den Wolf, den Schafbock im Kopf, all die Kreaturen, die ihm trotz ihres Erst-recht-nichts-Besonderes-Sein seine Lehrmeister hätten sein sollen – und wäre jetzt vor Dankbarkeit fast auf die Knie gegangen: wurde ihm doch der punktförmige Balken angezeigt.

Er stoppte, tat die Plastiktüte zwischen seine Füße auf den Boden und lud WhatsApp, musste das mit der linken Hand tun, denn die rechte war voller Schmerznadeln, aber, verdammt, er hatte versprochen, die Koordinaten zu schicken, und damit hatte er sich verpflichtet. Er würde Vivien die Koordinaten schicken, dann auf sie warten, dann ihre Wut über sich ergehen lassen, und dann würde er sie fragen, was nun geschehen sollte.

Er rief Google Maps auf, drückte auf seinen Standort. Das war: Zwei Ziffern, ein Punkt, sechs Ziffern, ein Komma, eine Ziffer, ein Punkt, sechs Ziffern.

Er kopierte das – absolut umständlich –, fügte es bei WhatsApp ein und drückte den weißen Papierflieger im grünen Rund und atmete tief durch.

Jetzt war, als würde ihm zugeflüstert werden: ›Am Ende wird alles gut sein, und wenn es noch nicht gut ist, ist es noch nicht das Ende.‹

Wenn es noch nicht gut ist, ist es noch nicht das Ende ... War das jetzt ironisch gemeint?

Auf das Glück warten, ist, wie auf den Tod warten.

Auch das noch! Die Minute der Weisheiten.

Wie auch immer, nun hieß es warten. Und zwar unauffällig.

Und nachdem er die Plastiktüte so platziert hatte, dass sie, wenn man wusste, wonach man suchte – dass man überhaupt nach was suchte –, durchaus gefunden werden konnte, legte er sich in den Graben ins wuchernde Gras.

Einen Moment später verließ ihn die Kraft, und während er in so was wie eine Bewusstlosigkeit sank, schoss ihm der Gedanke durch den Kopf, dass es hier ein Glück keine Wölfe gab und schon gar keine Bären, die sich über leichte Beute freuen würden, keine verwilderten Hunde und keine Luchse – obwohl, bei den verwilderten Hunden müsste man mal googeln ... Und hoffentlich keine Holzböcke, die Borreliose ... wehrlos zu sein ... sollte nie schlafen ... Durch Holzböcke und Pferdebremsen ...

34

Er bog die Zweige des Berberitzenstrauchs zur Seite und ging, um besser sehen zu können, in die Hocke. Aber da war nichts. Er ließ die Zweige los. Wie sehr ihn diese Sucherei anödete! Sollten Böll und Konsorten doch bleiben, wo es sie hintrieb. Er hockte immer noch da – aber die Wut veränderte die Anspannung der Muskeln und damit die gesamte Statik seines Körpers: sodass er jetzt schwankte, dann endgültig aus dem Gleichgewicht geriet. Sich auf dem Boden abstützen musste. Und in dem Moment bei den unteren Wirbeln einen heftigen Stich fühlte. Jetzt gezwungenermaßen reglos war. Einige Augenblicke lang. Absolut reglos. Dann hatte er den Körper wieder genug stabilisiert, um aufstehen zu können, ganz vorsichtig, und den Oberkörper langsam gen Himmel zu strecken. Die Schildkröte, wo immer sie auch rumkroch, konnte ihm erst mal gestohlen bleiben. Er faltete die Hände hinter dem Kopf und begann, mit dem Oberkörper behutsame, drehende Bewegungen zu vollziehen. Die Verspannung löste sich, und schließlich war er wieder schmerzfrei, einigermaßen wenigstens.

Alles wieder gut? Ja, hatte sich was! Denn nun flüsterte es – wie das immer mal passierte – in ihm: ›Sich hier zu einem unbezahlten Lakaien zu machen! Du bist so blöd! Warum tust du dir das an?‹, was es – natürlich – prompt auslöste, dass sich nun auch die andere Seite in gleicher Weise meldete: ›Fällt dir irgendwas ein, was du lieber tätest? Sei ehrlich.‹

Ehrlich sein. Er entzog diese inneren Stimmen seine Aufmerksamkeit – jede andere Reaktion hätte beide Seiten nur noch weiter angereizt, er kannte sich ja – und ließ den Blick über das wandern, was Gan Eden hieß und auch so was Ähnliches sein sollte. Er sank ins schweifende Betrachten.

Wer hätte ahnen können, bei so etwas wie dem hier anzukommen? Moralisch sowieso, aber auch schon geografisch:
ziemlich weit weg nämlich von allem, genauer gesagt, gute
siebzig Kilometer von Magdeburg, und auch nach Stendal
war es mehr als einen Fußmarsch. Also: Eine Oase? Wer das
hier zum ersten Mal sah, auf den konnte insbesondere im
Sommer die phänomenale Buche vor den drei, ein U bilden-
den Fachwerkgebäuden schon mächtig Eindruck machen,
und dazu die beiden klobigen Bänke – eine Spende von dem
Ärzteehepaar, das den alten Herrensitz bei Gardelegen radikal modernisiert hatte –: ›Wie rustikal, herrlich!‹, würde dann
vielleicht ausgerufen werden, und je nachdem, zu was man
innerlich disponiert war, noch allerlei Emotionalisiertes mehr,
und so mancher würde selbst das Kopfsteinpflaster als malerisch oder ursprünglich oder so ansehen, diesen scheiß Belag,
den sie in drei Tages-Schichten ausgebessert hatten, eine
heftige Arbeit, dazu undankbar, weil das Resultat eben doch
nur so gesehen wurde, als wär's in aller Natürlichkeit schon
immer da gewesen oder im Gegenteil über Nacht von
Heinzelmännchen verfertigt worden.

Okay, er sollte nicht fies sein. Fast alle – gut, eigentlich alle
–, die im ersten Beeindrucktsein noch so was dachten wie:
›Sieh an, man muss also nicht in die Toskana ziehen …‹,
begriffen dann mehr oder weniger fix den Unterschied zwischen Postkarte und Alltag, und dass es der Alltag war, der
zählte. Und der spielte sich nach hinten raus ab, in den Ställen, auf den Auslaufgeländen, auf den Wiesen und Weiden,
im Büro, vor dem Computer, am Handy. Alles wahrscheinlich
nicht viel anders als der Alltag in der Toskana.

Aber selbst ohne rosa Brille, oder gerade ohne und wenn
man sich fiktiv als Fremder setzte, der über Gan Eden gerade
die Historie wusste und sich einen ersten Eindruck verschafft
hatte, gerade dann also war es alles in allem verblüffend, in
wie kurzer Zeit hier wie viel relativ Dauerhaftes hatte

geschafft werden können. Hatte nicht jemand gesagt, ›Der Tag hat tausend Taschen, wenn man viel hineinzustecken hat‹? Wie wahr! Nicht mal drei Jahre waren vergangen seit seinem ersten Jagdhochsitz, die Aktion mit den Beaglen: kaum anderthalb Jahre her, und erst elf Monate, seitdem die ALF die leer stehende Mastanlage dauerhaft außer Betrieb gesetzt hatte.

Anfangs – sehr lange anfangs und auch später noch manchmal – hatte er das hier alles regelrecht gehasst, oder jedenfalls mehr gehasst als geliebt, logisch, war es ihm doch als etwas vorgekommen, das Energie absaugte und überhaupt den Weg blockierte. Heute war er klug genug, sich einzugestehen, dass dieser Hass sein Motiv hauptsächlich in der Angst gehabt hatte, dieses Unternehmen – durchaus wörtlich: im Vereinsregister registriert, zur Bilanzierung gezwungen – als das sich materialisierte und perpetuierende Eingeständnis nehmen zu müssen, nicht mehr über genug Kraft zu verfügen, außerhalb des Systems mitzuwirken. Tatsächlich kam es ihm mitunter auch jetzt noch wie der unwiderlegbare Beweis vor, dass sich seine grundsätzliche Feindschaft zum System erschöpft hatte. Dass er zu einem geworden war, der sich mit Erinnerungen an die wilden Tage zufriedengab, weil er gründlich saturiert war. Würde bedeuten, ans Ende gekommen zu sein. Denn alt sein, richtig alt, heißt, dass einem die Erinnerungen so wichtig sind wie das tägliche Brot, genauer gesagt, dass sie das tägliche Brot sind.

So oder so ähnlich hatte sich ihm das x-mal im Hirn gemeldet. Üble Stunden und Tage. Aber eines Tages, noch gar nicht so lange her, hatte er gegen drei Uhr nachts aufstehen müssen, und gerade, als er vor der Kloschüssel stand und aus dem halb steifen Ding einige Tröpfchen rausdrücken wollte, war ihm etwas aufgegangen. Dass es nämlich immer darauf ankommt, was man am Horizont als Ziel sieht und auch, mit welchen Mitteln man dieses Ziel zu erreichen vorhat.

Und, oh Wunder, in diesem banalen Satz lag Versöhnung, und zwar eine, bei der es zuerst einmal hieß, zuzugeben, dass die Zeiten der bedingungslosen Attacke sehr wahrscheinlich vorbei waren. Aber dazu wäre es ja sowieso irgendwann mal gekommen. Man wird älter und vernünftiger, heißt, man sollte einzuschätzen gelernt haben, wo es sich lohnt und was bloß zur Selbstverheerung führt. Wer will sich wieder und wieder in Gefahr bringen, wer hält es aus, in dauernder Unsicherheit zu sein, ob der tausendarmige Krake namens Gesetz ihn nicht doch zu fassen kriegt? Wer schafft es, aus kleinen, abseitigen Aktionen die Motivation zu ziehen, weiter im Kampf zu bleiben? Überhaupt, wie lange reicht es, immer nur gegen etwas zu kämpfen? Irgendwann muss das ›gegen‹ zu einem ›für‹ werden, also für's Leben; sich bewegen, okay, gut, aber die Bewegung ›weg von etwas‹ muss doch in eine Bewegung ›hin zu etwas‹ münden, sonst ist es ein ewiges Fliehen und keine Befreiung und man endet in der Nervenheilanstalt.

Man muss sich also arrangieren – allerdings ohne sich durch Kompromisse strangulieren zu lassen. So hatte er sich bei der Frage ›Warum tust du das?‹ mit sich selbst auf eine Antwort geeinigt, nämlich in etwa, dass Gan Eden kein Rückschritt war, sondern ein Luftholen. Und während man Luft holt und die Muskeln mit Sauerstoff versorgt werden, tut man nützliche Arbeit. Zwar auf banale Art, aber immerhin.

Auf das selig machende Glück warten, ist wie auf den Tod warten.

Der beste Test, zu prüfen, ob man sich noch – oder schon – in der richtigen Entwicklung befindet, ist immer: in den Spiegel zu gucken, den harten Blick auf das zu Sehende zu halten, es zu durchdringen, und dann zu fragen: ›Und jetzt keine Lüge, wie geht es dir?‹

›Gut.‹

›Warum?‹

Stimmt schon. Warum sollte es in einem Leben, das ja – haben wir doch aufs Bitterste lernen müssen – hauptsächlich aus Routinen und Übungen in Geduld besteht und vor allem aus fortgesetztem Versuch-und-Irrtum, vollzogen in den Kraftfeldern von Sachzwängen und Versprechen, die man einhalten will oder muss, und Rechnungen, die tunlichst beglichen werden sollten, warum also sollte es einem in so was richtig gut gehen?

›Weil so was wie das hier errichtet zu haben und aufrecht zu erhalten, sich richtig anfühlt … Darum.‹

Genau. Und nun: Stopp! Mal nicht hinterfragen. Einfach so annehmen. Natürlich kann das gute Gefühl bezweifelt werden. Alles im Leben und in der Welt kann bezweifelt werden, manchmal zum Vorteil, oft aber zum Schaden, und hier, jetzt, wären Zweifel zu billig.

Auch so eine Lektion, die unter Schmerzen geboren werden muss: Das ›Ja‹ mit allem, was dranhängt, ist teuer, während man das ›Nein‹ und das ›Lieber nicht‹ nahezu umsonst kriegt.

Teuer. Tatsache. Sehr teuer sogar, auch, wenn's nur ganz profan gemeint war – oder vor allem dann. Denn so was wie das hier, wo er jetzt stand, beide Beine auf der Erde, über sich den Himmel und besonders die Sonne, konnte man sich nur einmal im Leben leisten. Um sich hier einzukaufen, besser gesagt, um einen Teil der Kredite abzulösen, war die gesamte Erbschaft draufgegangen zuzüglich des Großteils seiner Ersparnisse. Eine Investition, die für einundfünfzig Prozent gereicht hatte – obwohl, einundfünfzig Prozent von was eigentlich? Gewinne würde Gan Eden nie abwerfen, jedenfalls nicht gemäß kapitalistischem Kalkül. War ja auch nicht Sinn der Sache. Aber die einundfünfzig Prozent bedeuteten immerhin schon mal, dass man zwar Diskussionen zulassen musste, am Ende aber doch selbst bestimmen konnte, und wer machte das nicht gerne: selbst bestimmen. Vor allem, wenn so viel eigenes Geld drinsteckte.

Zur Realität, die ja neben einem Quäntchen Traum auch immer einen richtigen Batzen trauriger Wahrheit enthält, gehörte auch, dass es bis heute nicht gelungen war und wohl auch in Zukunft nicht gelingen würde, auf diesem Lebenshof wirklich sorgenfrei zu sein. Aber immerhin hatten sein Geld, die Sponsorenleistungen von Dritten – ein Glück hatte Vivien einen großen Freundeskreis – und die neuen Ideen, die sich erstaunlich schnell rentierten, es bewirkt, dass Gan Eden innerhalb weniger Monate sozusagen von der Intensivstation in die Reha verlegt werden konnte; und wenn in knapp zweieinhalb Jahren Viviens uralter Bausparvertrag fällig wurde und sie sich durchringen konnte, das Geld hier ins Projekt einzuschießen, würden aus den einundfünfzig Prozent mindestens fünfundsiebzig werden.

Dann würde sich auch das ›Aber!‹ und das ›Bloß nicht!‹ von Carla und Johann endgültig erledigt haben. Was nicht persönlich gemeint war; die beiden hatten den Hof schließlich nach 1990 mit eigener Kraft von einem aus der Konkursmasse der LPG gekauften und also bis ins Detail konventionell bewirtschafteten Agrarunternehmen in einen Öko-Hof und nach und nach in einen Tierschutzhof verwandelt. Was verdammt wenig Postkartenleben gewesen sein dürfte. Er wäre der Letzte, ihnen ihre Verdienste abzusprechen. Einerseits. Fakt war aber auch, Gan Eden hätte ohne den Zuschuss an Geld und Ideen das nächste Neujahr nicht mehr erlebt. Punktum. Und vor diesem Hintergrund ergaben sich Hierarchien, auch wenn Carla und Johann das nicht begreifen wollten oder vielleicht auch nicht mehr konnten, mit zweiundsiebzig und achtundsiebzig.

Und jetzt war er wieder voll drin, im Erinnern. Aber warum auch nicht? Es war nur recht und billig, sich das Erreichte vor Augen zu halten und auch die Erkenntnis, dass einem im Entscheidenden des Lebens nichts geschenkt und oft nicht mal was wesentlich erleichtert wird.

Was war das für eine Zeit gewesen, die ersten Monate hier! Erst mal hatte es Stunden der Vorbereitung bedurft, Stunden, Stunden, Stunden. Dass es sie nicht verschlungen hatte, ein wahres Wunder und ein Beweis, dass Glück unwesentlich ist, Zufall und Gelegenheit schon mehr zählen, dass aber Kairos mit tausendmal Fleiß bestätigt werden muss.

Auf das Glück warten, ist wie auf den Tod warten. Ganz genau!

Vivien und er waren jeden Tag nach der Arbeit und am Wochenende ganztags hier im täuschenden Idyll gewesen und hatten verhandelt und organisiert und tagtäglich bis zum Sonnenuntergang und oft bis in die Nacht hinein eigene Hand angelegt. Wortwörtlich. Blutblasen, Sonnenstich, Hexenschuss – alles erlebt, alles erlitten. Und nie gedacht, dass einen ein simpler Muskelkater dazu treiben konnte, zuerst homöopathische Mittelchen – wirkungsloser Scheiß, wie er sich das schon gedacht hatte –, dann aber Ibuprofen in rauen Mengen einzunehmen. Vor Erschöpfung wütend aufeinander sein. Den anderen verflucht. Alle Welt verflucht. Aber alles überstanden.

Und der Lohn war das hier: Ein Unternehmen, das sich in naher Zukunft selbst tragen würde. Hoffentlich. Irgendwie. Hoffnung solcher Art war bei so was unabdingbar, Hoffnung und die konsequente Einsicht, dass, um für das Übermorgen gewappnet zu sein, es in der Gegenwart oft genug hieß, sich mit Fakten zähneknirschend abzufinden.

Sein Blick fiel auf die vier Gestalten, die dabei waren, den Stall auszumisten – und darin Spaß und Zufriedenheit fanden. Die Schärbrooks, Mutter, Vater, zwei Mädchen, aus Essen-Rüttenscheid, arbeiteten nun ›naturnah‹ und wurden dabei gleichmütig beobachtet von Dora, Donna, Dionne und Alphina und von der Ziege-ohne-Namen und den Merino-Schafen Alpha, Beta, Gamma. Zwar Ökotouristen, aber doch unleugbar Touristen.

Tourismus: Ein Mechanismus, der einen ins kapitalistische Getriebe spannte. Deshalb: Nie und nimmer. Das war seine Meinung gewesen. Vivien war da ganz bei ihm gewesen. Im Prinzip. Hatte es im Konkreten aber anders gesehen. Auch so was, was man möglichst schnell lernen musste, wenn man in heiklen Zeiten bauen und anbauen wollte: dass aus solchen Kämpfen – oder wie Vivien dazu je nachdem sagte, Disputen oder Scharmützel – der Alltag bestand. Vivien hatte Zahlen und Bilanzen und Einschätzungen und ihr Bauchgefühl ange- führt, aber schließlich war es schlicht eine Metapher gewesen, die ihr den Sieg eingebracht hatte, als sie nämlich rhetorisch gefragt hatte: »Was nützt ein Lebenshof, wenn wir für den Unterhalt vor dem Hauptbahnhof betteln müssen?« Ein Hor- rorgedanke für ihn, den Mann: totales Ausgeliefertsein und damit restloser Verlust der Menschenwürde.

Apropos Emotion und dass alle Bewegung darin ihren Treibstoff hatte. Weil nämlich nicht Akten, nicht Vorschriften die Menschen zu effektivem Arbeiten brachten – eigentlich schon immer gewusst: dass das, was in den Büros produziert wird, das Lebendige der Welt reduziert –, sondern das Ich- und-du-und-jetzt-lass-uns-Anfangen. Alle großen Träume und Strategien mal beiseite, lief es hier immer wieder auf die einfache Frage hinaus: Sind genug Helfer da? Und ein Glück hatten die Netze gehalten, mehr noch, waren da gewesen, wo man sie so nie erwartet hätte.

Dass Leonie und Jasmin – Jasmin plus Lover – in der kras- sen ersten Zeit nach bestem Können mit angefasst hatten und seitdem auch immer wieder einsprangen, wenn Not am Mann war, war dabei noch am vorhersehbarsten. Überraschender waren da die vielen, mit der Zeit fast routinemäßigen Arbeits- besuche von Jörg: »Immer noch besser, als vor der Glotze zu verschimmeln. Außerdem, wie ihr hier rummurkst! Aus jeder Kleinigkeit eine Diplomarbeit machen, und nach einem Jahr ist dann nicht mal die Hälfte des Vorbeets umgegraben.« Und erst Marion, die bei ihrem zweiten Besuch einige Gestalten im Schlepptau gehabt hatte, denen auch nicht ins Gesicht geschrieben war, dass sie mal was anderes sein konnten als mit ihrem eigenen Nabel beschäftigt, und von denen sich einige zu Stammgästen entwickelt hatten, die im Biotop hier ihre unregelmäßigen, aber im Zweifel einplanbaren Schichten schoben. Als hätten diese Menschen nur darauf gewartet. Zum Beispiel Gerrit, ein schlaksiger Siebzehnjähriger mit Segelohren, der selbst das Anrühren des Schweinefutters für sich als Workout definierte. Oder Volker, Angestellter an der VHS und erfüllt von enttäuschungsresistentem Lebensreform-Idealismus.

Alle wurden zum Malochen rangezogen, dass die Schwarte krachte, und mit allem machte das simple körperliche Tun etwas.

So musste beispielsweise Friederike, eine pummelige Dreißigjährige, große Nase, haselnussbraune Augen, irgendwas mit Medien, nach ihrer ersten Tagesschicht – nachmittags 32 Grad bei wolkenlosem Himmel – mit Verdacht auf Dehydrierung die Nacht unter Viviens Aufsicht in Gan Eden verbringen und entwickelte dann einen Denkt-bloß-nicht-dass-Frauen-das-nicht-können-Reflex und war aufgrund dessen oder darüber hinaus längst zu einer belastbaren Helferin gewachsen.

Zum Glück gezwungen? Oder konnte man vom Guten im Menschen ausgehen? Oder wenigstens vom Konstruktiven after all? Fragen fürs stille Kämmerlein.

Eines Sonntags tauchte an Marions Seite auch der oft erwähnte, nie gesehene Dennis auf, der sich dann als ein etwa vierzigjähriger, umgänglicher Intellektueller herausstellte und der hinter den runden Brillengläsern sich mit leuchtenden Augen das alles angesehen hatte, vom servierten Früchtetee in die Erinnerung gezogen wurde – »Hagebutte? Das gab's bei uns zuhause, nicht als Tee, als Marmelade, selbst hergestellte, Hagebutten und Schlehen ... Holunder auch, glaube ich ...« – und auf Nachfrage sagte, er sei in Braunschweig geboren, habe dann lange in Österreich gearbeitet. »Aber farbenfroh war das irgendwann nicht mehr.« Er habe dann seinen Besitz aufgegeben und sei zwei Jahre durch Europa gezogen: Österreich, Frankreich, Spanien, Malta. »Dabei bin ich dankbar für diese vielfältige Welt geworden.«

Vielfältige Welt. Na ja. Immerhin hatte Dennis ein paar seiner Bekannten rekrutiert – fast alle am Ende brav zahlende Paten und Patinnen – und auch für PR gesorgt und auch Verbindungen zu politisch relevanten Budgetverteilern angebahnt.

Mussten sie also ab und zu bei Politikern erscheinen. Danach war ihm, Onno, immer, als hätte er Joseph Goebbels die Hand schütteln müssen, Joseph Goebbels oder Marine Le Pen, und er musste sich jedes Mal klar im Sinn halten, dass man mit solchen durch und durch betrügerischen und lügenden Kreaturen irgendwann abrechnen würde, und dann würde die Fresse dieser Wesen nicht mehr grinsen und die Zunge würde nicht mehr eloquent Schwarz für Weiß und Weiß für Schwarz behaupten.

Was erträgt man nicht alles, wenn's ums Leben geht.

Auf das Glück für sich und andere warten, ist, wie auf den Tod für alle warten.

Er sog Luft ein. Wie ruhig es war. Überhaupt diese himmlische Ruhe hier.

Himmlisch ruhig natürlich mit Ausnahme der Ausbrüche von Glück und Stress. Meistens waren Stress und Glück ja verquickt. Dass man sich zum Beispiel auf die Ankunft von drei Indischen Laufenten vorbereitet hatte und dabei nicht wusste, ob diese Tierchen in Frieden leben würden mit den anderen Gästen. Oder dass bei Isaak, dem Heidschnuckenbock, das Auge entzündet war, was ihm Schmerzen bereitete und entsprechend reizbar machte. Und dass immer noch kein

Pate gefunden war für Alphina, dem jüngsten Zugang bei den Eselinnen. Obwohl dem Paten das Recht zustand, Alphina einen Namen zu geben. Die Merinos waren ebenfalls noch ungesponsert, also immer noch bloß mit einem griechischen Buchstaben versehen.

Er sah rüber, wo fast schon am Horizont Thekla, die Praktikantin, dabei war, den Zaun zu reparieren. Learning by Doing was es hieß, einen Hof zu führen, wo das Tiervolk in zivilisierter Natur leben konnte, aber vor allem, dass der Zaun sein musste, trotz aller Natürlichkeit – oder gerade wegen. Wobei das allerdings nicht für die fünfköpfige Kuhherde dort galt; die drei Holsteiner und die beiden Galloway machten nie Ausreißversuche und würden sich wohl nur durch ihre gedankenlose Verfressenheit auf Nachbars Weide leiten lassen.

Da waren die drei Schweine – Annegret, Sarah, Ferdinand – ein anderes Kaliber: menschenähnlicher und entsprechend unter Obacht zu halten. Allerdings ein Glück im Grunde doch einfach gestrickte Naturen, so dass ihr Schicksal – drei von einem Sechserwurf, von dem die Hälfte nicht hatte gerettet werden können – ihnen keine psychischen Defekte bescherte. Der Segen der Simplizität.

Und Glück und Stress: dass aus Nordhessen in zwei Tagen ein Alpaka eintreffen würde – von PeTA vermittelt – und in Cecilie hier das Gefühl auslösen würde, zu einer Herde zu gehören, was wiederum das schon drängelnde Veterinäramt zufriedenstellen würde. Denn für Alpakas hieß ›leben‹ ja immer: ›in der Gruppe sein‹. Der Mensch, soweit er nicht ein komplett vergesellschafteter Zombie war, würde so was nie Leben im Sinne von Freiheit nennen.

Aha, so ist das also: Die Geschöpfe nehmen die Welt und ihren Platz darin fundamental verschieden wahr. Wer das nicht verinnerlichte und in die Tat umsetzte, endete geistig bei Petterson und Findus oder bei Der Wind in den Weiden und war untauglich für die Realität, unter anderem namens Gan Eden.

Aber keine Sorge, für Alpakas fanden sich immer Paten. Patinnen vor allem. Frage war, bei Alpakas wie bei Schafen: Sollte man den Patinnen jährlich die abgeschorene Wolle zukommen lassen, wenn es gewünscht wurde? Oder war das schon eine Verdinglichung des Tieres? Bis heute hatten noch alle Patinnen das Angebot abgelehnt – auch motiviert durch eine suggestiv formulierte Frage. Aber in Zukunft? Menschen und Tiere, irgendwie kam da nie und nirgends ein natürliches Verhältnis zustande.

Aber wer wollte sich beschweren? Das hier war immerhin ein friedlicher Ort inmitten einer Welt des Schlachtens und der Tierqual, der Sadisten und vor allem der Ignoranten, die ja stets die besten Helfershelfer der Sadisten und der Politiker sind. Am liebsten hätte er den Tieren zugerufen: ›Ihr habt so ein Glück! Seid glücklich!‹ Kannten Tiere so was wie Glück und Unglück? Nicht drüber nachdenken. Einfach mal voraussetzen, dass dieses ganze Unternehmen hier den Tieren gut tat. Und ansonsten es bei der Hypothese belassen: Tiere empfinden Unglück und Glück, sei es auch nur auf die simple Art, dass Glück die Abwesenheit von Schmerz, Stress, Hunger war, und mehr musste man nicht wissen. Im Grunde entsprach das ja auch dem Wesen der meisten Menschen.

Viviens nahe Stimme: »Hast du Böll endlich gefunden?«

Ende der Gedanken. »Noch nicht«, sagte er.

»Dann beeil dich gefälligst mal!«

Diese missratene Schildkrötenkreatur, die offenbar nur dafür existierte, um wegzukriechen und sich einzubuddeln! Hesse, Jellinek, Müller machten nie solche Schwierigkeiten.

»Doktor Krenn kommt um halb vier wegen Isaak«, sagte Vivien, »und ich wette, er wird uns auch wegen der Spritzen für die Mädchen ansprechen, und dann erklär ihm, warum wir mit den Honoraren dafür noch Zeit brauchen.«

»Du musst ihm schöne Augen machen.«

»Ja, so hab ich mir das gedacht!«

»Er wird jedes Mal weich.«

»Und was ist mit meiner Menschenwürde? Sich anzubieten wie ... wer weiß was!«

»Hast du dir Cecilies Fuß schon angeguckt? Ich glaube fast, da ist jetzt wieder alles okay.«

»Alles okay«, grummelte Vivien, drehte sich aber um und eilte in Richtung Stall.

Er sah ihr hinterher. Zuerst war es – seiner Meinung und Erfahrung nach – so gewesen, dass Vivien nur mitgemacht hatte, um ihn unter Kontrolle zu wissen. Sozusagen die Mutter, die sich neben ihr Söhnchen in den Autoscooter setzt, um ihm keine Sekunde Zeit zu lassen, sich wieder in Gefahr zu bringen. Inzwischen hatte sie sich ganz offenbar daran gewöhnt, der ruhende Pol zu sein. Ob sie dies alles auch machen würde, wenn sich ihre privaten Leben trennen würden? Wohl eher nicht. Wahrscheinlich würde sie nicht mal Veganerin bleiben ohne ihn. Aber was sollten solche Gedanken voller Konjunktiv und Spekulation? Bei der Frage der Fragen hatte er für sich eine handhabbare Antwort gefunden, nämlich im Sinne eines Satzes, den er vor Jahren gelesen hatte: Liebe bedeutet nicht, sich immerzu in die Augen zu gucken wie beim Kaninchen und der Schlange, sondern nebeneinander hin zum gleichen Horizont zu sehen. Und ungefähr so war es mit Vivien und ihm. Vielleicht für immer, und wenn nicht, dann wenigstens bis auf Weiteres. Na also.

Allegra war vor vier Tagen am Abend hereingeplatzt. Von der ersten Sekunde an eine furchtbare Atmosphäre, weil Vivien die ganze Zeit seine Besitzerin herausgekehrt hatte. Allegra, die nach zwei Flaschen Rotwein im Stall geschlafen hatte ...

Vivien hatte fast nur geschwiegen, bloß, dass sie, als er gesagt hatte: »Die kommt mir vor wie eine weit weg lebende

Tochter, die ihren Eltern einen Tag ihre Anwesenheit gewährt«, eisig erwidert hatte: »Ich habe zwei echte Töchter«, und hatte nachts den Liebhaber gefordert und war dabei ungewohnt – und peinlich – laut gewesen.

Dann, beim Frühstück, hatte es draußen zweimal gehupt, und Allegra war aufgesprungen und zum Fenster gelaufen. Ein Typ in Leder auf einem Motorrad war aufgetaucht. Und Allegra dann mit einem »Tschüss« raus und weg. Er, Onno, hatte aus dem Fenster geschaut. Eine richtig schwere Maschine, eine 750er vielleicht. Wenn er dreißig Jahre jünger gewesen wäre, hätte er sich bestimmt auch so ein Ding zugelegt, ganz bestimmt. Allegra hatte sich mit einem Helm – aber ohne Schutzkleidung, so ein Leichtsinn! – auf den Sozius gesetzt. Dann brüllte die Maschine und zwei, drei Momente später war von Mann, Frau, Motorrad nichts mehr zu sehen.

Sowieso war da kein Grund zur Eifersucht. Er war alt, er war außer Konkurrenz. Und hatte ja Vivien, einen Menschen, auf den er sich verlassen konnte. Jede Wette, dass sich der Typ auf der 750er kein bisschen auf Allegra verlassen konnte. Und wetten, dass der Motorradtyp auch unzuverlässig war bis dorthinaus. Arme Allegra ...

So war das also. Einerseits entlaufene Schildkröten aufspüren, andererseits mit der Kreissparkasse Stendal über den Kredit für den Umbau des ehemaligen Gesindegebäudes zu einer Immobilie mit drei Eltern-Kinder-Suiten verhandeln. Und Ähnliches und anderes. Da hatte sich also sein Leben – Leben als Tätigkeit – geordnet. Alles war ruhig geworden.

In der Ruhe liegt die Kraft. Nicht besonders originell, der Spruch, aber genauer betrachtet immer noch die Wahrheit.

Um diese gesunde, Bewegungen beinhaltende und vorbereitende Ruhe, also nicht paralysiert zu sein oder sich als Kollaborateur ergeben zu haben, über längere Zeit ausüben zu können – denn ›ruhig sein‹ ist ein Tätigkeitsverb –, muss man wissen, wo man steht: nämlich mit beiden Beinen auf der Erde, allerdings nicht festgewachsen, und immer in Kraftfeldern, was wiederum bedeutet, dass man am Ende des Tages doch auch nur ein Rädchen ist.

Okay, Rädchen. Kann man nix machen. Aber was man machen kann, meine liebe beschissene Welt: Man kann sich sehr wohl aussuchen, wofür man funktionieren will.

Und jetzt hör mal gut zu.

Dieses Gan Eden hier soll nämlich in nicht allzu ferner Zukunft neben der Lebenserhaltung auch – und vor allem – der Lebensrettung dienen.

Hier wird Tierbefreiern ein sicherer Ort zur Verfügung gestellt werden und auch sonstige Hilfe. Sozusagen eine organisierte, aber im Kern doch autonome Zelle.

Etwas Neues soll also erschaffen werden. Dabei allerdings immer im Sinn behalten, dass sich die Zeiten geändert haben und es bald nicht mehr funktionieren wird – weil es ineffektiv ist, und das Leben sortiert solche Art von Dummheit gnadenlos aus –, ›direkte Aktion‹ zu verstehen als ›handgreifliches und durch seine unmittelbare Wirkung gekennzeichnetes Tun in Feindesland‹. Wobei sich dieses Sich-abarbeiten-in-individuellem-Kaputtmachen im Grunde ja bereits heute überlebt hat, machen wir uns nichts vor, weil der Feind, und zwar sowohl der privatkapitalistisch als auch der staatsbürokratisch strukturierte, im Entscheidenden mehr denn je organisiert ist in mittels rekursiver Schleifen sich stabilisierender, zugleich durch die inneren Abhängigkeiten labil gemachter Prozesse.

Prozesse. Nicht Menschen. Wie oft soll man das noch sagen! Okay, hier sei's zum letzten Mal gesagt: Es geht nicht um Menschen, oder nur am Rande, also nicht nötig, Angst zu haben, zumindest nicht um Leib und Leben. Es geht um

Informationen und deren Speicherung. Informationen sind sowohl Munition als auch Beute, je nachdem und meistens beides. Früher wurden Akten gestohlen, heute sollte man sinnvollerweise Bits und Bytes löschen oder modifizieren.

Eine Tierbefreiung, die in der Gegenwart angekommen ist, stellt sich dar als eine von Hacktivisten durchgeführte Guerilla-Aktion, die das Organisierte – s.o. unter ›Feind‹ – an seiner neuralgischen Stelle trifft: eben am Informationsfluss.

Wie es uns zum Beispiel bereits – wenn auch in gänzlich anderer Absicht, aber so what?, der Kluge lernt aus allem und von jedem – in Perfektion vorgemacht wurde:

(Anfang der im Internet zusammengetragenen Zitate) Hackerangriff auf Fleischgigant JBS: Schlachtbänder stehen still. Die US-Tochterfirma des weltgrößten Fleischkonzerns JBS ist Ziel einer organisierten Cyberattacke geworden, die einige Server des nordamerikanischen und australischen IT-Systems getroffen hat. Der brasilianische Konzern erklärte, alle betroffenen Systeme seien gestoppt. In Australien hat der Konzern die geplanten Rinder- und Lammschlachtungen komplett abgesagt. Ähnliches wird auch in den Verarbeitungsbetrieben in Nordamerika und Südamerika erfolgen. (Ende der Zitate.)

Setze als Ziel statt ›JBS‹ eben: die Infrastruktur der industriellen Tierausbeutung, Tiertötung, insbesondere Ferkelzuchtbetriebe, Sauen- und Mastbetriebe, Rinderzuchtbetriebe, Milchviehbetriebe, Putenzuchtbetriebe, Legehennenbetriebe, Aquakulturen, Gänsemastbetriebe, Schafzuchtbetriebe und so weiter – denn jedes Leben, was sich nicht wehrt, kann gezüchtet, massenhaft gehalten, ausgebeutet, abgeschlachtet werden und wird das in diesem System auch, im Namen der Rendite und ohne jedes Gewissen.

Apropos Gewissen. Muss man bei Tierbefreiung, sei es der modernen und effektiven, sei es der altmodisch handgreiflichen Art, Gewissensbisse haben? Muss man sich Gedanken über Arbeitsplätze, Wertschöpfung, über Zulieferer oder über kollektive Gewohnheiten machen? Die Antwort, so sie überhaupt noch nötig sein sollte, lautet selbstverständlich: Nein. Niemand, wirklich niemand hat oder hätte Bedenken, Krebszellen so weit zu schädigen, dass sie absterben. Und kein Mensch hatte Bedenken oder hätte Bedenken haben müssen, die Konzentrationslager auszuheben, nur weil dadurch die Arbeitsplätze der Wachmannschaften und die Arbeitsplätze bei den Zulieferern entfielen beziehungsweise gefährdet gewesen wären oder weil sich der Volksgenosse, die Volksgenossin im Judenhass gestört gefühlt hätte.

Triffst du, Mensch, etwas, das zum Töten da ist, zum Morden und zu nichts anderem, das kein Gewissen hat und keine Gnade kennt, dann darfst du keine Skrupel haben und keine Rücksicht zeigen, denn an dir, Mensch, entscheidet sich die Sache. Ob du's glaubst oder nicht.

Und nun sei mutig, sei mutig und scheiß auf wenn-und-aber, sei wirksam und mach das dort draußen zu einer besseren Welt, verdammt noch mal, mach!